红楼广梦

喻为 著

江苏凤凰文艺出版社
JIANGSU PHOENIX LITERATURE AND ART PUBLISHING

图书在版编目（CIP）数据

红楼赓梦／喻为著.—南京：江苏凤凰文艺出版社，2020.2（2022.1重印）
ISBN 978-7-5594-3305-3

Ⅰ.①红… Ⅱ.①喻… Ⅲ.①长篇小说—中国—当代
Ⅳ.①I247.5

中国版本图书馆CIP数据核字(2019)第301340号

红楼赓梦

喻　为　著

责任编辑　孙金荣
责任印制　刘　巍
出版发行　江苏凤凰文艺出版社
　　　　　南京市中央路165号，邮编：210009
出版社网址　http://www.jswenyi.com
印　　刷　阳谷毕升印务有限公司
开　　本　718毫米×1 000毫米　1/16
印　　张　18.5
字　　数　216千字
版　　次　2020年2月第1版
印　　次　2022年1月第2次印刷
标准书号　ISBN 978-7-5594-3305-3
定　　价　48.80元

前　言

我自幼在南京长大，酷爱《红楼梦》，它让我看见了自己的青春，感受到家乡秦淮的风土人情，还有一种难以割舍的文化情结。不过，我认为高鹗版续书的有些内容跟前八十回不相吻合，有脱节之感。比如说“沐皇恩贾家延世泽”，在这一回目，贾家一个鲤鱼打挺，又满血复活了。这与前面第五回十四支曲中的《飞鸟各投林》前后并不一致：“为官的，家业凋零；富贵的，金银散尽。有恩的，死里逃生；无情的，分明报应。欠命的，命已还；欠泪的，泪已尽……看破的，遁入空门；痴迷的，枉送了性命。好一似食尽鸟投林，落了片白茫茫大地真干净！”

在我看来，《红楼梦》讲述的应该是一个彻彻底底的悲剧，是在那个苦难时代下家灾国难接踵而至的辑录，是无人幸免的藏不住的泉喷水涌似的血泪，是从富贵乡中陡然坠入贫蹇尘土的悲哀，是眼睁睁地看着身边最美好的女子香埋玉瘗却无能为力的心痛……相比于悲剧过后再给人以侥幸的喜剧，这种彻底的悲剧更能震撼人心、引人深思。

《红楼梦》的原著，后人只能看到前八十回，这是一个巨大的遗憾。对我而言，如果不能为它做点什么，实在于心不安。《吴氏石头记》的版本，让我眼前一亮。虽然，网络上对这本书的真实存在，有不少质疑甚至谩骂声，但我想说，它的整体框架严丝合缝，有着不可低估的亮点与合理性。于是，利用高三的暑假，参考《吴氏石头记》，我完成了改编和续写。

这本续书，我借鉴了《吴氏石头记》的大体框架，但是包括所有诗词，都是我按照自己的理解重写的。比如《十独吟》这组诗，我认为表面上写的是古代十位才女，实际上却分别影射和剧透了《红楼梦》的十个人物。所以，在续写中，我增添了人物前后的呼应、衔接，以及人物之间的关联与纠葛。如在一百零六回中，我构思宝钗写了两首词、一首诗，其词分别照应第二十八回行酒令中的“女儿悲，青春已大守空闺”和“女儿愁，悔教夫婿觅封侯”；其诗则呼应了第七十回薛宝钗所作的咏柳絮词《临江仙》中“好风凭借力，送我上青云”之句。在一百零五回，我本想将诗写得更直白些，但见原标题是“薛宝钗借词含讽谏”，这“借”和“含”字告诉我讽谏之意既要含在词中但表意又不能过于张扬明显，所以我最终选择借写景托物来劝诫。而且我认为宝玉对于这样的劝诫，应该不是不懂，而是不想懂，或是懂了不愿承认罢了。宝钗叫不醒的，不是一个正睡得很沉的人，而是一个在装睡的人。因而，我认为宝玉对于这样的讽谏，最好能从同样的字里行间故意曲解，读出相反的意思，以达到气倒宝钗的效果，因此我特意写了一首主旨带有歧义的写景诗。

在人物塑造上，我看到有不少网友吐槽《吴氏石头记》里的人物和前八十回脱节了。我认为随着年龄的增长、环境的变化，人物的性格、品行的确有发生一些变化的可能，但“江山易改本性难移”，还是应该尽量沿袭前八十回所刻画的人物形象。因此，参考《吴氏石头记》的纲目，我进行了重新创作，希望这些形象能与前八十回基本保持一致，不要有被颠覆的感觉，也希望尊重读者的阅读期待，能与读者的心灵产生共鸣。

在情节安排上，高鹗版续书以及其他一些版本写到贾家的败落都是因为抄家，也就是抄家部分即为小说高潮之所在。而《吴氏石头记》写的却是抄家给了贾家重重一击，但它尚能苟延残喘。我认为《吴氏石头记》这样的处理是更加自然合理的。小说真正的高潮其实是在抄家之后，贾府子弟们为了一己之私利，各自拉帮结派、打劫自家，最终才导致彻底败亡的结局。在原著七十四回“惑奸侫抄检大观园，避嫌隙杜绝宁国府”中，探春曾说，“可知这样大族人家，若从外头杀来，一时是杀不死的，这是古人曾说的‘百足之虫，死而不僵’，必须先从家里自杀自灭起来，才能一败涂地！”据此看来，《吴氏石头记》中所写的，子弟做强梁，无恶不作，害得自家一败涂地了，是符合前文逻辑的。毕竟贾家的衰亡不仅有时代的原因，很大程度上也是家庭内部矛盾重重所致。既然这个大家族养了众多不学无术的纨绔子弟，最后如果不让他们粉墨登场、兴风作浪一把，而仅仅只是因为被抄家一锅端就完了，那内容也太单调乏味了。而写成被外头抄了家尚能苟延残喘，最后却在内斗中彻底耗尽元气玩完，这样的“外忧”加上“内乱”才更是“一把辛酸泪”，更能加重其悲剧色彩与真实性。

《吴氏石头记》中还有很多非常精巧的剧情，与前八十回遥相呼应。比如说，王熙凤还魂为贾家报仇，正应和了前八十回第五回第十支曲《聪明累》中的“死后性空灵”之句，如果王熙凤死后什么都没做，那只要“生前心已碎”就行了，何必再加上“死后”这一句？而且，什么叫执迷？什么叫牵挂？是死而不已，尽人事知天命却不顾天命，是全然不顾自身处境，把自己的抱负、理想看得比自己的生命还重。凤姐生前机关算尽，把自己大好的青春和才能倾注在贾家，贾家有她的功业、她的抱负、她的精神寄托，所以即使“忽喇喇似大厦倾，昏惨惨似灯将尽”，即使被休，即使魂归仙界，她也放不下心来。在《吴氏石头记》中，连黛玉这么痴情的，都只不过是泪尽之时还清灌溉之恩、尽完分内之事就回去了。只有凤姐一个痴人，“知命强英雄”。再比如元春上战场的情节，不但契合前八十回元春的判词“虎兕相逢大梦归”的混乱与悲壮，也呼应第七十八回用大段笔墨写就的“姽婳将军”的故事。后文加上元春这么一段，使前边那并不为读者所熟悉的林四娘的故事，再现在大家所熟悉的元春身上，这样，不但能缩短书中人物与读者的距离，加大心理冲击力。而且，同样故事的反复出现，也说明这并非偶然所致，在当时社会环境下，它是一种必然的结果。如此，更能凸显出在那个社会中弱女子的无奈与悲哀，有心报国，无力回天，不惧生死却枉送性命。

我赞同《吴氏石头记》的思路、逻辑，所以尽量参照它的大体框架，但在具体细节处理上又做了不少改动。比如，“毒中毒姨妈毒丧命计上计金桂计烧身”“词中词借词含讽谏”这些篇章，我只是参照了一下原文的标题，而具体内容、情节都是自己全新的构思与创作。

再如，《吴氏石头记》的原文说，诬陷小红是宝钗出的主意，我却把这段删了。因为我实在想不通：宝钗这么理性的人，做事总有个缘由目的，那么，她这么做的动机是什么？能得到什么好处？宝钗固然很在意“金玉良缘”，想嫁给宝玉，可是在《吴氏石头记》中，小红在贾家保卫战的最后阶段显然已经是贾家最后一根救命稻草了。如果除掉小红，也就害惨了贾家，这对想嫁进贾府的宝钗又有何好处？当然如果除掉小红，自然也会逼死倔强的黛玉，这就等于除掉了宝钗的“情敌”，于是，宝钗就能顺利地嫁给宝玉。难道这就是她如此行事的动机？

我认为，如果真这样写则实在是太小看宝钗和黛玉的品性与感情了。她俩之间绝不仅仅是简单的“情敌”，更值得细细品味的是两个最优秀的女孩之间的惺惺相惜，她们互相怜爱，也互相欣赏。如果把其中一个写成为了一己之私利而去祸害另一个，这个人物形象就太浅化和窄化了。她俩都没有亲姐妹，一起生活了那么多年，又是姐妹又是闺密。有人从宝钗扑蝶那回中宝钗一句脱口而出的“颦儿，我看你往哪里藏！”就认为宝钗会害黛玉。但，其实那只不过是宝钗特殊经历、特殊环境下为人处世的一种圆滑，她与贾家并无直接血缘关系，只是借住于此，不愿沾染是非也是可以理解的。可黛玉却是贾母的亲外孙女，贾母是那么心疼她。而小红、坠儿只不过是两个小丫头，还能把她怎么样？不过是担惊受怕几天。这件事情，从本质上而言，没有真实地害到任何人。但是，如果诬陷小红，在那个“强人”围困的贾家中，就是间接害了黛玉的性命，宝钗如何会有这等狠毒？

再则，宝钗想嫁给宝玉的原因是什么？她爱宝玉这个人本身吗？从前八十回她屡次劝宝玉读书就可以看出宝钗对宝玉是“恨铁不成钢”的，是有诸多不爽和看不惯的地方的，宝玉绝对算不上她的如意郎君。但宝玉的身份和地位却又是的的确确足够吸引她的。宝钗是个有志向的人，别人咏絮，凄凄惨惨戚戚，偏她“好风凭借力，送我上青云”。宝钗是个乐观、理性、有抱负的人，嫁给宝玉，将来像贾母一样，年轻时管这么大的家，老了也是尊贵的大家长辈，自然合她的意。那她为何要出主意，把贾家害倒，使之一败涂地？

当然，读者可能会反驳我，按照《吴氏石头记》的安排，后文写到贾家倒了，可宝钗一样嫁给了宝玉。但是，我认为，客观上接受一个家破人亡没了未婚妻的人的求婚（我改成这样的情节了，因为我不认为宝钗会去主动追别人）和主观上想让别人家破人亡没了未婚妻再来向自己求婚是两码事。

《吴氏石头记》原文还有说绣春囊是宝钗故意“巴巴的放在贾家园子山石上，闹了一场风波”。我认为不可能。第一，宝钗是大家闺秀，怎么会愿意把自己低贱到尘埃里去做这种事情？第二，她想做什么？故意去损人不利己吗？她想栽赃给谁？丫鬟？丫鬟有谁能动摇她的地位？她跟谁置气？难道为了栽赃黛玉让黛玉身败名裂她好嫁给宝玉？哦，就算她是想栽赃黛玉，周围人又有谁相信啊？谁会认为黛玉居然有这种东西？要真是闹大了，保不齐贾母火了，认为有人在故意陷害她宝贝外孙女，欺负她没爹没娘，那岂不更要早点为她做主，让她尘埃落定有个依靠吗？这样一来，反而当机立断就把黛玉早早嫁给宝玉也是有可能的啊。果真如此的话，那宝钗能捞着什么好处？第三，通过前八十回来判断黛玉和宝钗这两人到底谁更好？几百年下来，大家也争不出一个标准答案来，因为这两人本来就是不同的美，不同的好，其实她们是美的多面，合而形成了更深层更完整的艺术的美。要是后文把宝钗的形象塑造得坏得这么明显的话，这种艺术的美可不一下就浅化和断层了？再说，宝钗的圆滑或者说心机本来亦正亦邪，有人捧有人踩，这样的路线应该被延续下去而不是被直接黑化。

又比如说，《吴氏石头记》中写宝钗太露骨地勾引宝玉和贾雨村。我也是不同意的，第一，她是大家闺秀，做不出来；第二，以她的才貌和心机，用得着下这么大血本么？诸如此类情节，我均按照自己的理解进行了改编和续写。

因为《吴氏石头记》整本书都是通过收藏者转述出来的，估计具体情节也与原著有了较大差异。但如果只是因为部分情节阻滞了行文思路的流畅性，抑或是语言缺少了艺术性，就使它得不到应有的尊重、关注与研究，那真是太遗憾和可惜了。

所以，我希望通过我的甄别、筛选，去粗取精，再度创造，能使《红楼梦》这部文学巨著有更合理、更完美的发展与结局。

当然，我毕竟还只是一名高中毕业学生，学识、阅历和思维水平都很有限，疏漏、不通之处，恳请大家批评指正！

喻为　2019 年 7 月于南京

目　录

第八十一回

多情种缘牵多情事　薄命女魂归薄命司

话说孙家的人来接迎春，迎春心内委屈，无奈作辞。邢夫人握住迎春的手说道："你原就不是个响快人，今日又越发积粘起来，这我可看不惯。纵使他一时不好，你也当权且忍让些，别辜负了老爷的苦心。你纵说孙家有千般万般不是，无论如何他家也系世交，又家资饶富，是能保你一世无虞的。他也袭了指挥之职，你嫁给他，又体面，又尊贵。老爷将你嫁给他，自然是为你好。有什么不称心之处，只管忍耐些。大家子年轻夫妇吵嘴的也多，偏咱们就忍不得？过一年半载，生下个一男半女，又有什么不安稳不称意的？"迎春心中闷怨可如何说得？虽有百般言语堵滞在喉，欲言又止数次，只得含泪离去。

行不了一箭之地，就听见外面有人在哭，迎春从纱窗向轿外望了一望，但见宝玉满脸泪痕，只顾自己跌足叹道："可怜女儿家这般冰清玉洁，却要遭受此等淖泥玷污，可叹天下竟有如此不知疼惜的。"两个婆子忙令停轿，笑脸迎道："二爷必是舍不得二小姐回去，要亲自来送送。"迎春看见宝玉，也忍不住泪如雨下，二人相对而泣。宝玉恨道："姐姐能否多住两日？待我去孙家找那混账评评理，万不可让你再受委屈。"迎春哭着止道："只怕是让他记着恨，我的日子越发是难了。况且没的让你陪着受恶语恶气。事已至此，又能如何？怪只怪我的命不好。"宝玉哭得越发声嘶力竭，不顾两婆子如何劝，就是不让迎春走。

宝玉正哭得泪天泪地，只见王夫人赶来骂道："做什么又在这里混搅？

没的惹你姐姐伤心！”宝玉含泪哽咽，只是不愿离去。王夫人把迎春搂在怀里劝道：“我的儿，你既是嫁了他，便也只好认了。若是短了些什么，只管来信问家里要，有空多回来走走。”迎春泣道：“多亏婶婶疼我，只叹是我命苦，怕是无法尽孝了。若是下次回来……唉，我也不知有没有下次了。”王夫人忙道：“傻孩子，说什么傻话呢？你横竖还有我们呢！他要是敢不放你，我们见不着你，还不得找他算账去？我们家又不是没有轿子，如何接不得你回来？”

迎春走后，宝玉又气又恨，独自一人在花园里踱步，不知不觉又转到潇湘馆来。只见黛玉正歪在炕上出神。宝玉泣道：“可叹当初大家何等热闹，如今二姐姐去了那种地方，芳官、晴雯她们也去了，你们想必也一个个都要离开的。都走了，园子益发冷清了，好比我阶下的海棠，如何的葩丹似火，然说败就败了。也罢，不论是我们如何要好，终逃不过是化灰的化灰，化烟的化烟，随水随风漂了散了，谁也顾不得谁。”这一说不要紧，又勾起黛玉想起自己无依无靠，不禁滚下泪来，她又赌气道：“我也不要流水带我走，谁知给带到怎样个污浊地方。我只求有天我去了，能死在块清洁之地，得好心人把我就地收葬了，我就算是有造化了。”慌得宝玉忙跪下握住黛玉的手道：“好妹妹，都是我不好，你咒我就是了，又何苦咒自己呢？”黛玉冷笑两声，赌气甩手出去了。

宝玉悔恨不迭，心中一面为迎春惋惜不已；一面想象着日后的冷清，霎时寒透肌骨；一面又担心其他姐姐妹妹的命运。宝玉心中登时五味杂陈，好似倒了油盐铺，各种咸的苦的酸的辣的胡乱一气泼在一起，闹得他心里翻江倒海，“咕咚咕咚”响个不停，一颗心上蹿下跳慌个不住，几乎要呕出来。

宝玉默默地转回怡红院来，隔着老远就听见里面吵闹。门是虚掩着的，宝玉推开门，却见葵官、豆官、艾官一脸怒色，围成一圈，把中间一个人裹住，放声大哭，手撕头撞。宝玉吃了一惊，正想上前解劝，却发现中间那人竟是袭人。只听艾官骂道："好个西洋花点子叭儿狗，不枉李奶奶说你人前妆狐媚子哄人，果真是两面三刀！面上装作是姐姐妹妹笑笑闹闹，背地里专会嚼舌根、插人两刀！只要瞒着宝二爷，你什么干不出来？以为自己横竖是宝二爷的人了，是主子了？俗话说，'纸包不住火'，你做的这些好事，迟早漏在宝玉耳朵里！到那时，你的姨娘梦可就等着泡汤去吧！当然，你这样的出了名的大贤人怕什么，大不了死皮赖脸赖在这里，无名无分照顾他一世！不过依我看，你可没有这等好心！你对我们如此也就罢了，可怜晴雯姐姐与你一起那么多年，不知你竟如何下得去手！"

宝玉本来已有疑心，今日见此情景，又不敢尽信，正左右为难，不知如何是好。豆官回头看见宝玉，一头撞在宝玉怀里，叫起撞天屈来，一行哭，一行说："亏得我们几个实心，把她当亲姐姐。她倒好，害得太太把大家都赶了出去。我和葵官幸好不在园里，才躲过一劫。可怜大家姐妹一场，如今分的分，散的散，往后我们互相都见不着了，也见不着你宝二爷了。"

宝玉连忙安慰道："我也原以为咱们再见不着了，今儿不是见着了吗？可见我们都是有造化、有缘分的。来日方长，赶明儿我再寻个机会让你们进来，再做一处玩，岂不好？如今你们都还好吗？"艾官泣道："蔷大爷给龄官在城外租了居处，常去看她，她可算是最好命的一个了。还有几个剃了头当姑子去了。她们两个还跟着小姐们，但是也不方便再进这园子了。至于我……干娘为了几两银子，就随便把我配了人，听说是个老头子，年纪都能当我亲爹的爹了。我今儿出来，正好遇上她两个来告诉我是这小娼妇告的状，我们便一起来找她。我只跟干娘说是有妆奁首饰落在这里没拿，那个老势利眼盘算着还可以多弄几个钱，就帮我们混了进来。真是冤家路窄，偏又遇见这西洋叭儿狗在这装没事人似的，我们怎能不气？"说完三个都哭了起来。宝玉闻言不觉眼圈也红了。

袭人咬着牙说道："我的娘，怎么这般污蔑人！我做什么要害你们？快住口罢，这些无根无凭的傻话，但凡传出去，大家都不好看。"葵官冷笑道："怎么人人都不对，太太单挑不出你的错？"袭人冷笑道："我不似你们，但也终有些不当的地儿。太太怎么就忘了？你们只管把我玩笑不留心的孟浪去处告诉太太去，大家一起都出去了，也省得你们疑心。"豆官冷笑道："太太如今看重你，是她不知道你做的那些好事，以为你是个至贤至善的。赶明儿让她知道了，你看看太太还不得立即撵了你出去？你每月拿着二两银子，就过起姨娘的日子来了？倒真会给自己脸上贴金。可谁知道这日子是姨娘的，还是什么粉头姘头的？你既有如此大志，干脆求了老太太、太太，明儿就调了你到赵姨奶奶房里去，让她好好教教你，姨娘到底是如何过日子的！你也不必装无辜了，太太不知道，给你暂且哄过去了，你打量人人都不知道你和宝二爷……"豆官一时只顾说得痛快，因见宝玉在侧，脸不觉红了，赶紧住口。袭人又羞又愧，只恨是没个地缝钻下去。

宝玉唬了一跳，不觉也红了脸，忙劝道："各位姐姐快休提了，我这就去跟太太求情，讨你们进来。"三人哭道："这如何使得？太太怎会同意？只怕让她知道我们偷了进来，还不得照死里打死了？"三人还是气不过，可碍着宝玉的面，又不好再骂袭人，葵官便对着袭人啐了一口道："咱们走吧，去叫那几个防着些，指不定这蹄子又会咬谁。"

三人一走，这边只剩下宝玉、袭人两个。宝玉咬着牙怒道："果真是你？枉我们素日这般交情，你竟害得大家如此。你既是个'耳报神'，就不要跟我们这等俗人呆在一起了！我这就去回了太太，放你出去。太太若是舍不得你，我就更留你不得了，干脆让你服侍太太去。往后我去见太太时，你自觉地躲起来，我永远都不想再见着你！"

袭人正欲辩解，只见秋纹、碧痕两个匆匆赶了往这儿来，怀里抱了个箧衍，看神情真真是个喜上眉梢。这两个望见宝玉、袭人二人，忙笑嘻嘻地凑过来，却见二人神情不对，料到不妙，便想偷偷溜走，奈何早已被宝玉看到了。那两人干脆硬着头皮迎上来问好，被宝玉一把夺过箧衍来问道："这里面装的是些什么？"二人不觉慌了，秋纹掩饰道："是我们用来托买办买脂粉的银子。"又赶忙催碧痕道："我们快去吧！他们必是等得急了。"说着又抱了箧衍，想溜走。那宝玉心内正烦乱，又见两人鬼鬼祟祟的，如何肯放？便跟上去问道："姐姐们可否打开让我看看？"碧痕起初还想混过去，只说是几两碎银子，没什么特别的，怎奈那宝玉固执起来，执意要看。秋纹见躲不过，只好打开，强笑道："都是太太赏给花大姐姐的。"宝玉看时，只见是王夫人素日最爱的几件首饰，金晃晃的在那里，并着几两银子。宝玉对着墙跺脚骂道："好啊！你就为了这些俗物，竟然如此狠毒！这些东西可得拿去擦干净了，上边可沾着晴雯的血呢！"碧痕赶忙说道："二爷息怒，这些银子是我们几个这个月的月钱。"

宝玉听到"我们几个"，登时哭起晴雯来，滚在地上，泪如雨下，撒起疯来，泣道："我只道我们都是一处长大，永远也不要分开。你倒好！原来我一片痴心，都是错付了！罢了，罢了！事到如今，干脆都放出去罢，一个也不留了，都走罢！你也走罢，我这就去求老太太把赎身的银子赏给你。你们都走罢，麝月和春燕也走罢，剩下我一个人，明儿做和尚去！"那三人连忙来哄他，只见宝玉眼里噙着泪，不管说什么，只是咬着牙不答。

三人正慌作一团，却见林黛玉绕到这里来了。宝玉见了黛玉，"哇"的一声哭出来，呜呜咽咽地说道："好妹妹，你可不要走。"黛玉见了宝玉这般，忙一面掏出手帕子递与他拭泪，一面轻轻拍着他的背。宝玉攥着帕子，泪眼蒙眬地望着黛玉，一时无语凝噎。众丫鬟把他搀去了潇湘馆不提。

那边葵官、豆官、艾官往厨房赶来，柳家的正端着盆水，见了三人，唬了一跳，不觉洒了半盆。三人本是来找五儿的，却不知五儿已经不在了。

原来五儿素有弱疾，心性又高，哪里禁得住冻了一夜又受了如此奚落和委屈？于是恹恹地又添了许多病。可“屋漏偏逢连夜雨”，钱槐家又乘人之危来逼亲，五儿气得不觉心内瘀结，病得更重了。虽然后来被还了清白，五儿的病却已治不得了，柳家的无法，求医未果，只得眼睁睁看着五儿咽了气。

那三个听说了，不禁伤感，哭得泪人一般。柳家的忙把她们请进屋里坐着。碰巧这时，袭人因见宝玉不悦，特意来让柳家的做几个宝玉平日里最爱吃的菜，柳家的慌忙擦干眼泪，笑道：“宝二爷要什么吃的，让那些小丫头来就好了，怎么让你亲自跑一趟？”葵官、豆官、艾官三个正悲恸不已，听见袭人来了，一径冲了出来，恨不能把怒火全烧到她身上。只见艾官揪着衣襟，葵官拽着头发，豆官指着袭人的鼻子骂不绝口，干脆把五儿的账一气砸她头上，到后来直接咬定了五儿也是她害死的。袭人又愧疚又好笑又生气，偶尔辩白几句，那三个就把成百倍的话扎成堆儿给她扔回来。柳家的正解劝不开，只听得有人高叫道：“姐姐们，饶了她这回罢，谅她以后再不敢了。”

三人略住了手，只见是宝玉。原来他好容易止住了哭，正出来散心，不觉来至柳叶渚，只见南北一条白练，清澈宽豁，柳树槐树参差，不觉心胸旷然，把烦扰暂抛了大半，便一径顺着柳堤走来。树杪之间，几声秋蝉凄鸣，宝玉便驻了足静听。远远看见几个人在堤上推拉撕扯，走近了再看，却正是袭人、葵官几个。

宝玉本也没有原谅袭人，但两人毕竟多年交情，见袭人如此受辱，自己实在也看不下去，便不过想把她们拆解开罢了。可三人见是宝玉来劝，都气得几乎口里喷出火来。豆官道：“这蹄子害了我们大家，二爷竟还帮着她说话，可知这狐媚子真是不简单，连你都被她蒙蔽了！她害了我们，二爷竟然纵着她，助着她！二爷居然如此行事，我们真是错认你了。也罢，我们这就走。我可告诉你，我们都打听得实了：这狐媚子在太太面前说了什么‘如今二爷也大了，里头姑娘们也大了，男女之分，日夜一处，叫人悬心’。别怪我们没提醒你：你若是非要留着她，我们奴才丫头遭殃事小，若是伤及你的林妹妹，可就事大了！别不当一回事，这可不是唬人的！”宝玉叹口气，心内忖度道：“太太既是起了疑心，这些女孩子们日子定不好过。若是把她们仍拘在这里，万一好心办坏事，害了她们，岂不是我的罪过？她们如今大了，放她们出去也是合情合理。”便说道：“我这就去求老太太把大家都放出去罢。至于她……”宝玉说着，又如鲠在喉，欲言又止，自己噎了半天，只得叹了口气，走了，自去回贾母，却不想在门口遇上了王夫人。

王夫人道：“老爷一时没管你，你越发没个正形了。晃荡了一天，可是书都念完了？你若是有一点像你大哥，我少操多少心？”宝玉赔笑道：“我正是想好好念书，才来求老太太呢。”王夫人道：“老太太如今身子不好，这会子正在打盹，怎么见你？你先说说，什么事儿？”宝玉只得说园里的女孩子们都大了，自己已不便与她们随意玩了，干脆把她们都放出去，自己也好从此收心读书。况且这样一来，还可以节省开支。王夫人信以为实，大喜道：“你也早该懂些事儿，好好读书，考个功名，我也可以有靠。那些丫头大了，我本来也打算最近把她们都放出去嫁人的。既然今日连你都提出来了，就立刻放了她们出去罢。但只一人绝不能放，就是你房里的袭人。我看她十分妥当，你留个照应，以后自然好更专心读书。你既然晓事了，我终于可以略放放心。今后你再不可贪玩了，认真读书才是正理。”宝玉见母亲巴不得其他人走，偏偏这么看重袭人，心中暗火，面上不敢表露，只得应声去了。

宝玉晚上回去，心头怒起，胆边恶生，牙齿咬碎了往肚里咽，腹内灼热难忍，几乎要吐出火来把床烧了。翻来覆去，哪里睡得着？恨不得立即撵了袭人出去胡乱配个小子。宝玉在床上辗转反侧，想着最好就把袭人配给晴雯的哥哥，让她和灯姑娘做个伴。那灯姑娘虽名声不好却还是个心如明灯、有情有义的呢，比不得这蹄子外头温柔和顺，内心竟如此狠毒。越想越觉得如此极好，让这袭人日日卧于晴雯的病榻之上，守着她枉死之地，忏悔自己的所作所为，日日为晴雯祷告，没准还能让晴雯在天上好过些。遂巴不得立刻跳下床把袭人撵到多浑虫家去。宝玉在床上乱打乱撞，双拳乱舞，双脚乱踢，早已把被子都蹬了地上去。那里袭人一直未睡，听着这儿动静，想唤个人来给他盖好被子，可其他人早已睡下了，少不得自己蹑手蹑脚地过来。可她白天出此大事，晚上烦闷忧虑得连卸妆盥洗都忘了。宝玉闻着她身上自己为她调制的香粉的气味，便知是她了，哪里想见她理她？忙闭了眼装作睡熟。袭人轻轻给他掖好了被子，又悄悄地出去了。这里宝玉睁开眼睛时，却早已汪了两汪泪。拿被子蒙住脸，眼前漆黑一片，如同厚重的夜空一般。打小与袭人的点点滴滴闪电似的一幕幕在脑中划过，电流似的刺得他头疼。宝玉努力把袭人温婉的微笑、关切的眼神、宽慰的言语、干练的行止都挤出脑海，怎奈这些东西只管在他脑海中翻腾得头都要炸开了。宝玉无法，只得任回忆在脑中流淌，任泪水在枕上恣肆。一夜未入眠，竟不觉天亮。

清早袭人来服侍宝玉更衣，宝玉低头望见袭人腰里一条血点似的大红汗巾子，暗自发怔，心下忖度他二人倒也般配，琪官又是自己熟识的，倒也值得袭人托付的了。若是袭人嫁与他，日后还有机会再见。不如自己做个媒。宝玉不禁想到常听到的“千里姻缘一线牵”，感叹缘分果真是意料之外的，可惜自己与袭人日日年年在一处的，以为是定了的亲事，到头竟是一场空。

主意已定，宝玉便想与袭人商量，又怕不妥，便径自去袭人家找她哥哥。

花自芳听见外面有人叫“花大哥”，忙出去看时，见是宝玉和茗烟主仆两个，唬得惊疑不止，连忙抱宝玉下马来，向院内嚷道："宝二爷来了！"一面说道："袭人这会子并没回家，想是她有什么怠懒的地方？你尽管跟我说。"袭人嫂嫂也早已迎出来，花自芳忙扶了宝玉进屋，招呼他娘子给宝玉倒茶。宝玉忙笑道："不是，我这次来，是有事跟你们商量。"花自芳笑道："二爷看怎么好就怎么办便是了，我们安能不愿意呢？如今我们能够翻新房舍、生活体面也是托您家的福。"宝玉笑道："那我便直说了。"便将想把袭人许给蒋玉菡的事儿细说了。花自芳自是欢喜，可想到妹妹对贾府如何死心塌地，知其定是不愿，便笑道："多谢二爷费心了，我们自是感激，无话可说，只是要看下袭人这丫头的意思。"说罢谢之不尽。宝玉赶忙让茗烟去接袭人过来，茗烟答应着去了。宝玉则和花自芳聊叙此事。

半个时辰后，袭人果然和茗烟过来，与哥哥见了，神色低沉。花自芳将妹妹拉入房中，劝道："那蒋公子才貌双全的，也是一表人才。自己又有房产家业，自然能保你无忧。如此好的姻缘你若是放着不依，难道当一辈子奴才吗？贾府虽好，你们都终究要嫁人的，到时候若是把你嫁给宝二爷，也算是遂心了；可是他如今既然来给你做媒，定是不愿娶你的，到时候若是随便拉你出去配个小子，你可向谁哭去呢？如今二爷亲自做媒，又是绝佳的事儿，你何必如此固执？"袭人知是宝玉怪罪自己，甚是羞愧，又感激宝玉没有追究，又嗟叹自己命不由己。其实这事闹了出来，她也没脸继续呆在贾府了。思来想去，蒋玉菡也不失为一个好归宿，她便也点头应了。

不多时二人出来，宝玉看见袭人两眼微红，粉光融滑，也不禁伤感。袭人劝道："早些回去罢，老太太、太太若是发现你不见了，又该急了。"宝玉不忍道："你若是不愿意，也不要勉强。"袭人笑道："我有什么不愿意的呢？"宝玉因悄问袭人："不然好好的哭什么？"袭人笑道："何尝哭，才迷了眼揉的。”但也不禁鼻子一酸，好容易才忍住了泪，只是说道：“好歹我跟了你这么多年，临走了你也听我一句话：屋子里人若都走完了，日后谁又来铺床叠被、端茶倒水？好歹留着麝月一个，如若太太又派别的人进来服侍，摸不着你的脾气，怎有熟惯的人好呢？”宝玉含泪应允了。

花自芳忙去雇了一顶小轿来，宝玉笑道：“不忙，我还要去下蒋公子那儿。”说着拿眼觑着袭人，袭人不禁脸红了。众人也不敢相留，只得送宝玉出去。宝玉和茗烟一起骑马往紫檀堡去了。

原来这蒋玉菡上次被忠顺王抓回王府，本应受罚。不料忠顺王这时竟被关进了锦衣卫，生死未卜，自身难保，哪里有闲心思处理蒋玉菡的事儿？王府众人自顾不暇，蒋玉菡遂趁乱逃出，乐得在紫檀堡自在逍遥，习艺，吟诗，会友，好不美哉。之前因误吟“袭人”二字于诗中，不觉记住了这个名字。后来又常听宝玉讲袭人多么温柔姣美，早有了艳羡之心，只是不敢造次。谁知这会宝玉亲来做媒，蒋玉菡自然喜出望外，与袭人互换了庚帖，果然是天造地设的一对。蒋玉菡大喜，当即立誓再不娶第二个了。择了个良辰吉日，蒋玉菡以正房之礼迎娶袭人，见其温柔和顺，美貌非常，甚是欢喜，极尽柔情，不在话下。夕间袭人看他腰间所系的一条松花绿的汗巾子，正是当初自己的，甚是诧异，蒋玉菡也惊异于袭人腰间自己的红汗巾子。今日物遇旧主，二人慨然赞叹不已，皆说是无巧不成书，始信姻缘本是天定，两人咕咕哝哝地在红绡帐里说了一夜，异常欢喜，如胶似漆。袭人安下心来同他过日子。从此二人在紫檀堡夫唱妇随，倒也和美，正是：

以德报怨成佳偶，日后蒙恩有始终。

且不提袭人在山庄如何遂心如意，只说自袭人、秋纹、碧痕、绮霰走后，怡红院里只有麝月一个人服侍宝玉。好在探春、湘云几个常来和宝玉解闷，故他尚未觉出寥落。

却说王夫人得知袭人嫁与他人，颇感诧异，本有心思将袭人配与宝玉为妾，如今心内不免失落，但袭人终究只是个丫鬟，自己也不好怎样，也就不再多挂虑了。

且说那回抄检大观园，司棋那段风流故事闹得人尽皆知，不仅弄得王善保家的没脸，把邢夫人也气个倒仰。邢夫人想起那个“十锦春意香袋”，心内咬定是司棋的，实在不解恨，竟然差人去把司棋又找了来。司棋的娘听说贾府的太太找司棋，喜不自禁，以为太太念着司棋的好又让她回去服侍小姐，连忙让司棋去了。司棋见了邢夫人，邢夫人也不答话，一把把那个香袋摔在司棋脸上，骂道：“下流种子！做出什么样的好事来，弄得我们都没脸！”司棋气不过，哭了，赌咒发誓道：“但凡是我做的，我绝不赖别人，可这绝对不是我的东西，还望太太明察。”邢夫人气得脸色铁青，冷笑道：“听说你比主子还要娇贵，厨房里有了鸡蛋先让着你吃，若不依就一把打烂，管主子吃不吃呢！你眼里连主子都没有，又有什么做不出来的？”不由分说，喝令拉下去打四十板子，“若还有一口气，就把她拖回家自生自灭去；若打死了，就给她家些银子，让她家人葬了。”一时上来几个小厮就要拉人。司棋哭求无用，被打个半死，撵回了家。

司棋承辱含羞，她母亲又百般埋怨她，又骂她表弟不是东西，司棋气得病了。忽一日她表弟来了，司棋母见了，恨得一把抓住他，要打出去，永远不让他见司棋。司棋跪下央求道：“我也恨他懦弱，可我一时失了脚，就是他的人了，他再怎么样，我都跟着他了。如今他既然肯来，倒也有几分情意。”司棋母气得摔了手要打司棋。潘又安也忙跪下求道：“是我一时油蒙了心，痰糊了窍，只顾着逃命，但我从不想负了她。从今往后我再也不敢了，定与她永结同心，白头偕老。”司棋母亲气得摔了帘子就出去了。

潘又安见司棋身上被打得稀烂，脓和血流了一身，不禁落泪道："是我害了你！有朝一日，我定为你报仇。"司棋冷笑道："说得倒好听，你又何曾真有如此胆子？"潘又安一心要哄她开心，忙说自己逃亡期间，结识了一伙兄弟，都是行侠仗义之辈，定能行此义事。司棋是个何等好强的人，听说如此，倒真动了复仇的念头，于是暗中拉上了莲花儿几个，约好里应外合，之后常和那伙游手好闲、专妒人家富贵之流搅在一起。那几个本是贼寇之帮，又早嫉恨贾府富贵，如今又有了内线，自然伺机而动，不在话下。

话说香菱虽是跟了宝钗，怎奈旧日受的气已在心内瘀结，终不免对月伤悲，挑灯自叹，本来怯弱，如今越发一天天羸瘦了下去，气血两枯，茶饭不思，身上作烧，日重一日。宝钗见她神气昏沉，气息微细，也不禁落泪。香菱自觉将不久于人世，是夜心乱难眠，挣扎到院子里，只见月色如洗，寒气侵人，顿觉凄凉孤寂，远方人家的捣衣声依稀，她却不知自己父母故乡在哪里。如今病入膏肓，命不久矣，望月长叹，心酸不已，泪流满面。扶墙进屋，只觉软麻无力，不觉恍惚睡去，隐约之间只见一暮年道士。道士一把搂住她道："我的儿啊，可怜你冰雪聪明，花容月貌，却是有命无运。快随我归置警幻案下销号，好了结此劫，再另下世为人。"香菱不解，那道士便将她身世道来，香菱听罢，方知面前的就是自己父亲，忙上前抱住，痛哭不已，却被一跛足道士和一癞头和尚拉开，悠悠荡荡，至一所在，只见面前一石牌坊上大书四字"太虚幻境"。香菱疑惑，待要问时，哪里还见那一僧一道的身影，也不见了父亲，不觉哭醒。

只见窗外月光皎皎、人影团团，忽然听见有人叫自己，只见金桂推门进来，笑道："你倒好，躲这里落个清净了，让我好找。这是我亲自为你炖的汤，快喝了罢。"原来宝蟾得意后，越发骄横跋扈，连金桂都不放眼里，日日撒泼厮闹。金桂气不过，想着当日都是为了摆布香菱才纵了她，遂把一肚子恨都算到香菱头上。这夜薛蟠又宿在宝蟾房里，她便来找香菱来了。香菱料到汤里有毒，自然不肯，又不敢明言，只是求饶道："望奶奶饶了我罢，我已是宝姑娘的人了，今后只是尽心服侍宝姑娘，再与爷没有相干了。"金桂冷笑道："宝姑娘长，宝姑娘短，横竖你眼里是没有我了，我亲手做的汤你是看不上，我说的话也是不管用了。又有何饶不饶你的？你如今是宝姑娘房里的人，你是死是活跟我又有什么相干？"说罢，不由分说，只是将那汤照着香菱嘴里灌下去。香菱挣扎不得，一点香魂飘飘荡荡的不知哪里去了。

且说小舍儿被香菱屋内动静惊醒，忙披衣起来，见香菱颜面如雪，两眼发怔，已无气息，方吓慌了，喊叫起来。宝钗进来看了，不禁大哭，忙去通知母亲。薛姨妈气得捶胸顿足，立即要着人写状子，天明便去报官。宝钗哭道："妈千万冷静行事，此事万万不可报官。一则我们就是告了，也告不倒她。虽然我们都知道是她做的，可哪里有凭证？二则若是告了，大有可能引火上身。她家有钱有势的，就她一个女儿，自然倾阖家之力保她，到时候如若咬到咱们身上，反告咱个诬陷还是轻的。香菱如今是我的丫头，她死得不明不白，我们既然没法证明是谁做的，我也脱不了嫌疑。她既然选择在我这里结果香菱，保不齐早已想好要赖我头上。若是我们把这事闹出来，她自然趁机反来告我。就算她不告是我毒死香菱的，也多半要告个什么我管理不善，让她误食了什么，以致丧命；或是说什么我纵了哪个素与她有仇的结果了她，还不知道要连累谁。三则这事闹大了，还不得带累着我们家的名声都跟着臭了？香菱毕竟是个侍妾，但她再如何，也是个主子。这事抖出去，家丑还不得满天飞，弄得大家都看我们家笑话？再说她自然有权管教香菱，她若咬死了自己只是正常教训了香菱几句，是香菱肚量太小寻了短见，把她自己推脱得干干净净，我们又如何是好？香菱既然已经去了，她又是个善良的孩子，若知弄得我们家如此官司缠身、鸡犬不宁的，恐怕反倒让她不安了。倒不如我们好好将她厚葬了，让她早些安息，好重新投个好胎，平平安安过一生吧。”薛姨妈听得有理，遂只好罢了，将香菱好生安葬。

且说香菱往太虚幻境销了号，警幻仙姑怜其遭际，遂许她魂归故里，与母亲见上一面。那一点香魂便飘飘荡荡往姑苏飞来，只见富贵繁华，熙熙攘攘，车水马龙，甚是感叹。

话说封氏自士隐出家后，整天以泪洗面，勉强度日，少不得被父亲骂是“丧门星”，也只得忍着。是日同兄长往集市上买针线家用，忽见身旁一美貌女子含泪痴望，不知是为何事，又打量这姑娘好生面善，待要问时，却见姑娘泣道：“母亲想是已把女儿忘了？”封氏望见她眉心中米粒大小的一点胭脂，登时如雷轰电掣一般，嚎啕大哭，泪落如雨。香菱泣道：“孩儿今生愚呆，只想待人诚直，便自有善报，却不曾提防妒妇恶夫。只恨心机独缺，落得薄命夭折，日后恐也无缘再与母亲相见。”封氏听了，方知面前是女儿的魂魄，痛心不已，一把上前搂住时，却只搂住一缕香风，哪里还见得形迹？

且说宝玉听闻棒打了司棋，正闷闷不乐，是夜歪在床上瞎想，不觉蒙眬睡去，只见秋纹、碧痕、绮霰有说有笑走来，见了宝玉都蹙眉道：“二爷好偏心，留着麝月，却偏赶我们走。”宝玉正要解释，这些人忽然都一闪不见了。远远走来一个人影，走近看见正是袭人。只见袭人含泪道：“多亏了你，让我配得如意郎君，如今自然好好和他过日子。但我毕竟放不下你，特来叮嘱几句：你现如今也不小了，别只顾和姐姐妹妹们玩，也要抓紧些功课，别总惹老爷生气。”宝玉正想迎上去说两句，却哪里还赶得上？正在纳闷，只见香菱匆匆走来，宝玉忙上前笑道：“姐姐，她们都不睬我了，你好歹陪我说会子话吧。”香菱笑道：“我就是有心也与你说不得。快别拦着我，我刚回了趟家，已经迟了，此时要赶紧去报到了，若是晚了，只怕警幻姐姐要怪我了。”宝玉不解道：“姐姐的家不就在这吗？哪儿又冒出个家来？你刚说的又是哪位姐姐？姐姐又是要去哪？为何如此匆忙？”连珠炮似的问了一串问题。香菱正不知从何答起，但见突然冒出来四个金刚模样的天神，说道：“尘缘已尽，休要留恋。”便不由分说，连拉带拽把香菱带走了，宝玉吓出一身汗，猛然惊醒，恰见麝月进来。宝玉哭成个泪人，非说香菱死了。麝月笑道：“好好的，干嘛咒她？”宝玉等不及，只要麝月去宝钗那里瞧瞧香菱。麝月拗不过，只好去了。

宝玉只管哭天哭地，也不知过了多久，只听哐当一声门响，麝月慌慌张张进来，道：“二爷敢情是能掐会算不成？香菱果真去了！吓了我一跳，前些日子还好好的人，怎么说没就没了？听小舍儿说她是病故，我问是什么病，竟来势如此凶猛，她偏又支支吾吾地说不清楚。”宝玉闻言又掉下泪来，自言自语道：“可怜了这般如花似玉的女孩子，薛大哥哥也忒不珍惜了。不过也罢了，你也终于逃离苦海了，想必也同晴雯一样，是去天上做了神仙，再不用我替你担惊受怕了。二姐姐的命也和她差不远，怎么女儿的命都这么苦呢？”说罢又放声大哭。麝月也忍不住掉下泪来。忽听外边有人问：“宝二爷在吗？”

不知是谁，且听下回分解。

第八十二回

家下纨绔众闹家塾　雨中粉黛独吟雨窗

话说怡红院中宝玉正惋惜香菱，忽听有人叩击院门。老婆子开了门，麝月见是赵姨娘房内的丫鬟名唤小鹊的，连忙把她请进来。小鹊见宝玉心痛神痴，眼中落泪，只当他又是和哪个闹了别扭，便笑道："二爷倒是别伤心了，敢情日后连这般伤心的机会都没了。我来告诉你一个信儿，老爷打定主意让你再去家塾读书了，日后只可在学堂书斋用功，连这园子里都玩不得了，也难见到那些姐姐妹妹。"宝玉惊道："此话当真？你可是打听实了？"小鹊答道："前几日我们奶奶这般如此在老爷前说了，老爷听了不快，说你大了，早不该再和姐姐妹妹们混在一处玩了。昨儿个偏连太太都似跟我们奶奶一气似的，也来劝老爷，说你如今懂事了，肯用功，再不贪玩了，倒有了当年你大哥的影子，当好好栽培，多让你读些书。老爷当即拍板要把你从今儿起就种在家塾里了。原本昨儿就要嘱咐你的，只是昨儿天色已晚，今日怕是躲不过了。仔细老爷马上就要来问你话。"说着回身就去了。麝月忙留她吃茶，小鹊因怕被人看见，遂不敢停留，径直去了。

见已日上三竿，宝玉急得直跺脚，正没抓寻处，只见贾政的小厮走来。宝玉后悔不迭，只恨当时为了放丫头们出去，口不择言，偏偏找了这么个理由。但又无法，只得随小厮挪到贾政书房。

贾政冷笑道："不肖的孽障！我还以为终于长进了。叫了你半日，结果这会才垂头丧气地蹭来，想是竟躲我不成？养出你这样的逆子，连我也羞死了，要不是老太太拦着，我倒是想早把你打死了干净。听说你终于长进了，我还正高兴呢。结果你发奋的那些话吃进狗肚子里了吗？你都念了些什么书！倒念了些流言混话在肚子里，学了些精致的淘气。倒以为自有些歪才情似的，成日只会拈花惹草，故作女儿之态。等我闲一闲，看我不先揭了你的皮！让你读点书，实不指望你光耀门楣，只求你少给祖先丢些人。给我站好了！仔细靠脏了我的门！依我的话，你也不用解释什么，仔细你的那通没个正经的歪理污了我的耳朵！”

宝玉默默无语。王夫人道：“眼下须上学要紧，明日就让他回家塾读书吧。你也不小了，你珠大哥在你这么大……”说着又哽咽了，再说不下去，暗自落泪。贾政道：“也甭提上学了，如果再提他‘上学’两个字，连我也羞死了。我听说你的小厮还把学堂闹得乌烟瘴气的，定是你的主意，成何体统！如今你也不必再去了，少给我丢人！今后你只在怡红院老实待着，好好读书，我亲自来查你功课。若是又偷懒，看我不打断你的腿！”宝玉听说，唯唯退下。

王夫人对贾政说道：“宝玉如今也大了，得有个管得住他的才好。我先前倒是看中了个丫头，又懂事又能干，前些日子却被宝玉把她和其他丫鬟一起放出去，许了人，眼下便越发没人管他了，真是让人心焦。宝钗这孩子倒是妥当，家里上上下下没有不喜欢她的，又知书达理又温柔贤淑。但是毕竟有个没出息的哥哥，不学无术，三天两头闹事，成天眠花宿柳，又娶了个极不省事的媳妇，家里闹得鸡犬不宁的。宝玉若是整天和他混在一起，难保不被带坏了。我是极喜欢宝钗这丫头的，但是思来想去还是不妥。至于黛玉，老太太多疼这孩子自然不必多说，这一辈中她最疼的就是这两个玉儿了。可两孩子正是‘不是冤家不聚头’，隔三差五地闹别扭，闹得我们做长辈的一惊一乍，心都要跳出来。不过他们总不出三两天，就会自己和好，黏糊得难舍难分。依我看，他俩终究是谁也离不开谁。就算我们阻拦，既不在理，也拦不住，难得他们打小一起长大的情谊。林家对我们贾家有恩，老太太念着我们妹丈去后黛玉终身得要有靠，早就想撮合他俩的事情，这是府里尽知的。再说了，若是黛玉就嫁给宝玉，嫁妆的事情也能含混些。黛玉这孩子灵，又知书懂礼，虽有时耍耍小性子，也不会拧着谁不放，总体上知其位尽其职，做事有分寸，从未失大家闺秀之风范。本性也不错，善良达理。我也喜欢这孩子，只是她身子骨弱，从小药罐里泡大的，不似福泽深厚之人，又与宝玉一个贪玩性子，从不劝宝玉读书考个功名。因而我也是左右为难，可思来想去倒也想不出其他合适的人了。老爷看如何是好？”

贾政道：“我看不妥。宝玉当前重中之重，不是成家，而是立业。这么大个人了，文不文、武不武的，他要娶媳妇，必得是既不能纵着他贪玩，又能给他树个好榜样的。其实我早看中了一个人，她模样儿极好，文墨极通，经典也极熟。不单才学高，还极其洁身自好，不管如何情况，只要她肯嫁给这个孽障，就是这个孽障的造化。宝玉跟她久了，‘近朱者赤，近墨者黑’，自然耳濡目染，跟她学些正经的知识，没准慢慢地就好了；或是见她如此完美，自己也羞了，倒自己愿意念书，肯去用功了。但她严于律己、清冷高洁，我看她未必看得上这个孽障。就算她愿意，眼里定也揉不得沙子，日后断不可让宝玉整日跟女孩子家厮混一处、东游西逛、不务正业。”

王夫人问道：“老爷说的，可是妙玉？”贾政喜道：“正是，夫人意下如何？”王夫人道：“好是好，但恐怕此事难办。首先妙玉的脾气老爷也是知道的。当年她来，还是下了帖子才请来的。如今要是唐突她，她若仅是不同意拒绝了，还事小；倘若她认为我们侯门公府以贵势压人，强逼成亲，这传出去，我们家的颜面何存？老爷想想，依她的性格，她对谁都冷冷的，拒人于千里之外，难道偏就愿意嫁给宝玉了不成？就算‘太阳打西边出来’，她同意嫁宝玉了，但宝玉虽再不济，配不上她，却也真不见得愿意娶她。他心里整日整夜只装着他的林妹妹，这会子让他弃了林妹妹，去娶个一总共没打过几回照面的，他又如何能愿意？”

贾政冷笑道：“这混小子愿不愿意倒不必多虑了。‘父母之命，媒妁之言’，他再不肖，在这件事上他还能违抗不成？林姑娘那儿太太不用担心，她是我亲妹妹的女儿，我自然会给她寻个好人家。宝玉还有脸整日跟她呆在一起，他也不照照镜子，他哪点配得上人家？天大的事情，都是他闹出来的，我怎么就养出个这样的逆子？林姑娘倒是规矩，可宝玉跟她在一起，便越发地没了规矩。让他俩在一起，我是不放心的。那孽障要是敢闹，就由着他闹去。若他非要小孩子气要个没完，闹着要娶黛玉，就许他娶了林姑娘做妾。你放心，不会真让他娶的，那也忒委屈了林姑娘。宝玉听了，必不会同意，为了不屈了他林妹妹，自然就依了我们的安排了。难只难在妙玉那儿，强娶自是万万使不得的，还得妙玉心甘情愿，这事才妥当。”王夫人道：“此事容我再考虑考虑。”贾政点点头：“也好，宝玉如今重中之重仍是学业，亲事可以暂且搁着。”王夫人心里矛盾得很，一时也不好再多说什么，便离开了。

贾政想起妙玉当初是林之孝家的领到家里的，便把她叫来想让她去探探妙玉意下如何。林之孝家的深知妙玉为人孤僻，没的倒会白碰一鼻子灰，便赔笑道：“老爷有所不知，妙玉和四小姐甚好，她两个谈禅下棋，很是投机。何不叫四小姐过去同她聊聊，这事也容易办得多呢？”贾政道：“如此也好，你去把四丫头叫来。”林之孝家的听说，赶紧去了。

惜春见了贾政，听说让她去请妙玉到蓼风轩下棋，虽不解，但毕竟不与自己相干，便也懒得细问。只是接了贾政赠妙玉的玉如意自己送去，不在话下。

且说邢岫烟因薛家迎亲的日子近了，又素来与妙玉交好，便想去跟妙玉道个别。路过蓼风轩，听到里面“啪”的一声，一个人笑道：“你那里头都是死子儿了。”邢岫烟听出是妙玉的声音，便轻轻地掀了帘子进去。

妙玉连忙笑着让邢岫烟坐下。惜春见了，不愿打扰二人，便想告辞，从帕子里捧出玉如意递给妙玉。妙玉笑道：“你竟也送起这种俗器来。不是我说狂话，我这里比这好的多着呢。”惜春受贾政之托，说是王夫人所赠。妙玉冰雪聪明，见王夫人送自己如此名贵之物，自然猜了大半，思量少许，便收下了，托惜春帮她谢谢太太。惜春告辞了，妙玉与岫烟略聊了几句也就各自散了。

且说宝玉离了贾政往怡红院来，走到沁芳亭，只见石隙清流湍急，红花绿树相映，桥上白石栏杆依旧，却已寂寞无人，不见了往日热闹气象，迎春、司棋等人亦不知身处何境，心里顿觉萧疏，不禁慨然叹息，潸然泪下。忽听见身后有人笑道：“爱哥哥，我说怎么找不到你，原来在这里呀。”宝玉知道是湘云，又听说她已聘给了一个什么卫公子，便更勾起了别离的伤心来，也不答话，只是回过身来，怔怔地望着湘云发呆。湘云笑道：“爱哥哥多大的人了，还是小孩子一样，哪天娶了宝姐姐，还是这样不成？我劝你也读些书罢，别埋没了人家宝姐姐。你若是不能金榜题名……”话未说完，宝玉已把脸一拉，打断道：“姑娘，胡说些什么，什么宝姐姐、贝姐姐的。本是你想出阁了，做什么拉上她来？”湘云不觉红了脸，低下头来。宝玉气愤愤的，只管扭了头抬起脚就走了。

宝玉回到怡红院，只管往床上一倒，拿衾枕蒙了脸，默默地哭起来。这时听到麝月推着他道：“方才薛大爷来寻你，叫你一同习练弓箭去。”宝玉想起香菱，没好气地怒道：“管他找谁，关我屁事。他再来找我，就说我不在，让他那比男人更可杀的老婆陪他去罢。”话音未落，只见小鹊飞跑进来。小鹊道：“宝二爷，老爷往这儿来了，你可仔细他知道你不在读书！”宝玉唬了一跳，忙抓起一本书念起经来。少顷，宝玉透过窗户见贾政等人已远去了，并未走进他房间来。于是，即刻将书一掷，歪在床上，只嘱咐麝月帮他盯着。

且说贾政本是有事去找贾赦，路过怡红院便留心听了听宝玉读书，听其读得有气无力，知道他又心不在焉、装模作样，心里恨道："孺子不可教也！"及贾赦问起宝玉，贾政冷笑道："越发散荡了，成天只知道和女孩家玩玩笑笑，做些混账诗文，正经事从不上心。有这样的逆子，我也是颜面扫地了。若他再毫无长进，就不用念书了，省得浪费银子，我只当没有这个儿子。"贾赦笑道："宝玉相貌出众，多情有才，又有什么不满意的？若是担心他读书，送到学堂就是了。有众人陪着，自然比他一个人念书强。"贾政道："我倒是想，可之前学堂里闹得天翻地覆，宝玉去这种乌烟瘴气的地方，越发得浑了。我哪敢让他去？"贾赦道："老话说'一颗老鼠屎坏了一锅粥'，学堂就算是不好，也不过只是几个邪魔歪道的孩子搅的。"贾政道："凭是什么原因，宝玉若是放到学堂去，越发得不成样子了。"贾赦道："笑话！贾家的家塾，还容不得宝玉读书不成？只消跟那儿的人说一声，把那几个坏孩子撵出去，不就成了？我这就吩咐下去，要是你不告诉我，我还蒙在鼓里呢。那些坏孩子是断断呆不得的，蓉儿、蔷儿、环儿都在里头学着呢，由着他们闹，难道纵着他们把我们家的娃娃都带坏了？"贾政听着有理，便让李贵去办。于是，香怜、玉爱、金荣之流皆被逐出学堂。这几人虽是不读书，这几年倒也通过学堂省了不少嚼用，捞了不少银子，自然是不愿意，但也只得回家去了。

话说那一干人走后，薛蟠本不大来学中应卯，如今见又走了几个多情俊俏的小学生，因此更不大来了，学堂闹事的事情，一时间竟绝了迹。宝玉倒也静下心来读了些书。

贾蓉、贾蔷、贾环三个仍被闷在学堂里。本来趁乱兴风作浪，浑水摸鱼的，日子倒也不难熬，可如今家塾里竟突然平静下来，顿觉冷清，没有兴致。过不了多久，便只是捧书做个样子，自凑成一堆在后面切切察察。

可巧这日代儒有事出去了，只留下一篇文章，命学生背了，过几个时辰再来检查。忽然听得有人唤“环三爷”，贾环忙出去接过点心，原来那人是贾环的小厮钱槐，来讨好主子的。贾蓉、贾蔷两个一见，哪里还忍得住，忙向外头喊自己的小厮道：“快去把好茶给我端了来。”登时一众子弟都使唤起小厮，响成一片。大家便索性趁乱凑作一团，喝酒的喝酒，划拳的划拳，或说或笑，或嚷或闹，学堂里顿时就像开了菜市场。偶尔几个安静的则独个歪在阑干上小憩。钱槐见自己一呼百应，很是得意，往走廊上来，正好撞见个名唤贾蓁的，站在那里撕桂花瓣。那贾蓁虽然名为贾家子孙，实则不过是个旁支，他家里早已败落，度日艰难。钱槐只道他是个“破落户”，自然不把他放在眼里，便上前冷笑道：“你倒自个儿寻清静了，你钱大爷要问你借几串小钱打酒喝，你倒是给不给？”说罢，把他直逼到墙角去。贾蓁知他是个泼皮，身强力壮又仗着贾环，一言不合就拳脚相向，如今见他又来勒索，也只好硬着头皮道：“钱兄，如今我父母小本生意不好做，今年实在艰难，我过年时连新棉衣都未曾添置，眼下更是只得当了旧棉衣勉强度日。哪里还有闲钱揣着？”钱槐听了，一把揪住贾蓁的衣襟，道：“你这话忒难听，难道你钱大爷抢你的钱不成？又不是不还你，编派出这么一长串子废话来，给谁听呢？”贾蓁赔笑道：“我哪敢有这等意思？钱兄向来都是一诺千金、有借有还的人。只是小弟如今太贫蹇了，手头连吃饭的银子都没有，所以也少不得求钱兄开开恩。如果还能把前两年借小弟的钱赏给小弟，小弟便更是感激不尽了。”钱槐顿时不乐，举拳便要打人，恰听见有人喊道：“住手！”钱槐正欲连他一起打，一抬头但见是宝玉，连忙赔笑道：“大家闹着玩呢。”

贾蓉、贾蔷及众子弟见这里热闹，都拥了过来。贾蓁见到贾蔷，忙哭道：“钱兄屡次借钱，从来不还，今日又要讨借，我家又不是开银铺的，哪有钱给他？一句话不投机，他就要打人。”贾蔷平日与贾蓁要好，自然不乐意，叫道：“他是你哪门子的哥哥？奴才也敢坑主子的钱？”说着抬手对着钱槐就是重重一巴掌，钱槐不敢还手，捂着脸嘟囔道："这算什么，诸位何必装君子，这勒索敲诈的事还不是跟你们学的？"贾蓉听了，气得一拳把他脸上打得青紫，啐道："叫你胡说！"此时钱槐恰巧看见贾环在人群外面磨蹭，便高叫道："三爷，他们哪里是欺负我，分明是瞧不起你，让你没脸呀！"贾环听了，脸上气得青一块紫一块，瞪着眼。贾蔷怕事情闹大，忙拽着贾蓉、贾蓁要走。贾蓉对贾环笑道："蓁哥再不济，一不是奴才，二不是姨娘养的，凭什么让人作践？"贾环一听急了，伸手拽过贾蓉来，嚷道："你怎么能如此和你叔叔讲话？"贾蓉笑道："你能有多大了？乳臭未干的小屁孩，也跟我充起长辈来了？"贾环恼了，上去就是一拳，自己身上却不知着了谁的一脚。

一时众人都忙起来，有解劝的，有趁乱闹事的，有装作解劝趁乱闹事的，有看热闹的，有看着热闹呐喊助威的，一时间，众人扯作一团，把贾环揉得面团一般。宝玉唬得骂贾环道："做叔叔的和侄儿子打架？成何体统！小心我告诉老爷！"众人方才停了手。贾环不敢则声，急忙躲开了。这时有小厮来通报代儒回来了，众人这才回屋子里，有的仍有怒色，也有的不禁偷着乐。

这件事不知怎的传到了贾政那里。贾政恨自己疏于管教，竟然养出这样的儿子，忙把贾环找去训了一顿，本来身子不适操不动棍子，可是气不过，还是命小厮打了贾环一顿板子，一面催着小厮打重些，一面继续训贾环。贾环心里咬定是宝玉告的密，气他名为兄长，从不疼惜弟弟，倒助侄子欺负自己；又恨父亲专偏疼哥哥，毫不把自己放在眼里，连打自己都不愿意亲自动手。从此暗中拉帮结派，只待时日再出这口恶气，心里暗暗发狠道："你们如今一个个都瞧不起我，欺负我，'狗眼看人低'，等有朝一日，你们才知道我的厉害。到那时候，你们就是哭着给我跪下也没用了！我要让你们后悔去！"

学堂打架的事情，不知怎的也传到了贾珍耳朵里，贾珍对于尤二姐之事贾蓉办事不力的火还没消，免不了老账新账一起算，把贾蓉打个半死。贾蓉早知道了些爬灰的风流故事，又素知贾珍的品行，敢怒却不敢言。此刻又受了这些气，免不了更生叛逆之心，从此越发在学堂里拉帮结伙，心里恨道："待我将来有了本事，我也要让这位名为'爷'的瞧瞧我的厉害！到时候，他才知道我的气性呢！"此后，两派人马时常"各显神通"，恨不能把学堂搅个翻天。学堂里的风气日益腐化。宝玉虽然顽劣，终不愿与他们沆瀣一气，但也无可奈何。

再说王夫人想到园中众小姐年已及笄，便与凤姐商量着张罗婚事。凤姐笑道："真是巧了，前儿刚好有官媒婆来帮几家说亲。"王夫人便问是哪几家，凤姐道："有平原侯蒋家的，定城侯谢家的，襄阳侯戚家的，景田侯裘家的。现今家里除岫烟已说给了薛家，还有李宫裁的两个妹妹尚未婚配，探丫头也不小了，请太太看看，要不要提给官媒婆试试？"王夫人道："我正有这个意思。正好也叫官媒婆问问她们的女孩儿可有愿意环儿的。"凤姐儿听了，忙道："依我说，竟别碰这个钉子去。赵姨娘或许心里已有准了，咱得罪了人不说，怕是又闹个天翻地覆，说我们只将人家不要的说给环儿。如此来，我们只落得吃力不讨好。环儿又没出息，没的耽误了人家姑娘。"王夫人觉得有理，也就答应了。

话说凤姐儿自贾琏到平安州应差去后，心中实在无趣，每到晚间，不过和平儿说笑一回，就胡乱睡了。这日晚间，正和平儿灯下拥炉倦绣，聊些琐事。平儿道："那彩霞也是个可怜的。来旺的小子是个戆汉酒鳖，赌瘾极大又总输，几乎日日打彩霞撒气。前几日旺儿来请假，说是家里出了事。昨儿我听说，竟是彩霞逃走了，旺儿家里都乱成一锅粥了，全家到处找就是不见人影。连那彩霞的妹子小霞也不见了。想来是小霞帮她姐姐趁夜逃走的。"凤姐叹道："我也真是瞎管闲事了。之前我还不信那小子大不成人，巴巴地去张罗，结果把这好好的丫头给断送了。”平儿安慰道：“奶奶也别太自责了，每天要管那么多事儿，出个纰漏也在所难免。奶奶如今身上不好，该好好休息调养着才是。要我说，奶奶身子要紧，那些操心劳神的事儿，还是少揽些好。”凤姐嗔道：“你这小蹄子，我才说了一句，你就给我倒了一长串话出来。我好好的，你倒又咒我病了？你倒说说，我如何能休息？如今诸位姑娘都到了嫁人的年纪，难道我只把她们的亲事一箩筐堆在那里，自己埋头睡觉不成？”平儿素知凤姐脾气，忙道：“奶奶也别逞强了，听我句劝，早早找个大夫把病根断掉吧，也省得以后身上不好，耽误事儿。”凤姐笑道：“谁说我病了？你去帮我把彩哥儿喊来，叫她看看药书里有些什么合适的药，胡乱抓些补补身子就是了。”平儿听说，忙去叫人。

凤姐见平儿许久还没来，正在纳闷。这时平儿带着彩明来了，凤姐骂道：“你这蹄子，又上哪野去了？”平儿笑道：“刚刚撞上几个婆子慌慌张张的。一问，居然是偷了主子的东西想去赌钱。上回刚赶了几人出去，才过了多久，这些上夜的人就又耐不住了。我已把她们这个月的月利银子扣了，想必以后是不敢了。”凤姐道：“这种歹人，如何能纵？只管打一顿赶出去就是了。”平儿忙说：“奶奶歇着吧，何苦操心这种小事儿？”凤姐抽出一本《千翼方》来，递与彩明。平儿把彩明叫了出去，小声告诉她奶奶所得何疾，要她看看书里有没有可用的方剂。彩明一听“血山崩”三个字，唬得忙说：“这可不是什么小症候，前几日王太医来，为何不找他看看？我又不懂，只怕误了奶奶。”平儿道：“她什么脾气，你又不是不清楚，她如何肯请？”彩明无法，只好细细翻了书，抄了方子给凤姐。凤姐要她拿了，次日去药房叫贾菖、贾菱抓药。彩明刚走，凤姐只觉头晕目眩，下身一阵热痛，倒在床上。平儿劝道：“还是找太医看看罢。”凤姐瞪了她一眼不睬。平儿没法，只得暗自焦急。

翌日，王夫人想着宝玉的事，因带了小丫头往潇湘馆来。黛玉午睡刚醒，正歪在炕上发闷。忽听王夫人来了，连忙去迎，唤紫鹃去倒上好的茶来。王夫人道：“我不渴，不用劳烦了。你们都去园子里逛逛去罢，我有话同你们姑娘说。”紫鹃、雪雁等便都出去了。

王夫人握着黛玉的手道：“我的儿，我已经快五十岁的人，通共剩了宝玉一个，他是我的命根子。他若不好了，我也没什么意思了。他素与你知心最厚，免不了我还得让你劝劝他。宝玉顽劣，这般大了还是不正经读书。我让他读书，并不是想让他扬名显达，只求他得个立身之本，至少得以安家。他又愚呆痴傻，听什么都当是真的，一两句玩话就能让他发起疯来，疯起来连玉都摔，三天两头把自己折腾得病了。宝玉固执，除了你的话，别人的话他也不听，老太太喜欢你们两个，我也愿意你陪着他，但求你日后少与那呆子玩笑些，他平平安安，能够安身立命，我也就知足了。本来我应该多管教他些，可他长得单弱，况且老太太宝贝似的，若管紧了他，倘或再有个好歹，或是老太太气坏了，那时上下不安，岂不倒坏了，所以就纵坏了他。我何尝不愿像管你珠大哥一般教导他？可是一想起你珠大哥年纪轻轻就没了，大约是当时读书废寝忘食把身子熬坏了，我就一阵心疼，一阵懊悔，不敢把宝玉逼得紧了，以免走他大哥的老路。但我也总不能让他这一生都不学无术，碌碌无为。我和你舅舅总有一日要走的，到时候剩他在这世上，他要是没个本事，担不得一官半职，我们如何能放心呢？所以我终究也不能就这么放任了他去。可他每每犯起浑来，我要管教他的时候，却又总想起他大哥来，若打坏了，将来我靠谁呢？于是，我只能常常掰着口儿劝一阵，说一阵，气得骂一阵，哭一阵，彼时他好，过后儿还是不相干，端的吃了亏才罢了。如此，对他我是无法了，只得烦劳姑娘多劝劝他，让他改改那性子，学些正经本事，就是我们娘俩的造化了。”黛玉听了，似有一股热流灌入胸腑，忙道：“舅妈别太担心了，我今儿就去劝劝他，能尽我的一点绵薄之力，也是我的造化。”王夫人又问她的病可好些，需要什么药。黛玉笑着说好些了。

王夫人又说了几句话就走了，黛玉送至门外，只见秋风虽至，翠竹芭蕉，摇曳风中，生机不减。黛玉看了多时，但见紫鹃、雪雁走来，对她笑道：“姑娘面有喜色，不知太太刚和姑娘说了些什么？”黛玉笑嗔道：“太太要打发你两个回家成亲呢，才被我劝住了。”紫鹃、雪雁羞道：“姑娘就会拿我们取笑。”黛玉道：“我去宝玉那儿一趟，你们不必跟去了。”说着便往怡红院来。

宝玉想起湘云前些日子出阁的事，正歪在床上发呆，忽听黛玉敲门问道：“屋里有人吗？”宝玉仍没回过神来，怔怔地道：“没有人。”黛玉进来笑道：“正是了，只有一个呆雁。”宝玉“噗嗤”一声笑了出来，道：“妹妹今儿如此高兴，别是捡着金子捡着玉了？”黛玉听罢，故意绷着脸道：“金子、玉，都在书里躺着呢。书都躺在那里生尘了。你也该拿出来读读了。”宝玉听罢，笑得肚子都疼了，道：“好好的，妹妹怎么倒学起宝姐姐来了？如今‘天意秋初，金风微度，城阙外画桥烟树’，如此良辰美景，不出去赏赏，倒闷在这里读什么书不成？”黛玉绷不住，笑道：“你呀，净顾着读这些玩了。”宝玉正色道：“清风明月休辜负。”黛玉也正色道：“你也该读些正经书，休把韶华虚付。‘光阴暗把流年度，人生百岁如朝露’，此时不读，待白了头再悔年少轻浮？”宝玉笑得在床上打滚，道：“你尽管学罢，依我看，学得真像呢，宝姐姐果然会如此劝我。你说的正经书，是《牡丹亭》还是《西厢记》？”黛玉道：“别闹，听话，我告诉你，今儿个我也要劝你读读什么《孟子》《中庸》《大学》。”宝玉笑道：“好妹妹，如今我又多了个姐姐了。”黛玉道：“我知道你讨厌八股文章，不愿意诓功名混饭吃。但且不论功名，你就算是为了混口饭吃，读一读，装个样子也是合该的。难不成真等到饿死了，性命都保不住了，你上哪儿读你的闲书去？”

宝玉猜到黛玉定是受父母之托来劝他读书，因不想黛玉为难，便笑道：“我听你的。”黛玉笑道：“我信你个鬼。书呢？赶紧拿出来读读，不然，我可要恼了。”宝玉笑着抓了本《孟子》，摇头晃脑地念起来。黛玉方欲出去，正巧遇上贾政进来。贾政见宝玉在念孟子的《万章》篇，很是欣慰，微笑着走了出去。黛玉陪他往园里来。

宝玉从窗子里见父亲走远了，把书一掷，仍去找闲书解闷。黛玉返至潇湘馆，正见春纤在院里收衣裳，抬头见西天黑云东移，风势也渐渐地大了，似有雨意，便道：“紫鹃、雪雁，把窗子关好，要下雨了。”紫鹃、雪雁从屋里出来望望天，笑道：“可不是嘛，昨儿个热得很，今儿也该有雨了。”忙帮春纤收拾衣裳。黛玉无聊无寄，外头天色闷闷的，也出不去。翻了几页古诗，看了些离词别句，不觉心动，望着远方的灯火依稀地亮了，眼前竟不知为何浮现出桨声灯影来，刚才看的诗就在其中晕开，恍然看见那些才女们就在这晕开的灯火中走来，黛玉不觉心怦怦跳起来，心里喷出万般的情思，又不知从何细思起。她想出去叫宝玉来聊聊，又出不去，遂闷闷的，可到底忍不住。于是，黛玉唤紫鹃来磨墨，她摊开宣纸，才刚提起笔来，心里千般万般的情思就潮水般涌上来，却又堵在喉咙里。慨然叹息中，她望着窗外风雨紧了，便闷闷地坐下来，就着风声雨声连写了十首诗。也无甚用意，只是好似被什么力量驱着似的，把一肚子憋着闷着的慨叹都倒了出来。一气写完了，又在篇首写上“十独吟”三个字，所写乃是：

其一　朱淑真

才枉绝尘月貌残，夫妻异路两无干。

另结比翼青云上，却与他人做笑谈。

其二　薛涛

才干堪超校书郎，高洁遭唾性张狂。
缁衣冷殿独孤老，讪笑桃红已泛黄。

其三　柳如是

不弃囚郎守故园，扶风弱柳志偏坚。
可怜玉殒结环里，凛凛家国仍在肩。

其四　冯小青

富贵乡中家猝破，痴情才貌枉相托。
因遭妒妇迁无傍，方叹夫君情意薄。

其五　李清照

琴瑟和鸣比翼双，赌书泼茶只寻常。
人非物是经年后，水逝天涯念故乡。

其六　李香君

休羡光辉万目前，风声走露众人嫌。
鞠躬尽瘁魂不忘，后事偏哀枉挂牵。

其七　董小宛

和婉温柔擅女红，曹娥舍己为家中。
休说女子无情义，不弃不离有始终。

其八　顾横波

兰花绘尽一生情，数载忠节泪已凝。
头戴簪缨威赫赫，却为后世叹清名。

其九　卞玉京

斩断情丝不语愁，少年已历半生秋。
缁衣冷殿胭脂瘦，尘土无休自隐修。

其十　陈圆圆

孤鸾出岫韵烟间，贫蹇何遮逸气仙？
怎奈男儿不顾后，冲冠意气苦红颜。

黛玉写完，自己又读了几遍，嗟叹了半天，把笔一搁，又歪在炕上打盹，不知不觉睡去了。欲知后事如何，且听下回分解。

第八十三回

莫能劝莫怪玉辞玉　无可药无奈亲离亲

且说王夫人正在贾母房中陪着贾母说着话，忽见宝玉进来请安，回说上学里去。贾母对宝玉说："明儿便是重阳，今儿可以不必上学去了。叫学堂里放一天假，咱们也聚着乐一天，你陪我到园子里逛逛。"说着又咳嗽了几声。宝玉见贾母形容憔悴，脸色枯焦，只觉心疼，忙答应一声，背转身去，偷偷掉泪。紧接着，贾珍、贾琏等人也来了。

这时只听后院中传来笑声，说："我来迟了，可别罚我！老祖宗，我给你带了好吃的，可热乎了，赶紧趁热尝尝！"只见几个丫鬟围拥着凤姐从后房门进来，手里拎个篮子。贾母看时，原来是牛乳蒸羊羔，蒸得烂烂的，并着几样上好的蔬果和粥。贾母笑道："难为你费心了，只是我身上不大舒坦，吃不得荤腥的。我就喝几口粥罢。"凤姐忙端了碧粳米粥喂给贾母，贾母勉强吃了几口，叹道："我是实在没有胃口，你替我吃了罢。"凤姐忙道："那王太医正在这里，要不要请他来给老祖宗瞧瞧？"贾母便叫人出去传请太医。一时婆子回说王太医来了，贾母道："不要放幔子了，就这样瞧罢。"众婆子听了，便拿过一张小桌来，放下一个小枕头，便命人请。

不多时王太医进来了，老嬷嬷端着一张小机，连忙放在小桌前，略偏些。王太医便屈一膝坐下，伸手按在右手脉上，调息了至数，凝神细诊了有半刻的工夫，方换过左手，亦复如是。诊毕脉息，对贾珍、贾琏说道："我们外边坐罢。"贾母道："不打紧，就在这里说，我也老了，什么没见过，什么听不得？”王太医犹豫着不敢说。贾母一定要他说，他只好说：“太夫人并无大碍，吃些药调养着，暖着一点儿，就好了。”说着写了方子。贾母笑道：“若是真无大碍为何要吃这么多药？连独参汤都要吃这么多了，想是元气已经大亏。你只管告诉我实话。”王太医只好说：“弦脉端直而长，气机不利，六脉弦迟，素有积郁，稍感风寒，药取柴胡疏泄，寸关无力，心气已衰，脉气歇止，止有定数。”贾母叹了一口气道：“我就知道自已熬不过今年了，不过我已经活了这么大岁数，没什么好可惜的了，只是现在家道这个样子，我怎么放心走？”众人忙跪下含泪道：“老祖宗是有福之人，定是长命百岁，快别说这不吉利的话。”贾母笑道：“你们都不用宽我的心了，我的身体我自已知道。明日重阳大家得快快活活地过，你们都好好的我就能放心了。”

翌日清早，宝玉匆忙起来，胡乱喝了点薏米红豆粥，就急着要往园子里去。麝月忙把穿花大红箭袖给他穿上，道：“时值秋令，外头清寒，偏又这样猴急毛躁地出去，回来又要闹头疼了。”宝玉听她口气，恰是又一个袭人，乃笑道：“怪不得袭人姐姐临走要留下你，看来她实走却似未走。”麝月笑道：“二爷又想她了？你干脆还叫她回来服侍，岂不好？我也省好多心呢。如今你这么猴儿……”宝玉打断她，笑道：“你既是嫌了我，想必是想早些出阁了？果真如此，你直接说便是了，做什么拐弯抹角的，倒说起我来了？我赶明儿就帮你物色个好的，趁早把你嫁出去，省得你来编派我。”麝月脸红了，嗔道：“我只说一句，你倒倒出一堆的话来噎我。”宝玉笑道：“好姐姐，是我多嘴了。一大早你出去，有没有看见园子里都在忙些什么？”麝月笑道：“园子里正热闹着呢，一早大家就都在采茱萸、吃糕点，刚才还有人嚷嚷着要到城外登山去。周大娘说了，老太太不许大家走太远，所以今天都不出这园子了，就在这里热热闹闹的。老太太那儿吃完饭，就要二奶奶她们陪着钓鱼呢，还说大家要猜谜行酒令。

老太太这般雅兴，竟是比咱们年轻人还有兴致。”宝玉听了，低头半晌，不觉掉下泪来。麝月见他伤心，以为他出不了门难过，正准备劝劝他，宝玉只不让她跟着，急急忙忙出去了，叫上了黛玉、探春，路上又遇见了李纹、李绮，一干人一同去见贾母。

只见贾母房里人声鼎沸，很是热闹，凤姐、王夫人、邢夫人、李纨等众人都在。凤姐、王夫人一边一个搀着贾母，被大家簇拥着往园子里来。丫鬟、小厮们在各处或放风筝，或钓鱼，或捉迷藏，贾母看着热闹，很是欢喜。走不了多远，正巧又遇上贾琏等子弟来见贾母，一行人便一起来到暖香坞，桌上惜春的大观园图已画了大半，贾母戴了眼镜，仔细端详了一回，很是赞赏。一行人转过藕香榭来，走至蓼溆，上了亭子，眼前是一片假山石。贾母来了雅兴，命丫鬟去取了鱼竿来，大家好一同钓鱼玩。

凤姐自往石上一坐，要了几个大桶来放在身边。贾母笑道：“这个凤丫头，拿这么大的桶，把这塘里的鱼钓光了也装不满呀！”凤姐笑道：“我这桶不是用来装鱼的，是用来盛老祖宗的福气的。老祖宗真真是有福之人，只在她身边放一放，这桶就都满了。只消抓一把福气，塞进嘴巴里咽下去，这一年都有福得很呢！”说着，拿手在桶里抓了一把，张大嘴做出要塞进去的样子。正在这时，一阵风刮过来，把一旁花丛里的花刮了凤姐一身，有片花瓣正好飞到她口中。贾母笑得岔气，连说：“这福气的味道定是香甜得很呢。”平儿给凤姐拿了一个小杌，道：“奶奶坐杌子上吧，当心石头凉。”一边帮凤姐清理身上的花。凤姐说：“我才不要把花弄掉呢，老祖宗只说我这样俊不俊？”贾母笑道：“俊！俊！你还是起来吧，当心着凉，你年轻不觉得，要是落下了病根，以后可有得受呢。”

凤姐便在杌上坐了，拿个光溜溜的鱼钩就放到水里去了。贾母乐得合不拢嘴，说：“我活了这么大岁数，还没见过钓鱼不用鱼饵的。”凤姐道：“我这叫‘愿者上钩’。”贾母笑得肚子疼，道：“哪有这么傻的鱼，没有吃的还白咬钩子？”说着递了份鱼饵给凤姐。凤姐特地在鱼饵里放了些鱼爱吃的香料，重新把鱼钩抛回水里。不大会子，只觉竿子一沉，猛地一拉，拽上一条好大的鲫瓜儿。凤姐笑道：“老祖宗连鱼饵都是好的。还有什么好东西？多赏些给我罢。”贾母笑骂道：“果真是个泼皮，就知道赖我的东西。凤丫头如此滑头，钓的鱼想必也是成了精的，赶紧打回水里去。”凤姐笑道：“老太太专会降妖伏魔的，我这区区一小鱼精，成不了气候。”大家都笑了起来。贾母道：“不过是取乐，谁还吃它，快放回水里去罢。”凤姐听说，便把鱼放了。贾母也坐在宝玉旁边钓了一回。

约莫一顿饭工夫，宝玉钓了个杨叶窜儿，凤姐又钓了几条小鱼，黛玉、探春、惜春等皆是一无所获。宝玉性急，好容易看见钓丝微微一动，喜得满怀，用力向上一兜，不想钓竿往石上一碰，折作两段，钓线也振断了。众人越发笑起来。

又过了一会儿，秋风渐渐刮得紧了，把落叶也吹了一地，再加上零落的枯草，生出一派萧索之景。贾母看了，顿觉凄凉冷清，叹道：“我嫁到这里已逾一甲子，想当年家里何其赫赫扬扬，你们祖先筚路蓝缕创下来那么大的基业。你们祖爷爷、爷爷这几辈一生勤勤恳恳，不敢浪费一米一粟，不敢忘本。可如今，却是一代不如一代了。你们都是从小被捧凤凰似的，长了这么大，哪里知道那‘勤俭’两字是怎么写的！不思进取，倒专会暴殄天物了。哥儿们越发应了纨绔子弟之名，只知道享福，也不知道你们祖宗受的那些苦难。你们祖宗九死一生才挣下的这份家业，如今里头都被挥霍出一个虫蛀似的大洞，稍微震一震，可就倒了。常言道，‘登高必跌重’，你们哪里懂得一落千丈，乐极生悲啊？保不定哪天应了那句‘树倒猢狲散’的俗语，你们方能明白我今天说的话。我只恨先前于荣时未能筹划下衰时的世业，当时若是早有筹谋，倒也能留下个退路。如今我即要去见你们先祖了，可眼下家境式微，我又如何向他们交代？实在是有愧啊！”

贾母说罢，停下来，细瞧众人，将目光落在贾兰身上，道："如今勤学的少了，好在兰哥儿几个还是聪颖好学的，我走后，你们切记：要勤于学业，方可能自振于式微之后。"言毕簌簌落下泪来。众人赶紧来劝，也不禁伤感。贾母勉强笑道："不提了不提了，今儿就快快乐乐地过个节。"

众人又钓了一会子鱼，贾母体倦神乏，原拟晚间行酒令猜谜打牌的，也一概免了。贾蓉、贾蔷等子弟本想着哄贾母开心，顺便得个机会出去玩，便一早到野外登高狩猎去了。怎奈何平时疏于习练，连到眼前的野鸡仔子都射丢了。直挨到黄昏，却依然囊中空空，只好去厨房想借些野味，想说成是自己打的。谁知那柳家的诉苦道："阿弥陀佛！今年收成不好，庄户交上来的野味格外少。外头的野味贵得很，每月买办菜食的银两又有限，如今只好买些家里养出来的对付着了。实在是对不住，这里刚买回来的一些鸡鸭，爷要是不嫌弃，我这就去做了送过来。"贾蓉、贾蔷无奈，只好自己拿了银子叫小厮快些出去买。柳家的劝道："哥儿别嫌我多嘴，如今外头的野味着实短得很，拿着好多的银子还找不出来。就是找到了，也的确是贵，没的白白糟蹋了银子。再说，家养的吃起来，也差不多。爷说要什么，尽管吩咐我要怎么做，油煎？清蒸？爆炒？小火慢炖？或是什么？凭是怎么做，我保管给爷弄得香香的，吃起来不比山里的野东西差。"贾蓉哪里听她的，直嫌她啰嗦，忙打住她的话头，只管吩咐小厮买去。

贾蔷见柳家的舀了白粳米做饭，很是不快，问："玉田碧粳米难道用完了吗？今天重阳佳节，来了这么多人，好容易老太太高兴，你们竟如此应付？"柳家的道："哎呦喂，我的爷，我哪敢哟，连老太太那里常吃的也就是这个了。以前绿畦香稻粳米饭，你们要吃多少有多少，如今想找几样细米也难了。这几年旱涝无常，今年一个夏天一滴雨都没有，庄稼都晒死在田里了。你们还没见乡下那些庄户人呢，连草根子都快吃尽了，这都是老天不开眼，日后只能将就着点了。你们是'不当家不知柴米油盐贵'，哪里知道如今更是粒粒都来得辛苦。”贾蓉冷笑道：“我们问一句，你倒是教训了我们一串。”柳家的见这些纨绔子弟全然不谙世事，只好闭口，暗自叹息。

是夜，宝玉想到贾母所说之话，又忧愁于贾母之病日笃，心中闷了，回至房中榻上默默流泪，不觉睡去，飘飘悠悠竟到了一座花园之内，也似大观园一般华美异常，只是不见人影，那园里的草木蓊郁非常，显然疏于修整。宝玉诧异道：“这个园子好生眼熟，我定是曾见过的，但为何就是记不起来了？”正疑惑间，从那边来了个人，着粗布衣裳，在这院子里显得唐突。

那人见了宝玉，径直走过来。宝玉方看清他长得与自己一般无二。宝玉又诧异道：“想是我在梦里了，或是我在照镜子不成？”只见那个少年叹了一声，对他说道：“我早听见老太太说，长安都中也有个宝玉，和我一样的性情，我只不信。我似曾梦见了他，倒也记不真切。方才我刚在房里睡下，恍惚中听见有人叫我，竟然是块鲜明莹洁的美玉，也真是奇了。那块美玉求我去点化什么宝玉，听得我好笑，我说我就是宝玉。它便解释是个贾宝玉，如今贾府有重蹈我家覆辙之势，那个宝玉切不可再执迷了。我正半信半疑，不知怎的便随那块美玉到了间卧房里。只见你正在睡觉，但空有皮囊，真性不知哪儿去了。那块美玉便笑道：‘错了错了，不该来这里的，他定是先一步去寻你了。’之后也不知怎么的，我就到了这里来。自我家获罪，抄没家私，进京治罪，我再没踏入这园子半步了。毕竟我是在这里耍大的，来到这里，怎能不伤感？如今我也算是经历了‘昨嫌紫蟒长，今怜破袄寒’，方知人生无常，何必执着？那些贪恋不舍的，也终有一散；再深的尘缘，也总有尽的一天。到头方明白：万事万物不过梦幻一场，欢喜悲切都是一场空。曾经我只眷恋春花秋月有情，红粉巾帼应惜。可纵使你有心，即使拼尽一生，又如何能护得每个人周全？况且各人自有命数，强求不得。既然如此，又何必执着？倒不如好好读书，考个功名，至少能够独善其身，若他日显达，方能兼济天下，也不枉你一番赤诚之心了。如今我已实意读书，也唯有如此，方能振家于微贱，兴业于寒卑。”宝玉沉思半晌，道：“你说的虽有理，然八股文章不过诓骗世人，枉取功名，我只不屑。况且待人不过讲个‘诚’字，我只把我有的给她们，时时想着她们念着她们罢了。若是为了功名富贵，死记硬背，曲意逢迎，妨了大节，岂是理哉？”甄宝玉叹道：“果真是个不开化的，真是‘不见棺材不掉泪’！我原是把你当做知己，才将这番肺腑之言说与你听，想来却是我错了。也罢，你终有一日会同意这番话的。”

这时只听闻有叹息之声，原来是通灵宝玉。这通灵宝玉在那富贵场中、温柔乡里受享了几年，却见身边子弟纨绔异常，不是安家乐业之辈，只怕他们连祖先留下来的家产都要败光了。通灵宝玉想起“美中不足，好事多魔”八个字，再加上自己灵性已通，越发悟到那红尘中确有些乐事，但不能永远依恃，况又有紧相连属，瞬息间则又乐极悲生，人非物换，究竟是到头一梦，万境归空。倒不如不去执迷，顺应时势，洞悉世事，主动进取，方能久长。因此才找了这甄宝玉去开导这呆子。没想到这呆子如此痴愚不悟。通灵宝玉哭道：“动极思静，有极若无，泰极生否，荣华富贵我也受得够了，又遇上这么个不谙事的蠢才，我不要跟他回去。只求你能成全我常伴青灯古佛。”

说罢，径直飞至甄宝玉袖中。贾宝玉赌气道：“真是个蠢物！它既然如此说，你带它走，成全了它去！我也不要这劳什子了！”那甄宝玉便带着通灵宝玉去了……

翌日早晨，麝月来叫宝玉起床，见他呆呆的，一头热汗，满脸紫胀，用手一摸，额头滚烫。无奈宝玉发热事犹小可，更觉他两个眼珠儿直直地起来，口角边津液流出，皆不知觉。给他个枕头，他便睡下；扶他起来，他便坐着；倒了茶来，他便吃茶。看他项上时，哪里还有那块玉的影子？麝月吓坏了，翻箱倒柜，把屋里找了个遍，可就是不见那块玉的踪迹。麝月听说贾母身上不好，不敢造次去回贾母。偏这时，鸳鸯来传贾母的话，叫宝玉过去，听见玉丢了，鸳鸯也被唬住了，她走出屋，急令众人四下里找寻，自己则又和麝月把屋里能想到的地方又都翻了个底朝天，可就是找不到。贾母等宝玉半天，见他不至，担心出了什么事情，便让人搀着自己过来了，不防头看到宝玉这般模样，忙搂住他哭，嘴里一口一个“我的心肝啊”“我的命根子啊”叫个没完。众人听说宝玉出事，都拢到屋子里来了。一时赵姨娘也来了，她看了半日，见宝玉神志不清，人事不省，不禁心里偷着乐。赵姨娘想到贾母素来最疼宝玉，此刻就有意在贾母面前卖个好。于是她便尖声叫起来，扯着嗓子哭道：“多好的孩子啊！又聪明又俊俏，少不得大家都疼你！你要是走了，我们该多伤心呀！”贾母气得直往她脸上啐了一口，骂道：“宝玉还没死呢！你就急着咒他！你是巴不得他赶紧死了，好让你亲生的儿子代替他！他要是有个三长两短，都是你咒出来的！赶紧给我滚出去！”赵姨娘碰了一鼻子灰，满面紫涨，只好讪讪地退了出去。

贾琏急忙出去请了张道士进来，贾母见了张道士，忙说：“快搀他来瞧瞧玉儿。”张道士仔细看了看了宝玉，哈哈笑道：“无量寿佛！老祖宗一向福寿安康？众位奶奶小姐纳福？哥儿没有大碍，我只给他系块护身符就好了。只是护身符不是长久之计，还需早些寻到那块玉最好。”因亲自到床边给宝玉系了。不大会儿，便见宝玉面色由紫转红，身上的热也渐渐退了，但依然只是呆呆地不说话。这时忽听门外有奴才来报：“外头有个长得和宝玉一般无二的求见，说是送玉来了。”

贾母忙叫人去请进来，谁知贾宝玉见了甄宝玉，方“嗳呀”一声，哭了出来。众人见状，也都放下心来。甄宝玉见过众人，便把通灵宝玉系在贾宝玉脖颈上，附在他耳边悄语道："我细想越发不对，可惜那美玉空生得一副好皮囊，原来也是个蠢物。我跟那蠢物说了，否极泰来，荣辱自古周而复始，岂是人力所能常保的。时候不到，你犹执迷；时候一到，你自了悟。它虽有灵气，一未大彻大悟，二不会普渡众生，若强行入佛门，不过是借净地逃避罢了。而你又不能缺了它，若它固执，反而造了孽。因而还是让它陪着你最好。幸而那蠢物听了我的话，让我带了来见你，也不知道它使了什么法术，我只一刹那的工夫就到了你家门口了。"贾母、王夫人又与甄宝玉叙了叙甄家的事，尽嗟叹不已。逾时，大家见宝玉无事，方渐渐散了。

贾政让李贵给甄宝玉安排住处至少小住几日。甄宝玉笑道："在下有罪之身，不宜在贵府久留。伯父的好意我心领了。"李贵苦留不住，只好去回贾政。贾政骂道："没用的东西！他大老远来了，咱们还没有好好谢他，又是世交的孩子。怎么就让他走了？赶紧给我出去追！"李贵听说，赶紧带人出去，找了半日，哪里还找得到人？贾政知道了，不免又嗟叹了一回。

且说贾母本来身上就不好，又遇上宝玉出事，不禁急火攻心，回去身上就发了热，病倒了。贾政忙把王太医又请了来，贾母已脸上烧得火盆一般，茶饭不进，面容枯焦。王太医叹道："恕小的无能，老太太的病已入膏肓，小的尽毕生所学，也只能让她拖些时日了。"众人无奈，凤姐少不得拿了箱金银首饰去当了银子，把名医寻了个遍。可贾母挣扎了一两天，竟病得愈重了。贾家众儿孙亲戚轮番前来探望，除了湘云贾母不让通告。鸳鸯哭道："老太太素日最疼她了，若是现在不见，只怕她日后知道了，以为老太太嫌弃她，指不定怎么伤心呢。"贾母不听，只说："她新婚之人，来看我这半截身子入了土的，没的沾了晦气，可不是我的罪过？"一会儿，贾母微闭双眼，神情安详，像睡过去了一样，鸳鸯感觉不妙，肿着眼睛赶紧去把大家都喊进来。

不大会儿，贾赦、贾效、贾敦、宝玉、黛玉、尤氏、凤姐、李纨、探春、惜春、贾珍、贾环、贾琮、贾珖、贾瓔、贾琛、贾璘、贾兰、贾菌、贾蓉、贾蔷、贾菖、贾菱、贾蓁、贾萍、贾藻、贾蘅、贾芬、贾芳、贾芝、贾荇、贾芷等都来了，黑压压地站了一地。贾母挣扎着把每个都望了望，嘱咐凤姐和贾琏说：“家里早不比从前了，切忌像蓉哥儿媳妇的丧事那样铺张，我那些金银家伙，让鸳鸯拿去当了来办事吧。以后凡事能省则省。”贾政涕泪交流，道：“怎能用母亲的钱？儿子臊得无立足之地了！”贾母道：“钱乃身外之物，生不带来，死不带去。只要你们都好好的，我也就能瞑目了。”贾母又问：“那两个玉儿在哪里？再让我看看。”宝玉、黛玉忙凑过来，眼睛肿得核桃一般。贾母笑道：“你们两个小冤家，三天两头地吵嘴，我最不放心了。可惜我是见不到你们举案齐眉的那天了。”又吩咐鸳鸯道：“我那儿的体己钱，你替我收好，以后他两个成亲好拿去办事。”宝玉、黛玉两个早哭得说不出话来。贾母又道：“我再见一个曾孙子就安心了。”李纨忙把贾兰拉过来。贾母握着贾兰的手，只说：“好，好。”便再也说不出话来，竟是含笑去了。众人皆放声痛哭。

贾赦、贾政、贾琏、王夫人、尤氏、凤姐、李纨、宝玉、黛玉尤其哭得肝肠寸断。赵姨娘看贾母见了宝玉却没有提贾环，气哼哼地说：“环儿不是她的孙子？明明‘手心手背都是肉’，她倒好，也忒偏心了。为何只见宝玉、贾兰？”偏被贾政听到了，贾政喝道：“闭嘴，老太太刚去，你就哓哓置喙！真是个没心肠的歹妇！”赵姨娘方不敢则声。

贾政本来着人去请素来交好的同侪。可这些人却不知为何事触怒了龙颜，此时竟然大多身陷囹圄了，来者甚少。王爷中也只来了北静王。再加上贾母叮嘱了不可铺张，丧礼上除贾家子弟外，只有贾母娘家来的史鼐史鼎的子女等人。史湘云和夫君卫若兰也来守灵，史家的人皆号啕大哭，史湘云更是哭得肝肠寸断，被探春、黛玉含泪劝住了。

凤姐想到贾母对她的关照爱护，慈爱亲切，痛哭了几场，本来病就一直拖着未愈，如今愈发重了，血流不止，卧床不起，少不得又让探春等来帮她照理家务。

宝玉本来就没好全，贾母一走，不免苦彻心腑，痛断肝肠，整天以泪洗面，又搅起之前的病根来，遂卧床不起了。翌日神思恍惚，到晚间竟人事不省。王夫人知道了，急得心内着火，不顾劝阻，守了宝玉一夜没合眼。次日，宝玉醒来时，仍是神思恍惚，王夫人遂又守了几日，至宝玉病情稳定了才离开。谁知王夫人这几日熬下来却着了风寒，身子原就不好，又忧心操劳太过，当晚回去就发了高烧，说起胡话来。再加上贾母去了，凤姐病了，杂七杂八的烦心事堆了一堆，压得王夫人的病越发重了。

一日晚间，王夫人睡下，只觉头晕，天旋地转之间，恍然到了一口井边，听见背后一个凉飕飕的声音说："太太好狠的心！"王夫人只觉四肢冰凉，手脚发颤，回头望时，竟是金钏，恍恍惚惚，若有若无地飘在那里。王夫人只当是金钏索命来了，吓得忙说道："你跟了我十来年，我待你就像女儿一样的。如今你落得如此，也实不是我所愿的。我一生吃斋念佛，从未想过害人或者为难人，除了你的这件事，我从来不曾打过丫头们一下。"金钏冷笑道："太太不用怕，我不是来向你索命的。你的阳寿本就将尽，也不是我所能左右的，我自然不会害你。太太是个好心人，自然没曾想取我性命。可是太太既撵了我出去，我又如何能活得下去？我跟了太太十来年，好好的突然被赶了出去，在他人眼里非盗即淫。撵出去容易，可活下去就难了。左邻右舍都道我是坏了清白的，要不得。我出去的几日里，几乎没被唾沫星子淹死。以我的名声，哪有清白人家的子弟敢收了我？他们要是娶我，没的倒要落个不孝荒唐的罪名，可如何愿意？如此一来，我无非是一辈子在娘家做个老姑娘，吃穿用度全靠着爹娘，受他人冷眼，给家人蒙羞；或是嫁个偷鸡摸狗甚至杀人放火之流，那可真是不单我的尊严毁了，连累着我爹娘一世的尊严可都得毁尽了！这一眼望得到底的绝望生活，我又如何能苟且过下去？”王夫人泣道：“事既至此，我实愧疚之极。我虽未说，实则寝食难安。我给了你娘些银子，一则好让你们家好度日些，二则也能略略弥补下我的愧疚。只是你没有做过母亲，怎能理解一个做母亲的万事都为孩子好的心？若是你站在我的角度上，恐怕你也会和我一样。”金钏冷笑道：“若是真为宝玉好，想必太太会尊重宝玉的喜恶。只是将一己之念强加于子嗣，将礼法规矩凌驾于感情，将父母之命倾压在青春与自由之上，又如何将一切归为‘为孩子好’？”真真问了王夫人个哑口无言，怔怔了半天。金钏又说：“警幻仙姑感我刚烈，便封我在这园里做了井神，因此这园里后面的事儿，我也就尽知了。太太又赶了好些女孩子出去，只照着我为例子，她们的日子也可以猜得个八九不离十了。可若真理论起来，她们又可曾犯过什么大罪？”王夫人只觉七窍堵滞，浑身闷痛，悔恨不已，无言以对。恍然望见晴雯等朝自己走过来，唬得大叫一声，从梦中惊醒。醒来后仿佛去了三魂，散了六魄，昏昏的几乎不省人事。

贾政慌得要找大夫，王夫人勉强说道：“不顶用，我的病主要在心里。而且阳寿将尽，医不好了。”这时只闻得隐隐的木鱼声响和一个道人的吆喝声：“神仙再世，包治百病。冤孽心病，解散无忧。”贾政忙命人去请道士进来。不多时，小厮便把他带进来了。那道人作揖道：“小的姓胡，从小修行，学得异术，手到病除。但有个规矩：得先付银子。”贾政忙命拿银子来。那道人收了，在王夫人脉上摸了半天，又念念有词了半晌，然后笑道：“夫人这是冤疾，是恶鬼闹的。若得一通灵之物悬于门上，再得我自在家里作法，必能逼出体内邪气，那恶鬼们也再不敢近身了，如此，只需七日，夫人必能元气尽复，康健如初。我听闻这里有个公子是衔玉而生的，而那块玉正是个通灵之物。如此，只要将它悬于斯，便可高枕无忧了。”贾政听说，忙答道：“那块玉叫做‘通灵宝玉’，想来正是大士说的通灵之物。若贱内能大愈，必将重重谢你。”说罢着人去取通灵宝玉。那道人将玉悬于门上，又取出两张符写上些符号，也贴在门上，说道：“尊夫人的病已可大好了。”便告辞了。

谁知七日到期，王夫人不仅未有丝毫好转，反而病得越发重了。贾政方知被骗，派人去拿那道士，哪里还有那道士的影子？贾政忙又去请王太医。王太医诊后，给贾政使个眼色。贾政会意，跟他出了房间。王太医叹道：“夫人这病是被耽搁了。此疾甚急，来势汹汹，从腠理入骨髓只需不到一月。半月之前，此疾大约仅在肌肤，小的开上个几服药，加以调理，如今必定早已康复如初；七八日之前，此疾大约已至肠胃，若此时行医，也还有救；可稍晚于斯，此疾便可渗入骨髓。如今此疾深在骨髓，小的已无可奈何。即使找上个比我高明十倍的太医，想来也是救不过来了。”贾政听后大哭，只得又把那道士骂了一阵，命小厮一定把他捉来。

王夫人虽未听见王太医如何说法，也自知大限将至，只求复见宝玉一面。宝玉因病方愈，隔了好些时日未能给王夫人请安了，今日一来，但见母亲脸色苍白，血色全无，气息奄奄，不禁唬得大哭起来。王夫人拼尽全力抬起右手来，摩挲着宝玉的脸，说道：“我的儿，为娘的只一心想着为你好，不想因此犯下大错。娘知道你对你黛玉妹妹情深，既然如此，娘便遂了你的心，只求你们一生一世，举案齐眉，居内管理好家业，勤于学业；于外为人处世，不失贾家风范。娘这一生，只留下你一个儿子，日后娘不在了，你千万照顾好自己。如此，娘也可以含笑九泉了。”贾政忙说：“太太放心，宝玉的亲事，我一定办好。”宝玉已哭成了泪人，哽咽着说不出话。待要答时，王夫人早没了气息。宝玉伏在母亲身上，直哭了个天昏地暗。

闻得王夫人仙逝了，那长一辈的想她素日孝顺，平一辈的，想她平日和睦亲密，下一辈的想她素日慈爱，以及家中仆从老小想她素日怜贫惜贱、慈老爱幼之恩，莫有不悲嚎痛哭者。黛玉感念她多年慈爱照顾，又兼有成全她和宝玉之意，哭得肝肠寸断。探春感其慈母之心并知遇之恩，也悲恸不已。凤姐、李纨等也哭得悲痛非常。贾家真是“屋漏偏逢连夜雨”，阖家上下都悲伤叹息，有的下人们甚至开始寻求别的出路了。赵姨娘虽是称心如意，也不得不假意啼哭。一切丧事办理不消赘述。

只说王夫人病故后，宝玉成日里闷在屋内发呆，麝月跟他说话，他也懒懒的不答，活脱脱一具呆木头的样子。众人怕他伤心过度，生出病来，都来逗他说笑，怎奈宝玉郁郁寡欢，只是不理。惟有黛玉来时，他才有些活气。黛玉也不与他说笑，只是陪他坐着，相对无言。有时两人对视一眼，也不知怎的，就默契地一起落下泪来了。贾政知宝玉难过，一时也不便逼他念书了，只与门下清客为伴。

贾母逝后，鸳鸯的哥哥、嫂子来求贾政把鸳鸯放回去自行聘嫁，贾政便应允了。谁知那鸳鸯当即对她哥哥嫂嫂说道：“大老爷不是说了‘凭她嫁到谁家去，也难出我的手心’吗？你们要是偷偷把我嫁了，完了给他知道了，他也不用声张，动动手指头，就能把我了结了，到时候，我可上哪喊冤去？我倒不如留在这里，他横竖还有三年的孝呢，没有娘才死了做儿子的就把娘的丫鬟强逼着做小老婆的道理。”她嫂嫂说：“都过去这么久了，大老爷哪还记得，又如何会认真计较？”鸳鸯啐道：“嫂子可省省吧。你们安的什么好心，真打量着我不知道？若是我静悄悄地没了，你们倒还巴不得正好又得些银子的封口费、补偿费；若是我不出去，你们一个子儿也没有。我要是跟你们出去了，大老爷这儿的钱先不提，你们立即就可以捞上一笔。我见过几个男人？要嫁给谁？无非是由着你们随意裁夺，哪家的彩礼多，就把我卖给谁。我若得脸呢，你们在外头横行霸道；我若不得脸了，你们自然生死由我，多不过劝我‘嫁鸡随鸡，嫁狗随狗’。”她嫂嫂没办法，只好去回贾政说鸳鸯不愿意走。贾政念着鸳鸯照顾贾母周全勤恳，仍让鸳鸯住在原来的屋里，按月领月例，也不必服侍谁了。贾母原先的其他的丫头大都放出去了，除过贾政吩咐留下了一个小丫头和鸳鸯作伴外，其他的丫头们也都分到其他房里去使唤了。鸳鸯便从此守着贾母的旧居，每日做做针线活打发时间。

怡红院的芭蕉转眼绿了又黄。是日一早，麝月来催宝玉吃饭，见他怎么叫都不理，只怔怔地望着窗外的芭蕉落泪。麝月一贯的好性儿，这会子见叫他这么久他一点反应没有，也有点火了，便提高了嗓门继续叫他。宝玉心里烦，受不了聒噪，便不理她，径直步入院内去散心了。

宝玉在园中走着，却见闲阶朱门，杳无人声，西风无情，吹尽繁红，花叶凋零，香草枯萎，门窗掩闭。只听呼喇喇风过，树叶哗哗作响，宝玉衣带飘忽，鬓丝凌乱，怅然四顾，凄然感伤。忽见那边走来两个丫头，正是鸳鸯、玉钏儿，宝玉强笑着跟她们打了个招呼。玉钏儿笑道："宝二爷怎么在这里？大老爷升了校书郎，大家都去祝贺他了。你为何不过去？"宝玉"嗯嗯"答应着，也不回话，径直走了。玉钏儿笑道："人人都兴高采烈的，独他愣愣的，真是个呆子。"鸳鸯忙拉她道："别说了，咱们走罢。"玉钏儿、鸳鸯两个来到沁芳亭坐下歇脚。鸳鸯道："你倒替他高兴！大老爷那样的人，这顶乌纱帽如何弄得的，还不是白花花的银子打出来的？"玉钏儿讶然道："竟有此事？我倒不知。"欲知鸳鸯如何回复，且听下回分解。

第八十四回

良缘路难金玉难配　佳偶天成麒麟成双

话说鸳鸯冷笑道："你自然不知。他们让我们知道的，只会是光鲜的、能让我们知道的事儿。他们私下里做了多少的好事儿，你是个实心的，只不管，可他们才不实心呢。不过俗话说，'纸包不住火'，他们不说，不代表没人知道，他们做的这些好事儿，迟早得报在他们自个儿身上。再说了，他们现在看起来再好，又与咱们什么相干？大老爷说过，凭我到天上，这辈子也跳不出他的手心去。如今他又得以升迁，手管得越发远了，我日后必定难逃一死。但话说回来，我也不怕。"玉钏儿道："那你何不趁早离开，跑得越远越好？此时不走，待到三年孝满，他少不得又来逼你。"鸳鸯道："我倒是想跑，但又能跑多远呢？少不得又被抓回来，还得白受些颠沛之苦。倒不如太平日子过一天算一天，到真的迫不得已之时，再做打算。"玉钏儿道："这倒也是。人生苦短，谁也不知什么时候就活不成了，倒不如把每日过好。比如，谁知道太太说去了就去了？"

鸳鸯四顾无人，便附在玉钏儿耳边道："你真的不恨太太？你难道竟不知你姐姐为何而死？"玉钏儿低首道："我怎能不知道？还不是太太为了保全儿子。但终究是姐姐自己寻的短见，太太又给了那么多银子，至少面上做得也是够了。我又能怎样？"鸳鸯冷笑道："老太太一去，我也想明白了，随你平日里服侍如何殷勤周到，终究白忙一场，我们不过是奴才而已，主子们又有谁会记得你的情？太太当年口口声声说你姐姐对她而言女儿似的，到头来说赶出去就赶出去了。这里没一个好人，个个长着一颗功利心，两个势利眼，一个个仗势欺人，同样都是人，凭什么我们生来就是奴才，让人呼来唤去，说打就打？我为老太太掏心掏肺的，老太太确实待我不薄，可她又何曾真正为我想过？她去了，我还年轻，我以后如何活着，她可曾打算过我的出路？老太太去后，我也想明白了，天下的主子眼里都只装着自己。凭他们日里显出对我们如何地深情厚谊，到头来还不都一样：我们做奴才的只不过仍是他们案板上的肉罢了。既是如此，我们巴巴地一心为了主子又是何苦来？主子不疼，我们若是自己亦不爱，可还活些什么劲儿？倒不如自私些……"

玉钏儿忙捂住鸳鸯的嘴："姐姐这话可别乱说，说给我也就罢了，若是被哪个别有用心的听到了，我们可不是都完了？咱们可以这么想，但千万别说出来。老实讲，上次太太把我姐姐的二两月银与我之时，我恨不得拿了那些银子去摔在她脸上。这哪里是银子，分明是我姐姐的命啊！几两银子对他们来说少得可怜，但却了结一桩命案，给自己买个心安。这银子握在我手里，却是重重地坠在我心上。她是心安了，却生生地碾碎了我的心，可即便如此，我又有何办法？姐姐已经死了，我老子娘可只有我了。我要是把我的恨骂在主子脸上，定要被撵出去，甚至乱棍打死完事，那我老子娘怎么办？所以我还不是只能磕头谢恩？我们天生命贱，能勉强活着就不错了，又哪来能耐顾惜尊严、报复主子呢？"说着不禁泪如雨下。鸳鸯也哭道："我又何尝不知道呢？可难道我们就由着他们作践吗？我今日跟你掏个底儿：这几年那些爷早都来觊觎老太太的东西了，这家里的账管得也是越来越觉出拮据来。眼下贾家蜂窝似的，外面看着还风光，里面根基也快被掏空了，不待何时一阵风来指不定就倒了。你放心，总有一天，你姐姐的仇会报在他们自己头上！"玉钏儿吓得扑上去堵住鸳鸯的嘴，道："好姐姐，快别说了。"鸳鸯哪里忍得住，意欲再说，却猛然看见凤姐儿个正往这边走来，才忙唬得住了嘴。两个一前一后离了沁芳亭走开了。

原来贾赦升迁，阖家都赶来庆贺，凤姐等皆是如此。宝玉也缘此幸得半天假。进了二门，但见车水马龙，人声鼎沸。宝玉因不喜热闹，便快步绕过人群，不想正好看见北静王坐在大堂里。宝玉只觉着他越发风流俊逸，心里好生赞叹，可巧北静王一抬头也看见了他，便招手唤他过去。

宝玉连忙上前行了礼，北静王笑着赐他坐下，又问他怎么多日不去他府里逛逛了。宝玉笑道："早想去的，只是学里忙，抽不开身。"北静王笑道："我可听说，你是一个大闲人。"宝玉不好意思。北静王又说："这两年你家里的变故大，你有何心事，可来跟我说说，我帮你排解排解。我那里高人颇聚，你常去谈会谈会，也有助于你的学业。整天闷在这里，闷出病来可怎么好呢？"宝玉听了，感激不尽。王子腾本打算送个戏班来唱戏，早已着人来正厅前搭台，被贾赦以孝中不宜如此行乐为由婉拒了。外头堂官都穿着公服陪侍。亲戚来贺的众多，乌压压坐了十余桌。薛姨妈由邢夫人、宝琴陪着，黛玉、湘云、李纹、李绮都在旁席坐了。宝玉忙问薛姨妈："宝姐姐呢？她怎么没有来？"薛姨妈笑道："铺子里还有些事，你哥哥姐姐抽不开身。"宝玉仍和北静王坐了，他心里本不自在，但因北静王在场，不禁高兴了许多，多喝了几杯，一时竟醉倒了，宴罢被茗烟、李贵搀扶着回怡红院去了。

县试将近，宝玉不敢违抗父命，只得硬着头皮准备赶考。

离考试的日子近了，宝玉来拜辞贾政。贾政嘱咐道："你从小丫鬟媳妇们捧凤凰似的捧到这么大，何曾自己孤身过过一夜？考试的几天，须得自己照顾好自己。考完试莫要贪玩，早些回来，也叫家人放心。好好考，你老太太、你母亲都会在天上保佑你的。"说着不免伤心起来。宝玉听一句答应一句，又跪下磕了三个头，说道："母亲生我一世，我无以为报，又让父亲如此牵挂，宝玉如何受得起？我一定早早回来，不让家人悬心，父亲一定要保重身体。"

前脚宝玉刚去赶考，后脚詹光、单聘仁等清客就都来祝贺贾政，说宝玉才学出众，必得高中。贾政笑道："不可谬奖。他腹中能有多少墨水，多不过勉强得够做些歪诗斜文罢了。别是名落孙山，把我脸丢尽，我就谢天谢地了。"詹光等忙赔着笑，七嘴八舌地把宝玉里里外外上上下下夸了个遍。贾政叹道："如今国家有难，若宝玉可得一官半职，为圣上解忧，也算我没有白操这一世心了。"众人都欢欢喜喜，只有黛玉暗自担心宝玉：一则恐人马拥挤宝玉有什么闪失；二则怕宝玉考得不佳遭贾政责打。不禁日思夜想，恨不能自己去替他考试。

又过了许多日子，宝玉终于回来了，贾政忙命人把他叫进去。宝玉一脸疲惫，含泪道："八股文害人，孩儿实在不愿做如此呆板无用之文。所以，其他的还好，只作文这项，孩儿只是按照自己的意愿写的了。虽然想必分不会高，但孩儿不遗憾。"一语未了，贾政便骂道："住嘴，你真是作死！我辛辛苦苦让你读书，你却把考试当做儿戏！我看你是许久没有挨揍，极思慕板子的滋味了！"宝玉低头不语。贾政又问他是怎么写的，宝玉勉强念了几句，见贾政面色青紫，遂不敢再念，贾政怒道："滚出去！"宝玉便退了出去。

揭榜之时，宝玉果然名落孙山，贾政气得训了宝玉一顿，骂道："真是孺子不可教也！若是来年还不得中，就随你荒野浪荡去！我只当没有你这个儿子！"尔后，仍着他用心读书，发愤图强，来年再考。宝玉颇不以为然，只唯唯诺诺答应下了。

再说薛蝌同邢岫烟成婚一年，也离了贾府，住在城里古董行西南的巷子里。薛蝌的父亲当年是为皇家搜罗海外奇珍异宝的大皇商，在天下各省皆有生意买卖，因此他家家世根基不错。可他父亲去世得早，后来朝廷又越发短了银子，根本买不起这些海外的名贵玩意儿，因而海外的这一肥缺儿也就断了。薛蝌开始还在海内做些生意，可近年世道艰难，强人众多，十停有九停被打劫了去的，于是接连入不敷出。这一亏，薛蝌急了，便投了几倍的本进去想要赚回来，谁知却连续血本无归。他家家底再殷实，也禁不住几年下来如此折腾，他们便渐渐穷蹇了下来。偏这时，他的母亲痰症越来越重，为了治病，每年白花花的银子流水似的倒在无底洞里，剩下的钱已经只够可着粒儿数着米充饥。可家里已经没了收入来源，只能啃已经薄如宣纸的家底。如今眼看天气越发凉了，岫烟还穿着单薄的秋衣，薛蝌却拿不出银两给她添置衣裳，很是愧疚。宝钗见他们日子艰难，遂时常周济。

这日宝钗来探望他俩，带来几件衣裳，乃是一件大红洋绉的小袄儿，一件松花色绫子，一件斗珠儿的小皮袄，一条宝蓝盘锦镶花绵裙，一件佛青银鼠褂子。岫烟不好意思，宝钗笑道："都是一家人，不必客气。我那儿几件衣服开了，还得麻烦妹妹去帮忙补一补。你要是不要，我怎么好意思麻烦你呢？"岫烟这才接了。三人又拉了一会儿家常，宝钗便作辞离开了。

宝钗回家还未进门，就听见里面吵吵闹闹的，原来是金桂和宝蟾两个正骂个不休。金桂本只想用宝蟾扳倒香菱，可谁知那宝蟾才是个不好惹的，金桂反倒给自己插了根刺。那宝蟾仗着薛蟠宠她，如何肯受金桂挟制？金桂凡略有些颐指气使之势，那宝蟾便乱叫起来。甚至没事也要生出事来，恨不能金桂赶紧死了，自己好独占薛蟠。薛蟠是个耳朵软的，左右为难。

宝钗看不下去，径直进了薛姨妈房里。薛姨妈垂泪道："你哥哥不成器，我只指望着他成了家，有人约束着他会好些。岂知摊上这样的一对母老虎，终日里闹得鸡飞狗跳，传出去让人笑话！"宝钗忙安慰母亲道："妈也别太伤心了，她们正在风头上，过一阵子就好了。正好哥哥那个性子，也该被磨一磨。这也算是'以毒攻毒'。"薛姨妈泣道："你哥哥在外混世魔王一个，成天惹是生非，看起来天不怕地不怕的，实际上却是只纸糊的老虎，遇上比他更浑的老婆立刻病猫一只，屁都不敢放，也不知道我上辈子是造了什么孽，摊上这么个儿子，又摊上这么些儿媳妇！幸亏还有你这么个懂事的女儿，不然我这辈子靠谁去！”

一席话却被薛蟠听到了，薛蟠正被金桂、宝蟾闹得心烦，正在气头上，听到母亲骂他，便闯进来道：“妈妈也别想着靠妹妹了，妹妹嫁出去也就是早晚的事儿！妈妈不如早些把妹妹嫁出去才是正经，现在不嫁，只怕过了这村，还真就没有这店了！”薛姨妈气得乱颤，骂道：“你胡说些什么？”薛蟠见母亲屡次眼里只有妹妹没有自己，心里也不禁醋酸醋酸的，因此便要设法拿话压一压妹妹，又因正在气头儿上，未曾想话之轻重，便说道：“妈整日家把妹妹收在这儿，还不是想着人家肯定要巴巴地自己送上门来求着娶她？只可惜，人家才没这个意思呢！过不了多时，你们就知道，自己的如意算盘可落了空了！贾家如今都传开了，说等一两年孝期满了就给宝玉办喜事，而且要娶的是他的林妹妹！好妹妹，你也不用和我闹，说我瞎说。我早知道你的心了。现在好了，凭你怎么想的，先前宝玉和他的林妹妹一块儿长大，以后，他们也会一起变老，可没你什么事了！你以为你天天不见他，他就会想着你念着你？你也不看看他多久都没来看你了，如今你在他心里和他的林妹妹一比，哪里还有些什么分量！”

宝钗登时气得哭了，拉着薛姨妈哭道：“妈妈你听，哥哥又说的些什么话来气我！”薛姨妈也气得哆嗦，操起一根门闩追着薛蟠要打，骂道：“下流东西！上回给你妹妹赔罪没赔够是吧！光长了嘴没长心的破玩意儿！还不快自己掌嘴！快给你妹妹道歉！上回刚说了你再不同那些乌七八糟的人混在一处吃酒闲逛，转眼就把话抛到爪哇国去了是吧？如今跟那些人混得越发没了规矩，别的本事没有，专会欺负你妹妹！”薛蟠一边躲一边不服气地叨叨：“我和乌七八糟的人混，妹妹倒是和正经的人混。那宝玉就是头一个正经人！好妹妹，你喜欢他，倒是直说呀，扭扭捏捏的比我还不如呢！”宝钗气得怔了，冷笑道：“哥哥倒是很会猜人心思呢！”薛蟠笑道："不然妹妹为何一听宝玉要结婚了，哭得那么伤心？"宝钗拉着薛姨妈，气得说不出话。薛姨妈也气得说不出话，浑身乱颤着指着薛蟠，让他滚。

薛蟠一边走，还在一边嘟囔。薛姨妈气得哭，一面又劝宝钗道："你知那孽障说话一向没个分寸，你是个懂事的，千万别往心里去，明儿我叫他给你赔不是。"宝钗满心委屈气忿，待要怎样，又怕她母亲不安，少不得含泪别了母亲，回到房里，抓起一本书，书名好像叫做《清夜录》的，胡乱地翻着，却不想读到"近水楼台先得月，向阳花木易逢春"一句，越想越有理，不禁又悲从中来，整哭了一夜。次日早起来，好好打扮了一番，便出来瞧母亲。薛姨妈笑道："我的儿，今天是什么好日子，打扮得如此漂亮？"又从头到脚好好打量了宝钗一番，笑道："我的儿，果然是天生丽质，你又那么能干，以后哪个要是能娶了你，也真是有福呢。"宝钗笑道："我好久没有去看林妹妹了，今天正好当铺打烊一天，我也得了空去走走。"于是便往潇湘馆来。

黛玉见了宝钗，忙迎上来笑道："姐姐怎么这么久都不来瞧我？我只当是姐姐嫌弃我了。妈和哥哥怎么样，都还好吗？"宝钗握住黛玉的手说："我一早就想来看妹妹了，只是铺子里事情太多，我一直抽不开身。哥哥还是老样子，再加上亲事寻得不好，把妈气得够呛。"黛玉叹道："有什么我能做的，姐姐只管跟我说一声。"宝钗道："我们有什么能做的呢？造化罢了，不过就是'是你的就是你的，不是你的也强求不来'，哥哥也是命里没有这样的福气。不像湘云妹妹，听说她郎君文武双全，才貌兼备，又温柔体贴，真是如意极了！"黛玉笑道："她从小就没了父母，如今再不是孤孤零零的一个人了，能有人来疼她爱她，我真是替她高兴。姐姐以后可也要嫁个如意郎君，到时候带到湘云妹妹面前去，和她相公比试比试。"

宝钗笑道："我那都是以后的事了，早着呢。妹妹如何放着面前的事情不说，倒来打趣我了？若说要比，依我看哪，宝兄弟可不比她的才郎差呢！"黛玉听说，脸"腾"地红了，忙拽住宝钗道："好姐姐，这竟是面前的事？我倒不知。多亏你告诉我，从今以后，我也该叫你一声嫂子了？"宝钗笑道："哎呦，瞧瞧颦丫头这张嘴！我好好的，逗你做什么，可真是'引火烧身'了。好容易见到我，倒又排揎起我来了！我不在的时候，你欺负谁呢？"说着看见桌上写了一半的诗，笑道："敢是欺负墨来着？好好的一大块，可是几天就用完了？写的什么好诗呀？也给我瞧瞧。"黛玉忙道："这首还没完的，就是写完了，也是不尽善的，姐姐还是别看这首了，让紫鹃拿几首好点的来。"恰巧紫鹃端茶进来，便笑道："宝姑娘，我们这儿别的没有，诗倒是管够。其中有几首叫做什么《十独吟》，我不认识，叫她跟我讲讲，她又不乐意，幸好你来了，正好你看看，也给我讲讲呗。"宝钗笑道："好呀，快拿上来。"黛玉嗔道："好个小蹄子，越发口无遮拦的了，我要你拿好的来，你倒把我胡乱涂鸦的东西拿出来污姐姐的眼。真是该早些把你嫁出去，省得在这里丢我的人。"说话间，紫鹃已捧出诗稿来，递与宝钗。宝钗默念了半晌，沉默不语，半天才说："真是好诗！"黛玉笑道："我只是解闷写着玩的，没的叫姐姐看笑话。"

宝钗笑道："妹妹若是觉得闷，怎么不常出去走走？这几日阳光好，整日闷在家里，也不是事儿。"紫鹃道："姑娘前些日子出去刚着了风寒，好容易好些了，哪敢乱走动？"宝钗道："妹妹这身子怎么总不见好？想是这园里有什么邪祟不成？我听妈说，姨妈的病就是给园里的邪祟闹的，还拿了通灵宝玉去驱邪，可……还是去了。想是这园里邪祟太重，得尽早些找人把邪驱尽了，方能永葆无虞，我也好安心。我倒是认识一位张先生，几十年一直避世遁影，潜心修行，方修得了一手驱邪的好技术，可以找他来这里看看。"黛玉笑道："劳姐姐费心了，但姨妈是被庸道所误，并非有邪祟。”宝钗忙道：“邪祟此物，无影无形，凡人如何见得，那张先生已是修成了个半仙，方能看见。不妨找他来看看，若是果真无事，便是最好；万一有邪祟，便着他除了，岂不大好，免除后患？”黛玉听着有理，不便拒绝，也就答应了。

翌日一早，宝钗果然把张半仙带来了，贾政得知此事，特意赶来。

那张半仙铺排起坛场，设了香花灯烛，摆了钟鼓法器，净手焚香，作法半日，对贾政说道：“贵府没有邪祟，只是有木石相近，甚为不吉。木石皆为坚硬之物也，二者皆刚，无柔可济，相行若近，相击相伤，并冲撞他人，于贵府甚为不利。余闻贵府有一公子乃衔玉而生，玉者，石也，乃冥顽之物，唯有金乃富丽高贵之物，方可震之。恕余多嘴，大人应给公子配一有金的，才可保一家平安。”贾政冷笑道：“玉者，至贵者也，岂是金等俗丽之物可比？玉者，至坚之物也，岂为金等易塑之物可伏？玉者，集天地之灵，日月之泽，非平庸石子之类。玉者，秉性温润；木者，轻灵怡人，二者何来相击相伤之理？可知你装神弄鬼，一派胡言，并无实学，不过一心骗人钱财。本应打你一顿赶出去，今看在宝姑娘面上，遂给你些盘缠，赶紧给我滚。”

黛玉回至潇湘馆，紫鹃笑道：“听老爷的意思，很是支持木石一处。石既是指的宝二爷，木又是谁呢？是谁常说‘我本是草木之人’？”黛玉佯嗔道：“你这蹄子！我看你就是块木头，说的就是你！你可珍惜些和我的日子吧，马上等你出了阁，可欺负不了我了。”紫鹃臊了一鼻子灰，忙红着脸跑了出去。

且说宝钗赶回家里，心中不爽，因不想让母亲担心，遂独自歪在床上想静一会儿，怎奈外面吵个没完。金桂扯着嗓子骂道：“大爷今儿怎么回来这样早，敢是被你那宝贝疙瘩似的癞蛤蟆勾得魂也没了，赶着往她怀里撞？”薛蟠没好气道：“姑奶奶，你摸着良心说说，我自把你娶回来，菩萨似的供着你，何曾委屈你了？你没事成天价地瞎闹些什么？做什么不让我过几天太平日子？”金桂冷笑道：“哎呦呦，大爷好兴致，倒排揎起我来了。我不过说了那小娼妇两句，你就大呼小叫的，真是会心疼她！我瞎闹？你是好一个喜新厌旧的君子！三求四告地把我骗过来，然后‘吃着碗里的望着锅里的’！把我的陪房丫头也霸占了去，亏得我贤良大度，倒好心成全了你们！你们倒好，如今合伙挤对我，不知道哪天就要治死我！想我千不好万不好，也是大户人家出来的小姐，没有叫丫头粉头践踏的理！我还年轻，自然不能眼睁睁地让你们治死。你们又这般待我，这日子没法过了！我要是巴巴地赖在你家，倒显得我觍着脸儿没个去处似的！不如给我一纸休书，一了百了！把我夏家的地缝子胡乱扫一扫，灰里的金子都比你家攒出的银子多！我回娘家，好吃好喝的，可不比在这里整日受窝囊气强！我还年轻，我还想多活几年呢！我出去了，也好跟大家说一说这薛家的大爷是如何一个骚狗不如、喜新厌旧的龟孙子！”薛蟠一听，气得直发抖，待要发作，一时却被金桂噎得无法，搜肠刮肚，也没寻出个合适的应对之语。

那边宝蟾早摔了帘子出来扯着金桂骂道：“说谁癞蛤蟆呢？大爷喜欢我，是他有眼力见！论我容貌、人品、能力，哪一点不比你强？也不像你，成日只会仗着娘家……”宝蟾话没说完，金桂一个耳刮子呼过去，打得宝蟾直踉跄，嘴里骂道：“下流东西！狗娘养的！天生的奴才！我好心抬举你，你倒是教会我什么叫狼心狗肺！”两个女人扭打在一起，薛蟠扯都扯不开，两人干脆一阵滚在薛蟠怀里，一边乱拳捶他，一边哭天抢地。

薛蟠气得没法，干脆把两人推了一边去，自己径直走开，嘴里骂道：“你们尽管打罢，干脆打死一个，省事得多呢！也省得我日日受夹板子气！”气得薛姨妈骂道：“孽障，眼见着闹得这么不像样都不管！你还配得上‘丈夫’二字？你不怕臊，我还要脸呢！你妹妹还要脸呢！给亲戚看到了，我们脸都往哪搁？”薛蟠恨道：“母亲说怎么办，就怎么办吧！要是让我管，我看干脆一阵都打死了，再娶一个最干净！”说着扭头就走，把薛姨妈气了个倒仰。

话说那边史湘云和夫君卫若兰已来到宝玉房中。两人成婚已有年余，此次前来探望，上到老爷夫人、公子小姐，下到小厮丫头，都带了礼物，众人无不欢喜。

宝玉见卫若兰穿一件白色蟠龙细纹箭袖，束着赤色斑花长穗宫绦，蹬着黑缎尖翘小朝靴，魁伟英武，星目传神，真是好个俊美男儿郎。又见卫若兰潇洒开朗，快人快语，性情与湘云极为相投，恰是佳偶天成。宝玉和他聊叙几句，便觉此人言谈爽快，见识不俗。卫若兰也喜宝玉待人真纯，只寥寥几句，两人便成为好友，一同到院子里谈笑风生。

李纨笑道：“早听说湘云妹妹得了个如意仙郎，今日所见，果然名不虚传。”湘云得意地笑道：“正是呢，就是要说他千般万般好，我也数得出。”说着觑着其他姐妹笑道：“你们何时也得一个玉郎给我瞧瞧？”紫鹃笑道：“我们林姑娘也有了呢！不怕你笑话，比你那位也差不了多少。”湘云东张西望半天，又房里院里乱跑了一通，问道：“在哪呢？在哪呢？我怎么没瞧见？”紫鹃笑道：“正在院子里坐着呢！”黛玉忙说道：“是这蹄子看你夫君那么好，想赶着去给他做个小妾，妹妹要不怜悯怜悯她，把她收了罢？”众人大笑，紫鹃羞得满脸通红，赶紧找个借口溜了出去。

湘云摇着黛玉胳膊笑道：“好姐姐，好久没见你们，都想死我了，这回好容易回来，我们再开开诗社吧。我好久未曾动笔，耐得浑身都痒了。”黛玉笑道：“都是有夫君的人了，还这么撒娇。你呀，真真是个长不大的小孩子。既然这样，明儿咱们就开一社，谁也不许逃。”李纨道：“筹办的事情我来办就好，写诗就别欺负我了，到时候要是非得叫我做诗，我就胡乱写几行字，你们可不许说我。”探春湘云听了，都笑了起来。

外面宝玉和卫若兰聊得正起劲。宝玉暗暗赞叹："世上竟有如此完美之人，我果然是个蠢物！不知这样的人，还有何不能，有何不满意的呢？"想到这里，却听到卫若兰一声长叹，卫若兰说："想我习武多年，如今战事不断，我却只能安坐家中，不能征战沙场，为国效力，真是有愧。"宝玉正想问及缘由，忽听湘云喊他们，两个连忙往房里来。

大家坐一堆儿正热闹着，忽见麝月进来。宝玉道："你刚去哪了，怎么没看到你？"麝月道："方才茗烟找我，叫我千万不能放你出去了。如今街上乱得很，一伙流民竟然闯到衙门里去了，直嚷着要杀了当官的！还说什么，如今饿殍遍野，为官的却不作为还剥削人民，百姓造反有理。真是乱了套了，让人愁得慌。"宝玉不悦，说："好好的，今天难得大家聚聚，这么开心，说这个做什么。"又问怎么没叫岫烟和薛蝌他们过来。麝月道："早早地就差人去请了，他们胡乱找了个理由不来。唉，你是不知道他们的景况。我可听说，前些日子宝姑娘送了他们些衣服，他们都拿去当了买米了。如今他们不来，依我看，怕是因为实在没什么银子来打发下人了。"

宝玉道："怎会如此？他两个为何不跟宝姐姐明说，多要些银两？本来便是亲戚，又是姨妈牵的线，宝姐姐家里怎么会不帮他们？"麝月道："邢姑娘一向不愿意麻烦人的，宝姑娘家里现在又乱得很，邢姑娘自然更不愿意打搅他们了。"大家想想都觉得有理，暗自叹息一番。宝玉道："既是如此，你赶紧把我们这儿暂时用不上的衣裳和胭脂膏子都拾掇了，着人给他送去。"湘云笑道："傻子，人家吃的都成了问题，还稀罕你什么胭脂膏子！"遂对麝月道："我身上只带了这些银子，你先拿去让他们救个急。"又看卫若兰，卫若兰也忙掏出银两来。麝月收下，打发人送去了。晚间卫若兰同宝玉都在怡红院安寝了不提。

且说宝玉早上起来，却不见卫若兰，便问麝月卫公子去哪儿了。麝月不知，想起他一早拿了副弓箭就出了门，便跟宝玉说他大约是打猎去了。

宝玉笑道："才不会呢。若是招呼也不打就大老远地跑出去，他不怕云妹妹揭了他的皮？他是勤于习练之人，定是到附近哪儿用功去了。我去天香楼看看。"

原来贾珍为方便子弟习武，在天香楼设了个圃场。宝玉赶到，见有个潇洒公子气度飘逸，身手矫捷，箭无虚发，英气逼人，胸前悬着个什么金晃晃的。走近看了，果然是卫若兰。宝玉见他胸前的金麒麟好生眼熟，细看竟是原来自己的那个。当时他因怕黛玉多心，不敢自己留着，看贾珍喜欢，就送给了贾珍，如今又不知怎的到了卫若兰这儿。宝玉想到史湘云也有一个金麒麟，不禁暗暗赞叹。

欲知后事如何，且听下回分解。

第八十五回

权中昏借机揽昏务　槛外人忍别成人美

话说史湘云夫妇在贾家住了两日便要回去。宝玉见湘云仍胸佩着金麒麟，忙叮嘱道："如今外头那么乱，你们穿着千万不可张扬，这种首饰还是快收了罢。"湘云便摘下来，卫若兰很自然地拿过来和自己的收在一起。李纨道："你们可是一齐打的一对麒麟？"史湘云笑道："不是一阵打的，定是他看我有这个眼热，便照着我这个的样子打了一个，但倒也般配。"卫若兰笑道："麒麟再般配，哪比得上你我？其实这个是珍大爷赏我的，想是他也看我们天生一对，于是帮着撮合我们。"湘云笑道："就你嘴甜。"两人方才作辞离去。

因外头盗寇蜂聚，兵戈四起，贾家众人也不敢随意外出，私学遂亦停搁下来。贾政因命宝玉、贾环等每日不许外出，好生在家里读书，宝玉等都应了。贾珍也遣散了天香楼的弋射之聚，贾蓉却仍不断地在外酗酒赌博，被贾珍发现了，照死里打了一顿，却发现贾蓉依然死性不改，又偷偷溜了出去。贾珍骂道："孽障！外面贼寇流民如此之多，我看你是活腻了！"贾蓉头几次还沉默，后来干脆拿话顶了回去，最后直接放话："我就是死了，也轮不上你来管我！"贾珍再骂，贾蓉竟就直接赌气彻夜不归了，把贾珍气个半死，直恨自己养了个逆子，管他不得，只好随他去了。

贾环、赵姨娘见举世皆乱，贾家也首尾不能相顾，都兴奋起来，摩拳擦掌，恨不能立即报一箭之仇，扬眉吐气。贾环在学堂里结的党羽终于派上用途，他又吸纳了园中一些奴仆与马道婆之流，队伍越发壮大。一帮人伺机而动，决定大干一番、大捞一笔。凤姐有所觉察，遂把贾环叫去痛斥了一顿。但因贾环素日懦弱无能，凤姐也没有重视，只当是贾环小打小闹，想多占些小便宜，于是没有着力处置。各处安宁，暂时无话。

时光荏苒，白驹过隙，两载岁月又悄然而过，贾母、王夫人的孝期已满，众子弟小姐的婚事自然提上日程来。重阳刚过，凤姐和尤氏便准许到了年龄的小厮、丫头自行嫁娶，又拿了官媒婆送来的几个帖子来商量。

凤姐道："林丫头已许了宝玉的，不必提了。你们四丫头，你看许给哪个合适？"尤氏跺脚道："哎呦！我哪敢操心她的婚事？你不知道这四丫头，年龄不大，脾气真不小，心冷口冷，心狠意狠，年轻糊涂，不知好歹，连对从小儿服侍她的人都没有情谊的。她又不是我养大的，我的话她就更不听了。她这般心性，这等臭脾气，我可不知道有没有谁能入得了她的法眼。况且，她素日里每每说什么了悟之类的大道理，恨不能明天就剃了头发当尼姑去。我可不碰她这钉子，没的白捡一顿骂。要给她说媒，你去。我可先提醒你了：你说一句，这丫头能接上一百句。句句是大道理，句句都最能寒人的心。"凤姐忙笑道："哎呦呦！我只是问问，嫂嫂别生气。四丫头从小养在我们老太太、太太这儿，提亲的事情自然得是我们来问。只是嫂嫂毕竟是她的亲嫂嫂，我们还是得讨你们的示下。"尤氏道："我没问题，老爷更不管这事，你们看着办吧。"

凤姐又笑道："神威将军戚老爷的公子想求探丫头，嫂嫂可知他如何？"尤氏道："办蓉儿媳妇丧事时，我倒见过他一面。这孩子看着挺好，英俊潇洒，温和懂礼。他父亲战功赫赫，他如今也袭了武官，听说很有谋略，英勇善战，圣上很赏识他。如今外头混乱，国家器重武将，他家里世代习武，当下正红得发紫，那哥儿自己又争气，升官加爵指日可待。不论是他个人还是家里的光景，都是极好的。"凤姐喜道："那可真是好极了！若是成了，既是三丫头的造化，我们也乐得成全一桩美事。"

于是凤姐辞了尤氏，准备让贾琏去探探惜春的口风，自己则去问问探春的意思。不想房里并无贾琏的影儿，凤姐顿时起了疑心，见门口窜过一贾琏的小厮，忙喝道："站住！你琏二爷呢？"那小厮忙立住答道："被大老爷叫去了，好像是出大事了。"

凤姐冷笑道："大事？能有什么大事？难道张三李四家的媳妇还能比我大不成？你小子倒乖，随口就能扯上个谎来搪塞我，可见你二爷把你调教得不错。"那小厮不敢则声，凤姐骂道："也不看看我是谁？谎也编得圆一些，我还可能信一点。你小子用你脖子上的那颗东西想想，二爷长这么大了，被大老爷叫过去几回？你趁早说了，我以后疼你。不然，你就自己掌嘴，掌到嘴被打烂了为止！"那小厮头磕得"咚咚"响，直求饶道："奶奶好歹疼我，信我这一次，真是大老爷把琏二爷叫去了，二老爷也在。小的有半句虚言，天打雷劈。"凤姐笑道："既然如此，你便去帮我听着，他们说了些什么，回来一字不漏地告诉我，若是让我发现你诓我，仔细你的皮！"

那小厮只好去听了来报，原来是元春大病，奄奄一息。蛮夷屡犯，戎羌觊觎，流寇造衅，元春忧思成疾，又因主动为圣上分忧，连日奔波募集军款，积劳成疾，不久病倒。凤姐问道："娘娘病得多重？"那小厮说："大老爷说他今日上朝的时候刚得到的消息，娘娘这一病怕是好不了了，皇上甚至恩准娘家人去筹备后事。把老爷们都急得不行了，说本来家里就每况愈下，娘娘要是没了，可真是'屋漏偏逢连夜雨'，以后的日子更不敢料想了。"凤姐问："还听到些什么？"那小厮说："还有娘娘记挂宝二爷的婚事，所以二老爷想尽早把二爷婚事办了，给娘娘冲喜。"

凤姐听了，赶紧去找贾政。贾政刚从贾赦那里回来，正心事重重。见到凤姐，挤出一丝笑容道："我正要去找你呢，有一事，你帮我看看合不合适：我想让宝玉尽快成亲。"凤姐笑道："那再好不过了。真是恭喜恭喜！宝玉长了这么大，确实该成亲了，也好多个人来照顾他。我听闻太太已经定了林姑娘，老太太走之前也为她连嫁妆都准备好了。”贾政道：“这正是我为难的地方。我是不同意他们的。黛玉这孩子毕竟体弱多病，若是也一病不起了，宝玉奈何？贾家香火奈何？”凤姐忙道：“林丫头不过是看上去柔弱些，哪会真生什么大病呀？她福气长着呢。”贾政叹口气道：“别说看上去就柔弱的了，就是太太平日里好好的，还不是说病就病了，说没就没了？我可不能让宝玉将来也经历我如今这种痛苦。因此我另有人选，但是又不愿不孝不信不义，所以正纠结得很。”

凤姐听闻，觉得不妙，忙问：“敢问那是哪家小姐？”贾政道：“你可记得妙玉不曾？”凤姐诧然，道：“她是出家人，怎可婚配？”贾政道：“她祖上也是读书仕宦之家，只是小儿时多病，遂带发修行，如今早好了，又受贾家荫护多年，想是我要她还俗嫁给宝玉，她也不见得不依。她又文墨极通，宝玉和她一块儿，也好有所长进。当初太太答应让他娶黛玉，也不过是想遂了宝玉的意。但我思来想去，还是觉得不妥。宝玉这么孩子气的一个人，他懂什么？都由着他的意思来，可不反了天了？”凤姐道：“老爷说得固然有理，但他两个打小儿一起长大的。宝玉要是离了林丫头，还不知又怎么闹呢。我多嘴一句，何不干脆成全了他们？既然他两个认定彼此了，就算真是命运多舛，也没什么好说的。”贾政道：“他自然心意如此，但身为贾家子孙、我的儿子，他更需以大局为重。”于是不顾凤姐反对，执意让她立即着人去找妙玉提亲。

凤姐只得答应着，方欲告辞，不料一转身，竟迎面遇着贾琏进来。贾琏也是来给宝玉说亲的，对贾政道：“是傅试家的妹子，名唤傅秋芳的。”凤姐忙给贾琏递个眼色，贾琏不解其意，仍继续说：“我听闻她内外兼修，才貌双全，很是不错。”贾政道；“傅试早已跟我提了多次，不劳你费心了，只管跟保媒的人说宝玉已定了亲，了罢。”贾琏白讨个没趣，很是窘迫，忙讪讪退了出去。贾琏走得疾，没几步便跟上了凤姐。在他追问之下，凤姐也不瞒着，便将贾政相中妙玉之事与他说了。贾琏听罢，亦甚为疑惑。

凤姐别了贾琏，自又去找尤氏商议。尤氏是个老实人，本就没什么主意，听闻贾政坚决，就更不肯拗着贾政，把自己搅和进来惹事了，又见凤姐催她拿主意催得紧，便知凤姐心里不平，遂道："既然做父亲的都这么说了，我能有什么不同意的？要我说，你也别总太固执，前些日子大太太还与我说起你，说你太要强，'多少不该管的事都硬揽了去，不知道的还以为这家里没有能做得了主的长辈呢'。"尤氏说着，觉出不妥，便赶紧打住了，只道："有些管不得的事情，便糊涂些罢。"

凤姐不悦，掌灯时分，方回自己房中。行至半路，只觉霜风渐紧，庭榭冷落，树影重重，人声杳无。"唿"的一声风过，黄叶乱舞，栖禽惊飞。凤姐往那儿看时，只见茶房窗下蹿过几个人影，凤姐心里正窝着气，大喝一声："我又不是鬼，你们好好的跑什么？都赶紧给我夹着尾巴滚过来站好了！"那几个小厮正磨蹭着不敢近前，凤姐想了想，叹口气道："算了，你们走罢。以后晚上都手脚干净些，不准在不该出现的地方出现，不然，就径直一顿乱棍，打出门去！今儿个，我可把丑话说在前头了，日后若是再犯，别怪我不留情面！"那几个人似得了特赦一般，赶紧嘴里谢着奶奶长奶奶短地逃走了。

平儿诧异道："奶奶这是做什么？依我看，那几个小子定是想趁天黑去偷主子东西。"凤姐哂笑道："难道我还敢把他们捆了不成？等着明儿遇上讨情的，我又成了折磨人的蛮横无情的主子了。"平儿劝道："奶奶何必呢？逞一时之气，恐遗下大患。如今各房都有丢东西的，若是现在还不整治整治，以后怕是连蝼蚁都要把主子的东西搬了家去了。奶奶听我一句劝，还是应该早些细查下才是。"凤姐笑道："我倒是有这心儿，但若真查起来，少不得又查出些有的没的，我又是个年轻不尊重的媳妇儿，指不定查出来就是我的。我自然没本事没资格管这事，而大太太就比我强得多呢。要管，也只叫她管去。况且她又有个能干的好陪房帮着，只管把小姐、丫头们的箱奁都好好翻翻去，自会晓得谁的手脚不干净了。”

好巧不巧，刚回到屋中，就见小丫头来报，说邢夫人来了。凤姐忙笑着站起来迎接婆婆。邢夫人冷笑道：“论理，我还没老到管不了事呢，本就轮不到你来管家。我只道你是个明白能干的，原先老太太、二太太也信任你，我才放心把事情交给你，自己也好得空偷一偷闲。你倒好，都做了些什么好事！几乎每日都有人来告诉我丢了这个少了那个，我还只奇怪你这般人才，怎会抓不到贼。现在好了，我才知道，不是抓不到贼，是抓到了连审都不审你就私自给放了！成何体统！”凤姐忙赔笑道：“原没看清的，只见着他们几个跑过去，并未抓到他们偷东西。我本想抓了好好审一审，但又怕原本好好的无事端，我却白白折磨他们一顿，让大家知道了心寒；若是屈打成招，就更不在理了，反而无端生出事端来。我想太太一向宽厚慈悲，就是那些真犯了错给抓个现行的，太太都少不得讨情宽恕了，又何况多半本就无辜的呢？”

邢夫人冷笑道：“真是越来越没了规矩，原是你的错，倒会把脏水都往我身上泼！上回原是老太太的好日子，自然不当重罚，我又何曾让你不分青红皂白，一概规矩体统都没了，撒手不管任他们乱去？老太太、二太太去了，没人约束你了，我看你越发不成个体统！若论及为何你不管此事，怕只是你推己及人，不愿重罚罢了。别以为我不知道，打老太太还在的那会儿，老太太的东西就不知道被你们算计了多少去，只怕不论抓了哪个，都不及你的十一呢。好在大家都还蒙在鼓里，不然你倒真是做了个好榜样了！如此一看，当下的事儿，你是千不该万不该管了。另外我听闻你如今身子又不大好，自然更该独自儿好好歇着，家里本也应是我说了算。你如今既然‘多一事不如少一事’，不如无事来得干脆，以后用不着你瞎操心了。”凤姐不悦，但也无法，只好先应了。

翌日，邢夫人自去把管家婆子们都叫了来，当着凤姐的面吩咐他们：“琏二奶奶如今身子不好，我让她好好养着，往后有事都直接来回我，别跑错了。”林之孝家的、周瑞家的、赖大家的都望着凤姐，凤姐只好点头不语，众人便都应了。

且说凤姐回到住处，气得大哭一场，对平儿诉道：“着实可恶！上回统共不过得了一千两，那老东西就揩了二百两银子的油。如今倒来指责我是小人，她又是什么贤良的太太！家里本就不好，如今交到她手里，日后还不得把天都掀了？”平儿道：“奶奶别动气，大太太不过图一时新鲜，过不了多久，她管腻了，嫌烦了，自然还得把管家的大事儿还给奶奶。”凤姐听了有理，也不答话，闷闷地在床上歪了。

话说凤姐这边还没着人去提亲，贾琏却不知因何种想法，已将此事告知宝玉。宝玉听罢，只觉得脑中嗡的一声，像被炸雷惊着了，怔怔地坐了半日才回过神来。连日里冥思苦想，终于灵光乍现，得一妙计，既可向妙玉表明心迹，又可不违贾政之命，方舒展开眉头来。

隔日，贾政着小厮来叫宝玉，言明欲向妙玉提亲之事。宝玉假装惊讶，略作迟疑，便说：“父亲在上，常言道‘父母之命，媒妁之言’，孩儿不从，是儿不孝，孩儿如今想通了，妙玉姐姐人品非凡，才貌双全，若能嫁与我，是我八世修来的福气。至于林妹妹那儿，孩儿还得求父亲将来成全她一门好亲事。”贾政喜道：“这是自然。你长这么大，可算是懂事了，这才像我儿子。”宝玉道：“孩儿想给妙玉姐姐修书表白，不知父亲能否应允？”贾政笑道：“那是自然，写好了先交与我过目，替你把握着分寸些，要注意措辞，切莫失了贾家风范。”……

是日，妙玉正于院内摆弄花木，忽听得有人敲门，原来是茗烟给宝玉送信来了。妙玉打开，只见上书：“浊玉上托父母之恩，方能得遇姐姐。

姐姐兰姿仙才，冰清玉洁，令浊玉倾慕不已。浊玉不爱尘世喧嚣，独钟山林清雅，恰与姐姐相投。姐姐乃金玉之质，浊玉不才，斗胆求姐姐与我共结秦晋之好。槛内人怡红院浊玉沐浴谨拜。”

妙玉看了，不觉一惊：“贾府昨儿刚着人提的亲，我原以为也是宝玉之意，不曾想他只不过情非得已罢了。好个宝玉，果真颖异，也不枉我视他为知己。‘上托父母之恩’是暗说他和我求亲只是父母之命，并非自己本意；表面上是来求亲，却一口一个姐姐，乃是说他与我只有姐弟之谊，并无夫妻之情；‘独钟山林清雅’表明他只爱林姑娘一人，不愿伤她的心。既然如此，我又何尝想拆散他们这般的神仙眷侣？再说，宝玉身上虽有几分我心目中‘他’的影子，可终究不是‘他’。我何苦要为了嫁给一个影子而拆散他俩的幸福？于情于理，都说不过去。但我若唐突了求亲之事，老爷面上肯定挂不住。贾家昔日待我有恩，今直言回绝定是不义；如若勉强答应，便更使不得了，连我将一并负了四人。看来此生我与宝玉注定无缘，这也是我命该如此，无来由坏了他人好姻缘。何况宝玉和林妹妹，都是我素日所喜之人，即使我今生注定孤苦无依，无人相傍，只要他俩好，我看着他们也是幸福的。既然如此，我不如趁早离开罢，于人于己都好。”妙玉一番思量，心内虽怅然若失，但计意已定。

却说没有不透风的墙，黛玉那里也方听闻到宝玉遵从父亲，意欲迎娶妙玉之事，如五雷轰顶，顿感天崩地裂，早惊散了三魂，唬散了六魄，直哭了个天昏地暗。好容易定下神来，这满腹的心思与苦痛又能诉与谁人？是夜，冷月凄凄，寒风瑟瑟，斑竹萧然间，黛玉只能暗自垂泪，恍然吟道：

寒霜凝月影，冷月泣花魂。

说着，竟怔怔的，一时接不下去了。忽听有人拍手笑道：“好诗，好诗！只是太丧了些。”黛玉看时，却见那人笼罩在月光之中，恍似天宫仙女，容貌雅俊，气质风流，竟是妙玉。黛玉一愣，忙冷笑道：“妙玉姐姐好兴致，要出阁了竟然还出来乘月闲逛。”妙玉笑道：“你倒会打趣我，我又怎不为这事而烦呢？宝玉年幼，他待我好，我一向视他为弟弟。如今我若是嫁了他，不光曲了我俩的情谊，还得害我落个趋炎附势、‘高攀’宝二爷的名声。你们俩一块是那么好，青梅竹马，天生一对。而我本就命薄，注定孤苦终老。我既知其中苦楚，况你又是这么个娇嫩人儿，我如何能狠心让你与我一样？你是素知我的，这样的没心肠的事情，我如何屑于去做？我是满心想成全你俩，只要你和宝玉之心坚如磐石，我就是唐突了老爷，哪怕惹火烧身、粉身碎骨，也是不怕的。”黛玉见她情真，也知她素日为人，自然不再怪她，忙啐道：“呸呸，说什么不吉利的话？原是我错怪了姐姐，是我的错，姐姐若是咒自己，便是我的千般万般的不是了。我只怪造化弄人，怨不得别人。”说着低头摆弄头发，心里怪着舅舅出尔反尔。

妙玉辞了黛玉，回到住处，便吩咐丫头说，自己离乡多年，如今想回苏州去，要她快些打点行李。丫头哭道：“万万不可，师父临寂遗言，说小姐‘衣食起居不宜回乡，在此静居，后来自有你的结果’，小姐怎能忘了呢？”奈何妙玉心意已决，丫头苦劝多时，无济于事，只好去收拾行囊。

次日鸡未报晓时，妙玉趁着天色朦胧，和原先带来的两个老嬷嬷、一个小丫头便匆匆离去，只沿小道往江边走来。江上雾霭氤氲，妙玉站在船头，望着岸汀渐远。晨曦微露，远望栊翠庵的轮廓依稀。江风吹起衣襟，妙玉望见水天相接之处，遥远得好似没有尽头一般，凄冷感伤的寒意不禁漫上心头。

早上林之孝家的来寻妙玉，才知她已不辞而别，忙去告知贾政。欲知贾政如何反应，且听下回分解。

第八十六回

戚建辉错咫尺良缘　贾探春嫁天涯远路

话说贾政很是诧异。林之孝家的忙说："听庵里的尼姑说，昨晚上还好好的在那，必定还走不了多远，要不我这就打发几个跑得快的去追？"贾政叹道："罢了，那倒像是我们家强逼她的了。不妥，不妥。我们不是蛮不讲理的人，她既不愿意，没有'强按牛头喝水'的理儿。"宝玉正好来给贾政请安，听闻妙玉走了，知是因为自己的信，不禁心中慨然叹道："不枉我们知音一场，无论你到天南海北，只求你一定平安幸福。"贾政喝道："你还杵在那里干嘛？还不是因为你没出息，人家看不上你！赶紧给我滚回去读书！"宝玉诺诺而退。

因近几年国家内忧外患，先是接连旱涝无常，蝗灾肆虐，多地颗粒无收，连草根都被嚼尽了，灾民多有饿死的。接着南方瘴疫横行，平民死亡逾万。再加上战事频发：东北一蛮夷岛国，名唤"玉户岛"的，屡屡滋事侵犯海疆；北有戎羌入侵，西南有流寇作反，全国上下都乱成一锅粥了。贾赦被派往西南方听令，贾政等被召往监督海疆防御工事，贾琏奉旨去平定平安州流贼，一连数月未归。

转眼冬去春来，又是阳春二月。天气暖和了，人都不禁勤快起来。赵姨娘也呆不住。那夏婆子等又三天两头地来劝她："我的奶奶，先太太都去了几年了。您老给老爷添了一双儿女，劳苦功高的，老爷把您老扶正是早晚的事儿。老爷如今不在家，您老得拿出些太太的样子来。"赵姨娘听了这话，正合她心意，便越发得了意。她原先想着自己和邢夫人同病相怜，定是志同道合的。看邢夫人得了意，她便也偷着乐，料着邢夫人定会多照看自己母子些。谁知那邢夫人新官上任恨不得多烧几把火，好好逞个威风，哪里会把赵姨娘放在眼里？之前邢夫人派管家婆子去搜赃物，发现贾环的几个小厮手脚颇不干净，便不顾赵姨娘求情，命将那些小厮挨个杖责四十，各扣了两月工钱，又命他们亲自去把赃物归还原主，当面赔罪，自己掌嘴。于是乎，那些小厮脸肿了半月，也贡献了半月的谈资和笑料，众人见他们一回笑一回，连累得贾环和赵姨娘也没脸了。赵姨娘心内愤愤不平，觉得邢夫人"得了威风就忘了根本了，连往日情分都不看，果然是成不了大器的"，自此便有了弃邢夫人之意。如今被人一怂恿，正在兴头上，哪里还想着依附着邢夫人？倒等不及登时就想和她平起平坐了。

那些素日仇恨凤姐的下人眼见赵姨娘起了上位夺权之意，都暗暗狂喜，相互一撺掇，顿时觉得苦日子到了头，出头之日指日可待，都屁颠屁颠地赶来投奔赵姨娘。再加上贾环平日在家塾里结交的党羽，一帮人沆瀣一气，只恨不能立刻兴风作浪，逞逞威风。

这日赵姨娘听人来报，说当初盖这园子时大到总管赖大、赖升，小到赵嬷嬷的两个儿子等都揩了不少油水。便兴冲冲地去告诉邢夫人，怂恿邢夫人好好查查府里账目。

邢夫人听了，因忌惮像上次查抄大观园一样引火烧身，便不愿意派人，只说："好了，我已知晓了，你们先回去罢，我定会查的。"赵姨娘道："此事事关重大，何必要等到以后？太太一声令下，我立刻着人去查个清楚，包太太满意。"邢夫人喝道："急什么，哪里就轮得上你对我指手画脚了？你还把不把我放在眼里！这事我既已知晓，自会派人去办，轮不上你来管，你急什么？"赵姨娘讨个没趣，气哼哼地走了。

赵姨娘走后，嫣红、翠云两个问道："太太准备从何查起？"邢夫人笑道："这种牵一动万的事儿，家里有几个没有干系的？要真抓起来，家里都要抓完了，那还了得？我们白白把人得罪光了，自己又能捞着什么好处？不过既然她来告诉我了，我要是不管，倒显得我有意包庇谁，她又最是个嘴碎的，如此若是给她落了口实，传出去说我不宜管家，万一让琏儿媳妇钻了空子，可不亏大了？如此看来，当然要查！不过也只管堵住她的口便罢。切莫惹恼了众人。对了，琏儿媳妇得罪的人最多，我只管把她查清楚了，大家必拍手称快，这事也就了了，还能以一儆百。”嫣红、翠云都笑道：“太太英明！”

且说赵姨娘领一干媳妇婆子往园子里来，恰见贾菖、贾菱走来，正拎着几包药。赵姨娘便招手笑道：“两个猴儿，不好生在茶房里管事，跑到园子里来瞎荡做什么？”贾菖笑道：“我们原是来正经办事的。林姑娘的咳疾越发重了，我们两个买了几两紫菀、款冬送过来。”赵姨娘想着他两个贫贱，并不放在眼里，就拿他两个打趣道：“说吧，这趟差使，你两个弄了多少银子？要请我吃些什么打打嘴？”贾菖、贾菱本是族中贫寒子弟，最怕被人轻鄙，听赵姨娘如此说，不觉脸上羞惭，都笑道：“我们都是正经子弟，中饱私囊的事儿怎敢做得？还请奶奶饶了我两个，要是这么说传了出去，假的也信成真的了，那我两个还如何做人呀？”赵姨娘大笑道：“瞧这两猴儿，我不过开一句玩笑，脸憋得比猴屁股还红。”

眼见赵姨娘远去了，贾菖恨道：“她不过是个姨娘，也随意骑在我们头上污人清白，明明我们也姓贾，这府里也忒不把我们哥俩当人了。”贾菱也恨道：“如今月钱也减了那么多，我过冬时连件像样的棉衣都买不起，现今身上的冻疮还没好呢，这日子真是没法过了。”遂凑到贾菖耳边小声道：“我听闻这里好多人都靠着偷主子东西发了财，现在府里乱得很，哪里管得过来，一共也没抓到几个人。可怜我们哥俩还白守着个清白，连一花一木都不敢营私，即使这样，还被人污蔑‘中饱私囊’。如今我们日子都过不下去了，与其冻死饿死，倒不如趁乱给自己打算打算。同样是姓贾，难不成谁比谁尊贵不成？他们多得用不着的玩意儿，我们顺个几件走又有何不妥？”贾菖沉吟半晌，也觉得有理，便道：“那兄弟打算如何是好？”贾菱四顾无人，又附在贾菖耳边道：“我们马上送完药不要出去，找个地儿藏了，等今晚没人的时候，到怡红院去摸些东西，听说怡红院里可都是好东西，随便拿些，都够我们对付个几年了。”两个计议已定，便依计而行。因夜里油灯熄了看不见，他俩也不知胡乱摸了些什么，塞在外套里兜，翌日清早一开门便溜了出去。

翌日，麝月为宝玉穿戴时，不见通灵宝玉，唬得满身冷汗，着急道：“小祖宗，你的玉呢？”宝玉笑道：“好好的，姐姐急什么？昨晚还在的，难道我睡了一觉，它就……”说着往桌上一瞟，登时脸也紫涨起来。麝月顿足道：“我的小祖宗，我只昨儿告了半天假，一早惦记着你的事儿又赶回来，玉就给丢了，可不都是我的不是？昨个儿我千叮咛万嘱咐让小丫头把玉收好了，怎么她……”宝玉忙说：“不干她的事儿，是我昨儿读书读得太晚，就让她一早先去睡了。她非不走，一定要先把玉收好，我就把玉摘下来给她，看她思来想去纠结老半天也不知放哪儿妥当，说怕万一出了差错她就完了。我就说我自个儿来收，左不过丢了也是我丢了自己的东西，没什么大不了的……”麝月着急道：“那你放哪了？”宝玉道：“我大约就随手放桌上了，具体的也没有印象……”麝月叹道：“你啊，我该说你什么好？这么重要的东西也能乱放的不成？你平日里老爷让你读书你就睡觉，怎么昨晚偏那么爱读书，把玉都读丢了？”宝玉不好意思，赶紧低了头找玉。两人东翻西找好半天，哪里找得到？宝玉急道：“敢情真是见鬼了，好好的玉也能飞了？快去问问各房的人有没有看到过。”麝月发现还少了两三样东西，惊道：“我的小祖宗哎！莫不是失了盗了，你这样乱问，要是打草惊蛇，就更找不着了！我这就去找三姑娘想想办法。”

不多时，探春带着黛玉、平儿、李纨几个来了。探春叫把园门关上，先命个老婆子带着两个丫头往园里各处去寻探寻探，一面又在宝玉屋里仔仔细细找了个遍。谁知不单单玉没找着，连带着发现好些其他东西也不翼而飞了，这才确定果真是失了盗。平儿忙问昨晚都有谁往这边来过，麝月想起贾环昨晚来过，正要说，宝玉怕探春尴尬，忙使了个眼色，麝月不敢说，又不敢不说，正犹豫着。探春叹口气道："不必担心我，是姨娘还是环儿？"麝月只好说："环三爷来过，但不像是他拿的。"探春冷笑道："他？我还不了解他？你们不用为他遮遮掩掩的，他真是越发无法无天了，我这就叫他把东西还过来，给你们赔罪！"于是吩咐丫头们去把贾环带来。

不多时，就听见外面赵姨娘乱嚷："什么脏水都乱往环儿身上泼！环儿才是你正经兄弟！没良心的种子，胳膊肘往外拐的，就知道欺负亲兄弟！你是专会拣高枝儿飞的，自然可以不认我这个娘，不认你亲兄弟！但你哪只眼睛看见环儿做贼了？好好的倒是会污人清白！你既然说是环儿偷的，我也到外面传传去，只说是你偷的！"

探春忙推开门，但见赵姨娘被几个丫头拦着，正挣扎着乱叫。探春冷笑道："姨娘说得倒好笑。就凭环兄弟素日做的那些好事儿，别说是我，换了别人，谁能不疑心与他相干？若是真拿了，便早些把东西还回来，这个不是闹着玩的。早些了了事儿，大家都好；若真是闹大了，谁都没脸。"赵姨娘啐道："我呸！谁知道是哪个猫儿狗儿拿的？你就这么不分青红皂白赖你兄弟身上？明儿又谁丢了东西，估计得赖到你老子娘头上了！别说你亲娘亲兄弟本就清清白白的，我们就是真做了什么，你也合该为我们打算着，糊弄些！你倒好，也不合计合计，什么屎盆子都往我们头上乱扣！早知如此，我何苦辛辛苦苦生下你来。现如今，你能耐了，对别人巴巴的，却专会欺负你老子娘。哎呦喂！我这是造的什么孽哟！大家都来评评理，我亲生的闺女大了，出息了，会欺负她娘喽！"

探春气得抽抽咽咽地一面哭，一面问道："谁是我娘？我娘都走了好几年了，哪里又跑出一个娘来？”赵姨娘气得一屁股坐在门口叫道：“我肠子里爬出来的东西，如今翅膀硬了，连自己哪里来的都忘了！”探春气得噎住，一时说不出话来。平儿问道：“姨娘既然说不是环儿，可有依据？”贾环说道：“我昨天离开时，那块玉还在宝玉哥哥脖子上挂着呢！怎么就成我拿的了？难道我半夜又溜过来拿玉不成？”宝玉和麝月细想一回，玉当时确实还在，方知自己真真冤枉了贾环。宝玉忙拉着贾环的手道：“是我的错，原是我冤枉你了，实在对不住，我改日再来跟你好好道歉。”赵姨娘见宝玉道歉了，气哼哼的也不好再说什么。

平儿想到贾环说的“难道我半夜又溜过来拿玉不成？”，觉得有理，忙说道：“昨儿大约是有什么人留在园子里没出去，趁着半夜溜过来偷的？若是长期住在这园子里的人，就算偷东西，也都是小打小闹，不敢闹出大的动静。有胆子偷通灵宝玉的人，大概对这里不熟，不知道这东西的利害或是压根不认得这是通灵宝玉。”探春觉得有理，忙命人去查昨儿哪些人进了园子来。赵姨娘叫道：“姑娘，我就说什么呢！指不定什么猫儿狗儿干的好事，别就知道冤枉你亲兄弟，他好歹也是个正经主子。比不得外头那些野小子，环儿可比他们正经多了。我昨儿就撞见两个不知道哪里来的，在那里闲逛，还说是来送东西的，看着就鬼鬼祟祟，不务正业，比不得你兄弟勤学上进。我跟他们开个玩笑，就羞成那个样子，也比不得你兄弟落落大方。”

探春忙问：“是哪家的小子？”赵姨娘道：“我哪记得他们是哪家的，只记得他们两个都是草字头的那辈的，做些什么捣鼓药材的事的。好像有一个叫什么肠儿的。”探春道：“什么肠儿肝儿的，姨娘可记得他俩长成啥样？”赵姨娘遂咕咕哝哝比划了一阵，也比划不清楚，便说：“他俩说是给林姑娘送药去的，林姑娘可还记得？”黛玉便说：“昨儿是有个贾菖、贾菱来给我送药的。”赵姨娘一拍手，叫道：“正是这两个名字，我想了半天就是没想起来。我看他两个可比你环兄弟嫌疑大多了，你可好好查查，别白叫你兄弟受了不明不白的气儿。”探春遂着林之孝家的去带那两个来，一面也催人去快些统计前几日进了园子的人。

那贾菖、贾菱见林之孝家的来找他们，料定是东窗事发，自己已被锁定是小偷了。那些玩意儿又没处藏，偏还带在身上，这下人赃俱获，真是完了。不禁唬得魂飞魄散，只道：“完了，只这么做了一回就事发了，这下查出来怕是得被打死了。”忙给林之孝家的跪下道：“求奶奶可怜可怜我两个，我们并不知道那些是什么贵重的东西。实在是度日艰难，快要饿死了，才出此下策，求奶奶千万体恤体恤我们哥俩。”林之孝的暗喜道：“我还什么都没说，这两个倒自己招了，也不用我费事了。”林之孝家的忙笑着去扶他们，道：“我是哪门子的奶奶？快起来罢，这我可受不起。”那两个不起来，只道：“奶奶要是不疼我们，我们就是个死。我们这就把东西都交出来，求奶奶只说是我们无意中捡的罢。”

林之孝家的笑道：“我就是想帮你们，三姑娘冰雪聪明，如何瞒得过？”两人忙把身上仅有的一点碎银摸出来塞给了她，巴巴地说：“孝敬奶奶，只求千万帮我两个周全周全。”林之孝家的见他们两个老实，本就于心不忍，又得了些银子，少不得应了，盘算着去跟三姑娘说是他两个这么说的，就是三姑娘不信，也不关自己的事儿。便领了二人去见探春，照着他们的话去回了。

赵姨娘仗着贾环被冤枉，把探春好好数落了一顿，才刚走，探春正没好气。听得这话，便冷笑道：“半夜潜入宝二爷房里去捡东西，他们梦游的时候还能翻墙不成？可知真当我是傻子。”宝玉忙劝道：“既然东西都送回来了，这事也就罢了吧。若是就为了这么个劳什子让他们遭罪，我也于心不忍。”探春叹道：“你也太好心了，可是如此纵容下人，会出大乱子的。”便吩咐道：“事关重大，如果连偷通灵宝玉都不罚，也太无法无天了。来人，拉下去各打四十大板。本来应该直接逐出去送官的，既然宝二爷求情，看在宝二爷的分上，就不送官了，也还留在院内干活，各扣半年月钱。”左右的人听说，忙七手八脚地把两人拖了出去。

宝玉不忍，待要继续求情，又觉得罚也不是，不罚也不是。正在不知如何是好之际，忽见茗烟进来找他说：“老爷回来了，正找你呢。快走，快走。”宝玉听了，吃了一惊，忙跟了出去。至贾政书房中，只见父亲正歪在椅子上。数月未见，父亲似乎苍老憔悴了许多，两鬓花白了，沟壑也在脸上纵横了开来。宝玉见了，不禁伤感，又恐父亲问及学业，正在踌躇之中，贾政已经看见了他。宝玉忙给父亲请安。贾政仔仔细细地端详着他，数次欲言又止，半晌才笑道：“好，好。”又说：“你长大了，如今国难当头，我若是哪天为国捐了躯，也是我的职责与荣幸，到那时，你千万要撑起这个家。”宝玉听了，很是难过，忙道：“父亲休要如此说。”因想劝慰父亲几句，搜肠刮肚半天，却又不知说什么才好。贾政笑道：“别杵在那里了，我还有事要商量，你先去读书罢。”

宝玉走后，贾政把贾琏、凤姐两个叫来，问道：“方才我听说什么朱大娘来给探丫头说亲，你们可知说的是谁？那朱大娘又是什么人？”凤姐笑道：“老爷怎么不知道她？就是那官媒婆朱嫂子。为神威将军戚大人的公子来和咱们求亲，天天弄个帖子来赖死赖活的。原先二丫头的亲事就是她牵的线。”贾政一听，便动了气，道：“既然是她，便别理会了。她要再来，给点钱赶出去就是了。她当时给那姓孙的求亲时也是赖死赖活的，吹那小子吹得天花乱坠。大哥那儿我苦劝不动，二丫头硬是被嫁给了那混球。如今看看二丫头过的是些什么日子！她自然跟你们说这个什么七公子八公子的也很不错，谁知道实际上是个什么玩意呢！探春是个好丫头，我万不能让她走她二姐姐的老路。不如在熟识的世家子弟中挑一位给她吧。”凤姐劝道：“老爷先别急，我听珍哥儿媳妇说，那戚公子她是见过的，确实是一表人才，他才能、家世又都是一等一的。若是成了，也不失为三姑娘的一段好姻缘。”贾政听了，方有些动心。贾琏道：“那戚公子我也认识得有些时日了，当真是个妥当人。他久闻三姑娘是个聪明可靠、才貌双全的，很是心动，屡次求我，想一睹芳容。老爷要是同意，我明儿便邀他来咱家做客。一方面别辜负了他一片痴心，一方面也好让老爷亲自看看他如何。老爷要是真不喜欢他，我也好早些让他死了心，难为他心里一直吊着。”贾政道：“既然如此，那就辛苦你们去准备准备了。”凤姐笑道：“哎哟，我辛苦个啥？如今太太心疼我身子，把我的活都揽了去，哪里知道这样才让我闷出病来呢。好容易得了件事做，我正求之不得呢。”

凤姐自去找探春，笑道：“我来告诉你一个好消息，明儿一个戚建辉公子要来见你，就是神威将军戚大人家的公子。他是襄阳侯之孙，世袭二等男，含着金钥匙出生的。偏还一表人才，又才貌双全，武艺超群，有勇有谋。可不辱没了你呢。他又喜欢你得很，保不齐他就是你的如意郎君。”探春听了，不禁红了脸，忙道：“嫂嫂瞎说些什么？嫂嫂要是闲不住，如今战事吃紧，不如给琏二哥哥出谋划策去。要是不愿，嫂嫂也自和哥哥有说不完的话，做什么来打趣我呢。”凤姐笑道：“平定战事、保家卫国是那些男人的事情，哪轮得上我们女人操心？我嘛，就好好帮你当一回‘红娘’。”探春脸更红了，忙道：“呸，嫂嫂说哪里的话？我如何知道些什么‘红娘黑娘’的？”

翌日清早，探春便起来了，因在房里呆不住，便信步往园子里来。园中薄雾朦胧，晨风轻拂，草香弥漫，黄莺婉转，杨柳依依。探春不禁念道：“谁送草长莺啼？正是春风十里。”

探春正在陶醉，忽见凤姐远远走来，便知她是来找自己的，忙回秋爽斋来。凤姐笑道：“今天是你的好日子，你可要格外漂亮些。我看这身衣服你穿着正合适，就带来了。快穿上给我瞧瞧可俊不俊。”探春忙谢过凤姐，穿上那身衣服。凤姐上下打量着，又转着圈儿仔仔细细看了几遍，笑道："三妹妹果然是美极了，天女下凡一般的。戚公子真是有福气，这样一个百里挑一的，又会作诗，又会理家，还那么漂亮的媳妇儿，真是打着灯笼也难找呢。"探春羞道："八字还没一撇的事儿呢，竟给你说得像我们已经成了亲了。罢了罢了，这样一个专会打趣我的，拿我开心的主儿，也是打着灯笼难找呢，可怜琏二爷竟糊里糊涂收了你。"侍书、翠墨都笑道："琏二奶奶真个好样的，姑娘素日里专会欺负我们，如今给您打趣了，可不是活该有今天呐。"探春笑骂道："连你两个也欺负我，想是你们看上那戚公子了，不好意思讲，就拿我打趣着玩。不如趁今天去问问那戚公子可愿意收了你们？"说着，作势要去打她两个，侍书、翠墨左右躲闪，笑个不住。

午膳席间，探春见贾琏果真邀了几个公子来，忙暗问凤姐那戚公子是哪一个。凤姐便往那里努努嘴，探春见那公子锦衣纨衫，容貌俊朗，魁伟潇洒，英气飒飒，儒雅有礼，谈吐自得，也不禁心动。那边贾琏也悄悄地把探春指与戚公子看。探春不防头，正巧撞上与那戚公子四目相对，探春害羞，不禁低了头。戚建辉见探春果然花容月貌，聪灵俊俏，心中暗喜。

探春又胡乱与凤姐说了一席话，觉得脸红心跳，不好意思，连忙找个借口离了席。戚建辉也找个借口，离席跟了她去。

外面正春色无边，花红柳绿，蝶舞翩翩，那戚公子心思全在探春身上，无心观赏。忽望见一座种满桃树的小山，满山满树葩吐丹霞，山上一条小径，径上有一女子。戚公子走近一看，正是探春。一阵风过，探春便站在了飘飞的粉红花海里，恍如天仙初降尘世。戚公子只觉怦然心动，不禁吟了半首《南柯子》道：

"草长浑不觑，莺啼俱莫聆。天仙降世一心倾，十里春风终是不如卿。"

探春听闻，不禁脸通红到耳根，回头一看，只见戚公子正含情脉脉地望着自己，忙羞得躲到桃林里去了。

戚公子还欲跟上去时，却听到有人扯着嗓子叫道：“姑爷！”扭头看时，只见是一浓妆艳抹的中年妇女，薄嘴唇，凸颧骨，脸上扑着厚厚的粉，身上净着些年轻小姑娘才穿的衣服，正一手叉着腰，一手捻了方丝巾在他脸上招招。戚公子出于礼节忍住没笑，又见她明晃晃地插了一头的首饰，以为是贾府的哪位太太，因视探春如女，方叫他姑爷的，连忙礼貌地作了个揖。

那妇女笑道：“姑爷，大老远跑了来也不来看看我，让我好找。”遂从上到下仔仔细细打量了他一番，看得戚公子颇不自在。那妇女看了好一阵，又抓住戚公子的袖子道：“姑爷好生阔气，这么名贵的料子我上回见还是半年前在宝二爷房里呢，说是西洋的玩意。据说这料子从西洋运过来所经过的路，竟比我打娘胎里落出来走过的路还长呢！”戚公子见她说得不伦不类，勉强笑了笑说：“您既是喜欢，我送您几匹便是了。”谁知那妇女听了，好不得意，当即大笑道：“我就说你不错，如今一见，果然大方。探丫头能嫁给你，我真是打心眼里为她高兴。我在这屋里熬油似的熬了大半辈子，终于我亲生的闺女配了这么个好女婿。探丫头啥都好，就是不太待见我和她亲弟弟。我们两个在这个家里竟成了多余的似的，她管着家都不愿意多体恤我们些。我看姑爷是个一等一的好人，我们娘俩能傍上你，真是八辈子修来的福气。等明儿探丫头出了阁，姑爷也好歹多照看着赵家些。”

戚公子这才知道面前的正是探春生母。他早打听到探春是庶出，原本并不在意，一者探春才能出众，哪点不比太太生的小姐更强些？二者探春又是在太太膝下养大的，一向视太太比亲娘更亲，太太也待她如亲闺女。

探春既然不是赵姨娘养大的，又与姨娘生的弟弟来往甚少，还不及与宝玉十一的亲近。故而，探春虽名为庶出，实则未曾沾染上任何下贱的习气。这母子俩即便不堪，自己也大可不认这门亲戚便是。因此，戚公子对于探春的妾生身份毫不介意，打听得她聪慧能干、开朗明理，早已心动，直巴望着亲见探春一面，再来正式提亲。不想今日一来，却发现探春的生母竟是如此极品中的极品，姑娘还没定亲她就这么涎皮赖脸的，等把姑娘嫁出去，她还不得满世界宣扬自己是她的姑爷，还得隔三差五地来要好处，想必就算自己命大，不被烦死，脸也迟早会被她丢尽了。思来想去，只是可惜了探春这么个好姑娘。但转念一想，这三姑娘毕竟是姨娘所出，自己与她又只有一面之缘，所知之事不过道听途说，谁知几分真几分假的？虽然自己眼见得这姑娘确实很是不错，但想当年老爷纳这赵姨娘时，定也是满心欢喜的。说不定等自己真娶回去了，倒会发现这姑娘和她亲生母亲一般荒唐，到那时，自己找谁诉苦去呢？戚公子暗忖定了，也就礼貌地辞别了赵姨娘。

戚建辉仍回到贾琏身边坐了。贾琏笑着问他："怎样？我果然没有骗你吧？你可记着呢，欠兄弟一个大人情。"戚建辉虽然不好意思，还是硬着头皮委婉地回绝了他。凤姐在对席瞅着，见贾琏突然脸色不好了，便知道定是赵姨娘坏了事儿。

原来方才探春和戚公子一前一后出去了，凤姐也跟了出去瞧瞧。不料迎头撞上赵姨娘。一早的时候，这赵姨娘听夏婆子几个说，如今克扣的月钱，都是被凤姐吞了。赵姨娘听了不信，说道："谁不知道如今这家里是大太太说了算，她哪里摸得着钱？"夏婆子道："啊呦，我的奶奶啊！这算什么事，谁不知道那琏二奶奶是何等奸滑的人？她想弄钱，还愁弄不来不成？那邢夫人是她婆婆，就算是知道了，'家丑不可外扬'，左不过自己训她一顿罢了。她扣我们的钱，她可怕些什么呢？您老好好想想：她娘家如今自身难保，哪里还有闲钱匀给她？如今我们被克扣着月钱，日子过得紧巴巴的，就她还这么阔绰，不是因为吞了我们的钱是因为吞的谁的？您老也真是好心，平日里她是如何待你娘俩的？您老倒还帮着她讲话。如今您老管这家，不过早晚的事儿罢了，老爷不扶了你做太太，还能扶谁？您老难道还由着她踩在头上？要我说，您老把威风抖抖，只管找她讨个说法去，这不仅是帮你娘俩，也是帮了我们大伙儿。倘或闹起，也是她没脸，况且还有我们帮你撑着腰呢。”

赵姨娘听了，越发得了意，于是逞着威风去找凤姐，一时间竟认为自己仿佛《单刀会》中的关云长一般英雄。此时赵姨娘见到凤姐走来，很是得意，上前一把揪住她，没头没脑地指责她吞了大家的银子。凤姐又好笑又好气，骂道：“如今家里什么光景，你们这些不管事的哪里晓得？大家扣了钱，难不成我的就没扣不成？”赵姨娘仰天大笑道：“你是管事，把大家的钱都管到自己囊中了！你当年仗着娘家和老太太、太太疼你，狗眼看人低的，连辈分都不顾了。如今老太太、太太没了，你娘家又快不行了，我看你靠谁去！老爷迟早得把我扶了正，你如今还敢跟我大呼小叫的！”

凤姐怕闹大了被戚公子看到，就不愿跟她吵，只说：“您老可把那骂街的劲儿收一收，今天要是坏了你闺女的好事，可别怪我没提醒你！”赵姨娘拍手笑道：“哦，我刚听说了，说是一个戚公子，家世很不错的，想娶哪个姑娘，今天还专门跑了过来。原来是来求我的丫头的！既是我姑爷，我自然要去瞧瞧的！”凤姐怕她坏事，忙要拦住她，那赵姨娘要着泼道：“你安的什么心？连人伦都不讲了？探春是我肠子里爬出来的，难道我想见见姑爷都不成？你要是再拦着，我就好好宣扬宣扬去，告诉大家我们的月钱都是你克扣了！”凤姐见她泼蛮，无法，只得由着她去了。

散了席，凤姐问贾琏：“那戚公子怎么说？”贾琏道：“他说三姑娘是妾生女儿，门不当户不对，他父母定不同意，遂只好作罢。我可纳闷呢，我早跟他说了三姑娘不是正出的，他当时全然不当回事，非求着我让他来见见三姑娘。如今翻脸翻得这样快，把我也气死了。”凤姐骂道：“都是那赵姨娘作的妖！别人做娘的巴着求着给自己女儿找个好女婿，她倒好，把好好的女婿赶跑了！生怕全天下有人不知道三姑娘不是太太生的，而是有自己这样一个丢人现眼的亲娘！可惜了三姑娘，这么好的一个人，竟然如此福薄。”

因近日海疆接连战败，贾政成天烦闷，连宝玉读书都懒得管了。宝玉乐得清闲，成日和黛玉、探春等混在一起耍。那贾琏、凤姐不忍告诉探春戚公子已改了主意。探春满心中意那戚公子，又见他对自己有情，觉得这门亲事十拿九稳了，嘴上不说什么，心里是欢喜不尽地等待出阁。想到如今与兄弟姐妹一起的时日不多了，她怎能不尽心玩乐？宝玉则更是一个努力玩乐的人了。麝月每每劝宝玉看书，宝玉都以“国难当头，八股无用；蛮夷猖狂，书生误国”为由推脱。麝月无法，只好罢了。

这日宝玉、黛玉、探春等几个正在秋爽斋玩到兴头上，突见外面小厮来报：“不好了，堂堂天朝，竟然又让区区海寇给打败了。”探春大惊：“不是说这次几乎动用了所有能用的海上军备了吗？”那小厮道：“正是如此，然而伤亡惨重，十死八九。朝廷已经没有力量再打下去了。圣上已经提出了和亲。”宝玉骂道：“混账，这是何等耻辱！堂堂男儿们不能保家卫国，倒要靠女子去换取自己的苟且偷安！”那小厮道：“这也是无奈之举了，又不能继续打，如果不和亲，就只能割地了。”

正在这时，李纨来了，说道：“你们怎么都在这里？南安太妃后天要来，大太太叫我处理此事，也没个人跟我商议商议。”林黛玉道：“她来做什么？想必是替她儿子选妃子来了。”李纨笑道：“探丫头有人求了，如今她最可能求的就是你。那我们家就要有两个王妃了，真是大喜，大喜。”黛玉便板了脸嗔道：“可恶，可恶，什么臭男人，什么王妃不王妃的，我才看不上呢。那太妃的儿子，白胡子都一把了，认我做孙女儿我都不乐意，嫂嫂倒会拿我取笑。”探春笑道：“当娘的才多大的人，儿子哪来的白胡子一把？”黛玉道：“又不是她所出的，儿子比娘大得多，也是寻常事。”探春笑道：“你又没见过他，怎生这么嫌弃他？要我说，如今南安王府正是得势的时候，咱家要是有谁能成为他们家的人，也是我们的福气呢！”

李纨叹口气道：“正因为圣上看重南安王府，这太妃现在定是烦得很。海寇已经同意和亲了，圣上便指明要封南安太妃的女儿为公主嫁过去。太妃最疼的就是她女儿。那闺女才刚刚十七岁，如花似玉的，从小宝贝似的养了这么大，却要送到那种地方去。谁不知道和亲公主嫁过去要过的是些什么日子？况且此次和亲，不过是战败了的被迫之举。连我都为她女儿伤心呢。”众人听了，也多有掉泪的。

再说那边南安王府的人正在邢夫人那儿，说南安太妃想认探春为干女儿，风风光光地把她嫁到番邦去做王妃。邢夫人压根不知道戚公子这一茬，很高兴地说：“三姑娘这么大了，也没个人家求她，我还担心她嫁不出去了。没想到这么有福气，竟是王妃的命，又能认得这么好的义母。你快去回太妃吧，就说我答应了。三丫头那儿我自会去说，她知道了肯定也高兴得很呢。”南安王府的人听了，欢喜不尽，忙去跟太妃报喜去了。

邢夫人便自去秋爽斋找探春，见乌压压地站了一屋的人，都黯然神伤似的。就高声叫道：“你们一个个怎么都蔫头耷脑的？我可有天大的喜事呢！说给你们，大家一起乐一乐。”探春听了，莫名预感不妙。邢夫人坐下，拉着探春的手笑道：“我特地来给你道喜来了。”然后把这要认亲、和亲的事儿，并着自己已经答应了的事情，都说了。

探春一听，如雷轰顶，连忙分辩道：“这原是我的福气，只是我已定了人家的，还望太太恕我不能从命了。”邢夫人不高兴道：“你要我呢？

你若真是定了亲，怎会没人跟我说？做什么要编个如此拙劣的借口来搪塞我？你分明就是想给我没脸！太妃是何等高贵的人？你能有幸做她的女儿，有什么不知足的？这样的义母，哪点不比你亲娘强多了？人家如此抬举你，还让你如今一跃都变成娘娘了，这可是做梦都没有的好事，你竟然毫不领情！你个不知好歹的东西，我好意为你，你还想着搪塞我。我可告诉你，那儿我已经答应了，你认也得认，不认也得认；你嫁也得嫁，不嫁也得嫁。"说罢，甩手走了，把探春气得哭成泪人。众人忙来宽慰她，探春擦干眼泪，勉强笑道："我这就去问凤姐姐，那个戚公子提亲的事到底如何了。"说着径直往王熙凤那儿去。

凤姐也听闻探春要被送去和亲了，正在为她伤心，却见探春过来了。探春问道："凤姐姐，你跟我说实话，那个戚公子是不是压根没想娶我？"凤姐无法，只好照实跟她说了。探春听了，直哭得泪天泪地、天旋地转。凤姐也难受，陪着她一起哭了一整个时辰。探春咬咬牙道："我既是命薄，也只好认了，没有连累爹娘姊妹兄弟受苦的道理。"

两日后，南安太妃果然来了，她硬是不让探春行礼，径自搂着她的脖子，拿手掌满头满脸地抚摩着她，女儿长女儿短亲热地叫个不停。席间，太妃不停地给探春搛菜，不时问她喜欢吃什么、喜欢玩什么。走在路上，也总要挽着探春，说个不停。

太妃带了一车的首饰衣裳、金银细软来，全是给探春准备的嫁妆。又使了手艺最好的人去给探春精心打扮。探春无法，只好由着他们摆弄。贾政那边也已尽知了，虽然舍不得女儿，可如何得罪得起南安王府的人？他只叹自己无能，无法保家卫国。

贾政少不得去送送女儿，两人说了一席话，都哭成了泪人。启程之时将近，探春忍悲陪大家说笑了一天，晚上也睡不着，只和凤姐、黛玉、宝玉、李纨、平儿几个闲话到鸡鸣。天一明就有太妃带来的侍女来给探春穿衣打扮，外人不得擅入。

清明一早，霜凝雾重，探春见了，大有悲凉郁结之感。穿戴完毕，便求太妃恩准她再去跟众人一一道个别。太妃同意了。

白雾茫茫，探春穿着火红的嫁衣，步入一片雪白的天地中。

探春最后见过那些兄弟姐妹，宝玉把以往大家做的诗词都已抄录下来，让她带上，好留个念想。探春捧着稿子泣道："将来我想大家时，看看这些，就好像我们还在一块作诗了。"

因是清明，探春便往了祠堂去。贾赦、贾政、贾珍、贾琏见了，忙退出去守在门外。探春一进祠堂，看见祖宗的牌位，兼有贾母、王夫人在内，不觉放声大哭，又对着贾母灵位泣道："老太太，孙女来看你了。孙女不才，不能复兴家业，自己还要远嫁他乡，难有回乡之日。如今这里没人，我也斗胆说一句：咱这家里都要被那些不孝子孙败光了。他们成日里只知斗鸡走狗，奢侈浮华，把家里都折腾得穷尽了。我是做孙女的，又不能去劝，只能苦在心里。如今小有家灾，大有国难。天灾重重，争战不休。那些昏庸之辈不能保家卫国，只晓得屈膝和亲，把个好好的国都败了。"

探春说完，哭得更凶了，又对王夫人牌位泣道："太太，您走得太早了！日后，恐怕这园子里就是那些狗彘之徒的天下了，您在天上看着，也定会难过。我这一走，又怎能放心？"说着哭得哽咽抽噎而不能言语。

探春往园子里来时，雾已散了些。只见有两个儿童在台阶上放风筝，探春不禁苦笑道："线断了，风筝就一去不回了。放风筝，闹纷争，风筝是放走了，可纷争却哪有穷尽呢？"说着戚然哀叹，不觉已泪雨滂沱。

过了中午，宫里来人把探春接到渡口，江上停着一艘大船，气势恢宏，装潢辉煌。船上宫女奴才浩浩荡荡数百人。南安太妃微笑着来送探春，嘱咐她嫁到那边要多替朝廷着想，以大局为重，万不可触怒夫君。太妃因有别事，就先告辞了。

贾家都来为探春送行。探春见父亲由宝玉扶着，哭得几乎站不稳，怕他哭伤了身体，忙劝父亲保重，又道："父亲不必伤悲，自古以来命运无常，穷通皆有天定，聚散岂能人为？一切皆是缘分，我这一去，父亲千万不要太挂记，一定要保重好身子，不然女儿怎能安心？"赵姨娘也在一旁哭成泪人，道："闺女，咱们母女平素情薄，可你这一走，为娘怎能不伤心？娘没有出息，帮不了你什么，你一个人在外，可千万要照顾好自己。"探春哭着上前抱住赵姨娘，道："娘，您别难过，这都是我们今生无缘，从此我们天各一方，请一定保重！"贾环也哭得说不出话。赵姨娘恨道："没出息的孽障！你姐姐都要走了，你连个响屁都放不了！"说着踢了贾环一脚，对探春道："你别跟你弟弟计较，他嘴笨，不会说话，又只顾着伤心。他心里其实对你千般万般地舍不得，只是说不出罢了。"探春道："我知道。"说着也上前搂住贾环道："姐姐去了，环儿要好好念书，别跟那些下流的人一起瞎闹。父母亲老了，你也大了，你要为他们分忧。"贾环点点头，只是哭。贾家俱哭作一团，侍书哭得晕厥，被翠墨勉强扶着。

探春望着云水苍茫，想到路途遥远、前途未卜，从此骨肉分离、天各一方，心如刀绞，坐在船上，不住哭泣，此时雾已大散，探春清晰地看见岸上贾家的人渐渐缩成蚂蚁大小，之后就看不见了。

欲知后事如何，且听下回分解。

第八十七回

魂幽悠香断无情兽　意绝决玉改昔年妆

话说贾家一行人目送着船不见了。赵姨娘捶胸顿足地哭道："凭什么叫我的姑娘去？四丫头和林姑娘，哪个不好？这明摆着就是欺负我们娘俩！"贾政骂道："住口！探丫头是你的女儿，不是我的女儿？她在家时，你成天惹是生非，害她白受了多少气？现在她走了，你还要给她招不是。什么叫'四丫头和林姑娘哪个不好'？谁的姑娘不是姑娘？谁的姑娘不是父母疼大的？没有天下的姑娘都要给你女儿垫背的道理。遇上这种事，谁也不想。我已经够烦了，你要是再搅和，就是存心气死我！"赵姨娘听了，只得勉强忍忍，可哪里忍得住？偏这时看见凤姐，她就一把扯住叫道："你个狠毒的泼妇！定是你搞的鬼！刁钻我和环儿不成，就拿我女儿开刀。我女儿待你那么好，你也下得去手？"贾政气得一把把赵姨娘扯开，骂道："真是胡闹！丢人现眼！"

贾政正在气头上，刚想好好说赵姨娘一顿，偏在这时，来兴匆忙来报："咱家大门外聚了些流民，都举着刀舞着棒的，张口就要打嘴的钱，不然就要冲进来拜访拜访。老爷看该怎么办？"贾政怒道："看门的人、管家们和那么多小厮都是死了吗？这点小事还办不好？这些人不过是欺软怕硬的，要是赶不跑，就打一顿，自然再不敢来的。"来兴听了，自折回去报了。

众人回到贾府，只见那伙流民已经散了，问来兴，来兴禀报说他回来时，几个管事之人已顶不住，给了银子，那些流民就散了。贾政骂道：

“废物！今日既给了银子，难道往后日日都给银子吗？我们家是开银铺的不成？”来兴道：“老爷息怒，他们也实是无法了，那些流民都是穷极了的人，什么事情做不出来？所以也只好拿钱消灾了。”凤姐道：“我看事情没这么简单。这伙流民怎么早不来，晚不来，偏在我们都不在的时候来？若真是顶不住了，也得经历了一番鏖战吧，怎么不见一个挂彩的？恐怕是有人串通流民，骗取钱财。是谁拍板给的钱？”来兴犹豫着不敢说。凤姐见状，便知果然有内奸，当即一个耳光呼过去，扇得来兴登时半边脸红肿起来，凤姐骂道：“吃里扒外的东西！你说不说？若是不说，我现在就叫人把你拖下去打死了！你们不是要银子吗？那我就遂了你的心，多与你家人些银子好好给你发丧！”来兴忙跪下，头磕得咚咚响，一边磕一边求饶。凤姐笑道：“算你识相，快说，要是说得不老实，一样打死了。”来兴道：“是赖大管家。小的要是有一字不实，奶奶直管打死小的，小的不敢有半个字怨言的。”凤姐大惊，命把赖大带上来。

赖大一见众人神色，已猜到不妙。贾政怒道：“贾家待你们不薄，你们却沆瀣一气，吃里扒外，中饱私囊，该当何罪？”赖大本想狡辩，凤姐喝道：“你是老人了，我自然不方便打你，你就自己掌嘴罢，每一巴掌都要响声清楚，打到你招了为止。”赖大本就乖觉，料着已被人供出来了，定是逃不掉。就算贾政不信是自己干的，那些流民还走不远，贾家只须派些人把他们抓回来赏顿板子，他们还得全供出自己来。于是，他就赶紧跪在地上，磕一个响头说一次“求老爷奶奶们饶命，小的一时糊涂，再也不敢了，求念在我是初犯的分上，饶了我吧”。磕得额头上血流如注。贾政气得说不出话，待要怎地，又念及旧情，正在踌躇。赵姨娘道：“老爷可别轻饶了他。我可听说了，他才不是初犯呢。当年建大观园的时候，他们家可是捞了不少油水。我们家建了个园子，他们家用从我们园里揩下来的油也建了一个园子。那园子，那般阔绰，倒跟主子的有得一拼了。”贾政气得跟凤姐说道："赶紧找几个得力的人，去把赖大家的产业金银都查清楚了。"

贾赦、贾琏等见此，不禁大喜，他们酗酒赌博等欠下的亏空正愁着填不上呢，如今竟天下掉下来这么个绝佳的机会。于是，他们赶紧撺掇着众人，整天变着法子去劝贾政查抄赖大家的家产。贾政本因赖家几代服侍，念及旧事，不愿如此绝情。故初始之时，他只是拒绝，说这样太过了。但禁不住众人天天排着队儿数落赖家的短儿，也不禁动摇。再加上凤姐那儿确实查出赖大家贪污了不少，贾政遂下令查没赖大家的家产，免去赖大总管之职。

赖大知道急了，忙过来给贾政磕头道："求老爷看在我们主仆一场，赖家世代尽心服侍主子的分上饶了我们吧。若是动起真格来，小的一家可再无立足之地了！母亲年高，身体不好，若是这么一闹，气出个三长两短，小的也是个死；犬子也承蒙主子恩典，做了一州的州官，如今就是那一方的父母，若是这样的事情被有心人传了出去，犬子将来可如何服众啊？望老爷开恩！"贾政冷笑道："你这是在求饶，还是在拿一个屁大的州官压我？这无妨，大不了他不做那个官就是了。他辞职也好，我来让他左迁或者免职也罢，都容易得很。我言既出，令已下，哪里有收回来的道理？"

再说宁府那儿也正愁缺钱，见荣府竟有如此妙招，不禁人人暗自欢喜。贾珍想着哥哥如此，弟弟未必干净，赶紧着人悄悄去查赖升，果然查出来他也贪了不少。从账目上来看，比起他哥哥，竟只有过之而无不及。贾珍喜道："果然有其兄必有其弟。"便也下令将赖升家财产尽数充公，免去赖升职务。

贾政听说，叹道："亏得老太太对他们那么好，真是养大了一窝硕鼠。"

赖家出了此等大事，慌得忙去信给赖尚荣，让他"赶紧想办法，务必让老爷回心转意”，谁知没收到回信，赖尚荣人却回来了，道：“流民强人猖狂，连县衙都被攻占了，我们好容易捡回一条命，哪里还敢要乌纱帽？一州大点的官员，都辞职逃走了。”赖大家因见没有法子，只得从此夹了尾巴做人，老老实实在园子里打杂。

赖升比他哥哥灵，早把不少银子挪到亲戚家藏着，如今出了事儿，立即卷了带得走的细软，全家投奔亲戚去了。宁府见查抄的财产与清查账目的结果相差甚远，甚至不及赖大家中查抄的一半。觉得不对，于是再着人去查。方知赖升早卷了钱藏外头了。贾珍闻之，不禁大怒，便让贾蓉速带人去抓，叮嘱道：“从这儿拿出去的银子必须一点不少地带回来。”

贾蓉笑道：“依儿子说，这事儿我们只当不知道，就咬定这钱是藏在这府里了。咬着这个理儿，我们便好名正言顺地来个‘突击’，关了门，挨个查一遍，就说是为了查获这些藏匿的赃款。家里有钱点的奴才家随便抄上两户，可比抓赖升家回来赚得多了呢。”贾珍听了，忙骂道：“我是为了肃清蛀虫，你倒会想着霸占人钱财。你去给我好好查查，没有由头，不得动谁的财产！但也不许包庇谁，若是有没查出来的，仔细你的皮！”贾蓉笑道：“父亲训诫的是，儿子知了。”荣府那儿，邢夫人受贾赦之托，也寻了个由头，大肆搜查。有些下人聪明心虚，自知逃不过，赶紧卷了包连夜走了。

凤姐这儿见邢夫人搜查风头正旺，怕她揪出自己的事儿，很是担心，正和平儿商量，忽见小红进来。小红把个喜帖交给凤姐，笑道：“这是我母亲叫我转交的。贾琼要娶贾的妹子喜鸾。”

凤姐笑道：“喜鸾这丫头我可喜欢了，老太太在的时候也很疼她，当年还只是个小孩子，转眼就要出阁了，这事要好好办，别让某些势利眼的看她们是小门小户就怠慢了。”说着，望着小红，嘻嘻坏笑起来，道：“喜鸾都出阁了，我寻思着什么时候也该把你嫁出去了。你可有中意的？说给我，我给你做主！”小红脸“腾”地红了，低着头抠手，道：“奶奶又笑话我，想是嫌我烦了，想早些打发我走了。”凤姐笑道：“脸红成那样，想是真看上谁了？我疼你还来不及呢，哪里忍心赶你走呀？再说了，如今二老爷回来，一箩筐的公子、小姐们的亲事又都交给我了，我忙这些还忙不过来呢，哪来的空打发你呀？等你什么时候想嫁了，就与我说一声，这事包在我身上！”小红笑着谢过凤姐。

这日宝玉去天香楼射圃，回来时尤氏照例要找个下人送他，谁知因近日不少下人跑了，余下的又大都仗着尤氏软弱消极怠工的。一时竟支使不上人，只好又派了焦大去送宝玉。

那焦大见是宝玉，很高兴，便把心窝里的话一气儿掏了出来，说道：“宝哥儿，你父亲是这府里少有的正直明白的人。赖家的那两杂种王八羔子是活该，早该办理他们了！这样的蛀虫，你祖宗九死一生挣下来的这家业，他们不帮着巩固就算了，还和那些纨绔不肖子孙一起把它掏空了。本来我只道查他们是一等一的好事儿，可谁知竟然被某些别有用心的人借题发挥。这样下去，怕是连那些忠厚老实、公私分明的下人都得遭了殃。以后，哪里还有人愿意像他们焦太爷一样为了这家掏心掏肺的？我就说这里尽是些没良心的下流王八羔子，如今这没良心的事实越发地垒在台面上了。当年我为这家拼上了几条命，自己啥福都没享到，如今这些忘恩负义的王八子弟们不报我的恩就算了，竟然还对他们焦大太爷泼屎泼尿，任意撒野！随便什么毛崽子居然都能骑我头上，真是气死我了！这家业是我亲眼看着你们祖宗辛辛苦苦打下来的，如今竟交在这样一群王八羔子手里！我看着心痛，忍不住说上几句，可哪里还有人听？这里的孽障都是耳朵软的，只听得好话儿，听些忠正之言就觉得刺耳，不反思自己耳朵，只知道把别人嘴堵上。若是这府里偷鸡摸狗的畜生能少些，多些像你父亲这样儿正直勤俭的，我去见太爷时也能安心得多。”

宝玉笑道："你竟如此喜欢老爷，可知是没见过他不讲理的时候。他成天逼着我读书的时候，真是凶神恶煞的。打起我来，就更是翻脸不认人了，恨不得把我打死。这天底下我头一个怕的就是他了。"焦大笑道："这样儿的才是好父亲呢！他肯为你负责，为你的前途着想。比不得把亲骨肉卖出去抵债的荒唐人，畜生都比他强些。"宝玉想起迎春，又不禁伤心，猛然惊觉迎春竟许久未来信了，很是放心不下。又想到探春远嫁是何等的大事，以后再不能回来探亲的。家里接连发生了几桩大事，迎春竟然都不曾露面。宝玉越想心里越发着了急，猜到二姐姐那里定是出了事儿。一辞了焦大，宝玉立即让茗烟备了马往孙家赶去。

宝玉好不容易找到孙家。只见楼阁巍峨，庭院深深，门口两个看门的小厮一听他是贾府来的，便找各种理由搪塞，只不让他进去。宝玉只好把荷包、扇囊等所佩之物尽行解去给他们，赔笑道："好歹帮我行个方便，给我姐姐传个话，说我来了。"那两小厮相视半晌，一个仍守着门，另一个便进去了。过了一会儿，出来一个丫头，宝玉一看，正是迎春的丫头绣桔。那小厮低声道："有什么事儿你们快说，要是给老爷回来抓到了，你我都得死。"

宝玉忙问："二姐姐呢？"绣桔一听这问，登时泪如雨下，道："小姐才来了一年，就被折磨死了……这儿的老爷，一味好色，好赌酗酒，拿小姐当出气筒，每天都拳脚相向的。小姐稍有反抗，那毒霸王干脆就断了她的炊，撵她到柴房里去睡。小姐走的那个冬天，天寒地冻的，柴房里连个像样的棉衾都没有，小姐三番五次地被赶到那儿，就着了凉，发了高烧。狠心的老爷竟然就把她扔在那里不管，又不让请大夫来看。我偷偷出去买了些药回来，被他发现了，他就让我在冰天雪地里跪了半夜，几乎不曾把我冻死。他还说什么'你家小姐是她老子借用了我五千两银子，还不上钱而准折卖给我的。她哪值那么多钱？我本就亏了血本了，没有再继续折上本钱的理儿。她就是死了，也是她自己没有造化，没摊上一个好爹，怨不得我，凭什么还要从我家里拿银子去买这些东西？’看到小姐过得这么艰难，我实在不放心，就托人给家里带口信，哪知那人竟然把这事告诉了老爷！老爷笃定是小姐让我跟家里说的，就大骂小姐道：‘娶了你这么个丧门星，供你吃，供你住，花着流水似的银子供着你，你竟然还不知足！居然妄想去跟你娘家说我坏话，背地里嚼舌根，告我！看把你能的！我可告诉你，你娘家已经不行了。你倒是回去告呀！我看谁能帮你！’小姐气得病越发加重了。我没甘心，又托另一个人去传话，结果不知怎的，老爷又知道了，发了好大的火，竟然把小姐从病榻上拖下来，不顾劝阻，狠狠打了一顿。小姐当时就不省人事了，那天夜里就咽了气。”

绣桔一面说着，一面自己扇自己道：“都怪我，害了小姐。小姐死后，老爷一直封锁消息。我再不敢信别人了，只好自己找机会想偷偷溜出去报信，却给发现了，几乎被打死。老爷他还威胁我说，要是敢再去通风报信，他就让全世界都知道我已经被他坏了清白，看以后谁还敢要我；又说，凭他家的权势，我要是敢不听话，他只消胡乱寻个由头，把我家灭了族都是易如反掌的。小姐不能复生，我又不敢搭上我家人的性命，所以至今未能告知此事。”

宝玉气得直哭，忙说要带绣桔逃走。绣桔道：“我要是走了，即刻连累了他两个，也连累了我爹娘。他又自会去贾府要人。若是找不着我，他就是把你们家翻个底儿掉也不会罢休的。再说了，我对不起小姐，有愧于贾家，哪里还有脸回去？二爷的好意我心领了，但这就是我的命，我只能呆在这里。”

宝玉回到家中，哭着告诉贾政，孙家早已把迎春折磨死了。贾政听了，怒火中烧，老泪纵横，按捺不住，忙去找贾赦、邢夫人，说道：“我早说二丫头不能嫁给那混小子，你们偏不听，如今可是把自己亲闺女给害死了！

我们和孙家虽然名义上是世交，其实当年他们家祖上只不过是羡慕荣宁之势，有不能了结之事才拜结在我们门下的，他家并非诗礼名族之裔。如此势利浅薄之家，如今冷眼看着我们家不似从前，早就冷落了许多，哪里还有当年的那般敬服谦恭？他又咬着我们家使了他五千两银子的短儿不放，还不知道平日里是怎么作威作福的，可想见二丫头过的都是些什么日子！”说罢，痛哭起来。

贾赦、邢夫人听了，又羞又愧，面子上也挂不下去，直骂孙绍祖是“狼心狗肺的东西”，做的“不是人干的事儿”。贾政怒道：“二丫头被折磨致死，既去已近三载，然人命关天之大事，我们身为娘家人，却被这畜生一再隐瞒，是可忍孰不可忍！好端端的女儿，竟被这畜生如此糟践致死！若是此等大事我们都不能讨个公道，天理何在？”三人随即商议一番，便派贾琏去孙家讨要公道。贾琏一听，怒火中烧，忙带一帮人去孙家吵着闹着讨说法。

翌日，贾琏竟只是一肚子气地回来了，咬牙切齿道：“那姓孙的也忒不是东西了！说什么‘你们贾家的小姐真是贵气，我每天三茶六饭金奴银婢菩萨似的供着她，她倒会污蔑我残暴淫荡。她死了，是自己福薄，关我甚事？我花了流水似的银子娶个媳妇，谁知一年就没了，我还冤屈呢！早知道不如拿这些银子打个银人，比你们家小姐强得多了！你们凭什么说是我害死的？空口无凭地构陷我，我可是要报官的！’真真是气死我了！当年是谁狗颠儿似的巴着求着要娶二小姐的？这种畜生，活活把我们家小姐折磨死了还反咬一口说自己委屈！我们别跟他废话了，赶紧报官吧。”贾赦怕五千两银子的事儿闹得众人皆知，自己颜面无存，忙止道：“算了，如今我们也找不到是他害死的证据，他家又有权有势的，打点上几千两银子，谁还敢为难他？我们家如今哪里有闲钱去倒腾官司？不如再派些人去找他，让他多赔些银子就算了罢。反正人死了也不能复生。”众人听了无法，都暗替迎春惋惜、不平，贾琏自又带了更多的人去找孙绍祖。孙家见状，也就草草给了些银子完事。

且说宝玉一路哭着来到紫菱洲。只见人去房空，池苑依旧，轩窗紧闭，屏帐空垂，棋枰蒙尘。望铜镜音容犹在，叹手足此生何寻？梁上灯笼空染尘，画中少女笑嫣然。宝玉徘徊嗟悼，悲寒刺骨，情不自禁，因拉开抽屉，掏出纸笔，赋诗三首，乃是：

其一

自古娇花苦最多，霜压风踏雨笞荷。

凄魂绛袖谁堪眷，愁化蛛丝结满柯。

其二

来似清风去莫闻，唯听桂魄悼哀魂。

孤栖冷殿声声怨，独倚阑干暮暮沉。

其三

山盟海誓动红颜，却爱拈花见异迁。

花萎花枯花碾碎，再掐新朵不知怜。

默默无语了半日，宝玉才将诗塞入抽屉，悄然往回走。刚走至甬道上，就看见贾珍同几个人往东去了，宝玉此时又悲又愤，心里骂着“男人都不是好东西”，连带着连贾珍也不愿意见了，便忙躲在树后，看他们走远了，才往怡红院来。

再说那儿贾珍气急败坏地来找贾政，说四丫头“不知好歹，没有良心”：“几家人都来提亲，她全冷冰冰地拒之千里之外。定城侯谢家着人来瞧她，我就答应了。昨儿人来了，我去叫惜春，嘿！她年纪不大，架子倒真大！不仅面都不露，人不来回我，还命被我派去请她的小子放话给我，叫我别管她的闲事！谢家的人在我这里左等右等都没把她盼来，我实在没办法，少不得赔着笑脸把人家请回去了。她的尊面倒是金贵，完全不顾我的颜面。摊上这么个妹子，我的脸都给她丢尽了！人家看上她是她的福气，她真是一点都不识抬举。她难道想在娘家赖上一辈子吗？可别，趁早把她嫁出去，我省多少心呢！看着她，我肺都要给气炸了。我是她亲哥哥，她对我一点起码的礼数都不讲！我们家怎么养出这样一个女子，真是上辈子作的孽！她要不是我妹妹，我才不理她呢！这么没有规矩，说我'管她闲事'？父亲不在了，她可曾知道'长兄如父'么？也罢，老爷在时，她连父亲的话都当放屁。如今她脾气大得很，我是喊不动她了，还得托老爷把她喊来，我当面好好说说她。"贾政听说，就着小厮去叫惜春。

惜春来了，拜见过贾政，见贾珍也在，就也行了个礼便要走。贾珍喝道："站住！昨天谢家来人，我喊了你半天，你为什么不来？"惜春道："我何曾答应见他了？既是你约的人，你自去见就是了，与我何干？"贾珍气道："我是好心关心你，为你着想。我要不是你亲哥哥，才不操心你的事呢！若是我像你一样没良心，你就是嫁不出去了，我又何必管你呢！我煞费苦心地张罗，为了谁？还不是为你好！你倒好，真是不知好歹！"惜春道："你说你关心我，我长这么大，你何曾关心过我？你不管我，我不也活得好好的吗？怎么突然的，又关心起我来了？我就是明儿剃了头当姑子去，又与你什么相干？"贾珍骂道："你可以自己不要脸，但可别把我们的脸都丢尽了！我们家不养老姑娘，更不养姑子！你若是如此败坏门风，让我们以后如何见人？父亲在九泉之下都会因你蒙羞！"

惜春冷笑道："我清清白白的一个人，如何带累坏了你们？我又不往你们那边去，你们也别来带累坏了我。谁知道你们安的什么好心？没准是欠了谢家的钱，看我还值些银子，就盘算着把我推出去顶账，把我赔给个不知道什么样的酒徒蠢货，然后死生由我！我可说明白了：我可不是二姐姐那样的好性儿。凭你怎么打算的，我只不依，也绝不嫁人，谁知道嫁过去公公、小叔子一堆的我可怎么对付才好。你可别跟我说什么你们的面子里子的，我只知道保得住我自个儿是正理，可没能耐管你们的。”贾珍气得没法，又跟贾政说：“你看她，说的些什么话？既然话说到这分上了，她就是去寻死觅活的我也不管了。”说罢，告辞走了。

贾政叹道：“四丫头，你也太不懂事了，哪有不嫁人的女儿家？你先回去吧，我明儿再找你好好谈谈。”

惜春回到藕香榭，便叫丫鬟彩屏拾掇行李包袱。彩屏见她脸色不对，猜着不妙，忙劝道：“小姐不会又想出家吧？要我说，到处都是流贼造反，出了这个门，哪里找个安全的地儿呢？如今强人连庙庵都敢打劫，小姐请一定三思呀！”惜春冷笑道：“二姐姐给夫家折磨死了快三年了，你可知道么？男人们没一个好东西，我难道留在这儿，等着被配给哪个臭男人么？”彩屏劝道：“天下的男人那么多，总有好的。毕竟，这世上夫妻和睦的还是多的。”惜春冷笑道：“谁知中间有多少只是表面风光罢了？大姐姐即使做了娘娘，封了贵妃，受尽荣宠，外人看起来，她和圣上何等地恩爱幸福，可她哪里又真的开心了？这世上的男人千千万万，可有多少是真的为女儿家着想的？他们不疼我们，难道我自己都不怜惜自己吗？你休要劝我，我当了姑子，自然不用受那些臭男人的气，自己一人清清静静，也干干净净的，可好得多呢。”彩屏仍劝道：“小姐若是真做了姑子，可是连再要见父母兄姊都难了。”惜春冷笑道：“三姐姐倒是没做姑子，她见得了吗？还不是突然间地就给推出去和亲了？女儿家的本来就身不由己，哪里能顾得事事周全？再说了，我又不是这里太太生的，那里我就更躲都躲不及了。我只知道能保全我自己就不错了，哪里还顾得着别人？”

彩屏苦劝不动，无奈，只得道：“那小姐总得回老爷一声。”惜春道：“他若是知道了，如何肯放我走？你可快些收拾东西，我们今日就不得不走了。他明儿要找我，少不得又劝我去见那个什么谢家的，搞不好直接就拍板把亲事定了。到那时我可真是插翅也难飞了。”彩屏无法，只好去收拾东西，把那些画儿好好地捆了，拾掇了好一堆。惜春道：“那幅画这园子的，不要收了，我已经画完了，就摊在这桌上吧。也没什么好留恋的，我何必带着这俗物去？”

翌日，贾政的小厮来叫惜春，却见暖香坞空无一人，只留了张字条，不禁慌了，赶忙去回禀贾政。贾政看了，才知道惜春真去做姑子了，唬了一大跳。贾赦、贾政、邢夫人亲自到园子里找了半天，惜春早已不见了踪影。贾政赶紧着人去街上找，仍是无功而返。贾政本想去附近的庵里找找，贾赦止道：“不可！即使在哪个庵里找到了，也可能是‘生米已煮成熟饭’，早当了姑子了。无济于事，反而把事情闹得沸沸扬扬的，弄得我们也跟着没脸。”贾政无法，只能暗暗叹息落泪。

欲知后事如何，且听下回分解。

第八十八回

尴尬极偏查尴尬事　聪明至反遭聪明累

话说这日贾琏来寻贾政之时，贾政正同邢夫人商量查下人的事儿，见贾琏来了，便问贾琏的意见。贾琏听了，正在犹豫，这时有人来报，说俞禄、张财、赵嬷嬷的两个儿子贪了不少银子，现在正被押在外面候着，那赵嬷嬷也非要跟了来。贾政便道："请他们进来罢。"五人忙进来施礼，都满口叫着"求老爷、太太开恩"。

贾政道："若个个都为自己谋私财、贪便利，损人利己，难道要等着我们月钱一个子儿发不出来，让其他人都饿死吗？我今天处置你们，并非是我无情，既是你们犯了事儿，凭你是谁，我也只能一视同仁。来人，到他们家查收家产去！把一桌一椅都登记详细了，若是谁敢在这个过程中趁火打劫，中饱私囊的，一律同罪。"赵嬷嬷哆嗦着道："这两逆子确实不成器。只是还求老爷看在我从小儿奶了琏二爷这么大，没有功劳也有苦劳的分上，开开恩吧，饶过这回，他们再也不敢了。我也老了，有的只是这两个儿子，和他们守着些薄产度日。他们如今又没有收入，若是如今连这些薄产都没了，老身也只有饿死。"贾琏不忍心，少不得要求情，才刚开口，贾政已知其意，忙用手势止住，仍对赵嬷嬷道："既是犯了错，不得不罚，若是我独给你儿子法外开恩，日后如何服众？既是如此，我自会给你儿子安排差使。"于是便问邢夫人如今还有什么岗位有空缺的，邢夫人想了半天，说回去查查，一定给他们安排妥当。赵嬷嬷等这才退下了。

忽又有人报："赵姨奶奶来了。"赵姨娘不等回话就撞了进来，也不行礼，只嚷道："老爷太偏心了，贪赃枉法这种事儿，怎能只查了几个奴才就完事？为何不查主子？"邢夫人怒道："这里在办正事，你乱嚷什么！亏你这么大个人了，还懂不懂规矩？"贾政冷笑道："你倒说说看，要查谁？"赵姨娘道："别的且不说，琏二奶奶就是头一个少不得的。"贾政呵斥道："你闹够了没有？别以为我不知道，你咬定探丫头的事是因为她，处心积虑地想公报私仇！我可告诉你，凤丫头疼探丫头可比你疼多了！你要是再往她身上泼脏水，我可对你不客气！"赵姨娘哼哼道："我可打听得真了，老爷别不信，琏二奶奶才不是什么好人，之前尤二姐的死她就脱不了干系。"贾政气得脸由红转紫，又由紫转绿，指着门骂道："滚！现在就滚！你素日专会挑事的，我睁一只眼闭一只眼真是纵了你了，你就打量我一点不了解你搬弄是非的那些破事？如今你胆子越发肥了，居然敢拿人命诬陷人！环儿怎么会有你这样的母亲！"赵姨娘赖着不走，贾政直接让小厮们把她拽了下去。

贾琏早觉得尤二姐死得不明，今日听说赵姨娘咬定是凤姐所为，不禁留了个心眼。但一想凤姐待尤二姐如此贤良，应该不至于狠毒至此，加上赵姨娘平日里专爱惹是生非，又素与凤姐不睦，便不十分信，当是赵姨娘污蔑她。

凤姐听说赵姨娘去跟贾政告她的状，赶紧和平儿商量。两人思来想去，觉得邢夫人纵使想查，毕竟是个无能的，哪里能抓得到证据？既然贾政压根不信赵姨娘，完全没有要查的意思，这件事儿便问题不大，只要贾琏相信，不去追究，这件事就多早晚都不会发作。

两人正商议着，门外小厮来报："琏二爷往这儿走了，马上就回来了。"凤姐忙哭得昏天黑地，嚎得天塌地陷。贾琏老远听见凤姐哭声，心已软了大半，只当她受了天大的委屈，赶紧冲进来安慰她。

一进门，只见凤姐哭得梨花带雨。凤姐见了贾琏，一头撞在他怀里，叫道："二爷要给我做主呀！"贾琏忙搂住她，抚摩着她的头发柔声说道："奶奶不必说了，我已经听说了。不过是小人之语罢了。我并非耳朵软的人，又与奶奶多年情分，哪里就那么容易受小人挑拨了？"凤姐哭道："幸亏二爷疼我，不然我就是个死。我管家严，得罪的人多，没什么人愿意搭理我。幸亏遇上尤氏妹妹这样知我懂我怜我的，我好歹也能得一个人说说话，宽宽心，这日子才没那么难熬，所以她竟是我亲妹子。我又命中无子，她若是生下儿子，我后半辈子也不至于孤苦伶仃的。于情于理，我为何要害她？她没了，那些小人殊不知我才是这天底下最难过的人。若是可以，我倒愿意替她去了，让她好好地服侍二爷，兴旺香火。我与尤氏妹妹姐妹情深，可到了别有用心的人口中，竟变成我害死了她。若是她还活着，想必听了也会伤心。如若二爷信了小人的鬼话，改了主意，便只管给我一纸休书，我立刻就走！"说着滚在贾琏怀里，呜呜咽咽哭个没完。

贾琏急道："我的奶奶哟！我都说了我相信你，要是这种鬼话我也能信，我可成什么人了？你快别哭了罢，你要是再哭，又勾得我伤心了。"凤姐方转悲为喜道："幸亏二爷是个明事理的爷，我和尤氏妹妹果然没有看错人。"

这时小红进来道："刚才大太太的丫鬟来了，叫二爷去二老爷那儿一趟。"贾琏道："难不成就为这事？我就是头一个不信的，有什么好去的？"凤姐笑道："清者自清，既是二老爷疑心，二爷就去一趟，也好还我一个清白。"贾琏笑道："既是奶奶发话了，我哪有不从命的道理？"便出去了。

原来虽然贾政不把赵姨娘的话当回事，无奈邢夫人咬定事关人命，一定要查。贾琏来至贾政书房，行了礼。邢夫人道："你刚才不在，伺候尤二姐的丫头善姐刚走。我问她尤二姐怎么死的。她竟告诉我她不知情，'看到的时候已经死在炕上了'。琏儿过来，我且问你，你可曾起过疑心？"

贾琏见提起二姐，不免心中作痛，含泪道：“二姐命薄，骤经丧子之痛，许是悲哀过度，自己一时想不开，抑郁成疾。我虽痛心不已，断不敢因此事胡乱诬赖他人。二奶奶素日里虽看上去厉害，实则也是刀子嘴豆腐心。况她与二姐两个甚是投缘，二姐去了，二奶奶亦是心痛，绝不会做狠毒无情之事。太太万不可听人乱嚼舌根。要是赖到二奶奶身上，我就头一个不信。”贾政也笑道：“我就说她是自己命薄，凤丫头通情达理，哪里做得出这样的事情？琏儿和她夫妻多年了，他们之间还不了解吗？既是琏儿都信她，还有什么可查的？再说了，贸然查自己人，那些下人怎么看我们？若是我们自己都有问题，日后又如何服众？”

可偏那邢夫人是个禀性愚犟的，才不愿放弃这么好的机会，定要查个一清二楚。贾政道：“我可听闻了，尤氏那孩子是得痨病死的，关凤丫头什么事？”邢夫人冷笑道：“我当时可特地派人去看了，才不像得痨病的样子，指不定是谁逼着她自尽的。”贾政道：“就算是她寻了短见去的，也是她自己想不开。她去的那晚，凤丫头在哪？”贾琏回道：“跟我在一起。”贾政笑道：“可不就结了吗？凤丫头面都没露，还能逼死她不成？女人家拈酸吃醋的也是常事，她看自己刚没了儿子，丈夫又去了凤丫头那里，一时伤心也是自然的。当然，凤丫头也不见得一点错儿没有。凤丫头大大咧咧的，兴许一时嘴快说了些她不爱听的。但即便如此，凤丫头本意也不愿害她，她又是自己不想活了。既然她没气性，没度量，又承受不住事儿，自然不是享福的料儿，年纪轻轻就去了也是她的命，你怪凤丫头算什么事呢？估计凤丫头自己还冤得很呢。”邢夫人冷笑道：“她的命？她的命薄，她儿子也命薄？怀胎怀得好好的，那孩子怎么突然就给个庸医打下来了？依我看，那庸医就是琏儿那贤良的太太请来使坏的！”

贾政不悦，道：“太太自己都说是‘庸医’了，他的医术不精，我们要怪也应该怪他，把他找来，就是打死了，也是他活该。但把这种罪名硬往凤丫头头上扣，也未免太荒唐了。”贾琏忙道：“正是呢。也是二姐命苦，我原是要去请王太医的，谁知王太医正巧谋干了军前效力，小厮们便请了那姓胡的来，端的是把好好的孩子生生地打了下来！二姐身子不好，好容易有了孩子，又怀胎这么久，如何承受得住？也真是造孽！我当即查了出来，那姓胡的竟然是兴儿请的！我平日里瞧着他小子挺机灵、妥当的，怎么竟这般糊涂！我一气之下，把他打了个半死。”

邢夫人冷笑道：“这么说来可真是怪了，怎么平日里好好的，偏偏在子嗣的大事上犯浑？那奴才现在在哪？”贾琏道：“这事过后不久，二太太看他也不小了，就放他家去自行婚配了。”邢夫人恍然大悟似的道：“我就说呢，这样一来可就说得通了！你可别忘了，你那贤良的琏二奶奶正是二太太的亲内侄女！二太太的意思，未尝不是她的意思。要我说，这事没那么简单，说不定那混蛋奴才就是琏二奶奶指使的，不然为何末了急赶着打发出去？”贾琏不信，道：“太太言重了，当初同时放出去的小子、丫头多呢，可不止兴儿一个。二奶奶虽然平日里嘴不饶人，这件事上是万万不可能害这个孩子的！她一直无子，上回好容易怀个哥儿还掉了，二姐腹里的孩子若是落了地，还不是得叫她一声娘？”

贾琏说着，突然想到素日听闻秋桐颇和尤二姐过不去，这秋桐还喊出过什么“纵有孩子，也不知姓张姓王”的混账话，遂不禁疑心那兴儿请胡太医来是受了秋桐指使。因而也主张要查，便对贾政道：“既是太太有所顾虑，其他人也难免这么想。我们不如查个究竟，也好既不让二姐枉死，又不让二奶奶白担这罪名。”贾政道：“既然你如此说，也好，那你就和大太太去查实此事，还凤丫头一个清白。”邢夫人和贾琏两人忙答应下来。

贾琏等不及，便命心腹来发赶紧去寻兴儿来。不多时，来发喘着粗气来报：“二爷，兴儿一早就死了！”贾琏大惊，忙问端的。来发道：“听他邻居说，这兴儿回去没几日就被人告了做贼，随后被打官司致死了。”

贾琏气得脸上青一阵白一阵的，怒道："兴儿如何胆小的一个人，就是借他十个胆，也不敢做贼！他定是被人构陷、杀人灭口了！我记得兴儿有个哥哥，既是如此，你去把他哥哥找来，我亲自细问！"来发道："听他邻里说，他哥哥曾好说歹说买通狱卒进牢里见过兴儿一面，也不知这哥俩说了些什么，他哥哥从牢里回去后，田也不要了，房子也不管了，全家人连夜卷了铺盖跑了，至今下落不明。他家大门如今依旧紧锁着，门前杂草都长了很高了。"

贾琏听罢，勃然大怒："定是秋桐那蹄子做的！杀人灭口，这贼泼妇好大的胆子！"他气得从墙上拔出剑来，一定要秋桐偿命。邢夫人见状，忙夺下剑来，喝住贾琏："没凭没据的事情，怎么就要取她性命了！"贾琏听见这话，方稍稍冷静一些，道："依太太说，这事当如何处置？"邢夫人心里虽不认为此事是秋桐所为，但因素日积怨，倒也乐得趁此机会摆布了秋桐，遂道："这事时日已久，若是非要找出凭据方能定罪恐怕也难。要我说，别平白纵了这蹄子，她往日里在老爷身侧就是个狐媚魇道的，三天两头地挑唆老爷冷落正经太太。这般不省事的人，留着也是个祸害。再说她过门这么久，也没见生下个一男半女的，倒是闹得家里上上下下鸡飞狗跳，不得安生，这般祸水，留着何用？只管休了她便是。"来发疑心这事是凤姐做的，但不敢明言，因怕贾琏误杀秋桐，见邢夫人求情，也忙"噗通"一声跪下，劝贾琏息怒。贾琏气得无法，当即写了休书着人递给秋桐。秋桐平白摊上这般飞来横祸，真是莫名其妙，急得哭天抢地，直骂尤二姐"好个丧门星，死了还让人不得安生"。这话传到贾琏耳朵里，贾琏便更加笃定是秋桐造的孽，怒不可遏，当即命人寻了个人牙子，胡乱打发了秋桐。可怜秋桐一味争强好胜，竟落得如此冤屈！

邢夫人虽已借贾琏之手收拾了秋桐，心里依旧认定此事凤姐脱不了干系。她素恨凤姐，如何肯放过如此好的机会？因急于要拉凤姐下水，便对贾琏道："依我看，这秋桐虽有贼心，倒也没这么大能耐，这件事定是有人助着她。"见贾琏也表示赞同，便赶紧把凤姐的小厮、丫头都叫来审了个遍，巴不得立即探出点名堂来好给凤姐治罪。谁知那些小厮、丫头都厉害得很，回答得滴水不漏，竟然抓不到凤姐的丝毫把柄。邢夫人不悦，但也只得把这些小厮和丫头们都放了回去。

贾琏道："太太恕儿子多嘴，儿子委实不认为二奶奶牵涉此事。要我说，嫌疑最大的定是秋桐身边的人，秋桐的丫头绣绮就是第一个该处置的。她俩关系最近，代秋桐跑腿的活，定是绣绮所为。这种人我们家自然留不得，只管一同卖与人牙子便是了。"

谁知因贾琏常宿秋桐房中，来发与绣绮一来二去早已暗生情愫，眉来眼去几回后，常背着主子躲在后院说体己话。日子久了，二人竟然私定终身，只盼着到了年纪被放出去。来发见贾琏要卖绣绮，急得也顾不得许多了，"噗通"一声跪下："二爷息怒，恕小的多嘴，只求二爷千万别冤枉了好人。"贾琏冷笑道："她是好人？那谁是坏人？你小子倒乖，知道些什么，故意瞒着我不成？"发儿赶紧磕着响头道："小的不敢，小的也知事关重大，不敢造次。"贾琏怒道："快说，不然有你好看的！"发儿无奈之中，只得慌忙将旺儿扯了出来："那次兴儿被您责罚挨打后，当晚小的去瞧过一回，兴儿虽仍处迷糊之中，但我分明听到他嘴里念叨着旺儿的名字。"贾琏急道："他都说了些什么？"发儿道："小的只听到兴儿说'旺儿……若非你说那姓胡的是个好的……我何以犯下大错……'其他的小的没听清，不敢妄回。"贾琏大怒，忙叫发儿把旺儿带来。

却说旺儿正在帐房里打盹，听见说二爷叫，先唬了一跳，不知所为何事，只好连忙跟着发儿进来。贾琏啐道："你个好旺儿！当初二姐的孩子没了，你可知罪？"旺儿一闻此言，便料着自己已被人卖了，忙急中生智，叩头叩得山响，道："小的知罪，求二爷、太太责罚！"贾琏没料到旺儿如此轻易就招了，心里暗暗一惊，随即冷笑道："好小子，你有何罪？不忙，你细细说来。"旺儿叩首道："小的没有协助好二奶奶照顾好尤氏奶奶和她肚里的哥儿，有失职之罪，求二爷责罚！"贾琏被旺儿的话回得措手不及，一时有些语无伦次，道："你失职？我看你确实失职！该做的没做；不该做的，倒是做得漂亮！发儿，你刚怎么回我的，与他重复一遍！"来发无法，只好照做了。贾琏冷笑道："好旺儿，还有什么好狡辩的？"旺儿又赶紧叩着响头道："小的冤枉呀！好几回我让发儿传个话他一转头就忘了，这事都过去这么久了，他怎能记得真切？况且兴儿被打时都昏厥过去了，这二爷也是知道的，他昏迷之中昏昏糊糊的几句胡话，也是能信得的吗？再说，发儿确实听分明了吗？如果真听分明了，为何如此之久你不报给二爷，今日却突然要泼我脏水？小的冤枉啊！小的对二爷和奶奶们一片肺腑之心，二爷若是错认了小的，小的便只是个死！"说着，便作势要撞墙。贾琏忙拦住他，细想他说的有理，一时没了主意，意欲把旺儿放了，遂与旺儿道："若是你能抓到胡君荣那龟孙子，我便只让他偿命，你无辜也好，有辜也罢，我只一笔勾销；若是抓不到，定拿你是问！"旺儿唬得不行，又接连磕着响头："二爷明鉴，小的如何认得那胡某人，又如何晓得那胡某人在哪？我上哪去抓他？若是二爷仍是疑心，打死小的也只是冤屈啊！"

贾琏见旺儿咬死自己不认识胡君荣，也不禁以为是自己多心了，但他仍不愿放过胡君荣。便缓和了语气说："我知道，你跟着你们奶奶做事情是做老了的，这件事交给你，我放心。需要多少人，我直接拨给你便是，你也不必去惊动你们奶奶了。"旺儿没法，只好强装镇定，答应下来，胡乱要了些人，便赶紧退了出去。贾琏仍留了个心眼，暗中派了小厮盯着旺儿。

不多时，那小厮回来禀道："旺儿出去后先在园子里绕了一圈，张望着四下里无人，便赶去琏二奶奶那边了。"贾琏惊了一跳，暗忖道："如此说来，这事还真与她脱不了干系。”于是命那小厮即刻去把旺儿给叫回来。

不巧，凤姐此刻并不在屋内，旺儿找不到人，正在六神无主，小厮径直朝他走了过去，告知他琏二爷又唤他回去。旺儿一听，直被唬得魂飞魄散，但也无可奈何，只好回去复见贾琏。旺儿强作镇定，打着千儿问道：“二爷叫小的，又有何事？”贾琏骂道：“好个旺儿！我叫你去寻找、捉拿胡君荣，你为何要去回禀你奶奶？难不成那庸医是你奶奶请来的？你今天要是不说实话，我这就让人把你拖出去打死了！”

旺儿听见这话，知道刚才报信不成却已被人发现，忙跪下回道：“奴才不是为这个去找奶奶的，是为了别的事。”贾琏还未及回答，邢夫人便冷笑道：“那你倒说说，竟所为何事去找你二奶奶？可别当我们是傻子，胡乱应付。我这就着人去问你奶奶，若她和你说的不一样，这世上可就没有你这个人了！赶紧地放个响屁，把一切招了，我保你琏二奶奶不敢打你。”

旺儿料着瞒不过，只得道：“奴才实在不知，就是奴才听其他人浑说，说那胡君荣一早便是二奶奶的人，二奶奶叮嘱过兴儿，让他凡尤氏奶奶的事，只准请胡太医来。但内中深情底里，奴才不知道，不敢妄回，求太太、二爷饶命！”贾琏冷笑道：“千错万错都不是你的错，你小子倒会推得干净！二姐多好的人，何曾难为过你们半分？可她走的时候，那么多的首饰衣裳怎么都不见了？定是你们这些奴才欺她善良厚道，就作威作福，连她的体己钱都被你们抢光了。我看她竟是被你们作践死的！来人，把这个不知天高地厚的奴才给我拖下去打死了！”

旺儿急了，磕头如捣蒜道：“二爷明察，小的哪里能近得奶奶？都是善姐她们服侍的。小的听说，那善姐可不是什么善茬，整天着些剩饭剩菜给奶奶端去。若奶奶短了些什么，善姐就编出各种理由来搪塞，可就是不给。二爷要罚，也该找她去。”贾琏怒道：“你果然什么都知道！为什么不早来告诉我？一个丫头，哪来这么大的胆子！敢说不是你奶奶指使？我先前还奇怪你奶奶怎么这般疼你，你家那小子如此不成人，她也非逼着彩霞嫁过去。如今看来，你果真是你奶奶的贴心人。”说着便气得噎住了，缓了半天，又想起一事，道：“我娶二姐的事，怎么张华却偏把你给告了？你是挑唆我娶她了，还是怂恿她嫁我了？”旺儿道：“这张华素与小的有仇，故意攀扯小的在内，只是他无理取闹罢了。”贾琏道：“你什么都知道，什么都与你有关，你倒好，说自己什么都没做，真是好巧！我不打你奶奶，你当我还不敢打死你吗？”说着心生一计，道：“我可跟你说句实话，那张华犯了这么大事，你以为他跑得掉吗？我已命人将他拿住，如今正关在府里，你既是与他有仇，何不去见见他？这可是你二人最后一面了。我可说好了，你们俩哪个人先吐了有用的，另一个就得死，到时候谁都保不了你们。”旺儿听闻，唬得浑身发颤，膝盖打架，只得把凤姐让他如何勾来张华、如何状告贾琏的事儿都给招了。连凤姐让自己对张华斩草除根，自己只得哄她过去的事儿也都扯了出来。贾琏、邢夫人听了，都大惊失色，贾琏怒道：“亏得二姐拿她当亲姐姐，我这就去杀了那毒妇为二姐报仇！”邢夫人忙劝道：“像我们这样的人家，哪里有杀妻的道理？只把她送到都察院去就是了。”

贾琏稍稍冷静，觉得有理，道：“太太所言极是，我这就去写状纸！”状纸写好了，贾琏正欲亲自去递，贾赦那边得到消息，着人来阻，道：“何必又生牢狱之灾？其父、兄等王家数人皆在朝为官，若结此大仇，于贾家又有何益？如此妒妇，休了便罢。”邢夫人岂敢违抗贾赦？忙撕了状纸，让贾琏速写休书。凤姐闻说贾琏正欲休她，大惊失色！知是东窗事发，被人供出来了，但未曾想到始末缘由、诸多事情，皆已被贾琏知晓，忙去找贾琏。

方进门，凤姐便大哭道：“天理良心，我在这屋里熬得越发成了贼了！

既然二爷要休我，我不敢多言，只求二爷说个明白。”贾琏冷冷道：“你也不必假意贤良了。如此妒妇，滥杀无辜！来，旺儿，把你刚才的话再与你奶奶说一遍。”旺儿无法，只得硬着头皮说了。凤姐笑道：“旺儿，你血口喷人，敢污主子清白，真是个好小子！敢问那张华如今在哪？”贾琏道：“张华早晚会被我抓到。你也不用抵赖了，你的好旺儿可全都招了。我也问过蓉儿，你竟去宁府大闹过一场，真是好有出息，好个贤良人！”凤姐见张华尚未被抓，便心存侥幸，不待贾琏说完，就一头撞在他怀里，撒泼打滚地哭道：“二爷怎可信得小人之言，竟说张华是我指使？这等荒唐的话，恐怕连张华自己都难以相信。二爷素日是何等聪明之人，今日却如何能信得这般鬼话？不过是嫌弃俺娘儿俩罢了，今儿赶了我出去，好赶紧换个好的！既然如此，何必找那么多理由？干脆让我一起带了巧姐儿走罢，省得将来她受继母的气！”

邢夫人冷笑道：“你指桑骂槐地做给谁看呢！你的奴才可全都招了，现在府里上上下下哪个不知道你做的那些好事儿？琏儿没有抓你送监，让你偿命，也算待你不薄了。你可别再不知好歹！如今二老爷早已气得不行，就是下人们也没有不议论你的。即便让你留下来，你还有脸呆得住吗？你不知廉耻吗？”邢夫人还在喋喋不休，贾琏已将休书一把塞在凤姐怀里，甩手出去了。凤姐无奈，只得作辞去收拾东西。

巧姐听说母亲被休，从大人脸色觉察出严重，很是害怕，忙跑来找母亲，见母亲正收拾东西，便扑在凤姐怀里哭道：“娘亲是不要巧儿了吗？这是去哪里？”凤姐一把搂过巧姐，哭道：“你爹爹不要我了，娘亲要回娘亲的娘家去了，以后你要照顾好自己，有什么事儿，就跟平姑娘她们说。”巧姐闻言，大哭道：“我不信爹爹这般无情，我去问他。”说着跑去找贾琏了。

巧姐摇着贾琏哭道：“爹爹，娘亲要是做错了什么，孩儿替她受罚，还求爹爹看在孩儿的分上，不要赶走娘亲。”邢夫人摩挲着巧姐道：“不怪你父亲，都是你母亲坏事做尽，罪有应得，日后自有我照看你，你不用怕。”巧姐见贾琏只不做声，又哭着跑回去找母亲。凤姐也舍不得女儿，搂着巧姐一口一个“心肝儿”地叫，摩挲着她的脸蛋哭道：“我苦命的儿啊，可惜娘不能陪着你长大了。”巧姐滚在凤姐怀里哭得泪干肠断。

次日，凤姐辞了巧姐、平儿，坐了轿子，含泪回娘家去了。巧姐手足无措，只得哭着闹着望着母亲去远了。荣府的琏二奶奶被休了，这么大的消息自然成了下人们茶余饭后的谈资。一传十，十传百，没过多久，偌大的城里还有谁不知道？

且说凤姐回到娘家，羞愧难当，勉强度日。谁知“屋漏偏逢连夜雨”，有日突然来了几个衙役要抓人，衙役问道：“哪个是贾家休掉的媳妇？跟我们走一趟。”凤姐怒道：“我又没犯罪，哪有你们说抓就抓的道理，还有没有天理了？”众衙役说道：“你老跟我们去罢，有罪没罪我们说了也不算。”凤姐冷笑道：“告我的龟孙子拿了什么罪名赖我？你们倒说说看。”衙役道：“收受贿银，干涉他人婚事，害死两条人命。”凤姐听了，方知是金哥的事情闹出来了，顿时只觉得天旋地转，大厦倾塌，头晕目眩，几乎昏倒，被衙役们架着铐走了。

原来，当年凤姐操办金哥之事，张财主家死了女儿，守备家没了儿子，李衙内白花三千两银子，啥好处都没捞着，三家都恨死了凤姐，只是怵着贾王两家，不敢造次。如今见凤姐被休了，贾家是指不上了，王家又不似从前了，喜不自胜。于是，张家、守备家，并着长安府，一起递了状子来有司衙门告凤姐。

王家见罪名不小，赶紧着人去打点，要都察院尽快放人。

不想凤姐被抓的消息不胫而走，昔日因凤姐包揽诉讼而吃了哑巴亏的人闻得，都一拥而上，纷纷来告凤姐，连凤姐往日放利钱之事也被抖出。

真是“墙倒众人推”，王家人正不知如何是好，偏那泼皮张华得了消息，也乐得赶了来。这张华是个无赖，素来能赖一分赖一分的，本来没胆子扯上这官司。可上回告贾家，不仅一点事儿没有，还白得了好些银子，如今才只是告凤姐一个人，他有何不敢的？于是，他也添油加醋地指控凤姐罪孽深重。长安府给的贿赂最高，又最得罪不得，都察院便将凤姐打入死牢，拟秋后处斩。王子腾获悉，急了，赶紧亲自带了几万两银子去都察院求情。可张家、守备家，并着长安府，也重金贿赂，只要凤姐死。都察院的人们乐得白赚了这么多银子，两边又都得罪不起，就取了个折衷的，免了死罪，判了凤姐终身监禁。

平儿、小红听闻大哭，忙带着巧姐来牢里探望凤姐。狱卒不让，两人掏出碎银子，也不知道多少，好说歹说总算是给放进去了。凤姐花容黯淡，云鬓散乱，抱着巧姐大哭，问平儿道：“我关在这里这么久，连个来看我的都没有，家里怎么还不赎我出去？”平儿哭道：“奶奶还不知道，老爷已经尽力了，也只能保住奶奶的命，恐怕奶奶将来……将来都只能呆在这里了。”

凤姐听了，泪如雨下，道：“这都怨我自己，只是我的巧儿无辜，这么小就没有娘陪着了，以后求你两个千万照看着她。平儿，她的婚事就交给你了，不求大富大贵，只求她一生平安幸福，千万别让她和她娘亲一般。”平儿哭道：“奶奶放一万个心，我就是拼上性命，也一定护她周全。”凤姐又说：“小红，你是家里少有的明白人，又那么能干，虽然贾家休了我，但我亲生的骨肉在那儿，我还是放心不下。不论将来乱成什么样，求你千万帮助家里多撑些时日。”小红泣道：“奶奶知遇之恩，我永生难报；奶奶的话，小红至死不敢忘半个字。”

平儿、小红两个走后，凤姐心灰意冷，夜里翻来覆去不曾睡着。更兼“血山崩”旧疾未愈，牢中又缺医少药，愈发重了。熬到半夜，流血不止，浑身作烧，生不如死，加上想到自己竟要在这不见天日之地终了一生，不禁万念俱灰，解下汗巾，自缢身亡。

凤姐只觉灵魂出窍，星眼微蒙，恍惚只见一婀娜仙女从外走来，凤姐定睛一看，竟是秦氏，便含笑说道："我今日去了，也只有你来送我一程。想我们娘儿们素日相好，如今也能够做一处了。只是我还有一件心愿未了：我放心不下贾家，还想再去望一眼。"秦氏叹道："你还跟我提贾家，当年我嘱托你的事情，你可曾做了半分？"凤姐方记起这茬，原来早都抛之脑后去了，如今想起来，不禁羞愧难当，悔之莫及。秦氏笑道："罢了，如今提这些还有何用？也是贾家的命，合该连个退路都没有。我乃警幻仙子之妹可卿，在警幻宫中掌管情司，当年奉旨下凡历劫，得以与你相识。如今我奉姐姐之命前来接你，你今生罪行甚重，本应打入地府。因结怨司无人掌管，又念你颇有些才干，故警幻姐姐欲将此司交你掌管。"凤姐道："我平生是从不信什么阴司地狱报应的，今儿才知是我错了。这神仙灵怪原是有的。只是让我抛却红尘家业，去管这空职虚司，我如何能甘心？"可卿叹道："婶子实在痴矣，这红尘家业、权力财富、恩怨情仇，到头来又何不是空虚一场罢了？哪有什么东西是真正握得住的？"凤姐听了，沉思半晌，无可反驳，只得跟了可卿，飘飘荡荡地去了。

且说平儿、小红回去，哭着求贾琏去给凤姐打点打点。贾琏听闻凤姐在牢里如此惨境，念及往日夫妻情分，也不忍，掉下泪来，因去找贾赦、贾政凑钱，可哪里还拿得出闲钱去打点？正说着，忽见巧姐大哭着跑进来，叫道："爹爹，娘亲没了！"

原来朝中素有与王子腾不睦的，借此机会参了他一本，说凤姐贪赃枉法、害人性命等事多是受他指使。王子腾解释不清，眼见得都察院的官员也不向着自己，正不知道如何是好。偏这时听闻凤姐去了，想着人死而不能复生，何苦搭上自己的前程，无可奈何之下，只得上奏告凤姐忤逆，称自己和王家已与她断绝关系，再无干涉。凤姐的尸首本该运回王家，谁知运到半路居然收到命令说王家不认凤姐了，要他们自行处置尸首。衙役中有知王子腾为了凤姐此事花了好几万两银子的，自然料想到断绝关系只是王家一时的无奈之举，怕处置不妥将来王家报复，遂不敢造次。思来想去，虽然贾家已经休了凤姐，凤姐毕竟也管家多年，又是贾家小姐的生母，人都去了，贾家大约不至于忍心不管，遂做主把凤姐的尸首运到了贾家。

众人见了，俱哭作一团，巧姐哭得背过气去；贾琏扶尸大哭一场，不肯放手；平儿一边哭一边去给巧姐请太医；小红哭得肝肠寸断；贾赦、贾政也不禁落泪。宁府那儿来人，尤氏掩面而泣，贾珍勉强落泪，贾蓉泪落如雨。另有赵姨娘、贾环、邢夫人以及园子里素恨凤姐的婆子们，都假意哭泣，心中暗喜。贾府出面葬了凤姐，巧姐、小红都为她戴孝守灵，不在话下。

话说贾琏没了正妻，便将平儿扶了正。平儿待巧姐如同已出，亦不须多述。欲知后事如何，且听下回分解

第八十九回

喜从天降含喜赏景　气由心积负气离家

话说凤姐走后，贾琏没人管束，越发地日日喝酒赌博，眠花卧柳。一日，见平儿偷偷拭泪，不禁暗自愧疚，道："奶奶不要难过了，都是我不好，怠慢了你，伤了你的心。"

平儿勉强笑道："二爷多虑了，我有何不知足的，是我想起了先奶奶往日对我的恩情，没忍住。我如何敢奢求二爷如何？能把巧姐平安养育成人，再嫁个好人家，就是我最大的心愿了。"贾琏道："奶奶真是有情有义，我和巧儿能遇上你，确是上辈子修来的福气。"平儿笑道："二爷言重了。对了，今儿一大早邢大舅拜托我仍接岫烟来咱家住。看起来忧心忡忡的。我问他怎么了，他叹了口气说当年也不是贪慕薛家富贵，是实在觉得蝌儿这孩子妥当，谁知看走了眼。贾琏笑道："什么大不了的事情？多不过是蝌儿和自己媳妇闹了别扭，倒也是夫妻间的寻常事。他既然开口，我们答应便是，也好让两人都冷静冷静。毕竟夫妻一场，什么矛盾都看淡些罢。若是真把事情做绝了，后悔也来不及了。"说罢，想到凤姐，已不自觉地红了眼睛。平儿也不禁伤感，见贾琏快掉下泪来了，忙道："二爷别难过了，我知道二爷也都是一片好心，但恐怕他们这回不是寻常夫妻间吵架。好像是蝌儿摊上了大事，至今下落不明，邢大舅希望让她女儿避避风头。"

贾琏唬了一跳，忙道："这可要问清楚些，若是跟他堂兄当年一样的大事，我们家还是不要搅上的好，毕竟如今不比当年了。"平儿笑道："蝌儿这孩子，二爷又不是没见过，什么样的品格风度！他就是再坏上十倍，能做出那种伤天害理的事情么？我听说他们家这几年过得艰难，都不曾求过我们。今日既然好容易开口了，定是没有办法，我们哪有让他们吃闭门羹的道理？”贾琏听了，便笑道：“奶奶果然菩萨心肠，既然如此，就依奶奶说的吧。”

正在这时，门外有贾政的小厮喊贾琏，贾琏便往贾政书房来，只见邢夫人正跟贾政议事。贾政让贾琏坐了，道：“娘娘身子不好，还牵挂着宝玉婚事，我们不可一拖再拖了。我之前看上了一个人，宝玉好容易愿意了，人家又没看上他。我想着宝玉和黛玉从小儿一同长大，也算青梅竹马，情投意合，且又门当户对，亲上加亲，实属难得，老太太、太太当年也支持的。琏儿看着如何？要是觉着合适，就辛苦你与大太太操持此事，本月便把婚事办了。”

贾琏笑道：“我自然没有二话。”邢夫人道：“虽说家境不比以前了，可婚姻大事不可草率敷衍，失了规矩，礼数一定要周到。劳你多操些心了。有什么事情拿不定的，就来找我商量。”贾琏答应一声，顺道着把岫烟要来借住的事说了。

贾政惊道：“是发生了什么事情？这小子不会学他堂兄了吧？”邢夫人叹道：“那他自然不敢，只是目前这事儿，也是棘手得很。我哥哥今天也来托我了，我正犹豫着怎么开口呢。他们家算是家道中落了，小两口过得拮据得很，又好面子，从来不主动跟别人开口。几个月前一个叫范思言的老爷，当年是蝌儿父亲的同僚和要友，如今还在做官盐生意，了解到他们家日子快过不下去了，就说要帮他们。蝌儿是个老实厚道的，不愿意白受他银子，只求他给自己找个差事做。那范老爷就说：‘如今强人猖獗，头一个爱打劫的就是官府，官家哪还有什么好差事呀？不瞒你说，要是我没些野路子，早饿死了。要我说，你倒不如和我一块儿做事，我和你父亲的关系你又不是不知道，自然不会亏待你。’蝌儿便懂了他的意思，但卖私盐是违法的，他当然不愿意。那范思言就劝他：‘你随你父亲，太正直了，如今是乱世，这样要不得。你自己不怕受苦可以，但你忍心让你娘子跟着你一起受苦吗？‘大丈夫不能保一女子，何面目见人耶！’我可听说了，你和你娘子如今吃不饱、穿不暖的，你就不心疼吗？你可以不为自己，但你不能不为她着想。我又熟门熟路的，保管没有风险，你只管信我。’蝌儿想了想，居然头一昏答应了，这下好了，他背着岫烟去贩卖了几回私盐，银子没赚到多少，就被人举报了。范思言现在还被关着呢，蝌儿倒是提前得了消息，连夜逃走了。官府要是抓不到他，很可能就会抓了岫烟去引他自投罗网，引不来就会让岫烟给他顶罪。我哥哥知道了，吓了个半死，哭着求我们收留他女儿。”

贾政听了，顿足道：“他竟然如此糊涂！我们家再不济，多养两个人还是养得起的，他只消跟我们张张嘴，难道我们竟会见死不救？哪里要他以身试法了？也罢，让岫烟在这里住着，兴许可躲过此劫。”贾琏、邢夫人便道谢告辞了。

且说过了几日，贾政正在书房里看书之时，忽见赵姨娘进来道：“老爷，大喜，大喜！”贾政知道必没好事，还是问：“什么事儿？”赵姨娘笑道：“我听说宝玉要娶亲了。我看同时添个妾最好，双喜临门！我可帮他张罗了好半天哪！打听到马道婆亲戚家有个闺女，又俊又巧，极擅女红……”未及说完，贾政断喝道：“住嘴！什么三教九流家的，也乱配给宝玉？你要是这么喜欢她，就说给环儿罢。”

赵姨娘碰了一鼻子灰，臊道：“我也是好心，老爷至于发这么大的火吗？依我说，林姑娘不合适，哪里担得起少奶奶的位子？她天生一对势利眼，瞧不起人，如何服众？再说，她又身子弱，整日浸在药罐里，宝玉若是娶了她，好好的香火都要浸灭了。俗话说，‘无后为大’……”贾政打断，骂道："你胡说些什么，好好地咒起宝玉来，你安的什么心？我既然决定了，你就休要聒噪。再说，又不是林姑娘一人瞧不上你，你何必拿她置气？您老把自己放尊重些，好多着呢！哪有自己作践自己，还要别人捧着你的道理？自己不尊重就算了，你成日挑唆着，把环儿也带得不像样了。我真是后悔把环儿留在你身边养着！"赵姨娘很是不悦，只好走了。

且说黛玉正在潇湘馆吟诗，忽听一阵脚步响，李纨、平儿、林之孝家的、周瑞家的和几个丫鬟，都笑嘻嘻地进来祝贺她。平儿笑道："恭喜新二奶奶，我们才得的消息，高兴得不得了，赶紧就来了。"紫鹃忙道谢不迭。黛玉不觉红了脸，嗔紫鹃道："她们不过是开玩笑的，就把你高兴得狗颠儿似的，倒不如把你嫁给宝二爷好了。"周瑞家的笑道："不是玩笑话。大太太已嘱咐我们本月就把喜事办了。姑娘以前做小姐的时候可以由着性子爱穿什么就穿什么，做新娘可不能马马虎虎了，从今儿起，姑娘可要听我们安排着打扮了。这几个丫头就留下了服侍你梳妆，手艺都是极好的，包姑娘满意。"黛玉不禁低了头，羞涩不语。

林之孝家的笑道："林姑娘出落得天仙似的，哪里用得着打扮呀，真是'清水出芙蓉，天然去雕饰'，这般好模样儿，和宝二爷是天生的一对儿，地造的一双儿。以后，他俩往哪儿一站，大家可就都有眼福喽。"大家都笑道："可不是，不光宝二爷有福，我们都跟着沾光了。"众人把黛玉围着，都咭咭呱呱笑个不住。

那几个丫鬟笑道："林二奶奶日后当了家，不要管得太严了才好，也照顾着奴才们些。"李纨笑道："你听过琏二奶奶、蓉大奶奶、珍大奶奶，可听过凤二奶奶吗？"紫鹃听了，立刻笑着道个万福，嘻嘻地道："给宝二奶奶请安。"

黛玉笑着推她，道："这小蹄子，就你话多，快干活去罢，吵得我头疼。"平儿笑道："宝二奶奶已经开始当家了，要你们去干活呢！快去呀！

快去呀！”紫鹃等都笑道：“这几天我们最重要的活就是好好给新娘子打扮打扮。姑娘快坐下，我们可是要干活了。”黛玉笑着跑开，道：“你们这么多人，欺负我一个，真是不厚道！”平儿笑道：“快按住了，可别让她跑了。”紫鹃、雪雁两个忙笑着把黛玉按在桌前坐下。

黛玉笑着挣扎道：“你们两个坏东西！我也要早点把你们嫁出去，也让你们被按着！”偏在这时，一种尖利的怪声突然大叫起来：“林姑娘在这呀？叫我好找！”众人一看，只见赵姨娘正立在门口。紫鹃道：“这是姑娘的家，姑娘不在这儿，难道在姨奶奶家不成？”赵姨娘冷笑道：“你是什么东西，倒敢跟我顶嘴？”平儿忙跟林之孝家的、周瑞家的使眼色。两人会意，赶紧跟赵姨娘笑道：“我们正有事要请您老商议，刚要去请您老呢。真是好巧好巧！不知您老可否赏我们个脸？”说着拉着赵姨娘就往外走。赵姨娘无法，只得走了。

且说次日一早，宝玉被贾政叫到书房，告诉他说本月便要将他和黛玉的婚事办了。宝玉欣喜若狂，犹不信似的连问三四遍，贾政笑道：“这回是真的，四五天后就开始办了。”宝玉喜得抓耳挠腮，恨不能立即飞去告诉黛玉，贾政笑道：“不到拜堂不要见新娘。要懂规矩！”宝玉喜得给父亲连磕了几个响头，又往园子里来，眼前万物皆似含情，格外动人，但见：桃红含宿雨，春泥见新燕，花照一池春水情脉脉；柳绿映朝烟，暖树黏早莺，叶拂万里晴空笑盈盈。宝玉心中喜悦，遂吟诗一首道：

芳芷幽兰和日至，芬芝清茉暖风兴。

黄莺呖呖传香径，杨柳依依抚煦汀。

独立呆人失我我，双飞喜燕唤卿卿。

春烟袅袅招人醉，红豆绵绵诉我情。

宝玉走一路，看一路，不觉过了沁芳桥，来至当年黛玉葬花之处。只见花开仙云，葩吐绯雾。宝玉情不自禁，竟对着一朵粉嫩嫩的桃花，上前轻轻一吻。

婚事传开，园里喜气盈盈的。贾政叫来林之孝家的和周瑞家的，道：“赖大、赖升原先的总管位子，如今由你二人接替。林大娘还在这儿，周大娘到宁府去。你们可要尽到自己的本分做好了，别让大家失望。”林之孝家的和周瑞家的自是喜之不尽，拜谢不迭。贾政笑道：“你们去忙罢。怡红院里要一尘不染的，各处贴上红‘喜’字，挂上红灯笼。另外，如今正是大喜的时候，我听闻环儿、姨娘那儿乱得不像样子，把喜气吓走了且不提，传出去也忒不像话了！”林之孝家的笑道：“老爷说的是，我这就去说。”两人退下不提。

林之孝家的遂带人去找赵姨娘，赵姨娘听了怒道：“就知道拿老爷压我！明明是你们看我不顺眼，做什么瞎拿老爷做幌子？宝玉是他儿子，难道环儿不是？宝玉结婚是大事，可环儿却连见见朋友都有罪了？人家蓉哥、贾蔷天天在外头都不着家，人家一点事都没有，我们本本分分的，你们倒会来挑刺！老爷就是说了这话，也定是你们再四挑拨出来的！”说着把一桌的茶碗都摔在地上。林之孝家的见她不像话，只得去回贾政。

贾政气极了，把赵姨娘找来喝道：“环儿是我儿子，我自然有权管他！他是什么身份，哪有总和那些狐朋狗友一道儿的理？你自己看看像什么话？你是他亲娘，不能管他，自然得我来管！你要是再不懂事，以后你也离我儿子远些！”赵姨娘冷笑道：“都知道老爷偏心，偏爱哥哥，弟弟做什么自然都是不对了。既然如此，老爷何必把这点精力浪费在环儿身上？倒不如都给宝玉吧，至于我们娘儿俩的死活，老爷就别管了。”贾政气得浑身乱颤，哆嗦着让她滚出去。

赵姨娘回去对贾环啐道：“下流种子，没刚性的东西！我早就让你跟老爷讨彩霞，你偏不听。如今宝玉连正妻都有了，马上就是正经当家人了！你可自在去吧！”贾环气道：“是谁？”赵姨娘冷笑道：“还有谁？谁最瞧不上咱娘俩就是谁。”

贾环恨道：“咱过不好，他们也别想过快活。我索性认真闹他们一场，让他们办喜事去！那边蓉小子、蔷小子这么久都不着家了，他们对宝玉动手，定是迟早的事情。到时候，我们一起动起真格来，凭宝玉有十个脑袋，也掉得光了。若是宝玉死了，这家私、世职哪一样不是我的？到那时，我们就可以扬眉吐气了。”赵姨娘笑道：“你总算是出息了，这才是我儿子。俗话说‘无毒不丈夫’，你别说得好听，到跟前又了。”

翌日，茗烟见院里刚挂的几个灯笼竟一个完好的都没有，个个都被砸出来好大的洞儿，吃了一惊，乱嚷起来道：“哪个王八羔子这么大的胆子，连宝二爷的灯笼都敢砸？这可是你茗大爷亲手挂的！赶紧给我夹着尾巴滚出来！”贾环见是个小厮，就跑上来骂道：“反了你了！奴才小子都敢如此放肆！是你环大爷砸的，你又能怎样？我告诉你了，但你要是敢说出去，就是你砸的！”这茗烟无故就要欺压人的，又仗着贾环无能无势，如今得了这个理儿，一把揪住贾环大叫道：“大家都看看！真是反了！竟然有龟孙子巴不得搅黄亲哥哥的婚事！”贾琏、贾珍闻言忙出来瞧看，也气得大骂贾环，忙叫茗烟把破灯笼取下来另外挂上新的。

正在这时，贾政赶到，茗烟赶紧添油加醋地上前告状。贾政气得哆嗦着，扬手就给了贾环几个耳刮子。贾环哭道：“你们都只疼宝玉，尽欺负我，连奴才都骑在我头上。娶媳妇谁不会？什么大不了的？赶明儿我也娶个十个八个，有什么难的？”贾政喝道：“就你这德性，娶一个都是糟蹋人家！”偏这时，有人怪声哭道：“老爷真是偏心，环儿是你亲儿子，纵有万般不对，老爷如何能在奴才面前让他没脸？”贾政见是赵姨娘，冷笑道：“我让他没脸？我的脸都被你们娘俩丢尽了！你要是把他教得稍微有点教养，我还不用污了我的手！”

赵姨娘听了，登时一屁股坐在地上，大哭大闹道：“都是宝玉惹出来的！只要有他在一天，环儿就没有好日子过！”贾政气道：“惹事的是你儿子！宝玉纵有不是，比不得你们整日惹是生非，见不得别人好。”赵姨娘道：“惹事的是我儿子？难道老爷不认环儿这个儿子了？哎哟哟！我在这个家里熬油似的熬了大半辈子，越发熬得多余了，连我生的儿子也连带着多余了。既然老爷如此绝情，我这就带环儿离开，老爷可别后悔！”左右的人连忙来劝。贾政怒道：“别管她，让她闹去，有本事一辈子都别回来！这臭小子也再别喊我爹！我只当没有这个儿子！”

赵姨娘扯着贾环道：“听到了吧！连你爹都不要你了！这里没有我们的容身之地，只是你宝玉哥哥的家，不是你的。你要什么，只能靠自己去夺过来。要是不争不抢，什么都永远不是你的。”说着拉了贾环要走。左右的人忙上去拦，贾政怒道：“让他们滚，谁也不许拦着！”赵姨娘遂带着贾环气哼哼地走了。

欲知后事如何，且听下回分解。

第九十回

林黛玉新春迎新婚　贾存周噩梦接噩耗

话说赵姨娘和贾环离家出走了，贾政料着这娘儿俩颠沛流离几天后，定会念着家中的安宁舒坦自己回来，因此并不着急。且又想着借此机会，让他们长个教训，以后在贾家安安稳稳地过日子，便不准人去找。贾琏道："外头流寇猖獗，他们要是入了伙，将来沆瀣一气，狼狈为奸，甚至回来里应外合，麻烦可就大了！老爷别逞这一时之气了，还得趁早让他们回来才好。"贾政冷笑道："笑话！他们自己胡闹，我倒要给他们服软？那将来可不更没了章法了？不行，我意已决，不要再劝了。如今你们要做的是把宝玉的婚事办好。"贾珍道："昨儿娘娘听闻宝玉订婚，也打发夏守忠来送了好些贺礼，我已叫林之孝家的查收了。今日来客格外多，我定会忙不过来，宝兄弟这边布置的事情我是帮不上忙了，就辛苦琏兄弟了。"贾政、贾珍也过去应酬，贾琏自去叫了平儿帮忙，不在话下。

且说这两日贾家虽是热闹非常，但往来人马中官宦家竟比往年少来了大半。一方面因朝廷频于应对战事，人手不足，很多人腾不出空；另一方面那个年中被皇上查没家产，死在狱中的内相戴权的案子牵连人员无数，多有获罪入狱或贬谪者，自身难保，哪还有闲工夫来这儿？

相比之下，王公贵族倒来得颇多，有镇国公家、理国公家、齐国公家、治国公家、修国公家、缮国公家，南安郡王、西宁郡王、忠靖侯史鼎、平原侯、定城侯、襄阳侯、景田侯、锦乡伯家，浩浩荡荡，都来道喜。

宝玉那儿也热闹得很，神武将军冯唐之子冯紫英一大早便来瞧他，紧接着卫若兰、史湘云夫妇俩拜见完了贾政、邢夫人等，也过来看他。

史湘云笑道："恭喜爱哥哥大喜了。"宝玉笑道："云妹妹还是咬舌子爱说话，'爱'哥哥'爱'哥哥的。你林姐姐是没得个咬舌的林姐夫，但她有这么个咬舌的云妹妹。这妹妹说起话来，可是一个顶十个呢！"说得大家都笑了，宝玉笑道："忘了介绍了，这位乃是神武将军家的公子冯紫英。"卫若兰拱手道："久闻大名，今日幸会，三生有幸。"冯紫英也素闻卫若兰之名，仰慕许久，两人一见如故。

湘云笑道："你们两个聊得高兴就不理我了，宝玉哥哥现在满心里只有林姐姐，自然也不爱搭理我的。我好没意思，我去找林姐姐玩去了。"宝玉笑道："也好，大喜之前，老爷不让我见她，你去帮我看看她好不好。"湘云戳着宝玉道："哎哟，这还要说？没你整天烦着她，林姐姐一定好极了。"宝玉脸红道："你与我开玩笑无妨，见了你林姐姐，可别太打趣她了。如今她自然害羞，你可别说多了让她恼了你。"湘云笑道："你这番话，我可要一字不落告诉林姐姐去，让她专恼你。"宝玉求饶道："好妹妹，你可饶了我罢。"又说道："我这儿这么多好玩的玩意儿，你帮我搬些到她屋里去，你林姐姐肯定闷得很呢。"湘云笑道："分明是你想她又见不着才闷得很，偏赖起她闷得很来。我才不搬呢，不然林姐姐将来搬你这儿来住，我还得好人做到底，再来帮你搬回来。林姐姐要是真闷得慌，我就让她多多地读些仕途经济学问的书去，让她以后给你好好讲讲。日日讲，夜夜讲，讲到你耳朵起茧子了，由不得你不听。"宝玉笑道："好妹妹，你当你林姐姐是你呀。这么多嘴多舌的，我倒不由得同情我云妹夫了。"

卫若兰笑道："你们都要感谢我，娶了这个每天吐出好几箩筐话的，不然，她要是嫁给你们……"史湘云打断他道："不光娶了我，还宠着我，爱着我，我才不呢，我除了你谁也不嫁！"冯紫英打趣笑道："这儿就我一个尚未婚配的，可别让我羡慕死了，给我留条活路吧。"

那儿黛玉婚期将近，丫鬟都乌压压围了一屋给黛玉打扮、试衣裳，又有些老妈妈在屋中教导黛玉，更兼黛玉身为准少奶奶，不便与外人玩笑，众人便将院门关了。

湘云见关着门，便以手叩门，里面诸人只顾笑和言语，哪里听见。叫了半日，拍得门山响，湘云叫道："若是再不开门，我把门拍坏了，可不赖我！"里面方听见了，李嬷嬷来开了门，见是湘云，便笑道："云姑娘来了，林姑娘可要高兴坏了，她好多日连门都没迈出去，说自己都要憋坏了，可巧姑娘来陪陪她。"湘云听了，立刻三步并作两步，急走了进去，只见黛玉被一帮人拥着。黛玉见湘云来了，笑道："云儿快救我，她们整日里吵得我头都晕了，我又出不去。"湘云笑道："我正是来救你的呢！赶紧跟我出去透透气儿，要是把你闷出病来，爱哥哥还不得又心疼死？"黛玉啐道："呸，呸，你个口无遮拦的小蹄子，大喜的日子，说什么不吉利的字眼？"湘云忙赔笑道："好姐姐，我错了，你就跟我出去走走吧，他们都不理我，我一个人寂寞极了。再说，要是把你闷坏了，爱哥哥肯定要怪我了。"说着要拉黛玉出去。

众丫鬟忙来劝，黛玉确实憋坏了，巴不得出去走走，忙跟李嬷嬷求情。李嬷嬷本不愿破坏规矩，但见黛玉竟然开口求她，好不得意，若是不应允，倒显得自己无能、说话没有分量似的。遂剔着牙啧道："都吵些什么？多大不了的事儿？云姑娘又不是外人，有她陪着，你们多几个人去服侍着，有什么不妥当的？快去呀，难不成连我说话都不中用了吗？"众丫头听了，就跟着她两个往园子里来。只见园里满是扫洒的、搬运的、张贴的丫头小子们，来来往往，很是热闹。碧草如毯，杏花似火，柳枝披拂，婀娜曼妙，姗姗款款。更有月季、芍药、木槿等趁这春暖日和，俏绽芳姿。忽见水边一只大红色蜻蜓，手掌大小，一上一下迎风翩跹，十分有趣。湘云意欲扑了来玩耍，遂拿了袖子去扑。那蜻蜓一惊，登时飞到水中心去了，湘云见状，很是懊恼。黛玉正要嘲笑她，只见花上伏了几个彩蝶儿，又引得湘云蹑手蹑脚地去捏。那几只彩蝶儿却早已发觉，忽起忽落，来来往往，穿花度柳，将欲过河去了。倒弄得湘云香汗淋漓，喘着粗气。黛玉在一旁看着，笑个不停。

大家玩了一会儿，又沿着河边走来。湘云见水里有两只船，便怂恿大家坐船去。一面说着，一面又不由分说拽着黛玉上了船。

只见水光潋滟，莺歌燕舞，花香沁脾，清风怡人。黛玉不觉心情开朗舒畅，湘云非要亲自划船，一边划一边哼着曲儿。一阵轻风掠过，香萼红英落了一船，被黛玉小心翼翼地拾了包在帕子里。突然望见湘云云鬓上别了一支簪子，暗想："好新奇的款式，我竟从未见过，怕是云丫头自己做的，好别致呢。"凑近一看，竟是一只蜻蜓，便轻手轻脚地去捏，蜻蜓机警，早飞了，湘云笑道："林姐姐做什么呢？别是想从背后吓我，我可早发觉了。"紫鹃、雪雁听了都大笑。

湘云道："好姐姐，如今人都好难凑齐，许久未结诗社，我都耐得痒了。今日美景，我们联诗如何？"黛玉笑道："你哪里痒？我给你挠挠。"说着就往她身上咯吱起来，湘云求饶道："好姐姐，别闹了。"黛玉方说道：

"风和噙莺燕，"

湘云笑道：

"泉暖涌鱼鲟。
晴光方漫溢，"

黛玉笑道："我也对上了——

"虹霓共氤氲。
天暄乐脱氅，"

湘云笑道：

"水清偷揽裙。
鸟困仍懒懒，"

黛玉道：

"径幽自困困。
红香粉犹嫩，"

湘云道：

"绿玉青未匀。
柳浪绦腰袅，"

黛玉坏笑道：

"蜻蜓簪鬓云。
山河清沁时，"

湘云看黛玉神情猜着她是在怼自己，便回敬道：

“洞房花烛夜。”

黛玉登时通红了脸，啐道：“你个坏丫头！你哄我来吟诗，原来是为了取笑我。我又不曾经历过什么花烛夜，想必是你念念不忘，要来跟我讲讲？你可说罢，我竖着耳朵听呢。”湘云笑得岔气，道：“好姐姐，你还是留着耳朵听爱哥哥的甜言蜜语罢。我要划船了，你要是现在报复我，我把船弄翻了，你可得自己游上岸的。”说着轻轻将船往水中央划过去了。

话说贾珍成日忙着，分身乏术，屡次想打发贾蓉去做事，却都发现他不在，便去问尤氏。尤氏叹道：“他一出去就是好多日，也不知忙些什么。他刚回来了，正在屋里呢，老爷去瞧瞧？”贾珍走到贾蓉房间，见儿媳在房间门口偷偷拭泪，问她何事，胡氏道：“才刚劝了几句，他就骂我多嘴，还威胁要休了我。”说完哭哭啼啼起来。

贾珍听了，非常气恼，一脚踹开帘子，骂贾蓉道：“爷还不怕累，哥儿怎么先清闲去了？你成天跟什么人混去了？”贾蓉笑道：“家里这么多人，少我一个什么要紧的？”贾珍气道：“我可听着风言风语了，说你整天在外与强人为伍，把我的脸都要丢尽了！”贾蓉跪下道：“父亲，‘识时务者为俊杰’，如今是乱世，顺时者昌，逆时者亡。那些人都是好汉，处好了都似亲兄弟。而且他们都是古道热肠之人，儿子与他们交往，他们不仅不会打我们家的主意，要是我们哪天遇着危险了，他们还定当两肋插刀，有何不好的呢？”贾珍道：“放屁，你这点小伎俩就想在你爷这里混过去？你爷吃过的盐都比你吃过的饭多，走过的桥比你走过的路多！你跟他们称兄道弟，没跟他们去打劫偷盗，杀人放火才怪。”贾蓉赔笑道：“杀人放火儿子不敢，至于打劫偷盗，人活一世，图点小财也并不违背天理。

再说了，孩儿挣的钱，也不是拿去打水漂的，自会拿来孝敬父亲。”贾珍听了，气个倒仰，道：“你做这种事，还有脸好意思提天理？我可告诉你，我们家绝不出强梁，从今往后，你的天理就是：你出去一次，就会被打断一条腿，我看你有几条腿！好个逆子，以后哪儿都不许去，给我老老实实在家里待着！”因唤几个利索的小厮严加看管贾蓉。

半夜，贾蓉说要去茅房解手，小厮赶紧跟了他去，在门口守着，然而半天也不见他出来。小厮料着大事不妙，忙撞开门，可哪里还有人影？这才知道贾蓉早从茅房后面的矮墙翻出去了。小厮慌了，赶紧叫了另外几个小厮，把能找的地方都寻遍了，愣是没找到人，只得去照实回禀贾珍。

贾珍闻言，匆忙披衣起来，提了灯笼亲自去找，远远听见大门口有人在吵闹，赶到门口，只见几个伙计拦着贾蓉，不肯放行。贾蓉正在厉声喝斥：“爷叫我去办急事，我去去就来，你们难道连我的话都不听了？”贾珍大喝一声，冷笑道：“你爷在这儿呢，哥儿倒说说，爷让你办什么急事？是趁天黑偷盗呢，还是趁夜深绑票？”贾蓉无奈，只得跟了贾珍回去。

贾珍又生气又担心，一夜难眠，直到天明时分，才合上眼。谁知那几个小厮又撞进来叫道：“老爷，不好了，小蓉大爷又跑了。方才鸡鸣之时，他又去门口闹，门口的当然不敢放，怎料墙上跳下两个拳脚好厉害的，直接把看门的小厮们都放倒了，然后拿刀架在他们脖子上逼着他们开门，那小蓉大爷就跟他们走了。”贾珍怒道：“这孽障竟然如此猖狂，随他去吧，不用找了！我没有这样的儿子！”

且说贾政白天接待了不少来宾，晚间又有几家来送礼，贾政都一一答谢并送到门外，邀请他们过两天一定来喝喜酒。就这样，劳累了一整天，正准备休息，谁知麝月赶来道：“老爷，出事了！宝二爷的玉又不见了。”贾政惊道：“多带些人，快去找。把那些今日见了宝二爷的和进出过他房间的奴才都叫来，我亲自审他们。”贾政一一审问半天，又着人找了半天，却一无所获，正在纳闷。殊不知这蠢物获知家中将有大祸，故藏在园中某处，哪是能让人找着的？

贾政正在纳闷烦恼，忽觉神思恍惚，飘飘荡荡至一所在，面前金碧辉煌，似到了宫中，不少太监、宫女在议论着什么“园”出事了。贾政担心大观园出问题，遂问一太监道：“是哪个园子出事了？圣上是要查封吗？”这太监唬了一跳道：“你是什么人？怎么进来的？我告诉你，你快走吧，要是被发现肯定活不成了。是元妃娘娘，就是刚被褫夺贤德妃封号的那位娘娘，出大事了。”说完把贾政一推，贾政急了，想问个清楚，可哪里还有那个太监的影子？自己正被一群乱哄哄的人推搡着，所有的人都很兴奋，鸭子似的伸长了脖子，努力要看什么。贾政顺着他们挤的方向看去，只一眼就唬得去了三魂、散了六魄：竟然是元春蓬头散发，戴着囚具被押了过来。

贾政眼见得元春被按在地上，刽子手对着她高高举起刀来……贾政只觉得一阵天旋地转，猛然昏了过去……

恍惚中，贾政听见有人在哭，循声望去，只见元春哭得泪人一般，道：“父亲可还记得女儿年少时，您曾讲过的‘姽婳将军’的故事么？那时，女儿就立下志愿：虽为弱女子，也应以大局为重，不贪一己之安逸，不恋一己之生死。如今承蒙皇恩，国难当头，安能不以死报国？此番孩儿随圣驾于外，所在城池被围，城内文武百官多有献城之意。孩儿请求圣上派出城内精兵强将背水一战，圣上以女子不应过问此事为由驳回不睬。孩儿无法，只得带领愿战的众人连夜出城，直杀至贼营里头。众贼不防，也被斩戮了几员首贼。谁知城内早已有人通敌求荣，里应外合之下，天明之时，城池已被攻破。贤臣良将拼死护我逃离，我却还是被细作趁乱绑了。贼人要将我斩首示众，圣上不忍，以俘虏的几员贼将换回了我。孩儿好不容易死里逃生，谁料竟有奸臣当众跟圣上进谗言说我通敌，夜里出城，实是去给众贼通风报信。正因如此，贼寇方才得以火速攻下城池。圣上听了，龙颜大怒，即刻下令将孩儿处死。孩儿曾在病榻上走了一遭鬼门关，侥幸捡回了条命，谁知如今竟殒身于此！父亲，孩儿并不怕死，只是实在憋屈啊！这一走，我如何放心得下？孩儿一心为国，却遭此谮害。忠义之心空付，尽孝之路已绝！父亲，孩儿大不孝了，日后非但护不得贾家周全，还恐株连九族！求父亲赶快抽身逃命要紧，家中诸人，当明哲保身，切不可贪恋权势富贵……”

贾政正欲问话，只听二门上传事云牌连叩四下，贾政登时惊醒过来。此时天刚明，人回：“元妃娘娘薨了。”贾政听闻，发了半日怔，心如刀割，泪落如珠。

再说前一晚，湘云和黛玉做一处歇了，两个在床上喁喁到半夜。湘云道：“新娘子，你马上就是这儿的少奶奶了，可要好好持家。我有几句忠言相告，嘿？你在听吗？”黛玉拿被子半蒙住头道：“说你的，我听着呢。”湘云笑道：“第一，对下人要恩威并施，不可太苛责，但也不能太惯着了。以前迎春姐姐被下人们欺负，话都不敢说，姐姐若学她那样，恐怕以后就没清净日子过了。”黛玉笑道：“这我自然知道，只是如今家奴难缠，整日聚赌酗酒、滋事打架，不严些哪里管得住呀？但免不了要得罪人了。”湘云道：“得罪人又怎样？你惯着下人，他们可不会惯着你。”黛玉笑道：“你这么厉害，不如常住在我们家，别回去了可好？你替我管着家，我也好腾出空来吟诗作对，当个快乐闲人。”湘云笑道：“岂有此理？还没当家，就指挥起人来了。第二，姐姐不可由着宝哥哥不读书，若他还是天天闲逛，姐姐就跟他闹，不怕他不依。”黛玉笑道：“好了，我都知道了。还有一条：家里也太花费了。出的多进的少，如今若不省俭，必致后手不接。三妹妹之前开了个好头儿，我自然当进行下去才是。”湘云笑道：“林姐姐果然英明，我正准备跟你说这个呢！真真儿个我俩想到一块去了。对了，怎么不见宝姐姐？哼！可恨宝姐姐，姊妹天天说亲道热，林姐姐如今大好的事情，她竟弃了咱们，不知做什么去了！”黛玉道：“休要这么说她，她不过来，定有她的缘由，想是家里有什么事情，脱不开身罢了。”

湘云听了，方觉得自己说得有些过了，忙笑道：“但凭她什么事情，哪里大得过弟弟妹妹的婚事了？她若是婚礼都敢不来，我定要问她去，骂她一顿，给你们出气！”黛玉听了，“噗嗤”一声笑了起来，道：“你越发疯了。谁说她不来了？你就提前算计着找她打一个抱不平儿。你又瞎充什么荆轲聂政，真真好笑。”两人直笑闹到夜深了才勉强睡去，天刚明亦为二门上传事云牌惊醒。

二人得知娘娘薨了，都唬得睡意全无，正做一块儿哭时，丫头端来早膳。湘云本就难过，见是芋头粥，不禁心头火起，骂道：“给我吃这个就算了，林姐姐身子不好，也就吃这个？你们未免太糊弄了些。”黛玉叹道：“你别怪他们。这几年旱涝无常，接连收成不好，地里的庄稼人有的连树皮都啃尽了。家里比不得从前，如今只不过能吃饱不挨饿罢了，哪里还奢求什么好吃的？我身子又不好，没有胃口，不大吃得下去，他们就是给我端了精米，我也不过小吃几口，都浪费了。何苦呢？所以我让他们给我胡乱熬些这个，其实这个也不错，宽肠胃，吃着也舒服。”

湘云道：“你这病得想办法断了根呀，平日里都是谁给姐姐配药？”黛玉道：“妹妹一说，我倒想起来了，我这些日子实在太高兴，竟连吃药的事情都忘了。”紫鹃顿足道：“姑娘哪里是忘了？我可催了你几次了，你总说不用。我看哪，姑娘才不是忘了，分明是想给宝二爷省钱。还没过门就这么持家，以后指不定怎么贤惠呢！你要是把身子弄坏了，宝二爷让我赔他的林妹妹，我可赔不起呢。”黛玉脸红道：“你这么多嘴多舌的，倒像是云丫头，不如你和云丫头回去吧。”湘云笑道：“你可够了，你要是再不吃药，小心我告诉宝二爷，让他来聒噪你。”遂吩咐两个小丫头快去药房盯着人熬药再赶紧端来。两个小丫头答应着出去了。

却说冯紫英本想这日一早来和宝玉作辞，但因得知元妃娘娘薨了，便不得不推迟了一天。宝玉得知姐姐没了，天昏地暗地直哭了一天一夜。翌日，冯紫英与卫若兰来和宝玉作辞，见宝玉眼睛肿得核桃似的。宝玉哭道："我刚没了姐姐，那些势利、奸佞之人就欺负起我们来了。刚才珍大哥哥来告诉我，庄头乌进孝前来进租，竟然被强人打劫了，如今我们连接下来吃什么都成问题了。"冯紫英、卫若兰两个怒道："岂有此理？这些贼人也忒猖狂了。你只管告诉我们是在哪里丢的，咱定让他们吃不了兜着走！"宝玉勉强挤出笑道："劳两位哥哥费心了，小弟不胜感激，但强人出没无章可循，追回恐怕是难了。我们只得另外想办法。"

话音未落，只见薛蟠说着笑着撞进来，大笑道："宝兄弟，哥哥帮了你这么大忙，怎么谢我呀？"宝玉不解是何事，薛蟠笑道："黑山村的租子，可都寻回来了。"众人听了，都颇为吃惊。宝玉赞叹道："薛大哥好本事！"薛蟠笑道："我哪有这本事？都是柳二弟的功劳！今早我是路过的，不想竟遇上了柳二弟，可把我惊喜的！我想请他吃吃酒、叙叙旧，但他说自己如今吃不得酒，再加上不巧，身上有急事要办，更耽误不得。我就问他何事，他说是道观里来了一伙子人，不像良家子弟，又带着好几十车的东西，他自然就起了疑心，让人看着他们，自己下来打听打听附近有没有人被打劫了的。这时我们看见一老头在那里哭，就问他怎么了。他说自己叫什么'乌进孝'还是什么'乌出孝'的，是赶了一个多月路程进京来给贾府交租的，没成想竟然被强人打劫了。柳二弟就跟他比划他道观里的那些人的样子，那老头就哭着说正是他们打劫了那些东西。柳二弟听了，不由得火起，让我把我的人都借给他使，他们到道观里把那些不知天高地厚的东西一锅端了，租子都夺回来了。"宝玉听了，又惊又喜，忙问："珍大哥哥可知道了？柳大哥现今人在哪？"薛蟠道："我还没跟他说呢，只管先来跟你报喜了。柳二弟说不便在外久留，我没拦住，他已经回去了。”宝玉自去送走薛蟠不提。

且说贾政好容易回过神来，起身要去找宝玉，忽闻园中一片乱嚷，欲知后事，且听下回分解。

第九十一回

落井下石友人非友　保身善己亲者不亲

且说贾政正要往怡红院去，忽见园中乱成一团，小厮来报："老爷，不好了，不知怎的来了这么多官兵，把府里围得连一只蚂蚁都放不出去，怕是出了大事了。"贾政闻言大惊，只得出去赔笑问一个管事的官兵："请问你们来这里是为何事？"那官兵上下打量着他，道："你是这里的老爷吧？快叫你们家的人都在那儿站好了。我们奉了圣旨前来抄家，事情处理完毕前，不许任何人进出这府里。你若是妨碍我，就是违背圣意，如此罪名，你可担当得起？"

贾政一听，登时急似热锅上的蝼蚁，道："我如何敢妨碍大人办事？但欲请您明示，突然查抄起我们家来，所为何事？"

那官兵道："元妃外通戎羌，已经处死，她通敌所获赃物，宫中不见，定然藏于尔府，故我们奉命前来查抄。我既已告知于你，希你不要妨碍公务，不然，我自会回报圣上，触怒龙颜，你定无好处。"贾政听了，头晕目旋，涕泗横流。

那官兵又命手下去把贾珍、贾琏、贾赦一并抓来。有小厮赶紧暗中去报告贾赦。贾赦一听有官兵来抓他，急了，忙去找邢夫人想办法。怎奈没找到邢夫人，自己却遭遇官兵被押了出来。原来这邢夫人一听说抄家，慌得六神无主，此时正躲在穿堂里哆嗦。

那边荣禧堂里喊冤之声此起彼伏，赵堂官骂道："住嘴！你们好大的胆子，竟敢是质疑圣上的英明！你们若是不认罪、伏罪，就是抗旨！我们既然今日前来，自会言明你们所犯罪孽，你们也好好听听，自己究竟是不是罪有应得！我倒要看看，谁还要狡辩自己是清白的！”方没有人敢言语了。彼时贾赦、贾琏、贾珍都跪在地上，唬得面如土色。

赵堂官念道：“奉天承运，皇帝诏曰：元妃与戎羌勾结，致失城池，已经处死。贾府中所藏赃物，一律查抄。凡有胆敢违背者，一律处死。又罪臣贾珍曾操纵朝廷官职人选，为其子原江宁府江宁县监生贾蓉谋取五品龙禁尉之职，罪不可赦，革去世职，押至监牢候刑，钦此。”

贾珍哭道：“臣冤枉呀，捐官本就合乎法理，臣何罪之有？”赵堂官喝道：“捐官是合法，但罪臣戴权都交代了，你是着一千二百两银子送到他家里孝敬他的，何曾把朝纪政纲放在眼里？事到临头，还拒绝认罪！”贾珍无法，只好伏在地上领旨谢恩。然赵堂官怒气未消，大声道：“因贾珍有抗旨之嫌，先拖出去打四十大板。”左右便七手八脚把贾珍拖了出去。

赵堂官又道：“平安州同知贾琏，国孝家孝之中，背旨强逼良民退亲，强娶民女。国孝一层罪，家孝一层罪，背着父母私娶一层罪，停妻再娶一层罪；更兼在外尚有重利盘剥、包揽诉讼诸事，罪不可赦，打入死牢，秋后问斩。钦此。”贾琏吓得两腿一软，几欲瘫倒于地，无奈磕头道：“谢主隆恩。”随后被押了下去。

赵堂官继续念道：“另有罪臣贾赦，私下行贿买官，辜负朕恩，革去职位，永不得用。另有薛蝌贩卖私盐，畏罪逃走，下落不明，其妻躲在贾府，捉拿入监。钦此。”官兵们便把邢岫烟也押了。赵堂官见贾赦仍酥在地上，冷笑道：“圣上仁慈，看你一把老骨头，没有抓你入监，你还赖在这里，等着我们抓你吗？”正在这时，有人飞马来报，又有新圣旨到。

赵堂官接过来又念道：“奉天承运，皇帝诏曰：贾赦仗势欺人，夺人财产，害人性命，罪责深重，押至监牢候刑。贾家跋扈多年，媚上欺下，祸国殃民，不配为官。全家贬为庶民。”原来石呆子的事情也被抖了出来，那贾雨村本是因要巴结贾赦，才行此混账计策。如今贾府失势，雨村思量，既已无利可图，又岂能连累自己，以致丢了乌纱帽？于是忙急中生智，将责任俱推诸贾赦，只说一切都是贾赦为了强夺几把好扇子出的馊主意。自己一时糊涂，再加上贾赦强逼威胁，无可奈何之下，才讹那石呆子拖欠了官银，自己绝无害人之意。皇上不悦，道："你的官儿又不小，他如何敢威逼你？可知你不过是扯谎罢了，好把自己推得干净。"雨村慌了，忙叩头道："圣上有所不知，贾家的人胆大包天，连圣上都敢欺瞒，何况是对我？"于是连那"甄家获罪抄家，把家产转移到了贾家，贾家知情不报，全数帮忙窝藏"的事情尽数扯了出来。皇上龙颜大怒，方信了贾赦威逼雨村一事，立即重新下旨将贾赦打入大牢，贾家全家贬为庶民，查没家产，那雨村总算松了一口气。

赵堂官命把贾珍、贾琏、贾赦等一并押上囚车，正欲带人去查没家产，忽听门外有人哑着嗓子大叫道："没你焦大太爷的允许，我看哪个杂种王八羔子敢！这是太爷们拼了几条命辛辛苦苦挣下来的家业，你们说查没了就查没了？太爷一生南征北战，为国家立下汗马功劳。他要是知道你们这般羞辱他的基业，你们不怕他半夜去找你们讨说法？至于这些不肖的王八儿孙们，你们要杀要剐都随便，这是他们罪有应得。但是这些家产是太爷他们辛辛苦苦打下来的，这些王八子孙本就配不上。若是如今因为这些龟孙子的过错，让家产被查没了，我去见太爷，如何交代？"一旁的官差们见他泼蛮，正要动手。赵堂官使个眼色示意放他进来，见是一白发苍苍、蓬头垢面的老叟，很是不快，骂道："你是什么东西？圣上的旨意，难道还要考虑你如何交代？给我打出去！"左右的人便来拖他出去，焦大拼死反抗，嚎天叫地地大骂贾家子弟忘恩负义、不学无术，后来竟然骂起皇上忘恩负义，连如此功臣都不放过。赵堂官见他说得不像样，便命左右堵了他的嘴，乱棍打死。焦大大喝一声："我看谁敢！你也不想想，焦大太爷跷跷脚，比你的头还高呢！你焦大太爷一生没说过亏心话儿，没做过亏心事儿，哪里轮到你们来作践我？”于是大吼一声，甩开左右的，触柱而亡。

查抄府里多时，赵堂官命手下一边登记一边禀告。手下官兵轮流禀道：“银碟三十六件，银酒杯十六个；黑狐皮八张，青狐六张，貂皮二十张，黄狐十张，猞猁狲皮十二张，麻叶皮三张，洋灰皮二十张，灰狐腿皮三十张，酱色羊皮十张，猢狸皮二张，黄狐腿二把，小白狐皮十四块；洋呢二十度，毕叽二十三度，姑绒十二度，香鼠筒子十件，豆鼠皮四方，天鹅绒一卷，梅鹿皮一方，云狐筒子二件，貉崽皮一卷……”赵堂官说道：“先念金器银器。”那几个官兵便念道：“珍珠十三挂，淡金盘一件，金碗二对，金抢碗二个，金匙十八把；银大碗四十个，银盘十三个；三镶金象牙筯二把，镀金执壶四把，镀金折盂三对，茶托二件；赤金首饰共三十三件……”赵堂官打断道：“你们家里竟有这么多金器？荒唐！”贾政跪着回道：“有大半是这几日贺小儿喜事送来的喜礼。”赵堂官听了，不便说什么，便让手下继续念。那几个官兵接着念道：“鸭皮二把，灰鼠六十张，獾子皮三张，虎皮二张，海豹一张，海龙六张，灰色羊十把，黑色羊皮十三张，小狐皮六张，江貉皮二张，獭子皮二张，猫皮十五张；绸缎八十卷，纱绫七十一卷，羽线绉二十二卷，氆氇十六卷，妆蟒缎二卷；葛布三捆，各色布三捆；各色皮衣一百一十二件，棉夹单纱绢衣一百四十件；玉玩十二件，带头九副，铜锡等物二百余件；钟表十八件，朝珠九挂；各色妆蟒十四件，宫妆衣裙八套，脂玉圈带一条，黄缎十二卷；潮银二百两，赤金十四两，钱三千吊。另有房地契纸若干。”

赵堂官听了，让手下收好了，快去查抄大观园。于是，手下不顾贾府众人苦苦哀求，一干人径直撞进大观园来，见园子奢华异常，都恨不得是自己家的，不禁嫉妒得心头火起。几个领头的见墙上贴着大红“喜”字，不由分说，一把扯烂；见梁上挂着大红灯笼，举着缨枪，捣个稀碎。一旁的丫头、小厮都哭着求他们别坏了主人的好事。几个官兵笑道："哪有孝中娶亲的道理？你们家有好几个都是要奔赴法场的。等你们小主人守完孝，这些玩意儿都烂掉了，还不如我们帮你们处理了。你们'不识好人心'，不谢我们，倒好像我们做了什么坏事似的？"说罢，都相视大笑。众卒自到各屋中查抄。

一干人马奔到潇湘馆来。紫鹃、雪雁拦住，说小姐在更衣梳妆，不方便，被官兵一把推在地上。领头的官兵说道："你叫你家小姐赶紧收拾一边躲着去，不然可别怪我们径直撞进去了。"紫鹃、雪雁只好和湘云一起护着黛玉躲出来，在外头听见屋里乱响一片，先是绢绸撕裂的声音，然后加上瓷器破碎的声音，之后屋里人大吵大闹起来，具体其他的是什么声音也听不清楚了。待群响毕绝，官兵出来，黛玉进去看时，只见满地狼藉，新作的嫁衣有的给撕了个稀烂；有的在地上被践踏得肮脏不堪，混着乱倒出来的各种脂粉；最昂贵的几件已被带走了；还有满地的碎瓷片和书页的碎片。黛玉打开柜子，才发现连最里层藏的书都不见了，在地上胡乱地找着，摸起一张碎纸片，只见上书"原来姹紫嫣红开遍，似这般都付与断井颓垣"，见此情景，又生出别种况味，不禁黯然神伤。

且说官兵搜到黄昏，除了带不走的、找不到的，都装了走，也有偷偷中饱私囊的，赚了个盆满钵满。另有不方便拿，又不愿意带走的，便就地砸了；再加上行事莽撞，失手打坏的，所毁财物不计其数。

官兵一走，贾政踉踉跄跄走了几步，"哇"的一声吐出一口痰，又觉得口内腥甜，一看地上，竟是鲜红的血。小厮见了，都慌了。贾政双膝跪地，仰天长哭："先祖在上，贾政不肖。未能兴旺家业，反使祖业败在我们手中。先祖一生戎马倥偬，九死一生拼下这基业。如今我们穷愁潦倒，连世袭的职位都丢了。贾政无才，无计可施，有辱门楣，无颜面对祖先。千错万错都是我的错，我治家无方、管教不足，致使儿孙无状、家财散尽、仕宦无门。贾政愿以死谢罪，望先祖原谅他人。”说罢，便起身要撞墙，被众人拼死拉住了。邢夫人也过来大哭道：“老爷万不可寻短见，家里如今抓了这么多，走了这么多，若是再没了您，可如何是好？”贾政听到家里人烟零落之语，想起贾珠、元春来，哭道：“我苦命的儿啊，要是你们还在，贾家何至于如此啊！”心似刀割，哭昏在地，被左右慌忙搀往书房去了。

众人俱哭得天昏地暗。宝玉劝卫若兰道：“家里如今这般，别连累了卫兄，卫兄还是快和云妹妹回去吧！这儿有我呢！”卫若兰道：“我岂有不顾亲戚独善其身，见朋友有难却撇得干净的道理？那我成什么人了？你手无缚鸡之力，真遇到事情，如何能顶得住？你说说我如何能回去？”湘云也不肯回去。平儿道：“不妥。刚刚我听那赵堂官和人说：‘圣上口谕，既然贾家不干净，它亲戚家也未必干净。让我们查查它亲戚家。要我说，若是能寻出些舛错，便一并抄了就是。如今朝廷银子短得很，我们如此这般，天经地义，圣上自然欢喜，封赏定是跑不了我们的。’若你们再不回去，恐家里有事。”李纨、黛玉等也劝他们回去，黛玉道：“我们这儿刚出了事，还能风平浪静一阵儿。若是你们在这里守着我们，家里遭了殃，岂不是我们天大的罪过？”卫若兰道：“若真是官兵来查抄，我们回去也没有什么用，难不成我们反抗朝廷，做强梁吗？我是担心外头强人流寇趁火打劫。我在这里，方能保你们无虞。你们既然如此说，那我就让云儿回去，我在这里守着。”于是便让湘云家去，有事情立刻着人来报信。湘云便作辞回去了。

话说薛蟠正带了给宝玉成亲准备的贺银，往贾家来送，却见浩浩荡荡的官兵也往贾家的方向去，觉得奇怪，便向路人打听。路人告诉他，元妃已被皇帝处死，这些官兵是要去贾家抄检的。薛蟠唬了一跳，也不敢来贾家看，慌忙赶回家去。

大老远又听到金桂和宝蟾高声吵闹，薛蟠顾不得她们，一头撞进去，叫道："坏了，坏了，贾家出事了！皇上处死了元妃，还派了好多好多人去贾家抄家！"金桂、宝蟾一听，也都急了，哪里还有吵架的心思？薛姨妈道："出了这么大的事儿，难保不连累我们。我问你，你在外面结交的人多，如今能找到个合适所在，安顿我们吗？"薛蟠笑道："那是自然，儿子别的本事没有，哥们儿是最多的了。我看去紫檀堡就不错。那里的主人蒋玉菡与我交好多年，他妻子花氏又原是宝玉的丫头，就是那个叫袭人的。我们就是即刻过去，招呼都不用打，他也没有不好酒好饭接待我们的道理。他房子大，住得也舒服。他又是个不慕权贵的，我们住那儿，也清净。"薛姨妈忙道："既然如此，趁着官兵还没来，咱们赶紧收拾了细软到他那里去。"薛宝钗道："但贾家怎么办？我们好歹是亲戚，难道完全撇下他们不管了？"薛姨妈道："哎哟喂，我的儿啊，你姨妈、凤哥儿在那里的话，我可能还得想一想，但既然她们都没了，只是普通的亲戚关系，又没有什么用得着特别牵挂的人，我们何必非要蹭自己一身灰？若是你真许给了宝玉，我们自然上刀山、下火海也得陪着他们。但贾家既然没看上我们薛家，我们哪有留在这儿被他们连累的理儿？"宝蟾道："姑娘别犹豫了，我们快走吧。只是别带上这个搅家星，没的搅得人头疼！"说着拿眼睛瞪着金桂。金桂一耳光呼过去，道："你是什么东西？一个小娼妇，没媒没聘的，出了事儿，倒想丢下正经太太自己跑了？我可告诉你们：你们要是胆敢留下我，我马上就告诉那些官兵你们上哪里了！跑得这么快，定是带了不少赃物走！你们就等着被抓回来吧！你们要是敢丢下我，我们从此就一刀两断了。你们就是被杀了，也都是自己作的，不干我的事儿！"薛姨妈无法，道："好了好了，没说不带你走。混说白道的，没的败坏我们家名声。"于是众人匆匆收拾了赶往紫檀堡不提。

话说袭人自从嫁到山庄，那蒋玉菡百般温柔体贴，把袭人照顾得遂心如意。袭人常暗暗庆幸自己命好，得个如意夫君。因想到当年自己向王夫人密报晴雯等的不是，宝玉依然把个好郎君说与了她，心中着实感激宝玉；时时想着知恩图报，只可惜一直没有遇到机会。正在感叹，忽见宝钗一家赶来投奔。袭人听闻贾家遭了祸事，不觉大吃一惊，担心不迭，大哭一场，被蒋玉菡好言劝住了。蒋玉菡另收拾了一个院落让薛家住下。因怕金桂、宝蟾又生事儿，薛姨妈让她俩分别住在两头，其他人住在中间隔开她两个。薛家从此在山庄安顿下来。

再说赵堂官等去往王、史两家查检，并未发现任何出格之处，细想圣上究竟未传出明确的旨意，抄他们家名不正、言不顺的，况且“瘦死的骆驼比马大”，这两家若是被逼急了，联手参自己一本，自己项上的脑袋都可能不保了。如此想来，只好作罢。但既然以贾家亲戚为由查了这两家，少不得还得去薛家看看，却见人去房空，不觉生了疑，待要如何，又苦于并无凭据，也只好不了了之。贾家经历这番，穷蹇之极，人心惶惶，几乎每日都有下人不辞而别。

贾政、邢夫人遭遇如此打击，痛不欲生，方寸大乱，终日以泪洗面，无心打理家事。再加上家财几乎散尽，跟贾家有关系的官员此时恨不能避之千里，宝玉、黛玉成婚之事亦被搁置。平儿见家中无人，黛玉又素来是个有才的，虽未过门，但早已是公认的二奶奶了，便欲去找她，要她管家。

欲知后事如何，且听下回分解。

第九十二回

逆子弑父天理难容　祖宗蒙羞家财尽散

话说黛玉想到婚礼未成、贾家获罪、元春薨逝、多人凶多吉少，一时心如刀绞。紫鹃、雪雁等将屋子收拾妥当，黛玉打开箱子，见到幸存的诗稿，不禁睹物思人，又哭了一回。紫鹃劝慰道："俗话说，'天有不测风云，人有旦夕祸福'。这些事情是突然间就冒上来的，由不得你我。姑娘想开些，身子要紧，早些睡吧。"黛玉睡不着，问道："墙边那几点亮晃晃的东西是何物？"雪雁道："是些流萤，倒也好看，家中多年未见流萤，真是稀罕。"黛玉听了，想起"齿鼠欺黑月，流萤乱飞星"，心中不快，待要唤紫鹃去捉了，又想流萤命短尚要忙碌，为他人添光，于心不忍，遂命紫鹃、雪雁二人快去睡觉，自己呆呆地看着流萤，只是睡不着。

夜里，黛玉满身虚汗，翻来覆去。紫鹃放心不下，屡次来看她，都被黛玉赶走了。黛玉只说："你去睡觉吧，我不打紧，只想一个人静静。"

翌日早晨，听说平儿要来找她，黛玉忙梳洗打扮，掩饰病容。平儿来了，笑道："家里出了这样大的事，老爷、太太都慌了。家中宗族子弟虽多，可都是些中看不中用的绣花枕头。大奶奶就是个大菩萨，狠不下心来，罚不得人，自然管不得这事，就不必说了。宝兄弟也太和善，下人有错他还帮忙担着，未免逞纵了下人，下人们都不怕他，他可管不住，若是让他管，越发坏了事儿。但你素来是个有才干的，我少不得要请你和我一起持家。若是连你也拒绝我，那可真是家门无望了。"这黛玉虽然身子弱，多病多灾，却也是个要强的，又早见贾府诸多弊端，如今连家产都抄没了，若是自己还狠心撒手不管，也觉得说不过去。但若自己真要当家，又不愿意管这些杂七杂八的琐事，正在踌躇，平儿笑道："你是如何聪灵的人，我自然不是让你屈尊来打下手的。你只管打算筹谋着，吩咐下去，自有下人去具体做事儿。就是有什么不顺意儿的，也用不着你亲自动手，只烦劳你提点着那些人就是了。"黛玉笑道："嫂子既如此说，我若还不应，也太不懂事了。"平儿笑道："既然如此，我这就带你去见过众人。"于是吩咐小丫头几句，小丫头就去了。

黛玉到议事厅时，邢夫人坐在上头，周姨娘、林之孝家的、周瑞家的、单大良家的、余信家的、来喜家的、王兴媳妇、郑好时媳妇等乌压压的都站在下面，见平儿、黛玉进来，各自行礼。

邢夫人让二人坐了，对众人道："家里最近出的事情，你们都知道了，今后过日子要能省则省。林姑娘早已是家里公认的宝二奶奶，是家里的主人。如今管家的重任就交给她和平儿了。如果她的指令谁胆敢不听不照做，让我知道的话，我可不问什么原因，只管把他赶出去。外面强人正猖獗，他能在外面活多久可就全凭自己造化了。"众人都道："是，我们哪里有不听的道理？"黛玉起身道："我也不懂什么持家，望婶子大娘们以后还多关照些。"众人都笑道："姑娘太客气了，我们定当竭尽全力。"众人退下后，邢夫人道："如今外头乱得很。听人说蓉小子、蔷哥儿竟然跟强贼拜了把子，做了不少伤天害理的事。珍哥儿如今不在这儿，管不了这事儿，但他之前嘱咐我了，只管当做他没有这个儿子。如今情况严峻，这蓉小子、蔷哥儿不得不防。从今园门整日整夜闭着，就是他两个回来也不能放进来。"周瑞家的答应了。说话间厨房送来的白米粥到了，邢夫人便让大家一起用了早膳。

吃饭间，众人却听见外头有人乱嚷着骂道："什么猪食也拿来给我吃？"接着是扇耳光的响声和小丫头的哭声。平儿让把人带进来，原来是费婆子。这费婆子常倚老卖老，如今仗着邢夫人又得了势，越发活也不做了，整日整夜吃酒，嘴里胡骂乱怨地出气、耍威风。她昨夜吃了一夜酒，一早见小丫头给她端了白米粥来，心中不自在，便要起酒疯来，指鸡骂狗，闲言闲语地乱闹。邢夫人气得脸都绿了，骂道："你也忒张狂了！想是我素日仁厚，以致纵得你越发不像样了！我们吃的也不过是这个，你说这是猪食，骂谁是猪呢？难不成我们做主子的能喝得下白米稀粥，你一个下人倒只能吃满汉全席？这是哪里来的道理？"因命周瑞家的："周嫂子，如今家里人少了，宁府的事儿也没有那么多，我们两府的事儿也不用分那么清楚了。这件事，就请你把她带下去处置吧，也不必来回报我了。"

周瑞家的忙把费婆子拉走，费婆子酒还没醒，手舞足蹈地挣扎，嘴里骂骂咧咧个不停。周瑞家的把她拉到外面，道："什么大不了的事情？值个屁呢？主子们还不够吃，给我们口饭就不错了。你可省省吧，要不是大太太开恩，你这么闹，太太要是心情不好，把你打死了，你怨谁呢？"费婆子迷瞪着眼，嘴里咕哝哝地念叨："打一顿有什么大不了的，俗话说得好，'杀人不过头点地'，打死了又怎样？你可听说了吗？一早琏二爷回皇上话时不慎触怒了皇上，直接给提溜着拎下去把头给摘掉了。我刚才说了啥？我也不记得了，通不过酒闹的吧。但我要是现在还不抓紧吃酒，以后可没这机会喽。我可告诉你，这家里太平日子也不多啦，你倒不如和我们一起及时行乐，好得多呢。"周瑞家的吓得忙捂住她的嘴，骂道："要死，要死，你说什么呢？你就是自己不要命了，也别带累了我！"

且说贾环同赵姨娘离开贾府，与贼寇为伍，偷盗抢掠，广招人马。得闻司棋、潘又安亦与流寇为伍，欢喜不禁，忙去招他们加入自己。双方都对贾府积怨已深，一拍即合。

宝玉知道了，愤然道："天地之间，人之所以为尊，在于人可以替天行道。贤人顺天道，勤俭为民，天自顺之，使风调雨顺，平安昌盛，福泽无疆；恶人逆天道，暴殄天物，祸国殃民，天自逆之，以天灾慑之，以战乱灭之。然而却有鼠目寸光之辈，不知天之高，不知地之厚，倒认为自己比天还高，为所欲为。实则不过脸皮比地更厚罢了，违天者，天自诛之，正可谓‘善有善报，恶有恶报’，只是可惜恶人作恶或连累了他人。”

且说贾蓉花钱如流水惯了，不久就短了银子使，本想厚着脸皮回家要钱，却发现贾家已经被抄了，贾珍也被抓了，遂又是难过又是窃喜。因而也不打算回去了，自去壮大势力，盘算着未来再好好捞一笔。如今时局又乱，正是兴风作浪的好时机。于是他纠结强人，振臂呼道：“成则王侯败则寇，我们如今是一条绳上的蚂蚱，必当齐心协力，拼得胜利。待我他日功成，定带着兄弟们一阵吃香的喝辣的，白花花的银子要多少有多少；就算万一失败了，兄弟们黄泉路上，也一起作伴。如此一来，我们有什么好怕的呢？‘王侯将相宁有种乎’？我虽是生在富贵之家，父亲却是个什么东西？不过仗着几个臭钱罢了，有什么大不了的？兄弟们都是英雄，都是不该久居人下之人，凭什么要看那些人的眼色？如今世道不公，人心向善，只要我们揭竿而起，安有不一呼百应的道理？”一席话听得众人心潮澎湃，热血沸腾，都叫好不迭。

话说自从芳官跟了水月庵的智通，蕊官、藕官二人跟了地藏庵的圆心，智通和圆心本想拐两个女孩子去作活使唤，谁知便宜没讨到，麻烦倒惹了一堆，都叫苦不迭。芳官是个心高气傲的，哪里愿意服从智通的管束，做些最脏最臭最累的活？智通一让她干活，她就滚在地上撒泼打滚，闹个鸡犬不宁。两人三天两头吵架。智通开始还想通过给她断炊来降服她。哪知道芳官是个最鬼灵精怪的，干脆不吃了，每到见施主时，就汪着一汪眼泪低三下四地求人家赏口吃的，说自己快饿死了。把智通的名声都要搞坏了。智通短她一顿吃食，她过了一个月还能在施主处喊饿。智通实在无法了，只好每天按时供她吃喝，也不敢逼她干活，芳官乐得清闲。那边圆心比智通更惨，那蕊官、藕官两个一肚子坏主意，圆心每每让她们做活，定会得到二人的恶作剧作为回敬。即使只让她二人做点洒扫的轻活，完了不是衣裳被抹了泥，就是饭里被放了活的知了。圆心被两人逼得快疯了，无法，只得带了两人来水月庵求智通收留她两个。智通早被芳官气得够呛，哪里肯再添两个人来气她？反而求圆心把芳官也一阵带走了。两人都不愿让步，最后只好由圆心翌日再带蕊官、藕官两个回去。晚间，众人都住在水月庵，芳官三人见夜黑风高，逮个空儿跑了。早上智通、圆心两个知道了，假意寻找，暗暗拍手称快。

且说贾蔷在外头安置了龄官。本来小两口和和美美的也挺好，可日久了，柴米油盐酱醋茶的打磨间，两人渐生嫌隙。凭他往日如何深情款款、山盟海誓，如今见面便吵个不停。贾蔷怪龄官矫情、任性；龄官骂贾蔷花心、不学无术。贾蔷火了，干脆在外眠花宿柳，不来见龄官了。那龄官是个要强专情的，既然以身相许了，就认定了贾蔷一个人，凭他怎样，也定要一生一世一双人。哪知那贾蔷竟是个朝秦暮楚、三心二意的，龄官只得独守空闺，整日以泪洗面。芳官几个寻到她，劝道："姐姐何必执迷？他既负了你，你难道在这里等着饿死不成？还是自谋生路才是正经。"龄官听说有理，叹道："不瞒你们说，他久久未来，我这儿连银子都使光了多时，如今已经断了炊。"藕官笑道："我们也饿了，身上没有银两，不如去剜些野菜吃吧。"

于是，四人都提了篮子出去。走了好几里路，可哪里还能见着什么野菜？连草根儿都没有几根，好容易找到了些，正欲挖，却被几个附近的村民一把拉开不让挖。芳官见有人阻拦，心头火起，怒道："凭什么拦我们？难不成野菜竟是你们家种的？"那些人道："亏你们还是出家人，说话跟吞了炮仗一样！我们举家迁了几十里路才寻到了这块有些野菜的地方。不是我们家的，难不成野菜是你们家的？你们吃了，让我们活该饿死？若是你们真饿，我们发发善心，把那些树的树皮赏了给你们刨了吃也不是不可。你们若是不知好歹，或是晚了些，那些树皮可就被啃尽了。”

四人无奈，只得商量着投奔熟人混口饭吃。芳官打听得王夫人没了，本想求宝玉让她们回去，谁知四人好容易到了贾府门口，才发现门禁森严，连只麻雀都放不进去。后来，打听得贾蓉、贾蔷也做了强梁。那龄官对贾蔷还有情，仍不死心，便劝着大家一齐投奔了他们去。贾蓉本因部下几乎都是些清一色的毛小子，正不爽，见几个如花似玉的姑娘投奔了他来，喜不自禁，忙好菜好饭招待着。芳官几个求贾蓉带她们进贾家再看看，贾蓉哪里禁得住漂亮姑娘求他？他又是爷，哪里能在丫头面前丢脸？于是拍着胸脯道：“包在我身上了。”

翌日，贾蓉带了芳官几个来贾家叫门。看门的小厮道：“老爷太太都嘱咐了，凭是什么人，一概不许放进来。”贾蓉道：“是我，你也敢不开么？”那小厮从门缝里看了，回道：“蓉大爷恕罪，还请回吧，太太特意嘱咐了：若是遇到您和蔷大爷，断断不可开门。太太说，您父亲都不认您这个儿子了，你两个早就不是贾家的人了。”贾蓉好没面子，火冒三丈，可凭他如何威胁，那小厮就是不开门。

贾蓉暗想：“家里定是有没抄没的家产，不然紧闭大门守的什么？”再加上这段时日战绩不丰，他正短银子使，便竟然动了自家的歪主意，回去就撺掇着贾蔷“杀回贾家好好看看”，贾蔷笑道：“‘将军不打无准备的仗’，这中间大有门道。原来我们贸然前去，他们定不会开门，反而挫了我们威风。依我看，如今正是千载难逢之机，前几日曾有人来寻我，若是我们能得他之助，此事便必胜无疑了。”

贾蓉忙问是谁。贾蔷笑道：“他叫冷子兴，原是古董商。这些年世道太乱，他的那些贵重的玩意儿在颠沛中都流失了大半了，加之盗匪骚扰抢劫，以及没什么人有闲钱买古董，他这些年穷愁潦倒，幸而有一朋友时时接济他。你猜那朋友是谁？就是那贾雨村，一个忘恩负义的东西，受了我们家的大恩，居然害得我们全家丢官抄家，不过他对这冷子兴倒是出手阔绰得很。”贾蓉笑道：“蔷哥儿，你逗我玩呢？他是什么冷血的东西，如何肯一直帮那冷子兴？”贾蔷道：“我开始也不信，就着人去打听。你猜怎么着？这贾雨村可不是白接济他的，这中间大有门道。我跟你说，那冷子兴正是这儿王夫人陪房周瑞的女婿，当年又与贾家做了多年生意的，对贾家甚是了解，又有他丈母娘这层关系，消息特灵通，这么多年都经常给贾雨村通报消息。据我所知，当时大老爷要石呆子扇子不成的事儿，就是他告诉贾雨村的。”贾蓉问道：“那他为何突然来找你？”贾蔷道：“还不是贾雨村让他来的。那贾雨村生怕贾府败得不彻底，一个鲤鱼打挺又起来了，将来寻他复仇，就想借我们之手来帮他办事，他好干干净净的，省得亲自动手沾一身腥。我才不愿意给人当刀使呢，就把他打发走了。但既然你本有造访之意，贾府又不认我们是贾家的子孙了，我们也就不必对他们留有仁慈。如今既然冷子兴找上门来，真是大好的机会。我们也不用当是为贾雨村办事，只是天上掉下个馅饼给我们接着了，白捡这么个人来帮我们。只需让他配合，便没有不成功的道理了。”于是，耳语了贾蓉几句，贾蓉听了，拍手称妙，遂找来冷子兴如此如此说定了。

翌日，贾蓉等带了手下一干人马，浩浩荡荡地又往贾府来。看门的一个小厮从门缝里见了，慌忙让大家抵着门，自己去通报周瑞家的。

周瑞家的赶来时，听见贾蓉正在门外破口大骂道：“反了你们了，连主子的话都敢不听？”周瑞家的喊道：“太太有令，还请哥儿回吧。”说着命小厮拿几个碗口粗的大椽顶了门。这时见墙头上突然探出几个脑袋，忙命众小厮拿竹竿照着脑袋用力敲打，只听一声声“哎哟”然后是肉坠在地上的声音和鬼哭狼嚎声。周瑞家的命众人一定守住了门，自去回报老爷、太太、奶奶们。

行至偏门，忽听一人大喊："母亲救我！"周瑞家的从门缝一看，竟然是女婿冷子兴。冷子兴哭道："娘子突然生了重病，急需银子救命。我实在是没钱了，只得来求母亲，谁知我好容易到了这里，竟然遇上他们，求母亲看在娘子的分上千万开下门救救我，那些强盗都到正门了，母亲不开门让我进来，等他们到了这儿，女婿就是个死。"周瑞家的道："老爷、太太有令，不论何事，不得开门。"冷子兴道："难道母亲如此狠心，竟然让女婿活活等死？那娘子怎么办？"周瑞家的又从门缝里看了看，确实没有别人，便命小厮把门打开。谁知门一开，冷子兴一拳把那小厮打晕，撑住门，两边埋伏的持刀舞剑的强人蜂拥而入，见人就砍。贾蓉、贾蔷也持剑闯入，指着周瑞家的大骂："狗奴才，你女婿不叫门你还不开门呢！"周瑞家的慌得几乎昏过去，大哭道："园里已经没有值钱的东西了，求你们千万高抬贵手。"贾蓉冷笑道："那你死守着门守什么呢？当我们都是傻子吗？家里的东西，我们借着用用，天经地义。如有违背，格杀勿论！"说完大呼一声："走！"众强贼往园子里奔来。

周瑞家的还想拦着，被贾蔷一剑刺倒在地，当时就不能言语了。

众强盗径直闯入，奸淫掳掠，无恶不作。多有女子被逼得无路可退，或跳了井或宁死不从被一刀劈死。

贾蓉由着手下胡作非为不论，自己忙着指挥翻箱倒柜，乱砸乱扔。这时忽听见贾政喝道："住手！财物都在我屋里，你去取了赶紧带他们走，不要害人！"贾蓉笑道："那是自然的。"乃跟至贾政房中。贾政命小厮把床拖在一边，揭起那片地板来，露出下面藏着的三四个大箱子。贾蓉打开一看，尽是些上好的金银珠宝，眉开眼笑，忙命手下抬走。

贾蓉等一走，贾政不觉晕倒在地。李贵等好容易将他唤醒。半天，贾政强展双目，眼眶盈泪，道："贾家的子孙居然做了强梁，做出这般伤天害理的事，甚至竟自杀自灭起来，贾家怎么养出这样一窝畜生来？把祖宗的颜面都丢尽了，我对不起列祖列宗啊！”正哭着，有小厮急急来报：“又有强人来了，领头的是赵姨奶奶和环三爷。”贾政叹道：“带他们进来，毕竟是亲生的骨肉，难道他还能怎么样？”便命他人出去，一个人在房里等着。

不多时，赵姨娘、贾环气势汹汹地领一伙流寇闯进来。贾环道：“老爷方才给了他两个多少金银财宝？我是您的亲生儿子，至少得拿他们的两倍吧？”贾政冷笑道：“家里值钱的东西一点不落，都被他们拿走了。你若是执意要，大可追他们去。我这儿再没有了。”赵姨娘怪笑道：“老爷别忒偏心了！只知道宠宝玉，何曾在意过环儿？如今他越发在老爷这儿连侄子都比不过了。环儿再不好，他也是你的儿子。既然你连父子情面都不讲，如此无情，那也休怪我们无义了。”贾政骂道：“混账！好好的儿子就是被你教坏了！”说着一耳光呼过去。未曾打着，自己却被贾环一脚踹倒。贾政气得身颤气咽道：“这是谁家的规矩？儿子打老子！早知今日，我怎么不打你一生下来就掐死你？”贾环怒道：“环儿一生没能抬起头做人，虽没被掐死，但打小生活在各种冷眼中，比死还难受！这都是拜你们所赐。如今老爷还不知悔改。很好，很好！”于是拔剑往贾政胸口一捅。可怜贾政一世英才，就这么呜呼哀哉了。贾环、赵姨娘自命人四处搜取财物。

且说邢夫人、平儿、李纨、黛玉刚逃到内仪门，忽见周姨娘跑来哭道：“老爷已被环儿刺死了，强盗们正追了过来，大家快跑，不然就跑不掉了！”邢夫人、平儿、李纨、黛玉闻言，还没来得及哭，就见一伙强人追了上来。危急之时，只见贾敕，贾效，贾敦，贾珩，贾珖，贾璎，贾琛，贾璘，贾蓁，贾萍，贾藻，贾蘅，贾芬，贾芳，贾荇，贾芷领二百余仆从都持着刀剑奔了过来，奋起神勇，暂退强人。卫若兰在别处杀敌多时，也拎了宝刀急忙赶来，问情况如何。邢夫人哭道：“环儿这孽障已把老爷杀了，快把这弑父的畜生和他那个贼姨娘碎尸万段，给老爷报仇！”卫若兰听了，满腔怒火，命小厮们护着邢夫人、平儿、李纨、黛玉赶紧撤往别处，自己跳到强盗堆里，只见卫若兰刀光闪处，血溅一地。眼见着银亮的光和暗红的血飞速地交织在一起，那些强人都唬得慌了，忙围住卫若兰一齐进攻。卫若兰丝毫不惧，一把刀舞得往来如飞，迅疾如风驰电掣，强人不曾反应，只觉白光一闪，头就砸在地上了。卫若兰一个人战几十个，反而占了上风，一连砍倒一片。

话分两头，且说赵姨娘、贾环另带了几十个贼寇径直往怡红院冲来，恰在路上遇见了宝玉，大喜，忙喝命手下活捉了。茗烟一见，急了，胡乱操起根棍子就狠命来打抓宝玉的人，骂道："你是什么东西！还不快放开宝二爷！你要是好小子，就放下武器，出来和你茗大爷单挑！"然后叫道："你们还不快上？"一旁的双瑞、双寿、挑云、伴鹤、墨雨、引泉、锄药、扫红、扫花几个，都各自操了家伙上来保护宝玉。宝玉挣开身来，直骂贾环作孽。茗烟正在混战中，忽听见卐儿哭着求强人放了自己，一分神，被个强人捅中要害，登时倒在地上挣扎。那卐儿唬得忘了害怕，扑在茗烟身上大哭，被贼人乱刀砍死。贾环怕援兵赶来，赶紧喝命手下将宝玉掠走，不要恋战。卫若兰等赶到时，宝玉已不见了踪影，急得追了一回，一无所获，只得回来，黯然收拾战场。平儿含泪命人安葬了贾政尸首。邢夫人、李纨、黛玉都哭得泪天泪地。

欲知后事如何，且听下回分解。

第九十三回

小人猖狂瓦釜雷鸣　家宅动乱草菅人命

且说邢夫人、平儿、黛玉等带人将贾政埋在祖茔，回来时已是黄昏。黛玉头晕，几乎支撑不住，勉强被紫鹃扶回了潇湘馆。忽见雪雁进来哭道："不好了，不好了！"紫鹃嗔道："做什么大惊小怪的？有话就好好说。"雪雁看到黛玉，又不敢说了，正踌躇间，黛玉料到不好，一定要她说。雪雁无法，只得道："宝二爷已经被赵姨娘母子抓走了！"黛玉听了，"哇"的一声喷出一口鲜血来，当场哭晕了过去。

紫鹃、雪雁慌了，只得把黛玉扶到床上躺了，弄了些冷水来给她醒神。半晌，黛玉才睁开眼，手指着门外，泪珠像断了线似的接连坠个不停。紫鹃、雪雁都劝道：你身子不好，就在这儿先躺着，不要乱动，一有宝二爷的信儿，我们定然即刻告知你。黛玉眼神呆直，也不答话。晚餐时，粒米未进，滴水不沾。紫鹃哄着她，勉强喂了一勺稀粥，只听"哇"的一声，黛玉连带黄色的胆汁都吐了出来。

紫鹃等无法。问她什么，她也不理，转过头去一个人望着窗外发怔。天全黑了，窗外长风不住，清月无言，黛玉想着贾家对自己有养育之恩，如今又身为准少奶奶，担着管家的重任，可出此大事，自己却束手无策，真真是负了宝玉，负了父母叔舅的养育之恩，也负了林家和贾家。好半天，黛玉终于道："你去，把我从家里带来的书箱子搬来，就是装了些我父亲的书的那箱。"紫鹃遂和雪雁把个檀香雕花箱子搬了出来。黛玉打开箱子，一本本翻看起来，对紫鹃道："这些都是我当年离家时，偷拿的父亲的兵书。我自然是不看这些的，只因是父亲常翻的，便想留着做个念想。谁知眼下竟也用得上了。”不觉又潸然泪下。看到一本书扉页上有父亲笔迹抄写的一些诗句，黛玉轻轻念道：

路有饥妇人，抱子弃草间。
顾闻号泣声，挥涕独不还。
未知身死处，何能两相完？

念完怔怔地，黛玉凄然道：“父亲还在时，我何曾想到自己有生之年竟会真实遭遇这种生活与情景？如今亲身经历了，方知这是何等的凄苦绝望。古往今来，岁岁年年，纵历沧海桑田，世事何其相似？纵有前车之鉴、警拔之句，难敌世人造衅逆乱之心，使妇孺、君子横尸危墙之下。战乱造衅有何好？为何总有人趋之若鹜？”

紫鹃叹道：“前有山东宋江、淮西王庆、河北田虎、江南方腊，揭竿而起，却都一呼百应。都道是‘替天行道’，可其中暗藏多少趁乱巧取豪夺的？”黛玉沉思半晌，道：“但是其中也必有大义凛然之士。怎奈好比面对大江大河，他们原本想让水更清更好些。可偏把水搅得更浑更浊了，连原本的平静都失了。偏偏又遇上些浑水摸鱼的，乘势兴风作浪，弄得水污秽不堪，里面的鱼呀虾呀，越发地没法生存了。这荡涤河水的事儿，若是真想让水纯净了，也得从根上抓起，朱夫子说过，‘问渠那得清如许，为有源头活水来’。在此事上，源头在朝廷那里。若是治理妥当，‘民为贵、君为轻’，保万万百姓无虞，自然民附无二心，外敌不敢侵，万世开太平。如今兵临城下，是谁之过乎？我即使不说，你也必然是懂的。可惜每每统治者出的错儿，都要报在百姓身上。战乱一起，无数百姓又得流离失所，卖儿鬻女，骨肉分离，甚至阴阳两隔。待建了新王朝，若是遇上圣上体恤臣民，仕宦勤政为民的，就是万幸了。但也多有重蹈覆辙，民生多艰的，那样迟早亦是官逼民反，历史重演。百姓有过几时富庶平安？上行不义，下必效仿，王者以暴夺权，高呼‘天经地义’，百姓必然亦是学而习之，再以暴夺权，以不正教民众，民众岂能心正？”

紫鹃也叹了一声，轻声道：“姑娘，你累了，别操心了，快睡吧。”黛玉确实说得乏了，又躺了下去，紫鹃给黛玉盖好被子，让雪雁去端药。雪雁遂起身往茶房来。

走到聚锦门时，雪雁听见吵闹，有人尖着嗓子道：“这算什么，几天都没有吃饱饭了，难道强留咱们在这里饿死不成？我可告诉你，我都听说了呢，那外面的好汉们的伙食可好了！我们这儿连骨头渣子都见不着，他们那儿牛肉、猪肉、羊肉、鸡肉，可都管够！要多少有多少！都鲜得流出油来！我家司棋整日在那儿吃香的喝辣的，真真胖了一大圈。如今我才不傻傻地在这等死呢，我要是出去去给他们做厨子，就是锅里剩下的油都够我填饱肚子了。”雪雁一看，原来是秦显家的，她身旁围着的十几个婆子、小厮都苦苦劝她别走，她偏不听。这些人也不敢说得过了，怕拦得她心烦，日后会被司棋报复。终不便多事，只好由着她去了。雪雁老实，没了主意，自然也管不得，只好喟然往茶房里来。

原来这给黛玉配药煎药之人，正是那贾家宗族子弟，名唤贾菖、贾菱的，就是之前在宝玉房里偷玉被抓的那两个，那一回被扣月钱的事儿，两人还记恨着呢，如今又没人管束着他们，他们如何肯好好干活？只管每日趁乱作威作福。且因没人来管，他们越发得了威风。现在两人正喝醉了酒，东倒西歪的，见雪雁来了，竟眯着眼睛，上前来挑逗她。雪雁非但没拿到药，倒还反被这两人推搡纠缠一阵，好容易挣脱，一路哭了回来。见黛玉脸上尚有泪痕，赶紧拭干自己的泪，把紫鹃叫出去一一细说了。紫鹃无法，自去煎了药给黛玉端来，服侍她喝下，自己也去睡了。黛玉过了大半夜才蒙胧睡去，身子不知怎得轻盈了起来，飘出园门，恍恍荡荡来到城外，只见面前一座古庙，匾上题着“岳神庙”。

庙里灯烛辉煌，人声鼎沸，黛玉迷迷糊糊地到了门口，只见庙里乌压压挤满了贼寇，更有赵姨娘、贾环在内狂笑，满口秽言，黛玉听不下去，正欲离开，却见前方押着一个人，不禁唬得抖了个机灵，原来是宝玉被五花大绑着，被摁着要求下跪。宝玉挣扎不已，坚决不跪。那贾环气得青紫了脸，上前就往他脸上呼了几个响亮的耳刮子，宝玉登时半边脸肿得像个馒头。黛玉急了，忙挤开人群上去对贾环道：“别打他！他好歹也是你亲哥哥，平日里他又何曾薄待了你？他日日念及手足之情，你若是丝毫不顾骨肉至亲，也忒不义了。若是不义，你将来如何服众呢？既是英雄好汉之流，如何能无情无义？”赵姨娘斜着眼道：“林姑娘牙尖嘴利的，我们说不过你，也不跟你说什么。还请姑娘快回吧，省得待会看见血污了姑娘的眼睛，或是血溅脏了姑娘的鞋子衣裳。”黛玉唬得大惊失色，凭她素日如何清高伶俐的一个人，登时如噎如哽，只勉强求道：“还求您老放他一条生路吧，您放过他，我们自会立即离开贾家，从此与你们‘井水不犯河水’，永不妨碍你们，以后这个家里当家的只有您老和三爷。”说着竟然要给赵姨娘跪下了。赵姨娘冷笑着扶住她，道：“姑娘这是做什么？您如何高洁金贵的一个人，哪能给我们这样的人行此大礼呀！姑娘放心，我们不会动你一个手指头的。只是宝玉，他必须死，不然总有些不长眼睛、没有脑子的人，凭他跑到天南地北，也要找他回来，巴巴地帮衬着他。到时候，这个家又只是宝玉的，我和环儿一样没有容身之地。得罪了，望姑娘见谅。”

赵姨娘的话音未落，只见贾环狞笑着一把揪住宝玉的头，说时迟，那时快，刀光一闪，一把尖刀已经猛地刺入宝玉胸膛，只一剜，连着衣服抠出了一颗血淋淋的还在跳动的心脏来！

黛玉心如刀绞，登时昏死过去……恍惚中有人拉住自己的手，但见黑黢黢的一片，黛玉当是自己已在黄泉路上与宝玉作伴了，忙握紧了这只手。谁知这只手却一把甩开了她，唬得黛玉忙叫：“宝玉，别丢下我！”却听见宝玉的声音冷冷地说：“别跟着我。”黛玉心一沉，正要发作，却忽见眼前一亮，紫鹃、雪雁两个正站在她的床前垂泪。方知刚才是自己把头蒙在被子里，做了一个长长的噩梦。雪雁哭道：“刚才我和紫鹃姐姐来喊奶奶起床，无奈怎么都喊不醒。紫鹃姐姐才把奶奶被子扯开了。但见奶奶脸色苍白、浑身冰冷、气息奄奄，我还以为大事不好了。”

紫鹃啐道：“口没遮拦的小蹄子，大清早的，咒奶奶做什么？你看，她不好好的吗？”说着，用帕子拭去黛玉额上的虚汗。黛玉直愣愣的，非说宝玉死了，掀开被子，跳下床来，径直要出去。紫鹃忙拦住她道：“宝二爷福大命大之人，肯定没事的。若是那些贼寇真想杀他，当时在府里怎会不动手？那样还不用弄脏他们自己的地，可不比之后暗中处死更方便更干净？他们既是连老爷都杀了，当时早就杀红眼了，既然肯留着宝二爷，就是压根没想要他的性命。奶奶定是日里太担心他，以致夜里做了噩梦了，白白地吓自己。等二爷回来知道这件事，还不知道是好笑还是心疼呢。奶奶只管保重身子，把家里管好了，静静等着二爷回来就是了。”

黛玉细想有理，又惦记起家里的一大摊子事来，便要她们两个服侍自己梳洗了，往贾赦院里去见邢夫人。只见平儿也在，邢夫人难掩倦容，犹有泪渍。平儿也比素日憔悴了些，只胡乱淡淡抹了些脂粉，眼皮还肿着。邢夫人哭道：“一日之间，那么多人说没了就没了。家里就靠咱们三个撑着了，咱们保得了一时，保不了一世。我正不知如何是好呢。”平儿道：“昨儿混战当中，竟然有大半下人非但不肯出力保咱家，还趁火打劫帮着强人顺走东西，甚至给强人带路去杀人夺财！完了事还讪皮讪脸狗颠儿似的跟着那帮下流东西走了，甚至还妄想拉着别人跟他们一起走。这里头竟然有玉钏儿！我素日瞧她不错，哪里想到她竟做得出这种事情！我去说她，她居然还说什么我们家害死了她姐姐，这都是报应，自作自受罢了；世道不公，他们不过劫富济贫，替天行道。"

黛玉道："真真好笑，明明是行凶，还非得说是行善。这跟一面做婊子一面立牌坊有什么区别？分明是亵渎天意，却偏偏说得堂而皇之，为自己开脱。按照他们的歪理逻辑，那些弑婴的罪大恶极之人也大可开脱自己无罪了。他们只消说这些孩子长大可能是恶徒，一把掐死了，是为民除害。真是可笑不可笑？只消胡乱给他人定个罪名，他们便都有了'正当理由'作为幌子，可以明目张胆地用不善行'善'，以不当为'正当'。若是人人都效仿了，打着正义之旗帜为自己谋私，谁晓得又有多少屈死的冤魂呢？"

平儿叹道："自古太平日子久了就会滋生乱世，再以暴制乱，稳定下来，即为治世。想必这些暴行之兴起也是历史潮流，物极必反，乱到极致反可以终结乱世。因而只要独善其身，任其发展，自然能迎来太平盛世。"黛玉道："非也，小人作恶谋反杀死贤能之人，无理无据，各人心怀鬼胎，为自己谋取私利，纵使百万之人聚于一处，亦则更为乱上加乱罢了。而真正能终乱世、开太平之人，必乃雄才大略、骁勇过人之英雄与德高之侪，他们有鸿鹄之志，胸怀宽广，肩负'先天下之忧而忧，后天下之乐而乐'之责，以国事民生为己任，日夜思虑定国安邦之计。绝非此等鸠群鸦属、蝼蚁之辈，这些虫豸般的奸人只会扰乱世道、危害一方。"

正说着，只见李纨、林之孝、周瑞等一群人进来了，邢夫人吩咐下去，由林之孝带人守着正门，周瑞带人守着后门，其他几处角门也派人守着，一刻不许松懈。

黛玉由紫鹃、雪雁陪着往潇湘馆来，忽见园中围了一群小厮正在闹事。走过去一瞧，乃是一个小厮被一群人摁在地上，贾菖、贾菱拿起脚去踹他的脸。紫鹃骂道：“住手！你们这是做什么？没看到奶奶在这儿吗？什么事已轮到你们动手了？”贾菖道：“没什么事情，不必烦劳奶奶知道，不过是他欠揍罢了。”黛玉认出地上那小厮原是贾政那儿的，一向忠厚老实，从不惹是生非的，如今脸都被踢肿了，蜷在地上哈着气忍着疼不敢叫唤。黛玉冷笑道：“你们不过是欺负他惯了，随便寻他个短儿打他取乐，真是好个男子汉大丈夫！”贾菱道：“我们自然是男子汉大丈夫，比不得这种熊包。”紫鹃见黛玉气得被噎住，忙骂道：“这是哪来的礼数，竟然轮到你来和奶奶顶嘴了？”贾菱笑道：“我何曾顶嘴了？不过是奶奶夸我，原是夸得对的，我就没推辞，受着了。不过是你嫉妒，倒想来咬我一口？”黛玉斥道：“你既然认为自己是男子汉大丈夫，我倒问问你什么才是大丈夫？小肚鸡肠、心胸狭窄、欺软怕硬，难道是大丈夫不成？”贾菱笑道：“我听不懂那些词句是什么意思。不过我大概猜到奶奶是在说我坏，心肠狠毒？这又如何不是夸我呢？俗话说得好，‘无毒不丈夫’，男人坏点、心肠狠些才敢闯敢拼，能成大事。”黛玉见他烂泥扶不上墙，也懒得跟他生气了，只冷笑道：“真真一派胡言！照你的意思，坏人才是勇敢的。你哪里知道那不叫勇敢，只叫莽撞、自私、不择手段？真正的男子汉大丈夫，是那些正直、勇武、坚韧之辈，他们不会为了一点小事去斤斤计较；但在大事面前，却会临危不惧，挺身而出，救他人于水火之中。而你所称道的那些人，不过是纸做的老虎，左不过小事上逞逞威风，真正遇上大事，给风一刮就趴下了。”

这时林之孝家的恰好正带二十个下人路过，便问是怎么了。黛玉道：“紫鹃，你说吧。”紫鹃便一五一十地说了。林之孝家的回道：“这还了得？奶奶说如何处置，我这就去办。”黛玉冷笑道：“我可不愿意和这些人多较劲。就请林大娘替我赏他们每人十个嘴巴子。带远了打，别脏了我的眼睛。”贾菖、贾菱欺侮别人惯了，如今受此奇耻大辱，不禁恼羞成怒，恨不得把黛玉生吞了，骂骂咧咧地被拖走了。

黛玉不屑看他们如何反应，自领着紫鹃、雪雁来到议事厅，集合了底下二百多号人来，认真训了一通话，让大家在困难时期，齐心协力，共渡难关。别想着偷懒耍滑、媚上欺下，更不能失了志气，吃里扒外。又当场指派几个小厮去寻宝玉。这几个小厮出了园门，但见大街小巷都冷冷清清、关门闭户，他们四处寻找张望，却一无所获，遂私下里悄悄计议起来：这人全无影子，我们可上哪里去找？若是找到了，即便活着，也定在强人手里，我们得冒险设法去救他。这人能不能救出来，且不好说，我们却还大有可能白白搭上自己的性命。这二奶奶又是个厉害的，素日里就无饶人处，但凡别人说一句，她就蹦出一大串话来。我们就这么空手回去，她如何肯罢休？若是我们编些瞎话来，她又不是吃素的，不知竟会如何惩治我们。再说，现在的贾家大势已去，泥菩萨过河，自身难保，无力回天了。罢罢罢，还是赶紧远离他们，逃命去吧！几个小厮遂趁机潜逃别处去了。

话说黛玉在议事厅说到口干舌燥，底下人却各怀心思。当午时分，黛玉自觉身子酸麻，体力不济，便叫众奴仆散了，由紫鹃、雪雁搀她回潇湘馆来。

且说邢夫人带了二十个小厮正赶往议事厅，忽见园子里一片混乱，众丫鬟婆子哭着嚷着，四处疾走，有人嚷着让邢夫人也赶快躲起来。邢夫人仿佛听见他们说“强盗从西南角门闯进来了”，便飞去了三魂、走掉了七魄，也不答话，赶紧逃往林子那儿去。行至沁芳桥，偏偏和一群道人撞个正着。众小厮见邢夫人吓得面色惨白，便壮着胆子呵斥道人：“你们不在道观里好好待着，跑这里做甚？没看见挡了太太的路吗？还不快退回去！”突然有人认出了领头的那个，忙给邢夫人咬耳朵，告诉说那人原是跟宁府珍大奶奶小妹子定了亲的，结果不知怎的把人家好好的姑娘逼得自刎了，叫什么“柳湘莲”，绝对不是善茬。邢夫人正不知道如何是好，柳湘莲已抢先一步走上前来，冷笑道："有什么要紧的？我清清白白的一个人，要是脚下这路是你们的，我还嫌这路把我鞋沾脏了呢！你们这儿除了门口的两个石狮子干净，还有什么是干净的？要不是你们素日骄奢淫荡，声名败坏，致使黄了我天赐的好姻缘，仙逝了我的未婚妻，我哪里会落得今天的地步？真是'积善之家必有余庆，积恶之家必有余殃'，你们如今的一切，都是罪有应得，也终于让你们撞在了我手里！顺便澄清下，我上回为你们夺回粮食，不过一是为还我薛大哥的情，二是不忍让那老人无辜受罪，并非是为了你们。我素来爱憎分明，如今既然撞上了你们，少不得要替天行道了。兄弟们，上！"于是那伙道人都掣出刀剑来，大喊着向前。小厮们也抽出防身兵器来。登时，刀光剑影闪得眼花缭乱，迸出的火星飞溅，金属碰撞与骨头碎裂的声音杂乱成一片。

几个小厮忙拼死护住邢夫人，被柳湘莲一刀一个，都砍翻了。邢夫人唬得一愣神，登时被后面的道人一刀砍中。邢夫人倒在地上血流如注，痛苦挣扎多时，怒瞪苍天，呜呼哀哉！

剩下的小厮一看慌了，忙丢了兵器，举起双手，屈膝在地，磕头如捣蒜，俱被乱刀砍死。忽听那边又喊杀声起，只见数百流寇飞奔而来，柳湘莲见是贾环派援兵来了，笑道："既是齐了，这家地形我又颇熟，此时不动，还待何时？兄弟们，快随我来！"于是大手一挥，众贼寇飞蚊一般往荣府扑过去。

迎面遇上贾琮带人前来抵抗，众人挥刀上前，打成一片。林之孝、周瑞见贾琮不敌，也率人来救。又是一番混战过后，双方死伤甚众。眼看林之孝就要倒在乱刀之中，周瑞慌得赶紧上前来救，不想被背后的强人手起刀落，一命呜呼了。贾琮慌了，忙带了剩下的人拼死逃了出去。众贼见园中丫鬟小姐貌美如花，早已垂涎三尺，喜不自禁，哪里有空去追他们？便任由他们去了。喜鸾被两个道人搂在怀里，挣扎不成，拔出头上簪子往一个道人眼睛刺去。被另一个道人眼疾手快，一拳把簪子打在地上，两道人死死地钳住喜鸾的胳膊和双手，喜鸾散乱着鬓发，拼死挣扎。这时喜鸾之母正从人群里慌慌张张出来找女儿，见此情景，吓得赶忙跪下向道人求情。道人不理，喜鸾之母无法，拼着老命上前想把女儿扯开，被一个道人飞起一脚踹在地上，喜鸾之母顿时口吐鲜血，那道人还不解气，干脆一不做二不休一剑刺杀了她。喜鸾也不要命了，扭住那个道人的脖子要把他的耳朵咬下来。那道人火冒三丈，迅疾从喜鸾之母身上拔出血剑，猛地刺向喜鸾，呜呼，顷刻间母女俩皆命丧黄泉了。

那边四姐儿见嫂嫂惨遭不幸，也知自己难逃厄运，遂跑到湖边，打算自己干净了却此生。谁知有三道人早瞧见她美貌，哪里肯让她投湖？都笑着上前抱住她不放。四姐儿拼死挣扎，四人搅成一团儿，那湖边岸滑，脚下不稳，加上四姐硬着头皮拼命往水里去，竟把那三人也一齐拽到下去了。四人在水中松了开来，三道人刚才还涎皮赖脸耍威风，此刻皆是旱鸭子落水，哭爹喊娘，挣扎不迭。四姐儿全无挣扎，静静沉将下去，几道涟漪依次晕开，就没了影儿了。那三个道人慌不择路，分开后又缠做一处，都争先恐后地把另外两个的头按在水中，妄想借力让自己浮起来。可每个人都被按得死死的，挣扎不得，三人很快精疲力竭，连扑水的力气都没了，俄而也化成涟漪不见了。

且说费婆子的兄弟亦在府上做事，他有个孙女叫做霁月的，年仅十六岁。费婆子怎样的一个人，自不消说，那霁月却是个刚烈有气性的。见贼人追来，毫不犹豫地跳了井。偏偏却是个枯井，那些贼人赶上来，见她没死成，喜不自禁，忙七手八脚合力弄她上来。见霁月貌美，便互相争夺起来。霁月情急之下喝道："不要胡来，我是这里的主子！要是动了我，你们谁也活不了！"众贼见她正气凛然，信了五分，便问她是谁。霁月想着他们如何认得林姑娘，便说自己是林姑娘。众贼唬了一跳，忙道："坏了，林姑娘已经被环大爷赏给钱槐大爷了。咱们要是坏了她的清白，这二位大爷还不活宰了我们？”连忙赔笑，拥着她去拜见贾环、赵姨娘。

贾环见了霁月，笑道：“什么卑贱的东西，也敢来谎称是主子？拉出去打死。”然却有人上前跪下道：“刀下留人，望环大爷开恩！”原来是贼群中一个叫罗照的，这人是个最不怕死的，成日里在人中莽打莽撞，杀人无数，深得贼人崇拜、贾环信任。如今这人见霁月有花惭月羞之貌，喜得涎水都流了一地，哪里肯舍得她？赶紧来求贾环。贾环笑道：“罗兄立下汗马功劳，我正要赏你，你既然为她求情，她的命就是你给的，我把她赏给你了，你即刻领回去吧，她从今往后就是你的人了。”

罗照喜得抓耳挠腮，磕头如捣蒜。于是把霁月带到贾赦院内，派人看守好了。传令下去，也不用什么啰嗦的仪式，兄弟们晚上一同大醉一场，就算是庆贺了，之后晚间就在邢夫人房内圆房。到了夕间，真摆下宴席，霁月早打定了主意，搂着罗照一口一个“心肝儿”地叫，不停地灌他酒。罗照哪里抵得住这个？早已喝得通红了脸，喷着酒气、涎着嘴脸、搂着霁月，满脸堆笑地大呼小叫：“我喝，我喝，娘子喂我喝酒，就是喝死了我也高兴。”少顷，罗照就喝倒了，被人扶进邢夫人房内时，早已烂醉如泥、鼾声如雷、不省人事了。霁月待他人走干净了，在罗照身上搜出了一把刀，毫不犹豫一刀刺入了罗照的喉咙……霁月又跪下仰头说道：“苍天在上，我身为一弱女子，无法保家卫国，也无法保全自身。今日得以杀一贼首，也是我的造化了。我死而无憾。望求饶恕我杀人之过，体恤我无奈之为。”言毕举刀，自刭而亡。

话说贾琮等人逃到南院房内，紧闭院门，拼死顽抗。众贼见打不开院门，干脆放火烧屋。偏这时北风甚紧，刮得那火熊熊燃烧，院内鬼哭狼嚎。贾琮等人灰头土脸，被浓烟呛得忍不得，只得慌忙开了后门逃跑。被埋伏在那儿的几个道人趁乱上来又是一顿乱砍，可怜又有几个下人丧了命。其他的贼人正在正门等得焦急，忽见玉钏儿领二三十个丫鬟小厮跑来，内中又有不少美貌的。这些贼人恨不得立即一拥而上，杀了小厮，夺了姑娘。忽听玉钏儿喊道："莫要动手，我们是来投奔的。"众贼只好收了心思，都有些不乐意。那儿司棋等人赶来，骂道："敢动老娘的人？去你娘的歪心思，谁敢欺负她们，小心我在环大爷面前说说，让他好看。"众贼忙道不敢。

话说傻大姐见邢夫人被砍死，吓得忙跑到潇湘馆跟林黛玉哭报。话还没说完，就见外面浓烟滚滚，原来因为草木众多，那火一路烧过来了。黛玉一面派人去救火，一面忙命紫鹃去找平儿想办法。

不多时，平儿传令下去，让贾敕、贾效、贾敦、贾珩、贾珖、贾璎、贾琛、贾璘、贾蓁、贾萍、贾藻、贾蘅、贾芬、贾芳、贾荇、贾芷都带了下人前去抵挡。众人往园中奔去，与贼寇拼杀了起来。黛玉看不得血腥，不敢出去，在潇湘馆由二十个小厮护着等候消息。

那儿钱槐好容易逞如此威风，恨不得杀人如山倒，一吐素日之气。令众贼包围了贾珩、贾璘，两人寡不敌众，很快被俘虏了。钱槐乐得上前对他们一阵拳打脚踢，百般侮辱，末了命人将他们五花大绑，掷入湖中。

忽然那儿赵姨娘看见一人分外眼熟，原来是彩霞带着她妹子小霞来了。彩霞放心不下贾环，又想来偷偷看一眼，哪里知道贾环早已做了强梁。赵姨娘招呼她俩过来，热情地邀请她们入伙。彩霞见贾环如此，大不似往日，很不是滋味。但一则顾念往日情意，二则不敢拒绝，只得应允了。

赵姨娘忽见火势小了不少，一看，原来除过贾家的人在忙活，钱槐也正带人救火。贾环见了，急了，忙叫来钱槐骂了一顿："吃里扒外的东西，他们素日如何待我们的，你是脑子被门夹了全忘了吗？不帮着你大爷，倒会助着他们！"钱槐赔笑道："大爷息怒。我是想着要是火势大了，把那些值钱的古玩字画都烧毁了，岂不是我们的损失吗？这里如今什么东西不是我们的？我哪里是在为他们呀！”赵姨娘笑着戳贾环脑门道：“看看，这小子果然聪明。你好好跟他学学。”

彩霞、小霞见雕栏成灰，闾阎狼藉，残垣断壁，满目疮痍，不禁流泪。忽见来旺一家被几个贼寇提溜着过去，虽说他们有千般万般不是，毕竟“一日夫妻百日恩”，彩霞也实在不忍看他们死。见他俩被关在了屋里，便趁乱进去为他们松开绑缚。来旺妇哭道：“当初仗势强娶姑娘都是我的错，我也悔之不尽。如今姑娘还不计前嫌救我们的命，就是我们的再生父母了，今生我们无以为报，来世愿做牛做马。”说罢叩头而去。门口把守的贼人此时都趁乱寻姑娘财宝去了，来旺一家遂顺利地逃了出去。彩霞两个也想偷溜出来，偏这时赵姨娘、贾环赶来，见跑了来旺一家，屋里只有彩霞、小霞，立即知道发生了何事，破口大骂道：“你们两个忘恩负义的王八羔子！亏我如此待你！”彩霞冷笑道：“我就是负了天下人，又何尝负了你们？我能沦落今日，本就拜你们所赐。你们无情无义，我当年却如何对你们有情？若是给太太知道了，我可不比金钏儿姐姐惨得多？谁知我倾心中意的男儿，如今竟不过是一条狗，乘人之危，恨不能把他人嚼得骨头都不剩了，真真是辜负了我的一片痴心。”贾环恼羞成怒，骂道：“还不把这个血口喷人，不知天高地厚的东西处理掉？”左右听说，立即拔剑刺向二人，可怜姐妹俩当即香消玉殒。

欲知后事如何，且听下回分解。

第九十四回

心狠手辣血染庙宇　舅歹兄奸香落风尘

话说贾蓉、贾蔷两个后知后觉的，这时才赶到贾家来，见园子已被贾环他们占了，懊悔不已，只得回去。一路上打家劫舍，强抢民女，所遇反抗甚烈，唯有一女，倒像是反过来调戏他们似的。此女美貌异常，轻浮无比，淫态浪言，压倒娼妓，众贼一见，早已魂飞魄散，只觉遍体筋骨瘫软，竟一时酥在那里，不知如何是好。要问此女是谁？风流多情多姑娘是也。这多姑娘早已声名远播，荣宁二府，哪有男子不晓的？贾蓉、贾蔷见了，愈喜不自禁。贾蓉咽着唾沫笑道："我们好荣幸，什么风竟把姐姐吹来了？"多姑娘扭动腰肢，漾着眼道："人家本不好意思说的，你倒来打趣我，留我一个人在这里怪冷清的，也没个人来陪我。你们都死哪里去了啊？"贾蓉连忙赔笑道："原是我的错，今儿一得了空不就来寻姐姐了吗？敢问姐夫在家吗？"原来那多浑虫很久之前出去了，就再没回来，想是早已丧了命。多姑娘没了粮米收入，正濒临断炊，便笑道："他个混球，想是不知道给谁绊住脚了，见一个爱一个的，比不得你们情深。"贾蓉笑道："姐姐如此青眼有加，小弟三生有幸。若是姐姐不嫌弃，不如跟我们走吧。兄弟是什么人，你是知道的，定不会亏负了你。"多姑娘假意不信。这贾蔷垂涎她已久，只恨没机会下手，如今也忙赔着笑脸帮着劝。多姑娘这才盛情难却似的答应了。

话说那边黛玉方闻外贼入内，既混战已尸骨如山，顿感心内凄然愤然，掩面而泣，谓紫鹃道："这些人不知是如何的虎狼心肠，待人竟这般凶毒！

‘上天有好生之德，大地有载物之厚。’却偏生下这般人面兽心之人，夺人性命，毁人清白，枉沐天地之恩，毒褫生灵之命，狠败万物之福，暗积自身之祸，耻蒙祖先之羞，空遗万世之臭。”谈论间，忽见春纤进来报：“琏二奶奶来了。”黛玉赶紧拭干泪，平儿已经进来了，与黛玉商议着要把园中众多族中子弟趁夜从角门放出去，先在外头避祸多日，等他日家里太平了，再让他们回来。黛玉道：“家中自是不太平，只是外头就太平了不成？”平儿道：“家中接二连三飞来横祸，这儿早已成为那些贼人的靶子了。外面虽不太平，总比让他们留在这‘靶子’中心被戳成筛子好。其他的身外之物自然是保不住了，但只要还保得人在，家就还在，贾家就还有复兴的可能。”

黛玉应允了，便传令下去，让众子弟都打扮成小厮模样，半夜里从角门出去。谁知道流寇们对此早有预料，众子弟正好撞进他们的埋伏里。好几个子弟被捕走，其余的拼死逃回，来报黛玉。黛玉听了，又多了一层焦虑，身子愈发不好了。

平儿知道了，也很是心焦，尤其担心巧姐安危，怕负了凤姐之托。想起不远的庄子上有个姓周的地主，家境殷实，虽是一介乡绅，但极通文墨，风雅不俗，与贾政契合多年。周乡绅有一子，大名新贤，乳名世示，自小聪明伶俐，喜读圣贤书，文采极好。周乡绅早有意与贾家联姻，打听得巧姐与其子年岁相近，便向贾政表明求亲之意。贾政本无异议，无奈贾琏自视甚高，哪里看得上一介土财主？跟贾政说什么不给巧姐找个王孙公子誓不罢休，末了还扔出“虎女安能配犬子乎”之辞，差点把贾政气个倒仰，又不好干涉侄儿家事，只好以“其父念及巧姐年龄尚小，不忍令其择配”为由去回绝周家。周家仍不死心，跟贾政说愿等巧姐长大，果然一直未娶。贾政去世前不久还跟平儿提及此事。如今贾府遭难，早已不似往日，周家更能护得巧姐周全，不失为一个好归宿。更兼贾琏、凤姐儿双亡，这门亲事如今自然是平儿做主，再无人可阻拦的了。平儿主意已定，便带着巧姐，由王仁、旺儿几个护着用软梯偷偷从西南角门翻出去。

王仁先翻过去，谁知竟遇到贾蓉一伙人。贾蓉素日与凤姐相熟的，自然认得他，忙带着手下来盘查，笑问他是带什么出来。王仁吓得浑身发软，两腿乱颤，忙道："好侄儿，只当没有见着我，明日我重重地谢你。"贾蓉道："你若谢我，放你不值什么，只不知你谢我多少？我可不赊账。想让我放你？那得看看你有没有比你的命更稀罕的东西，若是入得了我的眼，自然放你。"王仁一听，急中生智，想起巧姐儿可不比自己稀罕？遂忙对墙上喊道："舅舅接着呢，你下来吧。"

墙头便探出巧姐儿来，巧姐儿也不知发生了什么事，但舅舅在下面，便也放心地往下爬了。旺儿往下一望，唬得心惊肉跳，赶紧伸手去拉住巧姐，可惜迟了，不仅没拉住，自己脚下不稳，从墙头一个踉跄栽了下来，当即血流如注，没了呼吸。巧姐慌了，发觉不妙，待要往上爬时，贾蓉上前把她一把抱了下来。

平儿知道大事不妙，赶紧翻过墙来紧搂着巧姐，怒视着贾蓉。贾蓉笑嘻嘻的，道："婶子怎如此看我？这是我妹子，我还能对她做什么坏事不成？我不过是放心不下你们。你们这是想去哪？我派几个人护着你们去。"平儿知他没安好心，婉言谢绝，随即由自己带的几个小厮护着，赶紧跑路。贾蓉不好强迫，只得远远地跟着。

那边赵姨娘、贾环忽然看见有约莫二十来个小厮护着嫣红跑入贾赦院内，忙命人去追。嫣红命人紧闭院门，又死死顶着，各人都找家伙抄了。

众贼撞门未果，大骂不止。嫣红又命人从院墙上着些粗笨的东西接连往下面砸，砸得众贼抱头鼠窜。贾环学精了，命手下赶紧撤退。远远围着院子。里面仍不停地着些瓷盆陶瓶往下砸，却都白白地碎在地上。

眼见得里面器皿砸得差不多了，贾环命众贼一齐攀墙而上。嫣红等无法，只得躲进贾赦书房。先进来的贼人打开了院门，赵姨娘、钱槐、贾环带人蜂拥而入，把里头的人俱杀个精光。

赵姨娘舒心不已，道："如今这家里碍眼的可就只剩下个姓林的了。"钱槐笑道："承蒙环大爷成全，环大爷已将那林姑娘许给我了。婶子依侄儿一事，侄儿感激不尽。"赵姨娘笑道："什么大不了的事儿，你不必说了。那姓林的既然已经是你的人，我们自然不会动她一根毫毛，定让她完好无损地跟你回去成亲。"钱槐自是感激不尽。

话说平儿等行至一个村庄，却远远看着一大波黑影直逼过来。平儿料着不妙，见近旁有数乡下人正拿着尖刀在剜野菜，赶紧上前求救。可因世道不宁，谁都不肯惹是生非，那些人哪里肯把尖刀借与她俩？更别说亲自保护她们了。平儿无奈，只好背着巧姐快跑，可那大波黑影已经逼了过来，原来是一群拿刀舞剑之人，他们把平儿一行人团团围住了。

平儿护住巧姐，大喝道："各位好汉，我们素不相识，上辈无怨，今生无仇。不知各位缘何在路上拦住我们？……朗朗乾坤，王法何在？"众贼见平儿正气凛然，毫无惧色，都有些迟疑，但仍然死死围住不放。倏然间，赵姨娘、贾环已经赶了过来，见此情形，气得大骂道："你们这些耳朵软的东西，还不速速把他们绑了？你们不动手，难不成要等着别人来绑你们吗？"

原来，贾环、赵姨娘一行人听闻贾蓉等匆匆赶往这边，料定必有大事，便忙追了上来。半路上，他们打退了贾蓉等人。贾环看见前边不远处还有数人在拼命前行，遂率人马疾驰而追。到得眼前，贾环见是巧姐，心中大快，忙喝令手下人："男的可杀，女人要抓活的！"平儿这边的几个小厮拼死保护平儿和巧姐，奋不顾身，怎奈寡不敌众，可怜小厮们皆被乱刀砍倒！平儿、巧姐二人被捆绑了押至岳神庙。

话说自从宝玉上次被贾环和赵姨娘活捉，押到了岳神庙，一直被五花大绑，严加看守着，历经他亲兄弟的诸多折磨，早已变了人形，此刻正蜷在墙角，无精打采，连头都竖不起来了。猛一抬眼，见贾环竟然活捉了平儿和巧姐，突然热血上涌，使出浑身之力骂道："你们这些挨天杀的，关我骂我打我就算了，连平姑娘和巧姐都不放过，如此小的孩子又如何碍着你们了？"话音未落，贾环对着宝玉的脸"啪啪"就是结结实实的几耳光，凶神恶煞地骂道："你死到临头了，哪里还轮到你来骂我？我可告诉你，不单是这个巧姐，你护不了；就连你的林姑娘，你也快见不到了；而你，更是我案板上的肉，随时等待我切割！呵呵，想不到吧？你们也有今日！"宝玉挣扎着站起来要向贾环撞去，口里叫着："你要胆敢对我的林妹妹做什么，我做鬼也不会放过你！"贾环一闪，拿脚一绊，宝玉一头撞在墙上，登时额上血流如注，顺着土墙直流到地上。贾环啐道："真是蠢牛！活该给我刷墙涂漆的。我可告诉你，林姑娘人是好好的，我们不会伤害她分毫。只是，你的林姑娘很快就不是你的林姑娘了，她要和你英武勇猛的钱大爷成亲了。"宝玉气得急火攻心，又兼失血过多，话未骂出口就晕了过去。

平儿眼见得宝玉晕过去，心急如焚，观贾环甚为毒辣，更加担心，只得拼死将巧姐护在怀里。赵姨娘笑道："平丫头，你是个好姑娘，我与你往日无仇，近日无冤，并不打算要你性命。你只管把她交给我们，我们立刻就放你走。你若是不想再回去，愿意从此跟我们一气，打今儿起，我们就好吃好喝地供着你，保你一世无忧。"平儿哭道："我知道她娘亲与你们结怨深重，只是她娘亲早都死了，她就是个孩子，这些陈年旧事与她有何相干？还请你们放她一条生路吧。她娘亲临死前把她托付于我，我无论如何不能眼睁睁看着她受罪。"贾环冷笑道："真是不识抬举。你大可放心，这巧姐儿不会受罪，只一刀下去，咔嚓一声，眼一闭，就过去了。不过既然你不愿意看这场好戏，那就先送你上路吧。"左右听说，一哄而上，平儿身中几十刀，已经死了，却还紧搂着巧姐不松手。

贾环上前扯出巧姐，见平儿的躯体仍僵在那里，做搂抱状，甚觉好笑，赵姨娘见了，却也不禁暗暗叹息一声，转而对巧姐冷笑道："真是可惜了，好标致的女娃娃。但你娘亲造的孽，如今她死了，我们找不上她来算账，总得有人替她受着了。"贾环递个眼色，左右的便举起刀来，正在这时，一个苍老而有劲的声音喝道："住手！"赵姨娘、贾环转头一看，只见门口突然走来一个老妪，还有贾蓉和她身后乌压压的一大帮子人，原来是刘姥姥听说贾家遭了灾难，领着村里一帮人来救难，在路上正好巧遇被贾环打败的贾蓉等人。刘姥姥先前去贾府见凤姐时，正巧遇上贾蓉来借玻璃炕屏。刘姥姥瞧他面目清秀，轻裘宝带，美服华冠，生得好是俊美，端的与庄稼地里的后生不同，不禁多打量了他几眼，如今还认得出，见他慌慌张张的，便上前询问出了何事。贾蓉那日在凤姐处见到刘姥姥，因她穿着土气，举止尴尬，坐立不安，磨磨蹭蹭，扭扭捏捏，靠在炕沿上，觉得好笑，印象深刻。此时他也一眼认出了刘姥姥，见她带的人多，忙装作悲切地上前诉苦，说巧姐被掳走，自己正要去救，可对方人多势大，恐怕凶多吉少。刘姥姥一听凤姐的女儿出事了，急得慌忙带着众人跟了贾蓉往岳神庙去。

钱槐见了刘姥姥，骂道："你是什么东西？好大的狗胆！赶紧滚开，你钱大爷还放你一条生路，不然，我的刀可不认得你。"刘姥姥笑道："阿弥陀佛！我看你年纪轻轻，又白白净净的，怎么一张口就要打要杀的？若是真要打起来，不单你的刀不认识我们，恐怕我们的刀也不认识你。"钱槐往她身后一望，见乌压压一大片人，把门口里三层外三层堵了个水泄不通，又都抄着镰刀、锄头，估量着一锄头下去，自己的脑袋就该开了花，便也不禁怵了。又硬撑着面子不敢表现出来，便虚张声势喝道："你们真是活腻了，没看到环大爷和我的厉害吗？要是真打起来，吃亏的定是你们，难道你们哪个颈脖上有两颗脑袋，不怕死不成？"刘姥姥道："阿弥陀佛！罪过，罪过。我们何曾是奔着打杀来的？你把巧姑娘放了，咱们立刻就走。

但若是你们执意不放，我们庄稼人可都不是好惹的。”赵姨娘冷笑道：“这是我们的家事，与你何干？”刘姥姥笑道：“蓉哥儿既然来告诉我了，就是把我当家里人，我如何管不得？这孩子的名字还是我起的呢，我如何不能管、不该管了？我们乡下人没有文化，不懂什么大道理，但我至少知道这么小的娃娃能有什么大错，要被人夺取性命？”

赵姨娘冷笑道：“您老嘴倒挺巧，我们反倒成坏人了不成？她就是自己没做什么，有那样的娘亲，她又能是什么好东西？”刘姥姥忙又念了一声佛，道：“此言差矣。我活了这么多年，见人也算是无数了。儿子确实是随母亲一个模子里刻出来的，但女儿可未必。”见赵姨娘被气得脸色由白转红，又由红转紫，又由紫转绿，忙又道：“就算她是随她母亲，她母亲连对我这种贫苦无势的庄稼人都如此和善，可见真是有一副菩萨心肠，她随她母亲，有何不好？要说她母亲有什么不好的，我也听说了，不过就只一件：待下人未免太严苛了些，弄得有人恨她，想报复她。”赵姨娘骂道：“放你的狗屁！你骂谁是下人？我可告诉你，凭我是怎样人，都比你高贵得多！”刘姥姥笑道：“我们庄稼人不会说话，不慎冲撞了太太，对不住了。我素闻老爷很宠爱太太您、您是个顶顶有情有义的，身旁也素来是些明理明义的英雄之辈。这样的好人，自然不会真对一个孩子怎样。我知道您只不过想吓唬吓唬她，并非真要害她性命。既如此，目的已经达到了，那就此把她让我们带走罢。您是如何千金贵体，若是被我们这群人打伤了，我们岂不罪过？”

钱槐是个怕死的，他见那些庄稼汉哪个都不是个善茬，自己又本与巧姐无仇，如何肯白白搭上自己的小命？既然刘姥姥给了个台阶下，便赶紧使出浑身解数劝起婶婶来。赵姨娘原是不愿意，钱槐甚至现编了个故事说庄稼人最记仇了，上回自家一邻居与一个庄稼人斗殴，结果晚上被人家带了一个村庄的汉子给灭了门。赵姨娘和贾环终究也是两个惜命的，多听了几句也怵了，为了面子，赵姨娘又逞能骂了几回，也就把巧姐放了，刘姥姥又要了平儿的尸首去安葬了。

刘姥姥问巧姐要去哪里，巧姐已唬得说不清楚，半日才吞吞吐吐地说要去一个什么姓周的乡绅家。刘姥姥发愁道："哎呦喂，姓周的人家可多了呢，你可知道他叫什么？"巧姐哭着说不知道。刘姥姥犯了难，忙搂着巧姐儿，摩挲着她的头，安慰她别哭，好好想想大概在哪。巧姐仍是摇头说不知道。刘姥姥一时没了主意，若是带巧姐儿回家，一则穷乡僻壤的委屈了孩子，二则怕乡里邻里口舌误了孩子。想着送她回家，但显然她原是出来投奔人的，回去也不合适。刘姥姥正在左右为难，贾蓉笑道："刘姥姥，您只管放心地把她交与我便是。我们就她一个妹妹，自然不会亏待她，定当对她竭尽心力。如今世道黑暗，贾府真真是兵荒马乱，眼下若是冒冒失失送她回家，岂不是白白葬送了她？好在叔叔婶子见我去的地方多，信得过我，早已托我替妹妹物色一户好人家。我精挑细选了好几年，如今心里终于定下来，那城东渡口一带的一家，最是妥当，家资饶富，书香门第。姥姥只管放心将妹妹交与我护送至婆家，准保妹妹衣食无忧，我亦不负叔叔婶子之重托了。"说着掩面发出悲声。刘姥姥见他情真，说得又有道理，便放心地把巧姐交给他们，嘱咐了一番，就走了。

巧姐回想起刚才的事，哭得泪天泪地，肝肠寸断。对贾蓉道："哥哥，你们别带我走了。是巧儿不好。巧儿小时候听说，巧儿出生的时候，人间的喜鹊都飞去给牛郎织女搭桥了，人间没了喜气，所以巧儿不是个吉利的人。那时我小，不信。但是如今我最亲的人真的都接连去了，由不得我不信。哥哥千万别带着我，谁与我近了，我就会害了谁，我已经失去了很多至亲的人，我不能再失去你们了。"贾蓉忙搂住她，笑道："妹妹说什么呢？那只是他们的命数尽了，怎能怪你呢？怪只怪他们命中福薄罢了。他们是福薄，可你的福气还在后头呢。若是妹妹你不去了，可不辜负了你亲爹亲娘？如此，我也没法跟他们交代。再则你爹娘都不在了，妹妹总得有所倚靠。这户人家是我为妹妹斟酌了好几年才定下来的，家底殷实，书香门第。家里父母善良宽厚，那公子亦英俊魁伟、才气过人。万般皆是一等一的，实在是打着灯笼也找不到的好去处。更难得的是，他们知道你年纪小，愿意先把你当亲生女儿养着，等你及笄了再开脸。妹妹，你若过了此村焉能再寻此店？”巧姐听说，不觉红了脸，便跟着他们走了。贾蓉忙唤过一个小厮，耳语了几句，那小厮快马加鞭地去了。

行至一城隍庙歇脚时，王仁已在那里候着了。巧姐歇下来，才发觉早已饿得慌了。王仁忙掏出干粮。巧姐儿狼吞虎咽一阵，却只觉天旋地转，渐渐僵硬了舌头，望后扑地便倒。王仁欢喜道：“这药果是不错，我还只下了一点儿，见效竟然这么快。还等什么？赶紧把她送到瓜洲烟香院去，那老鸨着实是个老油子，只给这点订金，非要见了人才给全款。”于是，三人七手八脚把巧姐抬上马车，由王仁去一手交货一手拿钱。

马车颠簸了好几个时辰，到天色暗了才来到金陵津渡瓜洲渡口。巧姐略有了些意识，但仍觉身体沉重，动弹不得。眼睛勉强撑开一条缝，瞥见外头潮落月起，烟笼夜江，画舫灯火通明，传来商女歌声依稀。马车在一条偏僻的巷口停住了，王仁背着巧姐往巷子深处走去。只见眼前黑夜中出现红彤彤的一片，大红的灯笼高高挂于雕栏画栋之上，里面不时传来一声声娇笑和难以名状的叫声。眼前鲜红的色彩似乎流动开来，巧姐感到恐惧，想说话却不能。她赶紧安慰自己说这是哥哥和舅舅给自己精心挑选的好婆家，哥哥不会害自己，可是哥哥呢？哥哥怎么突然不见了？她挣扎着想从王仁背上下来，可全身酥软无力，又似灌了铅似的沉重，哪里能够动弹？

王仁将她背进那栋挂着大红灯笼的房子里，把她交给一个浓妆艳抹的中年妇人，原来是个老鸨。巧姐见她打扮得不三不四，不伦不类，浑身喷出一种酸臭的脂粉味，不禁恶心得想吐，只想跑出去。那中年妇人上下打量了巧姐半天，捏开她的下巴摸摸牙齿，掰开她的眼睛，又敲敲她的腿，几乎要把浑身上下都揉搓一遍，然后笑道："虽说是个标致模样，但眼睛似乎是睁不开的，莫非是有眼疾，是个半瞎的？我怎么摸她她都不动弹，也不言语，莫非是个傻子，又是个哑巴？这孩子是乖，这点我喜欢，比不得有些人刚来的时候，又哭又闹的，恨不得把客人都吓跑了。但是她如此笨拙，把她送到客人面前，估计客人也看不中的。你是常客，我卖你个人情，自然会收了她，只是这银子，恐怕我只能给这个数。"说着伸出三个手指头。王仁笑道："这孩子确实是乖，但是也健康伶俐着呢。我这还不是怕她反抗，才给她下了点药。妈妈说好的银子，平白砍上一半。如今银子贬得比流水还不值钱，就给我这些，也忒少了吧？这孩子又年轻，又标致，随她母亲，是个标准的美人。这样的货色，您老打着灯笼还难找呢。您要是就给这点，我倒不如把她嫁个正经人家，聘礼还能赚得比这多呢。我们多年的交情了，我也主动给您少些，您也别杀价杀得太狠。赶紧成交了，我还急着赶路回去呢。"于是伸出五根手指头。老鸨笑道："你胡乱给这么点大的娃娃吃药，若是吃坏了，我还得掏钱给她治。最多这个数，再多没有了。你今晚不必急着走，我自会给你安排个房间，叫咱这儿的头牌姑娘陪你，也不必另交钱了，就当是我送给你的。"说话的同时，伸出了四个手指，王仁听罢，只好应了，他包了银子，便急急往楼上去。

巧姐仍是不得动弹。翌日早上，身子总算恢复了知觉，忙跑去找舅舅，可王仁早已不知去向。巧姐放声大哭，直骂舅舅、哥哥狠心。鸨母一个耳刮子呼过去，道："你当你是谁？这哪是轮到你大呼小叫的地方？你是我花了流水似的银子买来的。你若是乖乖听话呢，日后保管你吃香的喝辣的；但假若你不听话，那可有你受的了！"巧姐眼泪汪汪的，再不敢吱声，只得由着老鸨带她到后院跪了听训。可怜豪门千金，家亡势败，沦落风尘，可悲可叹！

话说黛玉放心不下，派了几个人去打听宝玉下落，也不见人回来，正心急如焚。忽见彩云在门口探探头，不觉吃了一惊，以为贾环等已打了过来。谁知彩云竟跪下流泪道：“林姑娘，我是来给你报信的，宝二爷如今正被关在岳神庙，暂时不会被怎样，平姑娘已经丧命于那里，他们下一个就要对你动手了。我曾与他们为伍，死不足惜，只求姑娘相信我这一回，赶紧跑吧，不然就来不及了。”说着泪落如雨。

黛玉听了，只呆呆地连哭都不哭，再问她也不理，活似一尊塑像。彩云无法，只得去谎报赵姨娘说黛玉人不在贾家，已经逃走了，应赶紧率众人去追。谁知赵姨娘听了，气不打一处来，上前就一个耳光打得她踉跄，骂道：“吃里扒外的东西！竟然帮着骗主子！贾家如今被我们围得铁桶似的，连个蚂蚁都出不去，你倒扯这种谎来蒙我们！”贾环冷笑道：“这不过是‘调虎离山’之计罢了，好让姓林的趁着这儿防守空虚趁机逃走。如此通敌之人，不斩不足以平民愤，从今若有谁还敢行此事，以她为例，罪无可恕。”赵姨娘虽然生气，但还是不忍，正欲来劝，贾环已手起刀落，送彩云归了西。

正在这时，赵姨娘、马道婆回头发现身后起了动乱，一队人马杀将过来，气势汹汹，所向披靡，自己的队伍已抵挡不住。贾环、钱槐慌了，忙领众贼撤出园子，仍往岳神庙去了。

原来是冯紫英、卫若兰领着朋友和军卒前来搭救。众人赶回潇湘馆向黛玉报喜。黛玉听了，总算露出一丝久违的笑容，可一听到“岳神庙”，泪水又涌了出来，也不出声，只由着眼泪肆意流淌。这时，只见贾芸、小红夫妻俩进来，道：“奶奶休要多虑，我们这就去打探宝二爷的消息，再设法把他救出来。”黛玉勉强笑道：“那就有劳二位了。听闻是关在什么‘岳神庙’，也不知真假。”

黛玉放心不下，又另外着人去打听，已是月上中天时分，黛玉胡乱吃了两口东西，就躺下了，但翻来覆去，无法入睡，拥衾炕上，打开窗儿，呆望怔怔，只见星河耿耿，曙天遥遥，寒月清清，秋风萧萧。忆起往事，暗自啜泣。不防头那廊上的鹦哥长叹一声，唬了黛玉一跳。那鹦哥念道：“三月香巢已垒成，梁间燕子太无情！明年花发虽可啄，却不道人去梁空巢也倾。”黛玉一愣，登时气得出去扑它，骂道：“你就是乐得看我伤心，存心气我。”紫鹃听见外面动静，慌忙出来，一面给黛玉披上外衣，一面问是何事。黛玉垂泪不语。鹦哥叫道：“姑娘，该吃药了。算我求你了。你要是再不吃，给二爷知道了，我可怎么交代呀？听话，啊，姑娘，听话，啊。”林黛玉气得抓起鹦哥站立的架子就朝远处掷出去，大骂道：“还不快把这东西撵出去？我要是见到它，再不活着。”那鹦哥不知何事，早惊飞了。紫鹃劝道：“姑娘息怒，快回去休息吧，它不过是只笨鸟，何必为它气坏了身子？”黛玉由着她扶着回去，仍是一夜未曾睡着。

黛玉因这几日熟读了些兵书，自认为通了些计谋，如今家中又彻底指着她撑着了，便自觉担起了运筹用兵之重任。可何曾想过敌军变幻莫测，不按常理出牌。黛玉固守书中所学，倒频频吃了败仗。虽有下人进谏，黛玉却看他们粗鄙，大都不屑理睬。更兼她看不惯下人中下流风气盛行，因而屡次谈事谈到一半，她就被下人的言谈举止惹得不爽了，也不管人家面子上是否过得去，甩手就走，闹得大家不欢而散。不多时，众人都骂她矫情无用、纸上谈兵、假作清高、一意孤行、刻薄狠毒、心胸狭窄。众人每每在背地里骂她时，总要哭自己正直一世，忠诚可靠，不离不弃，竟摊上如此命运，真是身世堪怜，倒不如舍了这破园子出去了。渐渐地，口口相传，黛玉的坏事越传越多，假事也比真事传得真切了。

黛玉见势单力薄，又不得人心，越发急了，更发了狠，顾不得周全处事，竟由着自己的气性言语刻薄起来，下人听了都很是不悦，不久就闹得人心涣散，更多下人闹着要走。

冯紫英、卫若兰仍守在园里，静待动静。鸳鸯在旁冷眼察看多时，见贾家无望，自己也私下拉帮结派，笼络小厮丫鬟，如今垂手静观鹬蚌相争，只待时机，自己好坐收渔翁之利。

且说这时冷子兴、柳湘莲点兵遣将，倾巢而出。冯紫英、卫若兰虽有一身武艺，怎奈寡不敌众，冯紫英身负重伤，被人拼死护出西南角门，下落不明。

贾敕、贾效、贾敦、贾珖、贾璎、贾琛、贾藻、贾蘅、贾芬、贾芳、贾菌、贾芝、贾荇、贾芷见状不妙，忙带众人拼死抵抗。幸好卫若兰连夜赶回卫府，带来人力和军资补给，重把贼寇赶出园子。黛玉忙令众人将各处园门堵死，墙头上都插上西洋玻璃、琉璃碎片。

且说小红、贾芸来至城里打听宝玉下落，却见关门闭户，一人未见。正在焦虑，忽见巷子里远远地过来两个身影，似有些熟悉。那两人见了小红，好是高兴，忙过来行礼，笑道："好呀，林妹子！许久未见，越发出落得天仙似的。"小红才认出来是做马贩子的两兄弟，当年摊上官司时找了自己父母牵线，才摆平的。这两人都因长相特点鲜明，各得了个形象的诨号叫"王短腿"和"瘦子"，真名竟不大有人晓得。

小红忙笑道："两位大哥别来无恙，一切可好？"两人叹道："世道如此，我们能好到哪去？我们哥俩如今外出贩马，总要路遇强人打劫，先前几年间，都血本无归，上回甚至差点被打折了腿。如今遇到雨雪天气，旧伤复发，还痛得很呢。现在我们也想开了，清苦就清苦点，能保全自己一家老小就是最好的了。因而我们正欲带贱内、犬子去深山老林权且躲避着。"兄弟俩又见过贾芸，笑着道："好俊俏的后生，敢问如何称呼？"贾芸笑道："在下贾芸，是她的相公。"小红霎时红了脸，说道："我们俩多亏先琏大奶奶成全，才得以成亲。谁知我们外出成亲之时，府里竟遭如此不测。贾府如今给围封得铁桶似的，我们实在是放不下，好说歹说又赔上了好多银子才买通了两个小子方便我们出入。谁知进去一看，我父亲竟然已经不在了，如今连宝二爷都被抓了，管家的就剩个宝二奶奶，她又素来身子弱，都快急疯了。”说着，泪如雨下。王短腿一听林管家没了，念起他素日的好，也不禁落泪，忙道：“可有什么事情用得上我们的，妹子你尽管开口。当年要不是你父亲帮忙，我们兄弟俩的小命早就没了。你只管说有什么我们可以做的，我们定当竭尽全力。”贾芸道：“多谢王兄。我们正要去打听宝二爷的下落，再设法救他出来。许是关在什么‘岳神庙’，你们可知道么？”两人都不知道，便辞了小红、贾芸，自去分头打听不提。

且说贾芸、小红辞了两人，又见远处走来一人，甚是眼熟，仔细一看，竟是芳官，唬了一跳，忙上前道：“如今世道不太平，你一个弱女子，怎敢独自在外招摇？若是出了什么事情，可如何是好？”芳官笑道：“谁敢动我？他定是不要命了。”贾芸、小红听她说得奇怪，便细问了问。芳官笑道：“我现在可有蓉大爷他们罩着呢，要是谁动我一根手指头，他当晚必定全家脑袋都要搬家了。不如你二位也加入我们？吃香的，喝辣的，又不用担心安危，多好！”贾芸、小红听她说的，方知她已与强人一伙了。贾芸便假意笑道：“若姐姐不弃，我们真是三生有幸，只是大仇未报，如今实在没有心思。”芳官道：“你和谁结了仇？”贾芸道：“还有谁？那个宝玉不过是一个乳臭未干的小子，却强压着我的头让我认他做了父亲。我身为堂堂的男子汉大丈夫，竟得对一个毛头小子称父亲。他又屡屡以此为由头和借口，使唤我欺侮我，我如何能咽得下这口气？这下好了，我听说他出事了，真是天助我也，如今我正要去找他报仇呢。报完此仇，我们自然投奔了你们去，还望你们不嫌弃我们粗鄙。姐姐可知道那小子如今在哪？”芳官笑道：“我自然知道……”又觉不妥，遂把后面的话咽了回去，改口道：“但我若告诉了你，你免不了要伤了他。我与他主仆一场，他待我不薄，我可不会告诉你他在哪儿。”说着转身就走。

贾芸、小红无奈，见芳官径直往一尼姑庵去了。贾芸突然道：“是了，那是水月庵，旁边正是有个什么庙的。咱去看看，没准正是那什么‘岳神庙’。若是上天助我们，咱们说不定能见到宝二爷呢。”于是二人主意已定，径直往那儿走去。

欲知后事如何，且听下回分解。

第九十五回

水月庵龄官斥贾蔷　岳神庙茜雪救宝玉

小红、贾芸二人走不多远，从前边不远处迎面走来两人。贾芸认出那个壮汉是“醉金刚”倪二，小红则觉着那个丫头仿佛是茜雪，她俩曾经一起在宝玉房内共过事，但自从茜雪被宝玉撵走后，已多年未见了，所以也不敢确定此人正是她。正思想着，那丫头已认出了小红，并迎过来，唤着她的名字打招呼，小红这才确定对方就是茜雪，正想细问几句，只见那“醉金刚”已一头撞在贾芸身上，把茜雪唬了一跳。茜雪忙道歉道：“他喝多了，姐姐你们别跟他计较。”

只听那醉汉骂道：“臊你娘的！瞎了眼睛，碰起我来了。”说着抡拳要打。贾芸笑道：“老兄不认得我了？”那倪二虽说喝多了，然举头一望，仍一眼认出是贾芸，忙把手松了，趔趄着笑道：“原来是贾二爷，我该死，我该死。好多年没见了，听闻贾二爷发达了，也不约我一同乐一乐。也不知到底是厌恶我是个泼皮，怕低了你的身份；还是怕我纠缠你，白赚你酒肉吃？”贾芸忙笑道：“老二，你是个好汉，我何曾不想着你？但一则当年你慷慨解囊，借我银子，解了我的燃眉之急，这人情我却一直没能找到时机还你，哪里还好意思约你出来？二则家里只不过外头风光，里头实则杂七杂八的破事一堆，我整日忙得焦头烂额，实在是抽不开身，若是贸然约老兄出来，遇事又得匆匆回去，到头来扫了老兄的兴，岂不是我的错？”倪二大笑道：“多年没见，贾二爷还是这么会说话，但我却听不上这话了。既是做了多年街坊邻里的，我自然愿意帮你，为何要你还人情？你把我当成什么人了？你若开口约我出来，已是给我天大的面子了，我如何会赖着你，不通情理的？更没有不让你走的道理。你既然还把我当兄弟，也别想着什么还人情的破事了。有什么难处，尽管跟我提。如今我家里死得就剩我一个了，还有什么好怕的？若是能帮上你，也不枉贾二爷瞧得起我，”小红听他这么一说，便给贾芸使个眼色，要他提一提救宝玉的事儿，贾芸会意，但回个眼色告诉她不可。

小红便问茜雪两人是如何相识的。茜雪道：“我当年被宝二爷赶出以后，本想去找我娘，可我们娘儿俩原本就是一路逃荒到这儿来的，当时因为实在是过不下去了，母亲才忍痛把我卖到了贾府。我被赶出来的时候，都几年没见过我娘了，根本不知道该上哪去找她。我又身无分文，饿得快死了，只好把身上能当的东西都当掉。我在恒舒典当铺当首饰的时候，那儿的伙计欺负我不过弱女子一人，故意把价格压得比正常低上了几倍。我急得哭了，他们也不松口。好在遇上了倪大哥，挺身而出，仗义执言。那些伙计自知理亏，就怕了，这才按正常的价格给了我银两。”我从此就认了他做大哥。他是个热心肠的，了解到我的遭遇，之后就让我和他女儿同吃同住，倪大哥名为我的义兄，实则比我的亲生父亲还疼我。可惜这样一个好人，怎么还遭强人惦记？我和他不过外出买点东西，回到家却发觉他的妻女竟已遭遇不测，双双倒在血泊中。好好的家，说没了就没了……”说话之际，茜雪早已泪落如雨。贾芸见倪二早湿了眼眶却还强撑着，不禁劝道：“老二，我知你是条好汉，但这般伤心的事情，哭出来终究会好受些。你若信得过兄弟，大可不必强忍着，若是憋坏了岂不是我的罪过？”倪二遂怒吼一声，哭得天崩地裂。小红和贾芸一面陪着落泪，一面好言相劝，茜雪和倪二好容易才止住了哭。

倪二终于平静下来，因问贾芸，今日为何事而至此。贾芸欲言又止，小红抢过话茬道：“是为了宝二爷……”贾芸忙使个眼色，小红遂打住不说了。贾芸忙支吾两句就匆匆跟二人道别，拉着小红离开了。

行不多远，小红便问贾芸："为何不依我提救宝二爷之事？"贾芸解释道："他自然是个仗义无畏的，可是他孤身一人，哪里是那些贼人的对手？若是我们让他去帮我们救人，岂不是要害他白白送了命？我可狠不下这心去拉他落水。再则，以他的性儿，难保不意气用事，这件事儿我们只能智取，不得莽撞。若是真让他知道了，弄不好，还会坏了事儿。"

小红听得有理，仍和贾芸继续赶路，不多时来到水月庵，望见芳官等都在内，旁边那庙上果真题的是"岳神庙"三字，门口被持刀持剑的护卫们里三层外三层地围着。贾芸跟小红计议道："我们先打听清楚，若是宝二爷确实在里面，我们再定下一步计划。"两人商议定了，便来到水月庵，假意要找芳官投奔贾蓉等人。

芳官、龄官等不大信，但转念一想他们就两人，又能坏什么事。若是拒绝了，倒显得自己没有地位，混得不好，失了脸面，便商议着不叫他们担什么大任，更不给他们透露什么，只着他们去厨房帮忙。

贾芸和小红两人便被带进了厨房，他们洗完碗，小红假意端着洗碗水出去倒，实则轻轻放慢脚步在竖着耳朵听动静，没想到却望见了贾蔷在远处，知他是个难缠的，不觉唬了一跳，忙在灌木丛后面藏了，心思放在贾蔷的动静上。刚藏好贾蔷就急急地往这儿来了，进了小红和贾芸刚找芳官、龄官的那间屋子。小红只听几个女子的骂声和贾蔷的求饶声不绝于耳。仿佛是龄官的声音正骂道："我以一片痴情敬你，你却用万般薄情负我。既然弃我，你如何还敢来，敢是窑子里住惯了，这儿的事情一概不知，全然不知我的存在？你可真是狠毒堪比吴起，负心胜过陈世美！今日姐妹们都在，我就先打死你，然后给你偿命，大家干净。"贾蔷求饶道："别打了，男子汉大丈夫如何能和你们动手？还不是只能由着你们打死了？几个打我一个，我就是被打死了也是冤屈。我已知错了，你既然生气，至少说明你心里还有我。好人，你知道的，我再浑，心里自始至终也只有你一个。我从今以后只与你好好过日子，再不让你受委屈了，你就饶了我吧。要是这事传出去，闹得人尽皆知了，我今后还如何做人呀？”龄官一犹豫，贾蔷赶紧抱头窜了出去，跑了。

小红正想走，忽听芳官道：“什么好男人？不过甜言蜜语先哄过你这遭，以后还不是‘吃着碗里的望着锅里的’？要我说，你想让他对你一心一意，比跑到隔壁岳神庙去，让宝玉娶了你更难呢！”又听藕官笑道：“依我看，还是你去罢。这里喜欢宝玉的明明是你，你倒好好地打趣起她来了。”

小红听了，方确定宝玉是关在岳神庙，忙去告诉贾芸。

贾芸听说后，赶紧提个篮子，装上些饭菜，盖上布，和小红往庵外走去。守门的问是何事，贾芸笑道：“我们两个是厨房的，蓉大爷刚让我们做了些好吃的给冷大爷送去。”看门的打开篮子看了，看到果真是吃食，便信以为真，放他们去了。

此时夕阳西下，行人愈稀，西风骤紧，寒鸦惊起。贾芸、小红找个僻静之处，正商讨计议。突然树那儿转过两个人来，原来又是倪二和茜雪.倪二道：“我就说你们有事。我是个粗人，但也能觉出贾二爷今日言语不似往日那般利落，必定是遇着了什么难事。又见你们走得匆忙，便一路悄悄跟着你们。难为这丫头编了个谎，也跟你们进了那庵里。闹了半天，可算是弄明白怎么一回事了。既是这么重要的事情，单凭你们两个怎么行？你们竟然都不愿意告诉我，真是太不把我当朋友了。”贾芸忙道：“大哥息怒，实在是因为这事凶多吉少，不愿连累你们。”倪二怒道：“我是什么样的人？兄弟的难处既然让我知道了，我哪里有不帮的道理？再说了，我还有兄弟们帮我呢。若是当时我家遭难之际，也有人出手相助，我婆娘、姑娘或许不至于丧命。若是你不让我救人，我跟那些眼睁睁看着我婆娘、闺女死的人何异？”说着眼圈红了。贾芸、小红听说如此，虽于心不忍，但也无可反驳，只得请他们帮忙。

再说宝玉因眼睁睁见着平儿和众小厮惨死于前，早已气得五脏六腑几近迸裂。后又受了贾环一下午的侮辱和折磨，数次昏厥又数次被贾环用冷水泼醒，真是要生不得，求死不能，此时已心如死灰，望着昏暗的屋子暗自流泪，忽见门“咯吱”一声开了，面前一人低声道：“宝二爷，我来看你了。”宝玉听声熟惯，似是茜雪的声音，但一想她早被自己撵了出去，又否认了。宝玉正想不出是谁，茜雪已经凑了过来，她低声啜泣道：“宝二爷真的不认得我了吗？”宝玉看清确实是茜雪，大吃一惊道：“怎么是你？你如何来了？”茜雪道：“我刚蒙混进来的。”宝玉惊疑道：“你莫非是投奔了他们，今日来这儿看我笑话，以报昔日被赶之仇的？”

茜雪又羞又气，随即通红了脸，道：“二爷把我看成什么人了？我来救二爷，二爷却当我是要害你。”宝玉听了，觉察自己的话不妥，忙赔笑道：“好姐姐，都是我的错，我最近脑子被打坏了，才说出这种混账话来。你就原谅我吧。原是我负了你，你还来救我，我真是惭愧。我已是难以出去了，只求别连累了你，你快走吧。要是方便的话，去给我家里带个信儿，让他们想办法救我。”茜雪哭道：“二爷休为我担心，宝二爷当年待我也不薄，二爷的好我都记在心里，我为二爷，死而无憾。”沉默半晌，又道：“若是你家里还有办法，我也原不当插手。只是不瞒你说，贾府如今已经山穷水尽，腹背受敌，被贼人严防死守着，连只蚂蚁都难以放出来，更别说派人来救你了。”宝玉听说，强忍泪水，安慰茜雪道：“这是我命该如此，没有连累你的理儿。我本就对不住你，要是你再因我出了什么差错，我做鬼也难安。”茜雪啐道：“好好的，干嘛咒自己？一点也不避晦气。废话就不说了，我只是来跟你通个信儿的，给人发现，我就完了。”于是，和宝玉耳语一番，就赶紧离开了。

先撇开一笔，再说钱槐因欠了卜世仁二十两银子的香料钱，便想做个顺水人情，撺掇贾环答应卜世仁全家来投奔。贾环被他一忽悠，就答应了。

翌日，卜世仁和他娘子、女儿银姐到了。贾环打量着银姐标致，就着些下作的话来调戏她。银姐是个有气性的，听不得这样的话，嚷着要走，被卜世仁当场骂了一顿道："你逃什么？我们在家是如何教你的？还有没有点礼数规矩？环三爷问你，是看得起你，你是什么了不得的人，连问都问不得？"他娘子也忙赔笑道："环三爷是最有本事的英雄，千万别跟她一般见识，以后还烦劳您多照看着我们些个。"这时，外面来报，又有人来投奔。贾环笑着跟卜世仁道："你们大老远的过来，肯定累了，先跟他们去到房里歇着。"卜世仁三人正要走，贾环又叫住了他们。三人施礼在侧，不敢动，只见那贾环仍拿眼睛上下去睃银姐，半晌，方笑了起来，让人领他们出去了。

贾环命把新投奔的人带进来，只见四人中竟有两个认识的：一个贾芸、一个小红，便生了疑心，问贾芸道："你不是认了宝玉做干爹吗？不好好守着贾家，怎么投奔起我来了？"贾芸笑道："他只不过黄毛小儿而已，却硬要强逼我称他为'爹'，实乃欺人太甚。当初只因惧怕他的身份、地位．一时不敢违抗，想来却是何等之屈辱？还望环三爷给我留些面子，休要再提这等没行径的糗事，真是白白羞死我了。这个宝玉，论人品、论才学，他哪里能比得上您十一？我本就不甘拜在他门下，如今总算得以弃暗投明，难道环三爷倒要疑我？"贾环听了，很是受用，颇为得意，哈哈大笑道："你果真是有几分眼力，比不得那些蠢货，整天说什么'宝二爷千好万好'的。实话说，宝玉这小子给我提鞋都不配。对了，小红是你什么人？那两个又是什么人？"

贾芸忙笑道："这是贱内。那两位是我生意场上结识的朋友，如今他们都断炊几日了，我实在看不下去，只好求着环三爷把他们一并收留了。"

王短腿、瘦子也忙跪下恳求。

贾环这才消了怀疑，打发他们住下了。四人千恩万谢。贾芸见卜世仁也住在这儿，气不打一处来，怕露馅了，面上也只好对他彬彬有礼的，尽拿些漂亮话来应对。卜世仁仗着银姐，多得了些近贾环的机会，见外甥对自己仍是不错，也不时帮他说说好话。再加上贾芸处世周到，贾环愈来愈信任他。

是夜，贾芸灌醉了看守宝玉的和看管大门的小子们。半夜时分，风雨交加，众人都睡熟了，贾芸等仗着风声雨声作掩护，给宝玉松了绑，要带他出去。

谁知那赵姨娘是个格外多心的，生怕有人解救宝玉，暗中另着人轮流半夜不睡觉，在暗处整夜盯着，只不告诉任何人。贾芸等如何知情？自然早已惊动了人，未走几步，只听一声锣响，就被包围了。正在这时，候在门外的倪二、茜雪，左等右等不见人出来，猜着出事了，倪二让茜雪不要走动，自己忙冲了进去。

那倪二果然有些身手，三拳两脚把近身的人都打倒在地，命宝玉等赶快逃出去，自己负责断后，宝玉等急忙跑出去。倪二回头一看，茜雪竟然还在自己身后，不愿离开，正感不妙，欲赶茜雪疾逃。谁知，话还未及出口，茜雪身上已被一箭射穿，身子当即瘫软下去。倪二无心恋战，背了她就跑。眼看众贼就要追上，旁边的树林里忽然呐喊着跑出一伙道士，都扬着大刀，竟是柳湘莲带人来了。众人只道是祸不单行，忙趁乱没命地跑。却不曾想柳湘莲和众道士竟只是跟赵姨娘这边的人交火。拼杀多时，赵姨娘这边显然招架不住了，只好“三十六计，走为上计”，逃跑了。柳湘莲等人并不乘胜追击，却赶紧护着宝玉往林子里去了，原来柳湘莲竟是特来救宝玉的。

众人被雨浇得浑身湿透，活似落汤鸡一般，好容易在石上歇了，茜雪却已只有出的气，没了进的气。倪二抱着她大哭。贾芸泣道："都是我们连累了你。你还有什么心愿？"茜雪气息奄奄，强撑着道："我还有一话。宝二爷，当时……都是我的错，我不怪你；今日是我的命，怨不得你；能救你出来，我知足了，死而无憾。我们主仆一场，你待我如何，我都记得。我走了，你千万不要自责，只求你好好活下去，就是我最大的心愿了。"说着，就含笑去了。宝玉哭得几乎背过气去。

柳湘莲劝道："斯人已矣，节哀顺变。还请速速随我上山。若是被追上了，你再有个什么闪失，岂不是负了她？"话音未落，贾芸"说时迟，那时快"，已拔剑立在柳湘莲项上，道："不可，万不可和他走。宝二爷还不知道，这人早已做了强梁了，杀人如麻，冷血无情。大太太就是死在了他的手里。若是今日随他去了，定是凶多吉少。"柳湘莲冷笑道："我若是遇着单独一个你，可不能保证你的脑袋没有闪失。可我是个爱憎分明、明白好歹的人，我的确恨死了贾家的恶人，他们必须血债血偿！但宝二爷虽是贾家的爷，却是个重情重义的人，我如今出手，只是为了救他，绝无其他目的。若是连宝二爷都不信我，那你就立即杀了我。但之后他们追上来的时候，你们就好自为之吧。"宝玉道："芸儿，把剑拿下，我信他。"贾芸无法，只得放了柳湘莲，一行人跟着柳湘莲往山上去了。

宝玉惊道："这不是紫檀堡吗？我竟不知还有这样一条路。"蒋玉菡、袭人来开了门，见是他们，忙请进去住了。翌日，宝玉见薛蟠、宝钗、薛姨妈等也住在这儿，又惊又喜，待要寒暄几句，心中的悲伤和怨气却一齐涌上来，堵得他说不出话来。

宝玉因备受虐待已久，身上竟找不出一块完整的皮肤来，再加上若无人搀扶，连路都走不了，怕黛玉看了心疼，便不愿即刻回去，只着贾芸、小红赶紧回去报了平安。黛玉听说宝玉已经安全，甚为高兴，又怪两人怎么不把宝玉带回家。二人躲不过，只好照实说了。黛玉心疼不已，但得到了宝玉的音讯终究还是高兴的。本已茶饭不思多日，此时才忽然感觉到饿了，便让紫鹃去端了粥来，也请贾芸两个胡乱吃点。紫鹃听了，喜上眉梢，开心地忙去了。

晚上黛玉歪在床上，久久无法入眠，近几年的生活画面就像走马灯上的皮影似的，一幕幕在脑海中你追我赶着，奔腾无休。黛玉心内翻江倒海，五味杂陈，辗转反侧无法入眠，遂扶床起来，就着未干的墨写道：

马乱兵荒妻子散，手足相害业凋零。
哀哀冷月泣无义，诉诉凄风怨寡情。
日里兢兢行业业，梦中苦苦唤卿卿。
只求净土瘗清志，不企红妆照汗青。

题罢又看了一遍，歪在炕上沉思不语。

欲知后事如何，且听下回分解。

第九十六回

紫檀堡宝玉哭黛玉　荣国府黛玉泣宝玉

话说宝玉因茜雪之事，自悔不迭，整日神思恍惚，念着是自己害了她。宝钗那儿着人赶出了棺木，把茜雪好生葬了。宝玉在她坟头哭道：“是我害了你。这辈子你的情我是还不清了，待我将来化成一抔土，在你坟上替你挡一辈子的风吹雨打去。”

众人听他说得好笑，又笑不出来，只好胡乱拿些话开解他，自回屋去了。

袭人回到自己屋内，见蒋玉菡正坐在炕上，叹道：“成日的不着家，你说你做些什么不好？何苦来，尽拿着我的银子给那些混账人去。前些日子，我想买些桂花油和脂粉，才发现银子全不见了。你也老大不小的人了，我又是打定主意和你好好过日子的，你就改了吧。”蒋玉菡忙起身赔罪，笑道：“原是我不对，出门之时突然发了昏，找不着银子了，就拿娘子的体己应了个急。但娘子天生丽质，不擦桂花油、不施脂粉便远胜过他人，本就用不着这些劳什子。我也知道错了，不如饶了我这回罢。”袭人笑道：“饶你不难，只是别想又糊弄了过去一回，下回还照旧。你说吧，以后还上不上那些地方去了？”蒋玉菡忙道：“再不敢了。”

小住了几日后，一日，宝玉至门外，在红枫林下，黄花丛中，忽见一块水润的翠绿，抓在手中，冰冰凉凉的，竟是先前丢失的通灵宝玉。原来，那蠢物知这里平安，就偷跑过来了。宝玉见到玉，竟以为是黛玉差人从贾府送来的，又是好一阵心疼，放心不下黛玉，便去找袭人吵着闹着要回去。

蠢物暗自骂道："真是蠢材，蠢材！哪有人送东西丢到花丛里的？"袭人一听急了，忙告诉宝玉外头强人流寇甚是猖獗，贾府又接二连三地遭劫，最为危险，万万回去不得。宝玉不理，只要家去。袭人知他性子，忙答应早晚必派人去帮他和黛玉通书信，让他放心留在这里，好好养着身子。无奈宝玉的犟性子又上来了，说什么都不听，只管要回去。

袭人急了，只好来找宝钗商量。两人料定宝玉执意回去，皆因心系黛玉。但宝钗知道府里现在危机四伏、险象环生，若他贸然回去，恐怕凶多吉少。而且，好歹让宝玉在这把伤养几天再做计议。两人遂拿定主意，无论以如何途径，只万不可叫他立刻回去，多留一天是一天。计议已定，袭人即去见宝玉，道："罢了，知道你的性子，我也拿你没辙。你既拿定了主意，我便不拦着你了。但你也该去辞辞你姐姐她们，既是尽个礼数，也不叫她们悬心。"

宝玉听说，忙下了炕，来至宝钗门前，只见门上吊着半旧的红软帘，还是从前用的那张。宝玉掀开帘，刚一迈步进去，就看见薛宝钗把什么东西飞快地一藏，拿起针线，胡乱地做起来，不留神把手扎了，不觉"哎呦"一声。宝玉见她脸若银盆遗痕，眼如杏花微雨，忙问："出什么事了？"宝钗连忙起身含笑答说："我没事呀，你来做什么？"宝玉见她笑得僵硬，越发疑了八九分，急道："姐姐脸上这般神情，泪还没干呢。分明是刚哭过的，定是出事了！何事竟如此严重，连我也不能告诉？"宝钗勉强笑道："不过是刚才扎了手，一时没忍住，疼的罢了。"说着，让他在炕沿上坐了，即命莺儿斟茶来，宝玉才望见莺儿也在一角哽咽，忙跳下来，哭道："一定是出了天大的事情！好姐姐，你若是瞒着我，我断不依的！"宝钗低头不语，莺儿哭道："姑娘，你就告诉他吧。他早晚也该知道的，瞒得了一时，瞒不了一世啊！"宝钗听了，也落下泪来，只得从褥子下取出一封信来。宝玉忙扯开看时，唬得魂魄离身。只见那信上说，黛玉已经跳井自尽了，落款是贾芸。

宝玉哭得肝肠寸断，却听门口有人冷笑起来，转进夏金桂来。但见她将脖项一扭，嘴唇一撇，鼻孔里哧了两声，拍着掌冷笑道："什么大不了的？多不过伤心个几天就了不得了。男人家我还不知道？凭你此时说起来对这一个是如何的情深义重，还不是隔了几日就见异思迁，见一个爱一个的？这我还能不懂？你也不必哭了，省得过不了几日，又揭了别人的盖头，惹我发笑。"宝玉气得跺脚，道："你如何懂得我的心？林妹妹走了，我和谁成亲去？"金桂冷笑道："我可常听有人说了，什么'金要拣有玉的才可正配'，你脖子上不正挂着块玉嘛，正好也需得'有金的才可正配'，如今好姻缘近在眼前，你倒装起糊涂来了？"

那宝玉又听说"好姻缘"三个字，立刻想起往事来，心里干噎，眼中泪涌，口里说不出话来，便伸手向颈上抓下通灵宝玉，咬牙狠命往地下一摔，道："什么劳什骨子，我砸了你完事！我可不知道什么金玉良缘！林妹妹死了，我明儿就剃了头发做和尚去！"吓得宝钗、莺儿赶紧去拾玉，幸而那玉坚硬非常，摔了一下，竟纹风不动。夏金桂冷笑道："何苦来，你摔砸那哑吧物件，算个什么本事？"宝玉怒道："你是个什么？凭什么学林妹妹说话？又学得不伦不类的，别白羞了她！"二人闹着，宝钗、莺儿等忙来解劝，见宝玉又抢了玉要砸，少不得去叫袭人。袭人忙赶到，才夺了下来。

宝玉冷笑道："我砸我的东西，与你们什么相干！"袭人见他脸都气紫了，眼眉都竖直了，便拉着他的手，道："小祖宗，发生天大的事，你也不该砸它，倘或砸坏了，你妹妹在天上看见了也要伤心的。"宝玉一听这话，知道袭人也知了，可见就瞒着自己一个，越发伤心，大哭起来。袭人不由得守着宝玉也心酸起来，又摸着他的手冰凉，待要劝他不哭罢，又恐他闷在心里闷出病来，不如大家一起哭一哭，遂就丢开手了，因此也流下泪来，陪他一阵哭。那边夏金桂早甩手出去了，宝钗、莺儿也各人哭各人的，四个人都无言对泣。

宝钗等本以为计议妥当，谁知半路杀出个夏金桂，几乎坏了事儿，好说歹说，费了千般万般的力气才将宝玉留在紫檀堡继续住下来。此时袭人虽已是主人，待宝玉仍是如往昔一样尽心竭力，蒋玉菡也实心实意地善待宝玉。

再说黛玉那儿，左等右等不见宝玉回来，不禁疑了心。这日有人来报，说冯紫英身负重伤，又受了感染，回去就一病不起，家里遍寻名医，也无济于事，没多日就丢下新婚妻子和遗腹子不治身亡了。只是怕贾府里伤心，临死前他嘱咐家人不许告诉府里罢了。如今府里听闻他妻子生了双生子，去贺喜，才得知冯紫英早已去世的噩耗。

黛玉伤心不已，非咬定说宝玉也早就没了，他不过是怕自己伤心不让告诉自己，还让贾芸几个扯了一串的谎来哄。说着“哇”的一声，将腹中之药一概呛出，抖肠搜肺，炽胃扇肝地痛声大嗽了几阵，一时面红发乱，目肿筋浮，喘得哭不出声来。紫鹃忙上来捶背，劝道：“二爷福大命大的，肯定没事，前些日子不刚又着人来了吗？你何苦咒他来？”黛玉伏枕喘息半晌，好容易缓了些，气噎声堵，还是断断续续地定说宝玉死了，哭道：“你不用劝了，也不用捶了，你尽拿绳子来勒死我是正经！”说着又猛烈地咳嗽起来，紫鹃忙把手绢递来，黛玉接过，紫鹃替她捶着背让她咳，黛玉只觉一口浓痰喷在手帕中，口中腥黏一片，低头看时，只见帕中一口鲜血，紫鹃见了也慌了，惟有让黛玉在床上躺了，自己守着流泪。

黛玉迷迷糊糊间，却见雪雁跑进来，大惊失色道：“姑娘，他们杀进来了！”黛玉正没个主见，只见乌压压一大帮强人手持明晃晃钢刀砍进来，见鸡杀鸡，见狗杀狗，见人就要杀人。紫鹃、雪雁忙护着她，却被一刀一个，登时倒了下去，都不见了，那些个强人也忽然不见了，房舍器物也都不见了，院内千百竿翠竹突然生得高大异常，直戳破天去。自己被围在当中，只剩孤零零一人，唤人也无回声，四顾只有翠绿的一片无边的竹林。一股苍凉绝望的寒冷从脚底涌上心头，黛玉只觉得眼前模糊了，无边的绿色旋转翻滚起来，自己不知身在何处，却听见有人唤自己，循声而去，陡然惊醒，只见紫鹃在床前哭得眼睛肿如核桃，方知是梦。

欲知后事如何，且听下回分解。

第九十七回

鸳鸯谗慝毒陷忠魂　绛珠泪尽魂归幻境

话说宝玉在紫檀堡由袭人夫妇供养着，袭人体贴入微，事无巨细。麝月因见贾府纷乱危险，宝玉也被掠走了，自己再留在此已无意义，也无念想，因而找了个空子便逃走了。原本只想来紫檀堡投奔袭人，不想却在这里主仆重逢了。从此尽心和袭人服侍宝玉。

再说贾家一日乱过一日，黛玉本有一番热情，可屡行不利，反倒白白地被人浇了一盆又一盆冷水，背地里还给人接连暗戳脊梁骨，也渐渐心灰意冷，管起事来慢慢失了之前的积极和热情了。虽然她口齿伶俐，可日子一久，下人们都看出来她不过是个"刀子嘴，豆腐心"的，所以并不怕她。这日，下人们竟然集体来闹事，威胁黛玉如果不立即发银放粮，就撇下贾家走了。可贾家哪里还拿得出这么多东西？黛玉慌了，气道："这些下流东西，专会乘人之危！既然如此，何必留着他们？想要走的，就走了罢！"

于此紧要之际，忽见小红挺身而出，大声喝道："大家都在贾家侍奉多年，在这里吃的穿的哪样不比外头强了许多，难道我们就眼睁睁地看着贾家自此败亡？难道我们又忍心让自己和他人的心血都付之东流？难道我们跟了贾家这么多年，都是无情无义之人？这么多年下来，贾家对我们是有庇护之恩的，我们彼此之间也是有情有分的。你们若是出了这个门，恐怕很多人这辈子再也见不到了。外面流寇猖獗，出去要想活命，恐怕唯有认贼作父，充当贼人手里的棋子或沾血的刀子。难道你们愿意投奔流寇贼人，将来受人操控，身不由己，还有可能让你回来不得不杀死我们身边的兄弟姐妹？

若是留在这里，大家团结一心，既能保得自己和亲友，又能守护自己一辈子的心血。就算是失败，总比一出去就无家可归、无依无靠来得强；我们如果同心同德、奋力抵抗一回，无论最后能否守得住，都无憾了。”

众人听她说得有理，也不禁感到羞惭，都散了各自回去了。黛玉见小红口齿伶俐、行事利落，笑道：“真是个好孩子，不如你做我‘军师’吧。”小红笑道：“承蒙奶奶错爱，小红定不负重托，不辱使命。”

话说贾蓉、贾蔷联合柳湘莲，又屡次进犯贾家。但自从小红被委以重任，她勤勉低调，行事爽快周到，恪尽职守，很快深得人心，内部管理又有了秩序。况且，小红头脑灵泛，又是个最肯用心计的，收买了数名贼将，哄得敌军团团转。使贼军内部滋生了不少矛盾，在入侵贾府的混战中，贼军每每杀得痛快，鸣金收兵之时，却发觉竟然打杀的都是自己人，清点人马，十伤八九。赵姨娘、贾环听闻他们吃了败仗，痛快至极，一边笑他们白痴，一边忙带了自己的人马亲自上阵，谁知也被小红用计打得屁滚尿流。两伙人都气急败坏，忙去查新来的指挥是何人。贾环、赵姨娘听闻是原来凤姐调教出的人，不禁气不打一处来，但是吃了败仗，也没了办法。

再加上小红清廉无私，纪律严明，持法公允，名声大好，越发深得人心，贾府众人无不叹服。贾府屡屡赶跑贼寇，竟有了回天之势。

话说鸳鸯早对贾府死了心，暗中和司棋等沆瀣一气，赚得盆满钵满。谁知如今半路杀出个小红，坏了自己好事。那小红又正深得黛玉信任，鸳鸯拿她没办法，颇为狼狈，倒像是自己无能似的。正不甘心，这夜司棋、潘又安等人翻墙进来寻她，她便将一肚子的气都诉了出来。

司棋气道：“我们本该是一气的人，谁知偏她小红是个愚忠当头的死脑筋，不为自己想想就罢了，还要断了我们的财路。我们正是因为这事来寻你的。如今事态严重，我们和蓉哥儿他们都暂时是一心的了。可单凭我们还是不够，还得让你去扇扇风，点点火。”鸳鸯笑道：“你不知道那小蹄子，真不知是搭错了哪根筋，比老狗对主人还忠心得多呢。叫我去给她扇风？恐怕扇她的风没扇着，我倒得把火扇到自己身上来了。”潘又安笑道：“自然不是让你去扇她的风。”鸳鸯想了想，笑起来道：“难道让我去扇林姑娘的风？你们可是越发可笑了。她虽计较起来还未过门，可打小和这里小姐一样长大的，是公认的正经主子，自己又是那样有气性的一个人。让她去把贾府卖了，可不是说笑吗？”司棋笑道：“我素日总认为姐姐是个最聪明的，怎么这会儿竟糊涂了呢？我当然不是让你去直说要她帮我们。她自然不可能愿意去卖贾家的，我们要设计让她在不知情中把贾家卖了，虽然不是主观故意，但只要客观上帮了我们这个忙不就行了吗？她本就是个最多疑的，我们不怕她不上钩。”于是司棋与鸳鸯耳语一阵，又交给她一块牌子，几个便趁夜翻墙出去了。

且说翌日黛玉梳妆之时，问紫鹃道：“我听说小红原不叫这名字的，你可知道？”紫鹃笑道：“她原是叫红玉的，后来改了。”黛玉笑道：“‘林红玉’？倒像是我亲妹妹的名字，她又那么好，不如我就认她做妹妹吧。”说到认亲，又想起薛姨妈来，进而想到宝钗，想起薛家在贾家抄家之时丢下贾家跑了，心里很不是滋味。又记起贾芸说宝玉和薛家一阵躲在紫檀堡了，想到宝玉，又担心他是否真的还活着，倏然间眼前就浮现出宝玉倒在血泊中的样子，这光景恰应和了“红玉”的名字，黛玉随即便又似刀绞了心，蹙眉道：“不好，这名字还是不好，倒不如把‘红’字改掉。我另给她想一个字。”紫鹃笑道：“姑娘这是认妹妹还是认女儿呀？倒张罗着要给人家改名了。‘红’如何不好了？又喜庆又吉祥，分明是胜利之兆呀。姑娘得遇她，正是老天要助姑娘成功啊。”黛玉听了，即转忧为喜，笑道：“紫鹃，快把这盘子点心给我妹妹送去。”紫鹃笑道：“人家还没答应呢，你倒认真叫起来了，我先替你妹妹谢谢你了。”于是端着点心去了。

紫鹃刚走，黛玉听到门口脚步声，以为是小红来了，未及禀报，就笑道：“进来吧，不必拘礼了。”却见进来的是鸳鸯，鸳鸯道个万福，道：“给宝二奶奶请安。”黛玉笑道：“好久不见，姐姐竟生分起来了，快坐！雪雁，快上茶！”鸳鸯仍是站着，四顾一看，使个眼色。黛玉知意，便用眼神示意丫头们退出门去。

待房内只剩两人了，鸳鸯方悄悄细语：“昨儿夜里，我因多喝了些水，半夜起来出恭，忽听树丛里似有人在小声说话。趁着月光一瞧，原来是小红姑娘和几个男人在嘀咕。我便多留了个心眼，偷偷躲在树后听他们说话。结果不听不知道，一听不得了，其中一个男子对小红姑娘说：‘这是蓉大哥给你的银子，你好生收了，等大功告成，定有重赏。你在贾府已经得到重用，可千万别假戏真做了，我们才是一条绳上的蚂蚱。’小红姑娘又跟他们透露了府里的好多事情，尤其讲到奶奶，连奶奶几点睡几点起、最近吃什么药、用量多少都说了。接下来更唬人，他们居然还串通着要买通药房，毒死奶奶您。我听了，吓得魂都没了。”

话未说完，把个黛玉气得面如金纸，打断道：“素日里，我只道你是好人。可今日，你满嘴里胡说些什么！你是嫉妒小红，因而编瞎话陷害她吧？怨不得小红跟我说不可对她太好，府里虽多数人服她，听她的话，但亦有人恨着她，骂她‘小人得志’，怨她‘拣高枝儿飞’。”黛玉一时说得急了，又猛咳起来。鸳鸯道：“我估量着奶奶不信，如果不是亲眼所见、亲耳所闻，我原本也必是不信的。毕竟我服侍老太太多年，老太太待我不薄，我虽是个下人，但也是贾家的下人，如何肯让这个家就败在这个小蹄子手里，因而思量半天，我方才冒死来求奶奶留个心眼。这是昨夜他们散去后，我在他们呆的地儿捡到的令牌。我把这个令牌交给奶奶。奶奶看了，就知道我没撒谎了。如若奶奶再不信，我也不敢多言了。”说着就从袖子里掏出令牌递给黛玉，再不说话。

黛玉一看，只见上题：“防护内廷紫禁道御前侍卫龙禁尉”，不禁大吃一惊，几乎坐不稳当。鸳鸯走后，黛玉只觉腹中翻江倒海，因没吃早膳，只吐出些黄色的胆汁来。雪雁忙来服侍她上床再躺会儿，自己去给她端药。黛玉越想越不对，缘何之前接连落败，而偏偏这个小红却总能退敌？再细想鸳鸯说的，越想越信，几乎笃定了那些贼人不过是在配合小红演戏，好让她彻底取得自己的信任，甚至取得绝对的掌握权，最后开门迎敌，来个里应外合一锅端掉。黛玉越想越气，“千金易得，知音难求”，世界上能有几个人是让自己真正信任的？自己好容易一片赤诚于她，她却不过是个奸细罢了。

想到这里，只觉得一股热血涌上头来，头晕气堵。雪雁来服侍她服药，黛玉一边喝一面想着：“没准宝玉就是她杀的，她倒装好人来给我报宝玉的平安。我却给哄得傻子一样，真是作孽！”于是心里烧一阵，口里烧一阵，又胃里烧了一阵，把刚才喝的药全吐了一地。雪雁要去擦地，黛玉怒道：“瞎忙什么？我要你擦了吗？赶紧走，把小红给我叫到议事厅去。”雪雁只好去找小红。

话说紫鹃去找小红之时，小红正和母亲商议近日之事，忽听紫鹃说宝二奶奶要认她做妹妹，又给她送了好吃的来，她母女二人都好高兴。林之孝家的笑着捏捏女儿，道：“你可真是好福气，奶奶这么疼你，你要是不尽心，可是天理也不容了。”又留紫鹃吃茶，紫鹃便留下来和她们玩笑了一回。忽见雪雁来请，紫鹃便笑道：“怎么了？一大早闷声丧气的？谁欺负你了？”雪雁哭丧着脸道：“我也不知道怎么回事，奶奶刚还好好的，突然就发了那么大的火，连我也倒了霉，平白挨了骂。”林之孝家的忙推小红道：“我的儿，既是如此，二奶奶定是遇到要紧的事了，你快去吧！不可耽搁了。”小红听了，赶紧和紫鹃、雪雁一起过去。

黛玉一见小红，气不打一处来，冷冷地道：“你过来，可认识这个？”

于是把那块令牌丢在地上。小红猜着十有八九不妙，可又不识字，不知道写的什么，只好摇了摇头，正要说话。黛玉怒道：“你可别装了！我真是瞎了眼，竟然错认了你！这是贾蓉的东西，若是你没有和他串通一气，如何会到你的手里？”小红忙跪下道：“奶奶明察，小红如何敢有二心？这一定是有人栽赃！若我是那些贼寇的奸细，怎么肯杀了他们那么多人？”黛玉冷笑道：“好一出苦肉计！竟然不惜拿那么多人性命来演戏，你果真是够狠毒！要不是我今儿个知道了，还不知我几时要死在你手里呢！”于是不由分说，命人先拖出去打她四十大板，待查实了，再作处理。

紫鹃苦劝不成，只哭成了泪人。

黛玉听着小红一声一声地哀嚎，口里说道：“该，该，该。要不是鸳鸯来告诉我，可真是一切都完了。”可冷静下来，心里却越想越不对劲儿：就算小红和贾蓉串通，贾蓉的令牌如何会被小红随身佩戴着？哪怕就凭她是有夫君的人，也不可能与贾蓉如此亲密。如果令牌是那几个臭男人带进来的……也不对，一则为何贾蓉会放心把这么重要的东西让别人收着，二则贾蓉早就与朝廷为敌了，自己也不见得会用得着这个，三则如果贾蓉半夜让人翻进来，那些人定是他最能干的心腹，如何会这般不小心？再一细想，鸳鸯自从老太太去了，大小事情一概不理，为何突然这般热心起来？莫非她才是和贼寇串通一气？

想到这儿，黛玉坐不住了，却见外头小红已经不叫唤了，忙命外面行刑的小厮住手。黛玉随之出去，走近小红一看，不想，小红竟浑身抽搐，口里只有出的气，没了入的气了！原来那鸳鸯早已买通了行刑的小厮们，在刑具上涂了剧毒的药，那些小厮又奉命把小红往死里打，没几下便打得皮开肉绽，浑身的血液都被毒药浸了。可怜小红就这样一命呜呼了。

黛玉慌了，可人死不能复生，不禁悔恨不已。她忙命人去捉拿鸳鸯。可几个小厮旋即就空手回来了，他们禀告道：“鸳鸯屋里的小丫头说，鸳鸯从奶奶这儿回去后就出门了。问她上哪儿，她说是奶奶让她去打听宝二爷的下落。我们又去问了守门的人，果真是放她出去许久了。”黛玉听着，如晴天飞霹雳砸在头上，她自知确实冤死了小红，觳觫涕泣，眼前一黑，命人去把林之孝家的叫过来。

林之孝家的欢天喜地地来了，见到的却是女儿鲜血淋漓的尸体，眨眼间便跟女儿阴阳两隔，真是祸从天降，不禁抚尸大哭，悲天嚎地，凄惨异常！黛玉亦痛哭不已，直哭得一口气不捯一口气的，接连两口鲜血喷吐而出！她只恨自己竟如此糊涂！在众人劝说下，好不容易双方哭声逐渐平息下来，黛玉原早已支持不住，但是此刻除了她，贾府已经没了能作主的人，她只能强撑着，满脸愧色道：“林大娘，都是我上了鸳鸯的当，错怪了她，没想到只是打了不到四十板子却竟要了她的性命……我房里还有些银两，还有些首饰衣裳，我已经让紫鹃去取了。是我对不起她，对不起您，您将她好生安葬了吧。”

林之孝家的止不住满腔的怒火，又号啕大哭起来：“我们家对贾家一心一意，她父亲已经为你们家送了命，她也一向忠心耿耿，可你竟冤杀了她！我就她一个女儿，你杀了她，从此就剩我孤零零的一个人了，这岂是几两银子可以解决的？我只问你要人，你还我女儿！还我女儿！……”直哭得呼天抢地，满地打滚，一心不想活了。

偏在这时，贾芸赶来，见小红如此惨死，不禁搂住她哭得肝肠寸断。又站起身来，颤抖着手指着黛玉怒道：“你，你……”气得说不出话，一把拔出剑来，左右只当他是冲黛玉去的，忙上前拦着。贾芸仰天大笑道：“老天爷啊，你竟如此不公！我原本除了她就一无所有了，如今你竟连她也要夺去！既如此，干脆把我也一块捎上吧！黄泉路上，我俩结伴，不再孤单！也好过把我孤零零地留在这无情无义的世上！”说着，未及他人反应，自刭殉情而亡。

黛玉如被闪电击穿般全身麻透，浑身瘫软，鲜血一口接一口地从嘴里直喷出来。

话说园中众人听说黛玉刚愎不明，乱杀功臣，都立即相约着卷铺盖离去。黛玉自觉罪孽深重，无颜挽留，只得由着他们去了。混在园内的细作们趁乱大开园门，埋伏在外的以贾环为首的贼寇们一拥而入，众人猝不及防，几乎未有生还的。

钱槐颇为得意，爬上院墙嬉皮笑脸地大喊道："林姑娘，我的娘子，你快出来，别让你的相公好等！兄弟们，除了我的林姑娘，其他的姑娘随你们挑，还等什么，赶快冲进去啊！"黛玉听闻，又吐了一阵血，她对紫鹃泣道："都是我坑了你。我是活不成了，你和雪雁快逃吧。"紫鹃也早成了泪人，哭道："我们能逃到哪呢？能和姑娘一处，就是死，也是我们的造化了。"又忙推雪雁，雪雁也泣道："我也只陪着奶奶，哪儿都不去。"于是，紫鹃、雪雁捆扎了一些诗稿，搀扶着黛玉，三人匆匆往园里去了，在假山的一个秘洞里藏了身。

夜半时分，月泻如银，树影幢幢，寒风阵阵。黛玉掏出两块旧帕来，触物伤情，暗自念道："叫人焉得不伤悲？叫人焉得不伤悲？"又把帕子捂在心口，默念着"宝玉"二字，落下泪来。一面怪宝玉在危急之时不知去向，一面反省自己白天所为，不敢回首，又愧又悔，又害怕惊动人，只得默默流泪。

也不知哭了多久，黛玉突然怔住，不再哭了。可又很想哭，但哭不出来，只觉得胸内堵得像有千斤巨石压着，喘不过气来。心中痛苦万分，头脑却异常清醒起来，冷静了好一阵，心中突然好似一切都被倒空了，身体变得轻盈起来，连感情都变得理智无比。黛玉握着帕子，心里对着月儿默念着："宝玉，我们此生情缘已了。我犯下如此大错，再不能苟活于世。家园已失，我即使活着，不过捱时日罢了。只是将来你如何寻到我？可如今我已经管不了这许多，永别了。”

…………

紫鹃禁不住瞌睡，合上眼小睡了一会儿。可一转头，却不见了黛玉，又见地上散落的诗稿，捆诗稿的绳子不见了，猜着不妙，忙赶出来，却见黛玉吊在一棵树上，已气绝身亡。紫鹃登时泪落如雨，忙唤雪雁。两人将黛玉解下来。紫鹃泣道：“姑娘待我如亲姐妹。她不在了，我不能让她孤孤单单地一个人走，自然是要随她去的。这两日最乱，你一定要想法子趁乱逃出去，把姑娘的下落告诉宝二爷，好歹让她好好安息了。”雪雁听了，也不禁潸然泪下。偏这时，听得远处的喊杀声近了，两人忙胡乱挖了个土坑，将黛玉抬进去，又用残花败叶掩埋了。紫鹃因那两块旧帕子被风吹雨淋坏了，便把它们藏在一旁的柳树洞中，指望着将来宝二爷来寻她之时，能得个念想。

再说黛玉，一点芳魂飘飘悠悠不知到了哪里，忽闻阵阵音乐之声，循声而去，至一所在。嗅得幽香沁人，只见仙花馥郁，异草芬芳。如至虚无缥缈之境，人迹稀逢，飞尘不到，云飘雾缈中蒸腾着朱栏白石，绿树清溪，现出珠帘绣幕，画栋雕檐。光灿灿如金铺地，水润润如玉作池。黛玉正在疑惑，只见秦氏飘然而来，笑道：“你泪债已还，尘缘已尽，快随我至警幻案前销号。”黛玉不解。秦氏笑道：“我乃是警幻之妹可卿，你原是西方灵河岸上三生石畔绛珠草，追随赤瑕宫神瑛侍者下凡，以一生的眼泪还他甘露灌溉之惠。如今此生泪已尽，自然应与我至太虚幻境找我姐姐销号，下一位排到号的人才好早些下凡了结他的风流韵债去。”黛玉恍然大悟，遂随了可卿，悠然去了。

再说黛玉离去时，宝玉虽不在侧，那宝玉所配蠢物，与黛玉相识相知一场，却还有些情义，特来送送她。因素来见众人作诗，它也技痒，见此情景，情不自禁，也赋诗一首：

花仙降世未逢春，霜剑风刀愁煞人。
本是花开刚旭旦，偏生蕾绽已黄昏。
憔悴花里空风咽，寂寞帘中只月痕。
愁灌苍穹昏日月，悲敲鼙鼓震乾坤。
倾倾虎咒乱清世，郁郁芙蓉瘗玉魂。
萦恨山河风重重，相思草木念沉沉。
泪凝天外月尤皎，哀郁心头夜更深。
衾上双鸳仍冰冷，窗前独坐已清晨。
人间空有夫妻诨，天上再赓伉俪恩。
笑看河清终海晏，团圆定至万家门。

欲知后事如何，且听下回分解。

第九十八回

白杨村里悲咽无休　柳树林中芳魂何觅

话说贾府遭此大劫，黛玉却踪影全无，贾府一下子群龙无首，乱作一团。闻讯赶来的卫若兰和所剩无几的几个忠仆只有拼死护着为数不多的幸存者迅疾出逃。李纨、贾兰、贾菌母子刚翻上墙去，就见贼寇们来势汹汹地奔这儿来了，贾琮慌忙踉跄着往上爬，被几个强贼一把扯下来，剁在地上，又随手砍断了软梯。贾珖、贾瓔、贾琛、贾藻、贾蘅见大事不好，只得硬着头皮与之拼杀，又被撕翻了两个。

眼见得赵姨娘、贾环等人正亲自带兵往这里来，卫若兰一脚踹开近身的贼寇，搭上箭，拽满弓，只一箭，喝声："着！"正射中钱槐胸口，那钱槐登时倒地，在血泊中抽搐着，把个贾环气得半死，忙命手下："速去把那个放冷箭的脖颈上的破玩意儿取来！"卫若兰又射倒几个，但到底是寡不敌众，料着再留在这里也是白送命，见墙边有一株不知什么树，便用双腿夹定，猴儿似的往树上一挂，便嗖嗖地蹿到了树顶上，随即，腿一蹬，轻落到墙上，从墙上翻将下去，不费半点气力。贾环等见他如此功夫，也怵了八九分，只好由着他去了。

贾环再看钱槐之时，却见他已断了气，恼羞成怒，忙命手下猛打猛杀，不必留活口，回去按人头领赏！他手下人本就杀红了眼，听了这话，更兴奋起来，把这儿余下的子弟、家仆一个不留，尽数砍死撕死。一阵刀光剑影之后，贾府园宅院落已尸横遍地，一片狼藉。

赵姨娘、贾环等人大获全胜，便欢天喜地地在荣禧堂庆功，但赵姨娘总觉得众多尸体碍眼，也很恐怖。贾环遂令手下人夜里拖了那些尸首扔到城外乱葬岗去。

那乱葬岗因白杨众多，得了个诨名叫白杨村，方圆几里之内都没有人家。谁知当晚月光如泣，风声如诉，夜色诡异黏稠，凄凉萧索，白杨村萦纡着女子的哀泣声，如杜鹃啼血，声声含泪，凄苦中带着愤怨，悲凉中透着控诉。那哀声此起彼伏，回荡在一棵棵白杨惨白的枝干上，也震荡在一个个贼寇惨白的脸上。贼寇闻之，魂悸神惊，肠断胆寒，都没命地穿过青枫林飞奔回来，谁知那哀泣声一路不断，青枫的枝叶在散乱的风中竟有节奏地击打着，似吟哦声声，与哀泣声相互应和，不绝于耳。强人们做贼心虚，都道是鬼魂索命来了，个个被唬得面如土色，觳觫悸颤。一路奔回贾府，早已烂泥似的软在地上，却依然听见哀泣声不断，唬得贼人个个哭爹喊娘。翌日早上，不少贼人都莫名生病了。

贾环闻之，也唬了一跳，害怕冤魂索命，心内震悚不已，却仍强作镇定，喝道："胡说什么？爷是何等英雄人物，你们跟我一道，岂有恶鬼敢来纠缠？"手下人皆说昨晚哭声连绵不绝，从园内到白杨村不曾停过，贾环骂道："亏你们还是爷的手下，一点小事就被吓得魂都没了，那附近又没有人，何来的哭声？分明是你们自己懦弱，倒扯起谎来！"贾环一面骂，一面自己也害怕，遂命几个最胆大的去园中细细查看。须臾，便有人来报：在园子假山的一个秘洞里，发现有个丫头满口是血，死未瞑目。贾环亲自去看，认出是紫鹃，遂想起黛玉来，问道："那姓林的呢？难不成跑了？若果真困在眼皮底下还让她跑了，你们都活不成！快去，给我把姓林的抓过来，活要见人，死要见尸！"

正当此时，手下有人来报，说贾蓉、贾蔷和柳湘莲等人也杀进来了。贾环闻言大惊，忙整顿队伍前去迎敌，谁知来者人多势众，队伍浩浩荡荡，气势汹汹，赵姨娘和贾环等见之即已怵了三分，与之交锋不多时，已觉寡不敌众，再兼手下人心惶惶，毫无战心，料定死守硬拼，必定凶多吉少，遂不敢恋战，边打边逃，退出老远……

贾蓉等人克敌制胜，占了宅子，欢天喜地，准备好庆功宴，命芳官等人唱曲助兴，直玩到天黑方散。可一夜风紧，夹着雨声，呜呜咽咽，其间似乎不时传来女人悲悲切切的哭泣声，时而低沉，时而尖利，萦绕耳间，越发的凄厉逼人。诸多强贼，觳觫不安，一夜难眠。翌日一早，遂已病倒一片，内中皆传贾府宅子凶险，昨夜有鬼来勾人魂魄。贾蓉是个外强中干、色厉内荏的，如何不怕？便命手下把能搬的皆搬走，一干人屁滚尿流地撤了。

赵姨娘、贾环闻之，意欲重占贾府，怎奈手下人等，宁死不从，人心难齐。贾环犹疑再三：一则心虚，恐自己作恶多端遭报应；二则府里值钱之物早已劫掠一空，思前想后，虽有不甘，也只好作罢。故此，贾府空寂无人，成了荒宅。

话说宝玉自摔玉之后，再也不愿戴着玉，袭人左哄右哄，皆白费心思。袭人无奈，宝钗也心焦，二人合计，便托莺儿去重打一套装玉的络子。莺儿笑道："把那金线拿来，我想仍是配着黑珠儿线，一根一根地拈上，打成络子，再好看不过了。"袭人笑道："正是呢，我也说这样好看，华贵而不俗气，明亮又不张扬。你可快些打吧，那小祖宗要是有个三长两短，可如何是好？"袭人遂去给莺儿拿金线来。待莺儿打制妥当，袭人把玉重装入新络子，复哄宝玉戴上。宝玉见这穗子竟似林妹妹打的，便垂下泪来。袭人知他心思，只得暗暗陪他落泪。

宝玉虽有袭人、宝钗在此照料妥帖，然对黛玉之牵挂，一刻不能休。若非自己身受折磨后伤痕累累、虚弱至极，再加上外头兵荒马乱，贾府危难重重，宝钗等人强留不止，宝玉早就归心似箭，回到贾府去了。

转眼红枫似血，秋风啼悲。宝玉听闻贼寇已熄，贾府渐趋安宁，放心不下未了之事，遂趁一日天色微明之时，遍体纯素，从角门出去，一语不发跨上马，一弯腰，顺着山路就颠下去了。

宝玉至家，但见满目疮痍，唯杂草丛生，虫鸣鸟叫，昔日豪门深宅，如今只徒四壁耳。疾步行入潇湘馆，却见昔日葱葱竹林，今已夷为平地。寒烟漠漠，落叶萧萧，满院狼藉，沙石瓦砾、木片纸屑，散落一地，灰尘积满朱楼，蛛网遍布画梁。

宝玉见此情景，心如刀绞，涕泪横流，跌足叹道："古人云'佳人命薄'，果是所见不差。今日不知人面何处，叫我怎能安心？"一面想，一面只管往里走，不防廊上的鹦哥"嘎"的一声扑了下来，扇了他一头的灰，宝玉吓了一跳，抬眼见是黛玉的鹦哥，不禁呆住了。那鹦哥"嘎"的一声又飞上房檐去了，站定便叫："姑娘，宝玉来了，宝玉来了。"宝玉痴痴地问："你家姑娘在哪？快带我去瞧瞧！"那鹦哥便长叹一声，竟大似林黛玉素日吁嗟音韵，接着念道："三月香巢已垒成，梁间燕子太无情！明年花发虽可啄，却不道人去梁空巢也倾。"宝玉听了，簌簌落泪，喃喃自语："明年？已是今年了，好妹妹，我来迟了。'茜纱窗下，我本无缘；黄土垄中，卿何薄命？'"

那鹦哥见他如此，便扑棱着飞走了。宝玉忙跟着它，转到柳叶渚来。在一个柳树洞里见到了两块旧帕子。宝玉拾起来，轻轻念着："叫人焉得不伤悲？叫人焉得不伤悲！"却似口里衔有千斤万斤重的一颗黄连，念得字字滴血，声声含泪，直念到气息喘喘，泪眼泣血，瘫软在地，悲号震天……宝玉勉强挣扎着，在一片的枯枝落叶中疯了似的翻寻，双手被割破，血流不止，他竟浑然不知。终是在重重叠叠的枯枝败叶之下见到了一具尸骨，穿着她素爱的那件洁白如雪的衣裳。

这一身白，如一束明亮的寒光，从出鞘的利剑上迸出，直插入宝玉的心窝；又如晴天飞来的霹雳，在宝玉的颅内轰然炸响。直觉"嗡"的一声，宝玉看见黛玉的一颦一笑在霎时闪过，最后定格在黛玉清澈双眸的含露凝涕中。他多想把这世间的美好都装在这双眼睛里，这双每每看见心中都似被清凉的泉水惬意地滋润着的黑葡萄般的眼睛。他多想再握着那双嫩藕似的小手，多想再拭去那两行冰泉似的清泪，多想再抚平那两弯眉间蹙着的忧愁，多想再望见那两汪罥在眸中的笑意，多想再在她调皮时插科打诨，在她难过时轻声安慰她……

可是如今，他不忍心再想下去了，那一点一滴的回忆如刀子般割着他的心。那一声声清脆的"二哥哥"他再也等不到了，因为那个值得一切美好的小丫头已永远地融在了花香的清芬里、鸟鸣的清脆里、月色的清冽里，留下的，只有在衰草寒烟中狼狈的自己。而自己的余生，将注定是孤独悲哀的了，垂泪时再也等不来她递过的手帕，也再也等不到她替自己这个笨蛋练的字做的诗了。想到这里，宝玉不禁苦笑。是啊，父亲都不在了，哪还会有谁让自己练这些呢？眼前的那抹白色又把他拉回了现实。宝玉两眼鳏鳏，喃喃道："林妹妹，我们有那么美好的过去，你怎么舍得？我们还有那么长的将来，你怎么忍心？"说着，再也忍不住的决堤的泪水在他脸上恣意奔涌开来。宝玉直哭得撕心裂肺，肝肠寸断……

终于，宝玉哭不动了，遂咬破手指，蘸血在帕上写道：维雄豪纷出之元，金菊飘香之月，离恨灌愁之日，镴枪头浊玉，谨以冰玉之香，清霜之缎，蕴秀之露，冷月之声，四者虽微，聊以达诚申信，乃致祭于……身后一个清脆的声音说："西方灵河岸上三生石畔绛珠仙子之前。"宝玉听了，唬了一跳。欲知是谁，且听下回分解。

第九十九回

黄土陇头绛珠还魂　红绡帐底鸳鸯成对

话说宝玉回头一看，竟是黛玉，似蹙非蹙着两弯笼烟眉，似喜非喜着一双含露目，泪光点点，娇喘微微。黛玉笑道："真是个呆子！我几年前就已把自己的诔文写了，你瞎操些什么心？"宝玉呆呆地笑道："我为的是我的心。"

黛玉听了，低头一语不发，半日说道："我也为的是我的心。难道你就知你的心，不知我的心？就拿今日天气比，分明今儿冷得这样，你偏偏要在风口里。你要是冻坏了，难道又要让我偷跑出这么远来给你送药不成？"宝玉不知该说什么，只道："好妹妹。"便上前握住她的手，觉得冰冷得很，于是紧紧贴在怀里，不住地拿自己的手去搓着焐着。

黛玉眼中含泪道："你个呆子，做什么拿自己的血来祭奠我？我本羞于自己无能，没能守好家，害得那么多人丢了性命，难道白流了那么多人的血还不够，这会子我还要你的血不成？"说着滚下泪来。宝玉忙去给她拭泪，惊道："狠心的妹妹，如今你竟是连泪都是冰冷的了。果真是连一点温情也不愿留给我。"黛玉泣道："我本是西方灵河岸上三生石畔绛珠草，你本是赤瑕宫神瑛侍者，因你日日以甘露灌溉，我才得以久延岁月，得换人形，遂随你下世为人，以一世之眼泪，酬报你灌溉之恩。今一世的眼泪已尽，我便回返仙界。唯人间才有悲愁喜乐，仙界之水，何来温度？不过是静气之物，作度化之用罢了。方才我私偷了些，委实不该，若是给警幻姐姐知了，又该说我了。此番我特来告诉你，你我今生缘分已尽，你切勿执迷，应追求现世之幸福，莫因我而耽溺。”宝玉忙去搂住她，哭道：“好妹妹，我不让你走！”却只搂住一缕香风，那香风轻轻抚过他的脸颊，还是飘飘荡荡地去了。

宝玉呆立在那里，登时天空中浇下瓢泼大雨来，把他浑身淋个湿透。宝玉朝天大哭道：“好妹妹，我知道是你在哭。还是这么冷的泪，你别哭了，若因我而挨了骂，我如何过意得去？从今往后，我只把我的泪都攒下来，留给你，让你哭个够。”

忽听柳树后面有人喊：“宝兄弟，你都淋成落汤鸡了，还不快到这儿避避雨？”宝玉听出是宝钗，也不搭言，仍木头似的杵在那里。宝钗急了，赶忙上来脱下自己的披风盖在他的头上，把他拉过去避雨。

云销雨霁，彩彻区明，宝玉默不作声，半晌才问道：“好姐姐，你可有带绢袋之类的？”宝钗笑道：“我就知道你会回贾家来，所以我还真带了一个大的绢袋来这儿寻你。你是个痴人，定有不少放不下的东西，好让你多拾些带了回去留个念想。”宝玉苦笑道：“我是想带她回去，可她已经走了，回不来了。”宝钗知他说的是谁，只得好言安慰他。宝玉道：“好姐姐，把你的绢袋借我一用，好生安葬了她吧。”宝钗又好悲又好笑，道：“好个大家公子！你满嘴说的是些什么？哪有这么草草安葬了她的？好好给颦儿打造个上等棺木，再找块好地儿，她才好安息啊。”宝玉仍是呆呆的，道：“她如何肯住在那不见天日的地方，外头也不知是什么脏的臭的？装在这绢袋里，那畸角上有一个花冢，就在那儿一起葬了，拿土埋上，日久不过随香土化了，岂不干净。”

宝钗熟知他的呆性子，知道拗不过他，便按他说的，陪他一起把黛玉好生葬了，又认真祭奠了黛玉一番。宝玉见她情真意切，通情达理，暗自懊悔素日错怪了她。

两人至怡红院来，只见花木枯败，雕槛蒙尘，飘叶声寒，蛛网笼衾，一片狼藉。宝钗掏出手帕，一面捋袖子一面擦拭，对宝玉道："你傻在那里做什么？快来帮忙呀，不擦干净，你坐哪？"宝玉见她捋起袖子，露出左腕上笼着的那串红麝串子和雪白一段酥臂，不禁又呆了。宝钗再问他，他胡乱地说："我不坐，看看就走了。"宝钗看见他的眼神，不觉红了脸。宝玉见她肤如凝脂，不禁想摸一摸，手伸到半空，又想起黛玉来，便僵在那里。待要缩回手，满脑子却都是黛玉的那句"莫因我而耽溺"，又不知该如何是好了。

宝钗见他蜡像似的定住，又好笑又不好意思，便褪了那串子，放在他的手里，道："你既这么喜欢它，给你好了。"宝玉一时忘情，竟顺势抓住那只丰润的玉手。宝钗登时脸红心跳，一把甩开手，怒道："你这是做什么？"宝玉见她杏眼圆睁，竟显出另一种妩媚风流，又怔了，反应过来自己不好意思，赶紧丢下串子，一口一个"好姐姐"地赔罪。

宝钗冷笑道："你把我当成什么轻薄人了？你既是心里只有你妹妹，做什么来招惹我？没的叫我恶心。"宝玉急得赌咒发誓道："天理良心，我如何心里只有妹妹，没有姐姐？我对林妹妹一往情深，可她已经死了，难道姐姐这般宽宏大量的人，还要吃死了的人的醋？"宝钗冷笑道："原是我来招你的不成？你倒编派起我的不是了。"宝玉听后，自己由不得脸上没意思，只得又搭讪笑道："都是我的错，还望姐姐体谅体谅我。"宝钗冷笑道："我如何体谅你？你的那些玩笑，我可不懂。你现在可不是在和你素日嘻皮笑脸的那些姑娘们跟前。没了妹妹欺负，就来欺负姐姐了，哪里有这样的道理？"宝玉红了脸，不知该说什么。

宝钗转身甩手出去了，在外头转了一圈，又觉得过意不去，绕回怡红院来瞧宝玉，只见片刻工夫宝玉已哭得泪人一般，忙上前安慰道："原是我说得过了，宝兄弟别太伤心了。我只是怕宝兄弟错认了我，我未出阁的一个人，自然是要洁身自好、小心为上的，如此也方不负了我将来的夫君。

我日后无论是嫁与谁，都是要对他托付终身的，没有胡乱与其他男孩子瞎玩的道理。”

宝玉听了，“哇”的一声哭出来，道：“我说姐姐为何突然与我如此生分，原来是要嫁人了！妹妹不要我了，姐姐也不要我了，你们都不要我，让我孤苦伶仃一人，真是狠心！再说，我早就不是孩子了，姐姐这样说，让我好难受！”宝钗试探道：“我们既然这么大的人了，嫁娶都是水到渠成的事情，我嫁了人，你也娶一个，咱两家和和美美地住在一起，岂不好？你不为我高兴，怎么倒排揎起我来了？”

宝玉恨道：“那小子是谁？姐姐天仙似的一个人，竟要给不知怎样的一个须眉浊物玷辱了，我如何高兴得起来？是什么时候的事情，姐姐为何不告诉我一声？早知今日，姐姐还不如嫁给我呢！”宝钗“噗嗤”一声笑出来，道：“婚姻大事也是闹着玩的？”宝玉泣道：“姐姐不信我？这世间多有须眉浊物，觑得那娇花如蒲柳似的，肆意蹂躏，不知爱惜。若是姐姐嫁给我，我好歹会一生一世对你好，比不得外头的不知什么浑小子。”宝钗笑道：“你这是急着从火坑里捞我呢，还是真心爱惜我呢？”宝玉急道：“我与姐姐多年情分，姐姐怎么这般疑我？从前每每有人跟我提起金玉良缘，我总不理会。今日我才明白：我与林妹妹是前世情缘，今生本来缘浅。如今我与她缘分已尽，而我与姐姐今生之缘，却是命中注定，拆解不开的。我若固执一世，误了现世的金玉良缘，岂不负了姐姐？让我如何心安？”宝钗笑道：“那你妹妹怎么办？”宝玉道：“她既然叫我‘切勿执迷，应追求现世之幸福，莫因她而耽溺’，若我一味因她不娶，孤守一世，妨了大节，也不是理，让林妹妹在天上看了，反不安了，岂不是我的罪过？”

宝钗见他情真意切，含羞笑道：“宝兄弟，适才我是跟你开玩笑的，我并没有要聘给谁。”宝玉泣道：“我对姐姐一片赤诚真心，姐姐倒拿谎话来寻我开心。”宝钗笑道：“你刚才所说的都是真心的？”宝玉忙道：“若有一句是假的，我变个大梵钟去，一辈子让人打着撞着。”宝钗正色道：“宝兄弟，你既对我有意，我并非无情之人。但你若真要娶我，必须认真上我家提亲。我不需要多大的阵仗，但该有的礼仪一样都不能少。”宝玉笑道：“那是自然。”

两人赶回了紫檀堡，宝玉便认真去薛家提亲。薛家有什么不应允的？不过走个流程罢了，因薛蟠两日后就要出门，又不愿错过妹妹婚礼，便撺掇着翌日就成亲。蒋玉菡、袭人因才新婚几年，连鸳鸯衾枕之类都是现成的。宝玉仍担心婚娶之时没有合适的衣服。宝钗便取出一件乌云豹的氅衣来。宝玉看时，金翠辉煌，碧彩闪灼，正是当年晴雯补的雀金裘。原来，宝玉有次去宝钗家玩的时候，把它脱了下来，忘了带回家去。宝钗本想送回去的，谁知紧接着就遇上了贾家抄家，便携了这件衣裳一起来紫檀堡。宝玉展开衣裳，一寸寸地抚摩着，晴雯的音容笑貌犹在眼前，宝玉细想起往事，不觉感叹唏嘘，掉下泪来。

翌日紫檀堡热闹非常，欢声笑语。晚间洞房花烛，宝玉、宝钗两个自在红灯帐底唧唧哝哝地说了一夜，山盟海誓，如鱼似水，似漆如胶，自不必说。

夏金桂见宝玉生得好，便有事没事拿些不干不净的言语来挑逗他，宝玉因为先前香菱的事，气还没消呢，如何肯理她？不过以礼相待，多不过哼一声走开罢了。宝钗见了，暗暗庆幸自己嫁了个君子。

且说李纨、贾兰、贾菌母子逃出贾家后，在山中隐居了起来，开荒辟地，自耕自种，再摘些野果、寻些野菜过活。贾兰果是争气，虽是破瓦茅房之中，一刻不忘刻苦读书，李纨很是欣慰。这日贾菌偶然到城里一趟，见贴的告示上说新皇帝业已登基，又见街上重新热闹起来，果真回返太平盛世的样子，遂张罗着要四人一起回家去看看。李纨、贾兰和贾菌母子便即刻启程。待回到贾府，见人去楼空，满目疮痍，皆抱头痛哭起来。四人去祖祠祭了祖，正要离开，却见小径上走来一人，是个尼姑打扮，见了他们，转头就走。李纨认出来，忙唤道："四姑娘，不认得我们了么？"惜春冷冷地道："我就是个出家人，不是这里的什么姑娘，你们认错人了，请往别处去找吧。"说着就走了。

李纨气得噎住，半晌才道："贾家怎么养出这样的白眼狼？"又忙叮嘱贾兰要好好读书，为贾家光耀门楣，贾兰满口答应了。贾菌母子见世道太平了，不惯山野，便要回城里去。贾兰、李纨都是爱清静的，遂不愿和他们一起走，目送他二人走远了，也不免唏嘘。母子俩仍回到山里住着，清净度日。

欲知后事如何，且听下回分解。

第一百回

庾岭梅间岫烟魂飞　平安州里贾环命丧

话说那日贾府被抄之后，贾琏因国孝家孝之中强娶民女被抓，后来又激怒圣上而被斩首。贾珍因为行贿被流放，尤氏受牵连一同前往。贾赦因买官、枉褫人命，邢德全、邢岫烟因受薛蝌贩卖私盐后潜逃的牵连，俱被流放。这一干人犯戴着刑枷，并其他犯人一同，出得城来。

因当时法令严酷，规定流放者必须于半年内赶至数千里之外服役，众衙役怕耽搁行程，端的是逼着众人起五更，趁早凉便行，至日暮方歇。如若停住，轻则痛骂，重则藤条鞭打，逼赶要行。

犯人中多有打小娇生惯养的，哪里受过这些苦？气喘了行不上，少不得多受些鞭子，日继一日，积出病来，未至目的地，已有多人死于路上。

不觉行了数月，至大庾岭之时，正值“十月梅花岭上香”。这庾岭素以险绝闻天下，人家渐少，行路又稀，一站站都是山路，行路更艰辛。加上豺狼、毒蛇出没，瘴气侵人，众人时时担惊受怕，病了大半。邢岫烟见红白梅夹道，想起宝玉、妙玉他们来，故乡与故人之往事时时浮现，可念而不可及，岫烟只得闷在心里，恹恹病了一场。

贾赦本就上了年纪，长年又从不保养身子，怎经得起流放之苦？如今面容枯焦，脚肿溃烂，浑身流脓，常自叹自怜命途多舛，日薄西山。衙役们见其走路踉跄迟缓，自然没有好声气，想要打他，又怕一不留神把他打死了，便只拿些最难听的言语来辱骂他。贾赦无法，少不得让邢德全搀着自己走。这贾珍和贾赦打小儿起就是众人捧凤凰似的捧着的爷，从没短过锦衣玉食的，如今也只得忍受着粗衣粝食、朝齑暮盐，苦不堪言。押解的衙役见此趟差使贿银一分没有，却要长途跋涉、风餐露宿，也牢骚满腹，一路骂不绝口。

这日，途经客栈，衙役们实在熬不住了，便凑些银子要打个牙祭，问客栈小二要了坛酒，又要了十几斤肉。因怕喝酒误事，只敢轮着每人略呷几口，尔后就着白水敞开了吃肉。贾珍、贾赦透过窗牖，在客栈外头瞧得出神，直馋得垂涎三尺。好容易等到衙役们舔唇咂嘴地撇下剩饭剩菜离开，这两人来不及用脑子掂量掂量，一刻也耐不住了，三两步奔进去，尽拣着油亮的肉往嘴里塞，狼吞虎咽得几乎噎住。贾赦正在兴头上，嫌白水不够劲儿，竟一把抱起酒坛，仰头就对着嘴猛灌，真是好不畅快！

贾赦正舒服得浑身通畅，不防头手里的酒坛被人一把夺了去，便下意识一抢，被酒泼了一身，气得他借着酒劲就破口大骂。谁知这抢酒的却正是一衙役。这衙役在同僚中向来窝囊，连个响屁也不敢放的。方才其他衙役都在大快朵颐，他却只能去看守行李，正憋着一肚子火。现在好容易熬到他来吃残羹冷炙，却发现竟连犯人都敢骑在头上跟他抢食吃，不禁怒从心头起，照着贾赦的脸就是结结实实一口浓痰唾过去。贾赦何时受过这种气？一路上又受了八辈子都意想不出之苦，满腹冤屈和怒气正无处发泄。此刻酒劲上头，一股热血倒灌上来，直涌到脑门。贾赦被酒劲和积怨一冲，抡起拳头就和这衙役扭打一处了。可怜贾赦年老体衰，哪里是衙役的对手？三两下就被按在地上揍得鼻青脸肿。

贾珍急得直跳脚，忙来赔礼解劝，可为时已晚。衙役满腔怒火正没出口，便结结实实赏了二人一顿板子。贾珍身子好些，第二天还能下地。然贾赦本来体虚，又顶撞了衙役，衙役正好把满腹的愤怒都发在他身上，直打得贾赦皮开肉绽、体无完肤、不省人事。衙役待要再打，却见贾赦已经晕了过去，怕打出人命不好交代，忙打了桶凉水，照着贾赦的头泼下去。贾赦这才醒来，身上的痛一齐涌上来，真是摘胆剜心一般，痛不欲生。衙役见他仍癞狗一般在地上趴着，便不耐烦，催他起来，可贾赦哪里动弹得了？

衙役见拿藤鞭都抽不动贾赦，气得直骂道："你个老不死的，难道是得了痨病了？什么大不了的，也敢跟你爷爷挺腰子？"其他的犯人听得不甚清楚，只听到"痨病"二字，极为恐慌，赶紧奔走相告，众人皆愕然悚然，生怕被传染，危及自身，皆要求趁早处置贾赦。衙役因贾赦拖慢了行程，恐连累自己受罚，早恨毒了他，今见事情闹大，乐得顺水推舟，干脆把他和另外几个腿脚不便的都说成是痨病，扔到深山老林里自生自灭去了。

是日，行不多远，却听一声锣响，呐喊声起，山上杀出一彪人马，竟是一伙强人。为首者大声喝道："速速留下买路钱，不然休怪我们无礼！"衙役们骂道："你那厮们，不长眼吗？朝廷押解犯人，你们也敢来剪径？"一强人听了大笑道："朝廷？如今连皇帝老儿都跑路了，还哪来的什么朝廷？你们也不打听打听，如今这江山都改姓了，你那厮们还念叨着哪门子陈芝麻烂谷子的朝廷？真是笑话！"

衙役中为首者并不十分信，仍笑道："就算各位好汉说的是真，可眼下，他们皆为罪囚，我们几个也只是押解的公差，跑苦差事的罢了，能有几个子儿？就是我们把全部家当交给你们，恐你们竟未必瞧得上呢！再说了，你们个个身怀绝技，装备整齐；而我们远道而来，赤手空拳。两相比较，若是真个动起手来，你们岂非胜之不武？这不反倒坏了你们英雄之美名，何苦呢？"

言犹未毕，另一强人便跳出来笑道："你这话说得好没意思！由不得你不信，我们以往也是官府里正经拿俸禄的，要不是时局动乱，朝廷发不出俸禄，无以养家，谁还不想过个安稳日子！如今我们已被逼落入草莽，剪径为生，还有什么做不出来的？哪里还顾得上什么英雄美名？你们只管速速拿出钱来是正经！"

话音未落，另一贼寇冷笑一声，又道："你那厮可别打量我们只是山野土寇，要说素日之罪囚没钱，我信；可今日这帮人非比寻常，我们一早探听准，等在这儿多时了。想往昔我们在任之时，谁还没抄过'护官符'了？这'贾不假，白玉为堂金作马'中的贾家乃是宁国、荣国二公之后，而你押解的犯人中，有数位皆为贾府嫡系子孙！虽说贾府如今已比不得当年了，但'瘦死的骆驼比马大'，这贾家再犯了事，再被抄家，又如何不私藏些金银细软，随身携带？"

那为首的衙役苦笑道："不瞒你说，朝廷的银子短得很，但凡犯人，临行前皆得搜身，所有银两一律上缴。你若不信，只看看我们身上穿的用的，像是能捞着油水的样子么？"那强人之首不依不饶道："你说得倒轻松，我们兄弟们一早摸着信儿，远道而来，已在此候了多时。难不成你想如此轻易打发我们，令我们空手而归？天下哪有这般好事！既然这贾家子弟的钱已被你们搜刮尽净，那我们便只管问你们要！"衙役们听这话好没分寸，都火冒三丈，待要发作，掂量掂量对方人多势众，正在犹豫，那伙强人看他们积粘，不耐烦了，一拥而上，砍倒几个衙役，唬得其余的衙役一哄而散。

众人四散逃跑，邢德全被杀，贾珍、尤氏也被乱兵踏死。邢岫烟藏于山洞中，躲过一劫，眼睁睁见亲戚们丧了性命，好容易等强人散去了，那些衙役们也早不知哪儿去了，只好掩埋了叔叔他们的尸首，自己也因积劳成疾，又受此惊吓，从此一病不起，不久便不治而亡，魂断庾岭。

话说赵姨娘、贾环自从在贾府被贾蓉等击败，折了锐气，再加上一路失损了罗照、钱槐等得力的，贾蓉、贾蔷又联合了柳湘莲，柳湘莲又最不是善类。此三人沆瀣一气，嚣张跋扈。尔后，贾环等节节败退，被一路逼回平安州来。马道婆见在此跟着他们已经没了出路，便连夜去投奔了贾蓉、贾蔷，将赵姨娘、贾环等的藏身之地告知了他们。贾蓉等听说，忙率大队人马齐往平安州来。

贾环正在睡梦中迷迷糊糊，听见外头大乱，忙起身出去看个究竟，却被贾蔷迎面赶上，手起刀落。可怜贾环，嚣张多时，却顷刻而毙，一命呜呼了！手下大多还未来得及爬将起来，就都被砍死在床褥中。

赵姨娘忽听外面锣声鼓声震天响，还未来得及反应，随即，一彪人马飞将进来，手下忙上前抵抗。赵姨娘见势不妙，胡乱塞了些银两就从后门夺门逃了出去。行不了二里地，但见前头有四个女孩挡着去路，赵姨娘因平日里作威作福惯了，如今后有追兵，正没好气，便一把推开其中一个径直往前跑，却被另一个女孩一把抓住，将足有一斤的粉末照她脸上直扑过来。赵姨娘登时满眼睛、鼻子、口里都是粉，迷得睁不开眼，呛得咳嗽不止。那四人便一面七手八脚地把她捆了，一面笑道："姨奶奶是贵客，我们怎敢怠慢，这回给您用的可是上好的蔷薇硝，一点也没掺杂。我们对您也算仁至义尽了。您到蔷哥儿跟前，可别忘了多给我们美言几句！"

贾蓉、贾蔷等出师大捷，势如破竹，正在高兴，却见芳官等绑了赵姨娘来，喜不自禁，笑道："姨奶奶果真是风韵犹存啊，临了末了，还有人替你打扮一番，再送你上路！"于是命人把赵姨娘带下去处决了。贾蔷道："那个马道婆怎么办？"贾蓉冷笑道："卖主求荣的东西，留着她有何用？谁知她将来哪一天，又得把我们卖了，不如趁早处理了她。"贾蔷听得，便也下令将她一并杖毙了。

且说新朝初建，昭告天下：剿捕强贼，举报有赏。贾蓉、贾蔷等是聪明人，哪里还会顶风作案？既然已大发横财，自然见好就收，分赃完毕，各奔前程去了。冷子兴仍去做古董生意，柳湘莲继续萍踪浪迹，云游四方。

且说戎羌入侵之时，贾雨村唬得忙带了家眷逃往村野避祸去了。如今见新帝登基，天下太平，又想出来谋个官做，便找到张如圭等几个幕友，连夜赶路，一道进京谋官。贾雨村因巧舌善辩，更兼处世圆滑，上下都打点得通畅了，便顺利谋得金陵州县一职，即日到任拜印受事。不多时，查出下属折收粮米、勒索乡夫之事，喜不自禁，佯装大怒，要立即上报。手下的官员都急了，忙凑了好几百的银子送到雨村府里。雨村仍把他们臭骂一顿，并说下不为例，便欣然尽数笑纳了所送银两。以后凡此种种，雨村皆“睁一只眼闭一只眼”，每回都能从中捞一把油水。很快，底下的官员都摸清了这套，遂并不惧怕，愈发肆意妄为，媚上欺下，百姓苦不堪言，却上告无门。

再说薛宝琴和梅翰林的儿子成婚后，虽情投意合，日子过得和和美美，却因改朝换代之时，天下大乱，一年前梅家被皇上寻了错，治了大罪，阖府查抄入监。

宝琴因事外出，逃过一劫，半路听闻，不敢回去。打听得宝钗所在，无奈赶来紫檀堡投奔她。宝钗便将她安置下来，与自己同住。

再说此时薛蝌见朝廷已换了天日，料着自己从前之事自然无人再做追究，遂也壮胆赶来投奔薛蟠。恰遇宝琴也在此，于是兄妹相见，自是唏嘘不已。薛蝌听闻岫烟等因他所累，下落不明，直悔断肝肠，愧彻心腑，自此立誓再不续弦。宝玉见就连薛蟠都每日在香料铺里忙活，唯自己乃一闲人，全凭薛家养着，心里过意不去，也闹着要去香料铺里帮忙。

宝钗嗔道：“我哥哥就那点出息了，你也要跟他一样不成？如今天下太平，你身为男人，自然应以求取功名为要，不好好念书，倒想着做这些不正经的营生？我们搬家之时，其他的弃了就罢了，这些书籍我却不敢落下，你从今儿起哪儿都不能去，只管在家好好念书，来年金榜题名，比什么都强。”宝玉不悦，但想到自己如今毕竟穷光蛋一个，吃薛家的，用薛家的，哪里还好意思充什么能耐？于是少不得耐了性子，装装样子，勉强读书。

宝钗见了暗喜，无微不至地照顾起宝玉的饮食起居来，一心要他把全部精力用在读书上。自己闲下来时，就拿了针线在他旁边做活，守着他读书。

一日宝琴见了，对袭人笑道："你看他两个，真真是举案齐眉。"袭人笑道："我素日常说你姐姐不错。如今在一处住久了，果真是觉出她有千般万般的好处。能娶到她，真是宝二爷的造化。你还年轻，何时也再寻个称心的？"宝琴羞道："如何又扯我身上了？"于是低头跑了。

欲知后事如何，且听下回分解。

第一百零一回

霸伙计以霸惹霸王　旧时飞忆旧断旧案

话说袭人见宝玉、宝钗如此，很是为他们高兴，因不愿打扰，便往那边屋子去，迎面撞上薛姨妈、薛蟠、薛蝌。薛蟠道：“今年檀香、冰片短少，明年必是贵的。这些日子铺子就烦劳蝌兄弟照管着了，如若有什么伙计不听话的，你只管做主发落就是了，也不必等回复我。我今日就动身往南方一趟，多进些货来。除去关税花销，亦可以剩得几倍利息。”

薛姨妈听了，虽是欢喜，但又恐他在外生事，再加上家境不比往日了，怕他白折腾折了大把本钱，因此不愿他去，只说：“好歹你守着我，我还能放心些。家里就是不比往日，这辈子也绝对不用愁吃愁穿的。你既是懂事了，也不必如此费事，你只在铺里看着，着几个靠得住的伙计去办这差使就是了。”

薛蟠主意已定，哪里肯依，只说：“母亲不过是嫌弃我是个靠不住的，怕我糟蹋了家里银子！见我长这么大，文又不文，武又不武，没个出息，越发瞧不上我，连这种跑腿的差事都打量着我配不上。可我何尝不仔细？我怕这事万一不稳妥，还专门求了冷大哥陪我去，他在古董行中贸易多年，是个最老到有大本领的人，哪里没去过？什么没见过？我同他去，怎么会有舛错？连带的伙计们都尽是平日里跟他出门出老了的，有什么不妥的？”薛姨妈道：“银子倒不是最要紧的。妈今早起来右眼皮一直跳个不停，总觉得此事不妥。妈统共就你一个儿子，要是你生个什么事，出个三长两短，可怎么办呢？”

薛蟠哪里听得进去，道："妈也不必咒我，横竖我就是死了，你还有宝玉这个好女婿呢。外头如今已经太平，能出什么大事？我又不是头一遭出远门，上回回来，是缺胳膊缺腿了还是少鼻子少眼睛了？做什么整日把我关在家里，受两只母大虫的气，何日得个清闲了？待我明年发了财回家，那时她们方知薛大爷是个最有才干的英雄，只怕才真心敬服我呢。到那时，我也不用成天听谁说嘴了，岂不好？谁闹，我只管挺起腰杆子打她一顿。妈也不必再说了，我这么大个人了，还做不了自己的主不成？连行囊我都打点好了，此刻也只是来告知您一声，马上就走。且也来不及见妹妹、妹夫了，请妈帮我辞辞他们。"说毕，一甩手就走了。

薛姨妈见拦不住，忙去找宝钗。宝钗一听急了，忙道："这事万万不可。妈妈可知他说的冷大哥是谁？当初刚知道他们交往时，我就拦着哥哥的，可他是个犟性子，偏不听我的。这冷子兴最是个歹毒的，他是贾府周大娘的女婿，结果竟然和强贼沆瀣一气，骗开贾家的门，害死了他丈母娘！哥哥跟这样的人出去，十之八九不妙，妈妈，我俩可千万要拦住了，绝不能让哥哥去的。"薛姨妈一听，也慌了，忙和宝钗往薛蟠房里来，谁知薛蟠已经走了，也不知走的哪条路。宝钗只好着人去追，找了半日，无功而返。

薛姨妈、宝钗正焦急，偏遇上宝琴也来辞她们。薛姨妈忙道："我的儿，想是谁欺负你了？你只管和我们说，做什么好好的就要走？"宝琴笑道："伯母、哥哥姐姐都待我这样好，哪里会有人敢欺负我？我走，是因为有件喜事。这一年，我只赖伯母一家活着，可心实实地早死了。先前我没敢回梅家，是因为梅家被抄家，阖族治罪，我夫君也被斩首了，听闻连我幼小的儿子也没能幸免下来，被一并斩草除根了。我寻思，我儿子自从娘胎里下来，本就体弱多病，而抄家之人也必欲绝后患。故而当时我也就信了，再不敢独自回去，怕白白搭上自己性命。然今日却忽而喜从天降。我方才收到先前家仆来信，信中告我，他们夫妻俩当年拼死护了我儿子出逃，已于外省安居下来，我儿现已两岁，活泼可人。如今他们打听得我还在世，忙给我来信，说孩子还小，不能没有娘亲。得悉一切，我喜不自禁，急欲去见孩子。再则，梅家当年待我恩重情重，我只管去守着孩子，把他养大了，有了出息，光耀门楣，也不枉我曾为梅家之人了。”

薛姨妈、宝钗苦留不住，只得由着她去了。

再说那薛蟠，冷子兴当年曾费尽心机也要拉他入伙，谁知他竟是个呆子，平日里虽蛮不讲理、逞威作福，实则却是个最缺心肝、没胆子的，冷子兴磨破了嘴皮要拉他一起吃香的喝辣的，他却积粘着，就是不点头。贾蓉、贾蔷也劝了他好半天，他还是一样油盐不进，不肯表态。更可气的是，薛蟠仍不断与宝玉等来往，自然跑不了通风报信的嫌疑。贾蓉、贾蔷早视他为眼中钉肉中刺，恨他恨得牙痒痒，要不是碍着柳湘莲，恐怕早就取了薛蟠的性命。如今柳湘莲不知所终，护不得他了。贾蓉、贾蔷都是最记仇的，便暗中给了冷子兴不少银两，要他取了薛蟠性命。

冷子兴正求之不得，孰料还未着人去寻薛蟠。这呆子竟主动来求他陪同去做趟买卖，真真是白白送上门来了。冷子兴暗自高兴，遂满口应承下来。一路上，连伙计们都看出薛蟠只是一个呆子，乐得坑了他不少银两。这薛蟠一向仗义，自己花钱大手大脚，又极为粗心，一路白赔了不知多少银子。冷子兴看在眼里，乐在心里。一日薛蟠偶然清点起钱数来，竟发觉银两已经所剩无几，自己先唬了一跳，便去探问冷子兴，倒被冷子兴反咬一口，说他自己不管事儿，要不是伙计们给他认真筹谋着，还不早就全赔光了？薛蟠气得揪住冷子兴就要打，但猛然想起离家时，母亲怕他“惹出什么事来，有个三长两短”的话，也就暗暗发了狠，心里立誓绝不动手打人。于是，只好忍气吞声，又放了冷子兴。冷子兴见他终究不敢动手，生怕寻不着由头来治他的罪，便干脆跟底下伙计把话挑明了，怂恿他们变着法子去占薛蟠的便宜，故意寻衅跟他过不去。

薛蟠从前大爷一样的人，如何受过整日给人家当孙子的气？直恨自己此番没多带些向着自己的人来。况且他嘴皮子又笨，骂人也骂不到点子上，反倒惹人嘲笑，遂只好闭了嘴，整日气闷闷地憋着。

一日吃饭之时，伙计们拿着薛蟠的银两，尽点些最费银子的酒来海吃。薛蟠心里不快，碍着面子，又不愿表露出来。谁知几个伙计喝得酩酊大醉，居然直接来招惹他，上来就拉拉扯扯，污言秽语，层出不穷。一言不合，竟叫来其他伙计，一起动手打起他来。薛蟠向来是个作威作福的，哪里受过这等冤气？他早就忍无可忍了，加上也吃多了酒，只觉得血气上涌，顾不得经脑子掂量掂量，抄起一个酒坛子，就往一个伙计的脑袋上夯过去，

登时，这个伙计便脑浆飞溅、乌珠迸出了。薛蟠见状，唬得酒已醒了大半，正想拔腿就跑，却被冷子兴一把死死拽住，啐道："出了人命，还想跑？"众人把薛蟠团团围住，扭送至当地县衙。县衙听闻薛家大名，不敢招惹此案，便推说犯人不系本地人氏，派人连夜将状子递往金陵。真是无巧不成书，接管此案者正是贾雨村。

薛家听闻此事，急了，忙取银五百两前去打点。雨村收了贿银，又兼先前有类似案例，外加不愿得罪薛家，自然打定主意，翌日开庭，便要胡乱判断此案。但又发现此案牵扯到旧交冷子兴，故有些左右为难。正思量如何护住薛蟠却又不驳冷子兴的面子，小厮来报，说冷子兴来了。雨村只得忙请他进来，冷子兴使个眼色。雨村会意，命左右退下。

雨村笑道："此刻只我们哥俩，我便单刀直入了。这'呆霸王'一案，我想人都已经死了，也没法复生，何必再认真较起劲来？依我看，不过再让薛家多给些烧埋银子，你那伙计家里自然也就算了，你意下如何呢？"冷子兴冷笑道："亏你是进士出身，又为官多年，原来不通！那贾王薛史四家，早就一损俱损，且都是前朝的官了。当年在外头还能风风光光端个空架子，如今连空架子都没得端了。薛家如今把王八脖子一缩，躲在穷山

上度日，有何可惧？虽说还有几个臭钱，但他们家现在也不过是一窝草民罢了，只有出的银子，没有进的了，迟早会山穷水尽的，贤弟帮这孽障，能有个什么好处？就是免了这混蛋的死罪，他们家又能再多谢你几个钱？索性杀了他，也是为民除害，他家里还能怎样？而你呢，却能借此获得民心、巩固政绩，为日后加官晋爵铺好路，何乐而不为呢？”一面说着，一面便从衣袖中取出厚厚一叠银票来，说道：“一点小意思，不成敬意，劳烦贤弟帮忙打点打点。”

雨村一看，竟是足足两千两银子，比薛家所送的多出来几倍，忙接了，笑道：“都是小弟一时糊涂，多亏老兄提点！这混蛋屡次作恶，我若是放了他，还不知下回又要害死谁呢！小弟既为一方父母官，岂能弃百姓安危于不顾？老兄放心，小弟必当公允了断此案，斩草除根，定不给百姓遗留后患。”冷子兴笑道：“雨村贤弟果真是个明白人，最是明理清正的。既是如此，天色不早了，我就先告辞，待成了事，再来厚谢。”雨村忙连连应诺，将冷子兴送出门去。

翌日升堂，薛蟠知道家里肯定使透了银子，并不畏惧，跪在下面，还偷偷拿眼去睃雨村。雨村喝道：“薛蟠，你可知罪？”薛蟠道：“本人只是酒后无状，绝无害人之心，而且是他们先动手围殴我，小的只是自卫，不想失了手，望老爷明察。”雨村冷笑道：“放肆！偏你是个最干净的，打死了人，竟俱为他人之过？你可打量着我不知道？你曾经为强抢一女做妾，将冯公子活活打死，又不知使了什么障眼法，竟把我也哄过去了。弄得我真以为你已经死了，竟然放虎归山。今日你又害人性命，连我也有不是了！若今日还不为民除害，我枉为一方之父母官！来人，将薛蟠打入死牢！”上来几个衙役，不由分说，拖着拽着薛蟠出去了，薛蟠唬得魂都没了，死命挣扎，大喊冤枉。冷子兴见了，暗暗称快。

且说薛姨妈、宝钗听闻薛蟠被判了死罪，关押在牢中，只待秋后问斩，都唬得慌了。恰此时天气转凉，忙叫薛蝌再往衙门里送银子，冷子兴那儿亦复添着银子来送，雨村乐得把两头的银子都吞了，仍是要薛蟠死。薛蝌见又白费了薛家好多银子，却略无效用，无颜回去见宝钗、薛姨妈，更没脸继续住在他家，遂去信一封，照实说明情况，自到外地谋生去了，从此杳无音信。

宝钗痛失哥哥后，除了照料母亲，全部心思便只在宝玉身上了。生怕他读书不力，一切读书之外的事情都不让他做，每日亲自给他更衣端饭，一心一意陪他读书。宝玉本就不愿读书，如今宝钗时时缠着他，他越发烦了。以往他绷着面子不愿发作，如今脾气迸出来，忍不得了，两人先是不时起些小摩擦，后来隔三差五地总要吵起来。

一日掌灯时分，宝钗有事出去了，宝玉好容易清静片刻，正歪在炕上发呆，忽见金桂笑嘻嘻掀帘进来，钗亸鬓松，衫垂带褪，云鬓半偏，花冠不整，香肩微露，三两步便蹭了过来，紧贴着宝玉坐在炕沿上，并要将宝玉揽入怀中。

宝玉心内早突突地跳起来了，急得满面红涨，又羞又怕，一面挣扎，一面直说："好嫂嫂，别闹。"金桂乜斜醉眼，笑道："呸！什么好嫂嫂？你哥都没了，还叫什么'好嫂嫂'？你只管叫我好姐姐就是了！"宝玉挣扎道："好姐姐，快别大声。给宝姐姐听到了，她该伤心了。"金桂冷笑道："你就知道心疼你宝姐姐，你就不心疼我年轻守活寡？不知好歹的猴儿，我看你长得漂漂亮亮的，谁知竟这么不识抬举！"说时迟，那时快，只听"啪"的一声，金桂脸上已着了响亮的一耳光。

原来宝钗不知什么时候进来了，正好撞见这一幕，气得脸都青了。宝钗气得直骂道："不知天高地厚的娼妇，还不赶快滚出去，难道等着我去把下人都叫来，看你做的好事？"金桂恼羞成怒，掏出一个小壶来，笑道："这可是我们夏家的好东西，里头加了我家特制的桂花精油，我只要摁一下，立马能把这屋子点着了，连灰烬都香着呢！你要是敢喊出去，索性今天我们就死在一起了！”不防头手里的壶却被身后的宝玉一把夺了过去。宝玉求宝钗道：“好姐姐，你就饶了她这回，我们什么都没做，若是闹大了，倒无辜带累了你。”宝钗绷着脸，看着金桂出去，然后对宝玉冷笑两声，道：“你的书可读熟了？竟有时间做这种事情！念到哪了？我现在就考你。”

宝玉着实没趣，只得捡起书来。

话说李婶、李纹、李绮母女三个自逃出贾府，一路漂泊。如今见天下太平，本想回去再投奔贾府，却听闻贾府早已人去楼空，物是人非，便流落江边，不知所措，此时已至深秋，天寒风冷，正是：

黄埃已定客无还，肠断悲风苦水寒。

雁可南飞人浪迹，秋心一片却何安？

正在伤感，只听远处传来笛声，其声呜呜然，不绝如缕，如歌如泣，如怨如诉。三人寻声而去，但见竟是宝琴母子以卖艺为生，故人相见，却只有慨然叹息，喟然垂泪……

却话史湘云和卫若兰处境如何？那新帝登基后，便要排除异己，铲除旧朝余孽。卫若兰乃前朝王孙公子，更兼刚正不阿，不事两君。新帝原本怜其是个人才，不忍杀之，可屡次求之而不得，新帝已愤懑震怒。再则，手下也进言道：“此人冥顽不化，既不能为皇上所用，留之何用？倒反遗下复辟之后患，何不趁早诛之，以绝日后之患？”偏此时，竟有人又参卫若兰一本，说他与前朝罪臣来往过密，甚至屡次舍命相救。皇帝大怒，立即下令将卫若兰处斩。临刑之际，卫若兰仍骂声不绝。一些素与他不睦的便添油加醋地禀告了皇上。但因卫若兰父母早亡，膝下也无子女，皇上便只下令流放其妻。

湘云得此消息，只好扮作乞丐，连夜孤身逃走，一边沿街讨饭，一边查找宝钗、黛玉下落。

这日辗转来到荣府，但见断壁颓垣，庭轩寂寞，杳无人迹，前去祖祠祭奠，未见宝玉、黛玉之灵位，长舒一口气。又行至大观园，只见寒烟萦绕，枯蓬乱飞，行至一角，却见一块木碑，上面是血题的“颦儿之墓”四字，顿时颅内如轰然雷震，心内如泰山倾倒，伏碑大哭，直哭到月亮升起，被月光冷冷地泼了一身。湘云抚碑默念着：“冷月葬花魂。”是夜，湘云卧于黛玉墓旁一个石磴子上。翌日醒来，四面落叶飞了一身，头脸、衣襟上皆是枯枝败叶，手中的帕子遗在碑上，也有两片落叶飞落其上。湘云仅轻轻取下落叶，却并不拾起帕子，只是默念着：“林姐姐，这是我用了多年的，我把它留在这儿，就当是我陪着你吧。你要是闷了，只管作诗，我就是与你隔着天涯海角，也定能感觉到。到时候我们对着同一轮月亮联句，你还未必能赢我呢。”说着眼泪扑簌簌地落了下来。

湘云勉强站了起来，踉跄着踽踽前行，强忍着，再也不忍回头看。

欲知后事如何，且听下回分解。

第一百零二回

无瑕白玉偏陷淖泥　有情优伶却抛结发

话说薛蟠被处斩后，薛姨妈就一病不起，整日以泪洗面。宝钗也陪着流了不少泪。

再说贾府的大宅院，虽然房舍地皮早应充了公，可当初朝廷自身难保、自顾不暇，竟没派人去彻底查封、占用。如今改朝换代，而新皇帝对此荒宅，略无兴趣。贾蓉、贾蔷两人一合计，如今天下太平，贾府宅子却依旧荒废，也是白糟蹋。他们俩身为贾府正经子弟，继承祖业，也名正言顺，这宅院自然该归他们二人所有。即便自己不想住，日后连着地皮卖给别人，也能赚一大笔银两。

贾蓉计意已定，就和贾蔷商议道："宁府归你；荣府连名字都跟我像，就归我。我们俩分别住进这两府里，重振家业，开枝散叶，让子孙后代勤勉努力，日后定比先前更兴旺发达。"贾蔷行事更谨慎、周全些，道："不妥，如今朝廷正在四处抓捕有反叛之心的各路豪杰好汉，我听闻有人方状告我俩做过强梁，接连打劫自家。幸亏皇上听了甚觉荒唐好笑，并未相信。若是我俩在此光景还贸然把贾府据为己有，岂不是坐实了自己的罪名吗？"贾蓉听说有理，便道："那我们再多集合一些人，一起分，则可免去罪名，岂非良策？"

两人一合计，便去找宝玉。偏宝玉有事出去了，宝钗见了他们，笑道："你们当他是谁？他最是个贪玩的，要是把他放回去，可还了得？整日家园子里逛去。我妈妈病成这样，我是断不可舍下她走的。要是把你叔叔一个人放回去，我的心可算是白操了，他还不知混成什么样呢。就让他在这里住着，我盯着他用功读书，也好放心些。”贾蓉笑道：“既是如此，侄儿先为叔叔、婶婶洒扫了房子，你们何时想回，我们拱手候着。”遂告辞了。

两人走到街上，巧遇刘姥姥进城赶集。刘姥姥见了贾蓉，忙问巧哥儿如何。贾蓉自然不敢说实情，只现编了一通瞎话，说巧姐寻得了个好婆家，丈夫待她极好，婆婆待她比亲生女儿还要亲。刘姥姥就放了心，又对他俩说：“我也真是老眼昏花了，刚遇上一尼姑，我瞧着她好像你们府里那个会画画的四小姐，就去叫她。谁知她压根就不认识我，正眼都没瞧我就走了，臊得我老脸挂在那里半天都放不下来。”贾蓉笑道：“想必您老没有认错，她就是这脾气，您老别见怪。敢问她往哪去了？”刘姥姥便给他们指了方向，笑道：“我大概是认错人了，她还没走多远。二位哥儿可要先看准了再问她，别跟我一样。你们哥儿脸皮子薄，哪像我们庄稼人，脸皮跟老树皮一般厚。”两人听她如此说，都笑了，谢过刘姥姥，忙赶上去，果真遇上惜春。

贾蓉笑道：“姑姑也不疼疼侄儿，好容易一见，理都不理我们。”惜春冷笑道：“好不害臊！你一大把的年纪了，管谁叫姑姑？我与你有何相干？快走开，别站脏了我的路。”贾蔷赔笑道：“姑姑何必呢？我们要是心里没有姑姑，也不大老远打听着来找您了。如今正想接姑姑回家，还望姑姑给侄儿赏个脸。”惜春冷笑道：“谁跟你姑姑长、姑姑短的？如今我既出了家，更不便往你们那边去了，哪里还有跟你们住在一起的道理？”贾蓉忙道：“这不过是个形式，姑姑跟我们回去，我们定当竭力孝敬您，保您锦衣玉食，荣华富贵，可不比整日价青灯古佛、粗茶淡饭强得多？”说着就上来拉她。惜春骤然变色，甩开他的手，道：“休要碰我！我爱长伴佛前，又清洁又安静，有何不好？与你何干？你们不看书不识几个字，所以都是些呆子，看着是明白人，倒看不明白了。只管各自甩开手，各过各的日子去。我自然不去烦你们，你们有事也别累我。”说着转身就走。贾蓉、贾蔷白讨个没趣，冷笑几声，自回去了不提。

话说妙玉离贾府后，另换了个庵堂住下，怎奈粗布衣裳遮不住花容月貌，高冷心性藏不住馥郁才华，竟很快又声名远播，不少富贵人家子弟慕名而来，其中有多位要跟她提亲的。妙玉都回绝了，庵里的尼姑听了，都暗暗骂她装腔作势，扭捏作态。本因她才貌双全就嫉妒她，见她清高孤傲、接近不得又愈不喜她，如今更是恨她恨得牙痒痒。若是遇着俗气非常的公子打着敬菩萨的幌子来亲近她，妙玉也不管人家家里多有钱，面子上多过不去，要么扭头就走，要么干脆推脱不见。

偏这日来了一年轻公子，风度翩翩，举止谦谦，品貌出众，风流潇洒。妙玉见了，不觉面红耳热，又不好意思上前相认，竟立在一旁低着头暗自忸怩起来。原来这公子名叫陈也俊，是王孙公子，富贵非常，却非寻常纨绔子弟可比，文武双全，一表人才，他两家原是世交，两人小儿时就常在一处玩，后来妙玉在蟠香寺修行，陈也俊也常常来看望她。他俩算得上是青梅竹马，可自从妙玉随师父去了长安都，两人再未相见。如今相隔数年，不想重逢在这里，妙玉不禁面赤心跳，无可适从。谁知这陈也俊却正是打听得妙玉在这里，特意为她来的。陈也俊已瞟见妙玉在侧，知他不好就此见她，特地寻了个正事由头，跟管事的老尼说要单独见妙玉。妙玉耳尖，听得陈也俊提她名字，立即转到里间去了。没过多久，那老尼便塞给她一张纸片，说是陈公子给她的。妙玉待老尼一走，展开一看，只见上头写的是：

妙辞难诉梦魂牵，卿霭重赓万里缘。
也念青梅心缱绻，俊常寤寐梦缠绵。
非凡瑶瑾云滴翠，尔雅嫦娥月奔仙。
不羡水中莲并蒂，娶卿比翼共长天。

妙玉不禁脸又红了，把首字连起来一读，竟是首藏头诗，写的是“妙卿，也俊非尔不娶”。妙玉只觉得心怦怦狂跳不已，忙以手捂住胸口生怕被人看出。那老尼又进来笑道：“瞧我的记性！那陈公子要见你，我竟然忘跟你说了。你若是一样地不见，我这就去回他。”妙玉忙道：“放他进来罢。”

陈也俊作揖说：“多年未见，甚是想念，在下不曾奢望竟在此处……”还未说完，妙玉绷不住笑道：“礼节就不必了，还同小儿时一样地说话，你若是这般恭敬，反倒显得生分了。”陈也俊听说，见她脸上粉扑扑的，便掩嘴窃笑道：“妙卿闭月羞花之貌，如今却怎的也施起粉黛来了？”妙玉回顾左右，见无人看见，忙道：“我何曾施什么粉黛了？”陈也俊坏笑道：“你脸上红扑扑的，不是胭脂是什么？”妙玉见他打趣自己，假意恼了。陈也俊忙道：“只是句玩笑话，你别恼我。我方才呈与你的诗，你可见了？如何？”妙玉道：“好。”

陈也俊笑道：“你是评诗呢，还是答复于我？”妙玉平日里牙尖嘴利的一个人，这会子竟羞得不知该说什么才好，只觉得脸上热热辣辣的，便以手捂住了脸，不知如何是好，见也俊笑得灿烂，便故意要拿话来堵他一堵，道：“你可别臭美了，原本还想给你留些面子的。看看这颔联，也称得上对仗么？连律诗的基本要求都不合，何可谓之好？”陈也俊笑道：“谁谓之为律诗了？只特为你所写，真真该叫它‘妙诗’才对。你若是不嫌弃，我便愿一生一世如此写下去。”说着又坏笑起来，道：“既然诗不好，那你那句‘好’定是回复于我了。”

妙玉羞得脸更红了，手捂着脸也不是，不捂着也不是，一时竟不知该往哪放。陈也俊便握住她的手道：“你如今身子早好了，做什么非得在这里孤守一世？不管你是否愿意，我的话都作数。若是你应了我，我今生便只娶你一个，再不纳妾；若是你不应我，我也默默守着你，终身不娶。”

妙玉触电般地甩开他的手道："你做什么？让人看了笑话。"顿了顿又暗自懊恼自己把话说急了，也不敢看他，支支吾吾地说："既是如此，我便应了你。但我是什么人，你是最知道的。需得明媒正娶，在这之前，我仍是住在这里，不能跟你回家。"陈也俊正色道："那是自然，我既许你，定不负你。"

那陈也俊果真三媒六聘认真操办起来，所应礼节，面面俱到。庵内尼姑，多有嫉妒忌恨妙玉之人，打听得送亲必过瓜洲，忙去给瓜洲渡口的一老和尚通风报信。那老和尚本是一世强人，当年打家劫舍之时，就最爱强抢民女，如今一大把年纪了，仍是最爱年轻貌美女子，凡有鼻子眼睛俱全的女人近身，无有不被奸污淫辱的。自从皇帝下令抓捕强人，他便带了手下人，一齐剃了头发，藏身庙里。那老和尚听闻有这等好事，喜得抓耳挠腮，垂涎三尺。听说花轿必过瓜洲，便提前布置下埋伏，料她插翅难飞，自是喜不自禁。

再说妙玉自与也俊定亲，庆幸终身有靠，得此如意郎君。谁知花轿行至瓜洲渡口，只听外头一声锣响，紧接着几声惨叫，盖头便被人扯了下来，眼前竟是一个贼眉鼠眼的老和尚。妙玉正要叫喊，却被一把塞住了嘴，又被一把抱出花轿，但见几个轿夫俱已倒在血泊中。老和尚遂将妙玉劫了回去，他见妙玉反抗激烈，宁死不从，便把妙玉结结实实绑缚了手脚，拿糯米团子粘住舌头，又严严实实把她嘴塞上了。是夜，妙玉见老和尚宽衣解带，自知不妙，怎奈要生不能，要死不得，喊也喊不了，连咬舌自尽都做不到，只得紧闭了双眼，任他摆布。

话说陈家左等右等不见人来，都慌了，陈也俊亲自带人寻了一夜，至天明方打听得瓜洲渡口昨日有一伙和尚鬼鬼祟祟。陈也俊忙带手下往瓜洲渡口庙里去。老和尚听见动静不对，管不得妙玉，忙自己爬起来，逃命去了。陈也俊率人杀进来，看见妙玉如此，心疼得声泪俱下，忙给妙玉松了绑，扯出嘴里的劳什子，听闻老和尚逃走的方向，忙追过去。妙玉见自己如此狼狈不堪被陈也俊所见，羞愧难当，万念俱灰。想着自己已不是清白洁净之身，无颜连累陈也俊，忙披了衣裳从后门出逃，发誓此生再不见他。

陈也俊追上老和尚之时，那老和尚已与手下会合，一拥而上来战陈也俊。怎奈那不过是些刁气蛮力罢了，哪里敌得过陈也俊一身的武艺？不出几回合全没了性命。陈也俊仍难解心头之恨，对着老和尚的尸体好一顿乱剁，直把他剁成肉泥。忙回来待他返回再找妙玉之时，哪里还得踪迹？

陈家人听闻此事，便嫌了这个儿媳，不让去寻。陈也俊怒了，私自带人出去，把能找的地方都寻了个底朝天，却连妙玉的影子都不曾见着。尔后数年，无数女儿家来给他提亲。可任凭这些女儿如何才貌双全，陈也俊铁了心就是不娶。每每被催，他总是回道："我既许她，定不负她。她本无过，我如何能食言？在我眼中，世上绝妙女子，独妙卿一个，再无他人。"

这儿陈也俊终身未娶，那儿妙玉在千里之外的青灯古殿中孤独一生。垂垂老矣之时，传来陈也俊病逝的消息。陈也俊一生未娶，归了西连个摔丧驾灵的亲生子女都没有。妙玉听闻，老泪纵横，在心里忏悔千遍万遍，连说是自己害了他。这是后话。

再说眼前之事。宝玉在紫檀堡听闻贾蓉、贾蔷等重新住进贾府，差点给气个倒仰，忙去找宝钗，骂道："你明明知道他们是贼寇，家里多少亲人死在他们手里，为何听到他们要回去不拦着？"宝钗冷笑道："我如何拦得住？再说贾府的情况你又不是不知，如今不过是处荒宅罢了，凭他们住去，又能怎样？你有这时间工夫、胸怀气性，倒不如好好读你的书去，赶紧考个功名，做个好官，兼济天下，可不比操这闲心好得多？"宝玉早就憋着一肚子气，被宝钗的话一戳，登时跳起来大骂："你果真是非不分，黑白颠倒！任贼人猖獗不论。如今犬戎做了皇帝，你是个最唯利是图的，一心想着功名利禄，整日里逼着赶着让我读背这些破玩意儿，将来好给他们卖命！如此我与狗有何异？”宝钗冷笑道：“我一心功名利禄，唯利是图？你好好打量打量自己。我要是个唯利是图的，为何要嫁与你？你倒说说，我图你什么？图你官大？图你财多？”宝玉给噎得无法，半日工夫方吐出几句：“要是林妹妹还在就好了。林妹妹还在，有你什么事？林妹妹从不说这些混账话！”但终究说不过她，只好赌气走了。

这儿夫妻两个吵架，左不过是丈夫换间屋子去生闷气。那儿袭人、蒋玉菡夫妻两个吵架，丈夫却直接离家，一走了之了。原来蒋玉菡在戏台上逢场作戏惯了，如今总也改不了眠花卧柳的习惯。袭人已劝他多回，虽平日里温婉和顺，这会子也绷不住性子，激烈地吵了起来。蒋玉菡火了，道：“男人三妻四妾的多呢，偏我，又不纳妾，不过在外头风月场中快活一时罢了，又不曾把谁带回家来。你眼不见心不烦的，我难道做得还不够吗？岂料你竟还这般无理取闹！再说了，我菩萨似的把你供在家里，是金银首饰短了你的，还是柴米茶肉缺了你的？你倒说说，我哪里亏待了你不曾？这样的好夫婿打着灯笼都难找，偏你还不知足！我当年看中你温柔贤淑，谁知竟是这等妒妇！”袭人被气得直哭，道：“我何时拦着你正经纳妾了？你要是纯粹为了香火光明正大娶上一个两个摆在家里，我高兴还来不及，做什么要跟你较劲？你日日地在外头如此，不单搞坏了自己的名声，连我也跟着没脸。”蒋玉菡冷笑道：“你倒是说得好听，果然是个出了名的至善至贤的人！如今你眼不见，竟还三天两头地来闹我，如若我真听了你的，娶她们回家，你还不搅个天翻地覆？男人的事情，也轮到你个女人家指手画脚不成？我可告诉你，我的事情，只我自己做得了主！你既然不仁，我便不义，在外头寻上十个八个的一齐快活，也轮不上你管我。你就自个儿在这里守着你的冷清吧！”

说着摔了帘子就出去了。袭人哭道：“你既能耐，索性永远别回来！”到晚间，蒋玉菡果然未归。袭人守了一夜没睡，至天明都未见他回来，不禁慌了。着人去寻，那蒋玉菡在外居无定所的，也找不来。接连数月，蒋玉菡一直未归，袭人渐渐心灰意冷，也不再寻他，由着他去了，只悲叹自己命苦。

欲知后事如何，且听下回分解。

第一百零三回

贾巧姐幸得恩人救　刘姥姥三进荣国府

且说刘姥姥带板儿赶完了集，一路家去。因走累了，便在一个亭子里歇口气。亭子里有两个老头儿正在闲聊，一个说道："真是世事无常，当年我生意失败，穷愁潦倒之时，借了她放的银子来周转，结果受到重利盘剥。以至后来她被一纸休书赶出贾府、又被人告到官府，我还心头痛快。哪料她蹲了大牢，不久就吊死在牢里了。我虽曾恨过她，但毕竟她罪不至死，因而我听说后倒也难过许久。"

另一个老头儿道："可不是嘛！当年人人都夸那贾府的琏二奶奶，年纪轻轻就如此能干，谁知她却如此福薄！你可听说了吗？她唯一的亲生女儿如今竟也沦落风尘了，就被卖在那烟香院呢！唉，怎料打小就像凤凰似的被人捧着，集万千宠爱于一身的一个人，如今竟然……"未等这老头儿把话说完，另一老头儿已急着插话了："哎呀呀，这事我岂能不知道？还有一桩，你道这孩子是谁卖的？料你也猜不着——正是她的亲舅舅，琏二奶奶的亲兄弟！"刘姥姥听到这儿，再也忍不住了，忙凑前插嘴道："两位太爷可是记岔了？我可听闻，琏二奶奶的女儿叫巧哥儿的，那是正经嫁了户好人家呢！"

刚说话的那个老头儿白了刘姥姥一眼，道："你听谁说的？我在胡员外家当了几十年差，是自小和他一同长大的。不虚夸地说，胡员外谁也信不过，可就信得过我，他每次去烟香院，都是我陪着的！这妮子我是亲眼见过的，年纪、家室、父母，亲戚名号，都对得上，她家里人可真是狠心，这么俊这么灵的一个娃娃，又这么小，也往这种见不得人的地方送！”刘姥姥道：“不瞒太爷说，早些年她家里于我家有恩，也算得上有些交情。那巧哥儿是我亲手交与她哥哥蓉大爷，再由蓉大爷护送她去婆家的。”

老头一听，唬了一跳，连连摇头说：“那这娃娃的事，您老可也脱不了干系了，好心办得坏事，帮助恶人作了孽了！她那混蛋哥哥可不是什么好东西！先前做了强人，连自家都抢，如今竟还有脸回去把家宅占了。当年就是这蓉大爷把这孩子交给她舅舅王仁，两人合计着把她卖了，您老可算是帮了强贼大忙了！”刘姥姥听了，又羞又愧，懊悔不迭，照着自己的脸就是一巴掌。那俩老头见她这样，觉得自己话说重了，有些过意不去，便道：“您老若想瞧瞧她，过去也方便，就在南一条街上，挂着几个大红灯笼的就是。”刘姥姥暗忖道：“我们祖孙两个势单力薄的，如何救得她出来？倒不如多叫些人来，人多力量大。”于是辞了两个老头，刘姥姥祖孙两人径直走回家去。

刘姥姥在村里本就是年高有德的，素日在贾家得了好些风光，越发有了体面。再加上家里发了小财，做起了生意，在村里也算得上富裕了，平日里又周贫济老的，在乡邻里自是口碑好，众人都愿意听从她。乡民们都是些朴实厚道、热心勤恳的庄稼汉，听刘姥姥说起有亲舅舅把外甥女卖到妓院的荒唐事儿，无不义愤填膺。翌日，几十个壮汉扛着镰刀锄头跟着刘姥姥，便往烟香院来了。

只见秋风凄紧，烟水萦悲，衰草纡愁，鸥鹭惊飞，犬马嘶鸣。众人进了巷子，大老远看见一栋楼上高挂着大红灯笼，窗里不时飘出放浪嬉笑声，门中露出些浓妆艳抹的女子，便知是这儿了。

众人在门口候着，刘姥姥先进去。老鸨听闻一个穿着土气的老太要来赎巧姐，并不当一回事，大笑道：“什么穷乡旮旯里来的人，也往老娘这儿来？你们几个杵在那里做什么的，难道等着老娘亲自去见她不成？她哪里就赎得起了？你们随手丢她几钱银子，只怕够她吃好几天的呢。”于是几个伙计忙来打发刘姥姥，谁知刘姥姥打定主意，不带走巧姐，她坚决不走。那几个伙计无法，只好去回老鸨。老鸨道：“真真好笑，那小丫头爹娘都死了，是亲舅舅卖这儿来的，难不成这会子哪里又钻出什么穷亲戚来赎她了？她要是年轻些，想赖在这里，倒是不难。如今一大把年纪了，还来这里死皮赖脸，也不知害臊！老娘可不收这么老的！她要是再不走，就让她拿一千两来赎人，看她走不走！”

那几个伙计又奉命来回刘姥姥。刘姥姥一听，怒了，道：“她是怎样金子银子打的人了？打发你们三番五次地回话，她自己是中风、打摆子、下不了床了？还是瞧不起我们庄稼人？我们庄稼人再不济，最不缺的就是气力，你可要好好去回话，告诉你们妈妈，要是不放人，我们人多，又都是些年轻气盛的小伙子，到时候惹恼了谁，发起横来，把这里砸个稀烂，我可拦不住！”

老鸨近年来屡次被强人打劫得怕了，有次因舍不得银子，自己几乎被打死，至今腿都是瘸的。常言道：“一朝被蛇咬，十年怕井绳。”这老鸨素日何等无赖泼皮的一个人，偏偏最怕的就是这一套。伙计把话这么一传，她就仿佛被点了死穴似的，只感觉脑中“嗡”的一声轰响，吓得赶紧出来见刘姥姥。但见门口黑压压的一溜清一色的壮汉，都扛着镰刀、锄头，顿时气焰矮了一大截，忙小心翼翼地跟刘姥姥道：“我看您老也是个慈眉善目，年高有德的，有话好商量，千万别动手。砸坏了东西事小，伤了你们事大。”刘姥姥知她怕了，越发壮了胆子，道：“把巧哥儿好好地交给我们，自然好商量；不然我们庄稼人皮糙肉厚的，还不知是谁伤谁呢！”

老鸨听了，知她不好惹，忙赔笑道：“敢是巧哥儿的姥姥来了？既然是她姥姥，哪里有不让您老领回去的道理？我看您老也是个慈祥和蔼的，倒像是我的姥姥！您只胡乱给个五百两吧，赔的本我勒紧裤腰带帮您垫着。”刘姥姥冷笑道：“你这么蛇蝎心肠的人，谁是你姥姥？你可别蒙我，你还能赔本了不成？你们把这么小的娃娃放这儿糟践，这个本怎么算呢？我就是要你几万两的赔偿银子，也不算过分！你倒好，倒问我们要钱？”老鸨见状不好，忙道：“那就给个三百两吧？算我求你们了，别让我们赔得太惨了。”刘姥姥正色道：“一个子儿没有。要是好说，把人带来，我们饶了你们；要是不好说，老账新账一起算，她叔叔伯伯们可都窝着一肚子火呢！”说着拿手一指门外。

老鸨暗自叫苦，心想：“她上哪突然平地里冒出这么多亲戚来？我可真是倒霉！”只好赔笑道：“别……别动手，您老行行好，多少给点吧。”刘姥姥掏出钱袋子来，把碎银子往地上“咣当”一倒，也不知多少。老鸨不敢数，忙命把巧姐儿带出来。

巧姐听闻有人来赎她，忙跑出来，见这老太太好眼熟，不觉怔在那里。刘姥姥见她画着浓妆，眼角糊得都是泪，妆都花成一片了，手脚麻木，言语呆滞，双目无神，不禁心疼不已。巧姐突然“哇”的一声大哭出来，唤一声“姥姥”，便扑到刘姥姥怀里。刘姥姥搂着她，也止不住地落泪。

鸨母怕她们变卦，在一旁暗自焦急，不住搓着手，赔笑道：“这位姥姥，您外孙女儿也还与您了，您看她也好好的。要是没什么事儿……”刘姥姥白她一眼，带着众人走了。

巧姐惦记着贾家，想回去看看。刘姥姥问众人意见，众人皆怜悯巧姐，也想瞧瞧大观园，无有异议，便走走停停一路往贾府来。

到了大门口，只见荣府前两只石狮子，母狮足下的幼崽不知所终，雄狮的眼眶被人用木炭圈了两个圈，又胡乱连起来。众人皆不知道是什么，刘姥姥在贾府见贾母戴过，便告诉众人：“这叫眼镜！可是打西洋传进来的稀罕物呢！戴上它，好似有了千里眼似的，千里之外蚂蚁大的东西都看得清楚呢！”众人听了，都称奇不已。有人道：“竟有这等好东西，可惜我等无福见个真的，赶明儿也在脸上画画，充个样子。”众人听了皆大笑，回头却见巧姐暗自垂泪，忙打住不乐了。

门口也没个守门的，众人便径直进去了。贾蓉等正好外出吃酒赌博去了，只锁了自己的房门。众人踏进园子来。刘姥姥忆起往日所见盛况，简直是天上地下，千差万别，禁不住感叹唏嘘。当日雕梁画栋，如今唯见残垣断壁；当日翠竹夹路，如今杂草覆径；当日金枝玉叶，如今只剩枯枝衰草；当年百花斗艳，如今花落人亡；当年鹦鹉画眉啼唱叽喳，如今唯有野雀老鸹；当年热闹欢乐，如今凄冷孤清；当年钟鸣鼎食，如今家徒四壁，满目疮痍；当年各色古玩珍器齐齐整整满满当当，如今惟有些缺角少腿的破桌烂椅，躺在各色的碎纸碎布碎纱上，结着厚厚的蛛网……

来至贾母房中，刘姥姥鼻子一酸，滚下泪来，胡乱抹了把脸道：“连老寿星这么有福的都去了，独留我这个老不死的还活着。老太太放心，您的曾孙女儿我领回来了，我再也不会让她受委屈了。”巧姐在一旁泣不成声，早哭成了泪人。

巧姐又去凤姐、贾琏房里哭了一回，转回大观园来。众人到怡红院一探，却正好撞见王仁在里头一面翻箱倒柜，一面抱怨道：“岂有此理！蓉哥竟吝啬至此，难道让我空手而归吗？”板儿听了，气不过，上前一把揪住他，骂道：“空手而归？做梦呢！几顿拳头是短不了你的！”王仁回头见一堆壮汉正簇拥着巧姐儿，吓得一边挨打一边屁滚尿流、连滚带爬地跑了。

众人叹道：“都道贾府富贵，谁知今日得以一见，富贵人家也不过如此罢了。”刘姥姥也嗟叹道：“你们是没见过她家当年的盛况。当年这园子竟比我们过年贴的那画儿还强十倍。”说着想起惜春的画来。

众人转到惜春房里，见桌上果真有一幅泛黄的画，已皱成一团。刘姥姥展开一看，只见山石树木，重叠层次，错落有致，近者叶上露珠犹见，远者山石氤氲云缥雾缈。楼台房舍，精妙绝伦，栏杆、柱子、门窗、阶矶、桌子、帘子、花盆，凡所应有，无所不有；齐整而不呆板，俱全而不缭乱，华美之处不落俗套，古朴之处不失大气。人物皆栩栩然，合则为一行乐图，欢声笑语，歌舞升平；分则各人活灵活现，衣褶裙带，手指足步，无不精细，众人穿着各不相同，偶有相似者尚有不同气质风度。再看神情，同样是笑，却又笑出千百种姿态来：有拉着他人手笑个不住的；有两手捧着胸口不敢大笑的；有哄然大笑，前仰后合的；还有全身伏着椅背大笑，不防头两下里错了劲，连人带椅都歪倒了的。刘姥姥见了，也不禁大笑起来，不觉笑出了泪。巧姐见了，泪珠断了线似的大颗大颗不住地落下来，敲在地上，如珠碎玉盘，令闻者心痛。

乡民们见画上珠围翠绕，花枝招展，五彩炫目，各有奇妙，不敢与眼前之凄清相提一处，皆感叹唏嘘不已。一时，众人皆沉浸于哀伤悲惋之中。板儿看得心里好是难过，半晌，想打破这令人悲哀、窒息的氛围，便道："姥姥，你看那提着箸子肏攮什么的是谁？"众人忙凑过去一看，都笑起来，道："刘姥姥，这画得可真像，不正是你嘛？您老平日里风风火火的一个人，怎么连双筷子都提不动了似的？"刘姥姥"嗳"了一声，也笑道："你们不知道，这叉扒子比俺们那铁锨还沉，哪里犟得过它。你们要是笑我，回头家去，拿个铁锨扒饭扒菜去，我看看你们还肏攮得轻松！"众人给一乐，心里都轻快了许多。板儿小心卷了桌上的画，脱下外衣包好，轻放到包袱里收了。

刘姥姥把巧姐带回家中，狗儿见了，不悦，道："您老把她赎出来胡乱卖到个人家得了，做什么带回自己家来？给人知道了，算什么？像什么样？乡里人都粗嘴笨舌的，传得不好听还不得说是板儿拐回来的野花？仔细带累坏了我儿子的名声，连我也跟着没脸！"板儿道："父亲不过是嫌她名不正言不顺的罢了。我正想求父亲这事呢，我想娶她为妻。"狗儿一听，活似给人戳了肺，登时就跳起来，抄起擀面杖就追着板儿打，骂道：“屁大的毛头小子就反了天了！什么脏的臭的也往屋里收？真是生生想把你老子气死，你好去娶那个小婊子？你不要脸，你老子还要脸！”

刘姥姥气得拦住狗儿，骂道：“忘恩负义的王八羔子！不知好歹的下流种子！你嘴里说的、手里做的还有点老子的样子么？当初要不是人家怜贫恤老，给了我们多少银两和你八辈子摸不着的好东西，你如今早饿死冻死了，又和谁挺腰子去？这娃娃怎么了？被她猪狗不如的哥哥和舅舅送到那种地方难道是她的错？这事说起来也有我的不是，当初，是我亲手把她交给她哥哥的，也可以说是我把她推进火坑去的。你是个没良心的，我还有良心呢，这件事儿，我本就脱不了干系。这娃娃怪可怜见的，我哪里有甩手不管的道理？这娃娃的名字还是我起的呢，她又认我这个姥姥，如今她没爹没娘的，我们要是不管她，那跟害人性命又有何区别？”一时说得气不打一处来，也顾不得言语妥不妥当了，一气又说下去道：“要是你的青儿这样，你也甩手不管，让她生死由命？”板儿见父亲脸上挂不住了，忙劝慰姥姥道：“姥姥何苦咒青儿？连我也有不是了。青儿哪有这样的哥哥和舅舅？”刘姥姥方觉察自己说得过了，不便多说，扔下话道：“板儿自己都心甘情愿，我也支持，你要是不反对，他小两口拜堂时还拜拜你这个爹；你要是拉硬屎，横竖就跳过你把婚事办了！我在一日，有一口稀的就有她一口干的；我走了，板儿也会照顾她一辈子。你要是敢动什么歪主意，想赶走她，门儿都没有！”说着扭头就走。狗儿见他婆孙两个坚决，也没有办法，只得同意了。

不久板儿和巧姐成了亲。婚后伉俪情深，夫唱妇随，男耕女织，日子虽无大富大贵，倒也恬然怡然，和和美美。

且不说这儿夫妻和睦、比翼双双，只说紫檀堡那里袭人打听得蒋玉菡已在外娶了妾，又置购了房产，更无回来的可能了，哭得泪干肠断，好在宝钗陪着她，温言软语宽她的心，她才渐渐缓过来。宝钗看不过，给蒋玉菡写了信，托人送到蒋玉菡常去的一个青楼里。后来却迟迟未收到回信，打听得老鸨早就交给他了，他只是当没看见，宝钗知道了，心里也着实气恼，又替袭人惋惜一阵，因怕她知道了更伤心，也不敢告诉她。

欲知后事如何，且听下回分解。

第一百零四回

毒中毒姨妈毒丧命　计上计金桂计烧身

话说这日宝玉偶然起得早，读了一上午书。宝钗怕他熬坏了身子，便催着他睡了个午觉，自己在床边坐着给他绣衣裳。忽见宝玉在梦中哭道："和尚道士的话如何信得？什么木石盟是前世缘，今生无分？好妹妹，他们说就罢了，连你也丢下我！什么是金玉良缘？我只舍不下你，我要没了你，还在乎什么金什么玉的做什么？"

薛宝钗听了这话，不觉怔了。见宝玉在梦中泪天泪地，拳打脚踢，掀翻了被子，忙上前给他盖上。宝玉一把拉住她，说道："好妹妹，我的这心事，我虽不说，也以为你早尽知了，谁知你竟不懂我的心。今儿我大胆说出来，死也甘心！我睡里梦里也忘不了你，为你弄了一身的病，又不敢告诉人，只好掩着。谁知你竟丢下我走了，我的病怕是好不了了，也许过不了多久，我就能见到你了。你可千万等着我，胭脂膏子也等我来再制。"宝钗听了这话，又是难过又是好笑，便推他道："这是哪里的话！敢是中了邪？青天白日的，你是咒自己呢，还是咒我早日当寡妇？"宝玉惊醒过来，恍惚记得梦中的事，方知方才是对着宝钗说的，羞得满面紫涨，忙跳下床要跑。

宝钗冷笑道："一年大，二年小。你竟还是小孩子样！这会子跑出去，你能跑哪里去？"见宝玉杵在那儿，进退不得，又暗自懊悔把话说急了，遂转而柔声道："你不过是想你林妹妹，只管和我明说就是了。她是你妹妹，难道就不是我妹妹？我们一起回忆她，岂不好？醒着时憋着不说，只在梦中嚷嚷出来，倒让人以为我是那等拈酸吃醋、容不下人的人似的！”宝玉听了，不好意思，道：“我是怕你见怪，听了难受。”

宝钗冷笑道：“你怕我难受？殊不知颦儿死了，我比你更难受！我长这么大，颦儿这样的女孩真真是独一无二，我俩比亲姐妹还亲。我疼她爱她还来不及呢，你竟这么看我！要不是什么金啊玉啊，木的石的，我跟她好好的，可有你来浑搅的什么事？”说着，眼睛也湿润了。宝玉急了，忙赔罪道：“你可别哭呀，都是我惹的。是我的错，你打我骂我都好，但你别这样，我瞧着难过。”宝钗见他如此，也不好意思，忙岔开话头道：“你不说，我还忘了。颦儿当日做的《十独吟》，真真是好诗，好在我抄了一份，如今她的原稿怕是找不着了。”宝玉叹道：“果真是你对她用心，我就是个蠢物，连她作了这个都不知道。”于是两人细细品读一番，都潸然泪下。宝玉越发悔恨自己错怪了宝钗，从此一段日子，宝钗让他读书，宝玉心中有愧，无有不用心的。

再说金桂见薛姨妈病疾日笃，想着她时日不多，倒不如给她留个好印象，等她咽气的时候，念着自己的好，没准那些金银首饰之类的就都留给自己了。于是“孟光接了梁鸿案”似的亲手给薛姨妈熬了汤去献殷勤。因汤熬多了，她又素恨宝蟾，便生了坏心，把剩下的汤给宝蟾盛了，拌了砒霜，亲自给她端去。宝蟾见她突然如此殷勤，不禁起了疑心，又察得她统共熬了两碗一样的汤，另一碗给了薛姨妈，不禁气道：“这蹄子，故意给我和婆婆送一样的。分明是她好献假殷勤，充好人，反倒让人人都说我轻狂，目无长辈，不知好歹。我哪有那么笨？她会送，我就不会送？”于是也将汤亲自给薛姨妈端了过去。

薛姨妈卧病在床，见两个儿媳妇突然都如此孝顺，连身子都觉得舒畅了，虽然没有胃口，还是吃了大半碗，也不知是谁送的。谁知，约莫过了半个时辰，薛姨妈只觉得喉中似火在烧，又热又痛，急忙灌了好几大碗水下去，还是干渴难耐。接着，又直犯恶心，剧烈地呕吐起来，食物吐净了，继之吐了几缸的黄水。小丫头忙叫了宝钗来，宝钗见了，也惊得慌了，忙拔下头上的银簪，插进剩的半碗汤里，只见银簪登时变黑了，气得忙命带金桂和宝蟾来。金桂见两个碗都在这里，立即反应过来发生了什么，忙道："姑娘明察，我送的那碗是好的。分明是宝蟾蛇蝎心肠，毒害亲婆婆。"说着，也拔下银簪，插进另一碗汤里，果然没有变色。宝蟾哭道："那碗汤是她送给我的，我想着婆婆还没吃，哪有自己享用的道理，就给送来了。投毒之事我实在不知，就是打死我也是冤屈。只求姑娘千万别放了她这么个恶人，谁知道她是要毒我还是要害死婆婆？"宝钗因为撞见过金桂勾引宝玉的事情，早恨死了她，如今又勾起了她曾毒死香菱的往事来，便认定一定是金桂下的毒，冷笑道："你也不必争辩了，我妈妈要是有个三长两短，我只跟你要命。"

薛姨妈虽然将腹中食物尽数呕出，可毒已侵入身体，遂病得更重了。大夫看了，也表示无能为力。

宝钗命把金桂锁在房内关禁闭，从外头上了锁，亲自管着钥匙，除每日早、中、晚着专人看着她出来透风和送饭进去外，门一概不开。

偏这时，金桂寡母来看她。金桂从小父亲去世得早，又无同胞弟兄，寡母独守此女，娇养溺爱，不啻珍宝，哪里见得了她受这种委屈，忙去找宝钗理论，道："姑娘，我们金桂打小也是千金万金的小姐，你们家巴巴地求着她嫁过来，就这么作践她？你赶紧放了她，不然你们做的好事，我明儿满世界里宣扬宣扬，看你们家的老脸都往哪搁？"

宝钗冷笑道："好一个千金万金的小姐，就自己的命是命，别人的命都不是命？如今连亲婆婆都要毒死！现在人证物证俱在，理应立即就扭了她送官的！要不是怕这事闹起来让我妈难过，加重她的病情，你以为你姑娘今天还能好好地在这儿吗？你自然也别高兴得太早，我妈若是能挺过来，便只休了你家姑娘，让你接回家好好疼去；我妈若有个三长两短，定立即扭送了她去官府偿命！你现在要闹，也好。最好明儿就满世界宣扬宣扬去，自家千金小姐是如何杀了侍妾又毒杀婆婆，还勾引纠缠小姑夫婿的！”金桂寡母被她一顿抢白，又羞又恨，只好隔着窗子哭女儿苦命。

宝钗正在房里烦恼，宝蟾跑来告诉她：“不好了，那位桂花大奶奶娘俩商量着要烧死你，今晚就要动手！她娘说什么‘你小姑子可铁了心要报官的，留着她的命，便没了你的命。我今晚无声无息地把她夫妻两个烧死在房里，这薛家的财产可不就都是你的了吗？也不枉你在他家耽搁几年青春了。’”宝钗听了，唬了一跳，可转念一想，不禁笑起来，道：“我没想找她麻烦，她倒送上门来了。”

宝蟾是个聪明人，一听就懂，忙道：“姑娘的房间和她房间虽不连着，但挨得如此之近，若是之间堆了些杂物，一个燃起来，另一个还不得被引上火？如何能逃得过？姑娘只管把要紧的东西搬到我房里，干脆让她自己引火烧身去。到时候，姑娘只管随便找个地儿看着，她可跑不掉。”宝钗笑道：“你这小蹄子，我只打算给她个教训，你却要她的命，也是够狠心的哪！”宝蟾道：“姑娘好性子，我却忍不了！她要毒死亲婆婆，姑娘怎能对她手软？”宝钗笑道：“就是要取她性命，也得是送了官让官府判她死刑。她烧死在家里，传出去算什么？”宝蟾笑道：“姑娘聪明一世，怎么突然糊涂了呢？明明火是她放的，她要自杀，连累我们的房子给烧毁了，是姑娘心胸宽大，不跟她计较。”

宝钗不语，拿出上回金桂带到房里的那瓶加了桂花精油的壶，问宝蟾认不认得。宝蟾笑道：“怎么不认得？姑娘怎会有这个？这是她家每年挑着最上好的桂花给她制的，我们那儿方圆十里的人都知道她有这么个好东西，多有拿着好多银子来求的，她就是不往外头卖，只她一人能用，我连碰都碰不着。这油连烧的灰烬都有股特殊的桂花香味。这上头有两个按钮，按这个就是打开壶嘴，可以倒油出来当灯油烧的；那个就不能轻易按了，是取火用的，一按下去，可就喷出火来了。”宝钗听了，笑道：“你过来，不如这般……”于是跟她耳语一阵，宝蟾连连颔首称妙。

到了晚上，宝钗让宝玉在宝蟾房里呆着自己读书，和宝蟾两个偷偷溜出来，藏身暗处，见金桂母亲果然把自己的房间点着了。宝蟾赶紧把白天准备的柴火往宝钗和金桂房子之间一堆。房子是木头的，又经风一刮，很快就烧了过去。宝蟾见火势还不够大，忙把金桂的那壶油也一股脑倒到金桂房里，火势骤猛，登时火光冲天。宝蟾忙退回去，见窗上开了一个洞，赶紧把壶丢进去，不偏不倚正中里头的金桂的脑门，砸得她一个踉跄，脚下不稳，扑地倒了。

这金桂方才见突然着火，唬得直叫起来，却无人理她；待要逃出去，无奈门锁得铁桶一般，只得胡乱抓些东西要砸下窗纱和窗棂。好容易砸出了个大洞，谁知祸不单行，此时被油壶砸倒在地，身上登时着了火，慌得忙打起滚来。这一打滚不要紧，震得墙上挂的、柜上摆的流水般的古玩都风火轮似的滚到她身上，以致她浑身都烧起来。

外头金桂的老娘怕烧死了宝钗夫妇，自己有嫌疑，遂往宝钗卧房墙根放了把火就赶紧跑开了。远远地看见那里火光冲天，兴奋不已；她耳朵不好，隐约听到有人惨叫还以为是宝钗她们。薛家的下人见走了火，赶紧来救火，却因早受了宝钗叮嘱，只盯着宝钗所住的房子来救。

金桂的丫头和她娘带来的丫头因素恶金桂，明明看见她房间走了火，也只当不见。后来见火光冲天，怕出了人命自己要担不是，才忙忙地胡乱打了两盆水来救，但一则人少力薄，二则为时已晚，并不顶用。其他的下人救完了宝钗那儿的火，估摸着金桂应该活不成了，才忙来救金桂这儿的。

金桂的老娘远远望见火光没了，才乐呵乐呵地揉了眼睛，赶回来吊唁，一路酝酿情绪，准备好好哭一场。谁知回来见到的竟是自己亲生女儿被烧焦的躯体，宝钗、宝玉却安然无恙，登时扑在女儿身上嚎哭不已，又骂宝钗、宝蟾害死了她。宝钗冷笑道："是您姑娘自己想不开，寻了短见，连累我们差点都没命了，虽是没能救下您女儿，一则是她自己的选择，二则我们已经尽力了。现在房子也没了，我还不知今晚要住哪儿呢！刚才我们拼了命救火之时，您上哪去了？您老早不出现晚不出现，偏偏这时凑上来胡闹，编派起我们的不是来！敢问您老方才上哪里去了？莫不是故意看着亲闺女烧死，好来讹诈钱财？真是好狠心的娘！"

金桂老娘被她抢白一通，一时自己也无法解释，只得硬着头皮继续骂道："你们凭什么说是她自己寻的短见？分明是你们害死了她，倒赖她身上！"宝蟾笑道："刚才我们进去看她的时候，看到了只她独有的掺了桂花精油的灯油壶空空地倒在地上。你去抓把灰烬闻闻，那个喷香呀，分明就是这油烧的。除了她，谁还能拿这么金贵的东西纵火？您老要是不相信，您自个儿去瞧瞧，这壶还在屋里躺着呢。"

金桂的老娘也糊涂了，一时不知怎么回事，只得道："就算是她自己寻的短见，姑娘你也脱不了干系！若不是你把她当贼一样地关着，她能想不开？"宝钗冷笑道："既然有我的不是，那便即刻去见官好了！她谋杀婆婆，难道关她有什么不妥吗？正好传出去，让大家评评理。"金桂的老娘彻底没了主意，想着人都没了，要是真闹到都察院去，反倒会把女儿、自己和夏家的名声都毁了，再加上本就心虚理亏，胡乱要了些银子，这事也就草草了了。

虽说已除去了凶手，但宝钗心里还没来得及舒坦些，是夜，薛姨妈就浑身冰冷，陷入昏迷，气息奄奄，渐渐没了进的气……可怜薛姨妈就这样中毒而亡。宝钗哭了整整两天两夜，也只得含泪葬了母亲。

哥哥没了，母亲也走了，如今宝钗已只剩了宝玉，便一门心思全在他读书上，连袭人、麝月、宝蟾都帮着宝钗苦劝宝玉好好读书。宝玉坚持了十天半个月还受得，可长此以往，见连出门都得提前和宝钗申请，又憋不住性子，丢开书不读了。宝钗来劝他，他便说什么“你不仅让我做禄蠹，沽名钓誉，还让我去给犬戎效力，认贼作父！你是个没尊严没良心的，可我还有！你如今怎么变得越发比男人还可杀了！”

一次，宝钗亲手烹了茶给宝玉捧进去，却又见他歪在床上，把书扔在地上，劝他不听，不禁火了，把茶盏猛地往地上一摔，骂道：“你真是‘破罐子破摔’，跟这一地无用的碎片有何两样？”宝玉冷笑道：“我就是粉身碎骨，也强过做贼手里的刀。只要是贼的刀，宝刀、孬刀有何区别？”宝钗也冷笑道：“改朝换代，又不是头一遭了，偏你这么死心眼？难道历史上皇上不是汉人的朝代就无人为官为宰？那天下可不乱套了！你果真是个呆子！封建统治者是谁都不过是个名号罢了，具体实践起来，经世济国、富国强民还不是君子、贤士的责任？君子、贤士‘兼济天下’，当以天下为己任，‘先天下之忧而忧，后天下之乐而乐’，应至无我无私之境，心怀天下之安定、乐业，而非拘泥于统治者合不合你自己的喜好。纵然你认为这样做低了身份，天下人未必认为为官为宰低了你的身份；况且，是否低了你的身份根本不该在你考虑范围之内，胸怀天下之人，如何能以一己之私而误了大事？”顿了顿，又说：“不怕你恼。你虽然脑瓜子不笨，从小到大，你可认真读过几本书？你要是再不努力，只怕这辈子功名都考不出来，倒还白在这里操心自己不愿意为官为宰，恐怕人家还没看上你呢，你如此自作多情，岂不让人笑话？”宝玉说不过她，急得满脸紫涨，也顾不得宝钗脸上过得去过不去，咳了一声，哼道：“你也不必使什么激将法，更不用拿通歪理来糊弄我。我主意已定，绝不为犬戎卖命。你尽管说你的大道理，我左不过不听罢了。别人我管不了，我是无论如何不去蹚这趟浑水的。万不得已之时，我也只保全着自己的尊严，多不过剃了头出家去。你要是有如此宏伟志向，不如自己饱读诗书，蟾宫折桂去，做什么来我这儿浪费时间？仔细我这儿玷污了你‘兼济天下’的气度！”说着拿起脚就走了。

这里宝钗的话也没说完，见他走了，登时气得脸通红，说又不是，不说又不是，只得托袭人去跟他讲：“你是活在现实里的人，就算你没有‘兼济天下’的理想，也理应‘独善其身’，至少得谋个差事，能自食其力。”

谁知宝玉听了，立即转回来找她，一字一顿砸下话道：“我成什么人了？安能为五斗米折腰？姑娘要是嫌我浪费你们家粮食，我明儿就剃了头当和尚去，横竖不再花你一点银子！”说着就走。宝钗给气哭了，这时见袭人进来，又不想让她看见，忙擦干眼泪。袭人劝道：“罢了，罢了。这些臭男人都一个德行，横竖由着他们去吧。别多说几句，连他也跑了。”说着，也潸然泪下。

宝钗也泣道：“你可还记得一个名叫贾雨村的？当年我哥哥打死冯渊，家里鼎盛之时，是他了结此案，攀牢了关系；如今我们破落了，前不久又是他判了哥哥死罪。这样的人，虽然坏极恶极，却能成大事！前几日北静王死了爱妾，见这贾雨村的小妾眉眼间与之有几分相似，就多看了几眼，结果他连夜就着轿子把那个小妾抬到北静王府去了。北静王一高兴，见正好空出个肥缺，就举荐了他，他现如今可风光了。北静王一向对宝玉那么好，他如今正是得意之时，宝玉只要先考个功名，进入仕途，即便暂且不如意，日后再求北静王帮衬着，又何愁不得升迁呢？唉！宝玉要有那贾雨村一半的理想抱负和见风使舵的功夫也好啊。可惜他偏偏一根筋，况且，又胸无大志。”

袭人听罢，慨叹道：“这两人都是极端，若是能折中一下就好了。”

欲知后事如何，且听下回分解。

第一百零五回

词中词借词含讽谏　命里命知命强英雄

话说薛宝钗好心劝宝玉不成，自己没跟他计较，宝玉倒疏远了她。直到飞雪三尺，宝玉都不曾理她。宝钗无法，只得让袭人去帮自己递张纸片。宝玉展开一看，只见上头是一首《临江仙》：

冰天雪地人皆遁，曦阳慵懒昏昏。任群芳碾作微尘，傲霜迎雪自成春。

孑立严寒偏更韧，质洁赢雪三分。风刀霜剑任纷纷，自流清气满乾坤。

宝玉读了，知她表面应景写梅，实则字字讽谏，虽不忍难为她用心，但心里着实不爽。袭人笑道："宝姑娘写的是什么？想必是首好词，可惜我不识字，烦劳你跟我讲讲。"宝玉先前被宝钗劝诫了好一番话，如何不懂这词话里话外的意思？便冷笑两声，道："无非是劝我些歪理，叫我不论外界怎地，凭他'风刀霜剑'还是'曦阳昏昏'，只顾立自己的一番事业，香透人间，造福一方。"袭人笑道："能有如此贤妻，也是你的造化了。她说的真是正理，就是她不来劝你，我也想说了：你若不去考个功名，立番事业，白瞎了这么高的天分，也辜负了你父母长辈的殷殷期盼和宝姑娘的一片苦心。做一方之父母官，造福万民，有何不好？"

宝玉冷笑道："我只当你比她好些，才说于你。既如此，干脆你俩搭个伙儿，蟾宫折桂去，自然到时候遂心如意，自己立番事业，岂不比囿着我箍着我强千倍万倍？她也不必咏梅来劝我。我既不是'梅'，也不是

‘君子’，我就是俗中又俗的一个人。如若‘举世皆浊’，我只知能保我‘独清’就不错了！若逼着我和抱粪蜣螂为伍，长此以往，我定如‘入鲍鱼之肆，久而不闻其臭’。到时候，麻木不仁，与小人如一丘之貉，即使得了个胸怀天下的虚名，又有何益？那才真真曲了我一世之正直，污了我一身之清洁。再说，叫我‘流清气满乾坤’，满谁的乾坤？这可是他们应得的乾坤？既不思虑也无力夺回当属我们自己的乾坤，倒会‘为他人作嫁衣裳’！乾坤中又有谁？不过多是些认贼作父的！黼黻小人，媚上欺下！就是那些百姓，也多有俯首帖耳，摇尾乞怜之辈！若是真真是有气性的，如何能在这污浊乾坤中生活得下去？要我说，真正的贤士，面对着这些，怎能不隐居山里或是遁入空门？可见这世间多是些沽名钓誉之流罢了！”

袭人听了，又好气又好笑，道：“按你说，这世间可独你是好的了？如此说来，只你一个是清白的，真真在这世间多余了似的？你以为自己属于空门净地？要我说，那儿也不见得想要你，论姓贾的，已经有了；论名字带玉的，也已经有了。你又不会参禅，去做什么？”宝玉见连她都抢白自己，急得登时面色红紫起来，正要回敬她，袭人听见脚步声，知是宝钗来了，忙掩其口道：“小祖宗，凭你怎么想的，她是一片好意，你可别伤了她的心。”

正说着，宝钗就进来了，笑道：“那首词看了没？如何？”宝玉笑道：“写得极好，真是‘听君一席话，胜读十年书’！”宝钗听说，以为他悟了，很是欣慰，忙道：“那你说说看。”宝玉道：“先前我总纠结世间众人多有同流合污者，‘众人皆醉我独醒’，倒显得我才是醉的那个，不知如何是好。今日所见姐姐之词，才知我应与梅一样，守住自己的气节品德风骨，‘傲霜迎雪’，‘自流清气满乾坤’。世界多了我这样的人，连那些虫豸之辈也会自羞自愧，黯然失魂！世道自然因我而清，乾坤自然因我而芬，人间自然因我得幸，我也自然拜我成全！多全齐美，岂不是上上之为？可惜我一个呆子，竟未曾想到，今亏姐姐点醒，真是我的万幸！”

宝钗见他如此不可教也，气得脸如银盆生锈，登时黑沉起来。袭人忙道：“姑娘别生气，姑娘的意思，他都知了，只是小孩子脾气，嘴硬罢了。”遂把宝玉理解到的“立自己的一番事业，香透人间，造福一方”都跟宝钗说了。宝钗冷笑道：“亏他还有这番觉悟，若是心里悟了，身体能躬行，比什么都好，就怕嘴上说说，也未必往心里去，更别说做了。”宝玉道：“我嘴上也不会说这混账话！姐姐既然有这番宏伟志向，就自己考功名，做个傀儡官去吧！若是再劝我这种混账话，我可要恼了！我比不得姐姐，稀罕什么功名富贵，金玉满堂！我也不要什么金的玉的！”说着，又想抓了玉来摔，却发现玉不见了，只剩个空络子。袭人看玉不见了，慌了，忙去找。宝钗见宝玉如此“烂泥扶不上墙”，气得扔下一句“朽木不可雕也，有玉没玉都是个呆子！”就摔帘而去，留宝玉一人在房里生闷气。

且说王熙凤在结怨司担个空职，闲得没有事做，实在闷得慌，听闻情榜销号挂号办的事情多，便屡屡求警幻仙姑把这职务给她。警幻知她是个多事的，如今贾家众人都来销号，她一来，通了气，知道贾家被抄了家，家败人亡，还不和孙猴子一样闹将起来？于是不单不允，还封锁消息，命众人都不许在她面前透露贾家半个字。谁知这王熙凤哪里闲得住，又放心不下贾家，终于钻了个空儿，趁人不备，自己偷偷溜出太虚幻境，往人间飞来。

正值深冬，寒风凛冽，漫天飞雪。凤姐来到贾府门前，但见昔日的热闹繁华已然消失殆尽，四周只有茫茫的白色和死一般的沉寂。凤姐怕被认出，忙摇身一变，变个又老又丑的乞丐，蓬头垢面，胡须散乱，破衣烂袄斑斑补补的，往荣府走来。

凤姐见大门虚掩着，也无人看守，暗暗讶异，忙深一脚浅一脚踏着厚雪进去，只见里头万物都闷在雪下，睡死了一般，杳无声响。凤姐心内一惊，暗想不妙，行至梨香院时，却听见里头喝酒划拳的声音。凤姐听出其中除过贾蓉等的声音，竟还有王仁的嚷嚷声，觉得莫名其妙，不知所以。整个转了一圈下来，却只有这儿有人声。行至怡红院时，凤姐拨开雪地，只见一片枯草，满目凄凉，不觉鼻子一酸，却听见雪地里有人喊自己。凤姐一惊，心想自己都变了个又老又丑的男人，怎么还能被认出来。心中犹豫，以为是自己的幻觉，就没搭理。谁知那声音又喊："二奶奶，你不搭理我，我怎么告诉你贾家的事呢？"

凤姐听了，又唬了一跳，道："你是谁？在哪？"那声音说："我是通灵宝玉，就在雪里埋着呢。"凤姐听罢，一扬袖口，便嗖嗖地从穿堂那头刮来一阵强风，把穿堂门前的雪扫得一干二净，这地上便果真现出一块玉来。凤姐拾起一看，正是宝玉所佩的通灵宝玉，惊道："你竟然会说话！"那蠢物道："我本就会说话，只是从不跟庸人凡人浪费口舌罢了。奶奶可算回来了，可惜已经太迟。若是早些，或许贾家还有救，可是如今贾家已经彻底家败人亡了！"凤姐听了，如被雷击一般，登时泪如雨下，忙问详细的。蠢物就把子弟作强梁，屠戮亲人，争夺家产，还有鸳鸯勾结强人，诬告小红，致其丧命，黛玉上吊，王仁、贾蓉把巧姐儿卖去妓院，后巧姐儿被刘姥姥救了的事儿一股脑连着各种大事小事都说了。

凤姐听了，气得捶胸顿足，腹内如翻江倒海，直把银牙咬碎吞入。凤姐把通灵宝玉揣入怀内，大哭着往祖祠赶来。

凤姐见祖祠冷清异常，有几个牌位被乱扔在地，忙用袖子拂去尘埃，放回原位，跪在贾母、王夫人灵位前，号啕大哭道："老祖宗，我来迟了！我在那空职虚司，对这里日夜悬心，如今好容易偷跑回来，谁知咱们家都已败了！我愧对您啊，愧对贾家，愧对祖宗！"说着悲愤难抑，左右开弓，自打耳光。通灵宝玉劝道："二奶奶，何苦呢？这事要怪也怪他们，你何必自苦起来？"凤姐听了，咬牙切齿道："鸳鸯这蹄子安在？"通灵宝玉道："她本是和贾蓉他们住在这里的，谁知那几个都对她图谋不轨，她就剃了头发，到城外头尼姑庵去了。如今天色晚了，奶奶要找她，也得明天了。"凤姐一心要给小红他们和贾家报仇，哪里忍得住？也不管天黑路远，就径直来找鸳鸯。

鸳鸯刚把院门关上往回走，却觉身后猛地刮来一阵风，冰冷刺骨，寒彻心肝，忙回头去看，却见院门关得好好的，又是一阵阴风冲着她的脸刷过来，刺得她不禁毛骨悚然，觳觫战栗。这时隐隐听见有哭声，一个黑影向她逼来，直把她逼到墙角，无路可退，鸳鸯已被吓得魂不附体，浑身颤抖如筛子，瘫软似烂泥。那黑影抓起桌上的油灯，点燃了，凑近道："你仔细看看，我是谁？"鸳鸯见是一个老乞丐，并不认识，忙道："您老想必是认错了。我与您前世无仇，今生无怨……"话未说完，那老乞丐一口啐在她脸上，骂道："放你娘的屁！小红怎么死的，贾家怎么亡的？你还好意思说我们无仇无怨？"

鸳鸯战栗道："难道您是琏二奶奶？我定是在做梦，难不成见鬼了？"凤姐冷笑道："你眼里还有'奶奶'二字吗？我看在你眼里，偌大的贾家竟是你的！随你践踏，任你出卖！我就是做了鬼也不可能放过你！"说着一把上前揪住她。鸳鸯知她素日行止脾气，忙跪地哭道："我知道今儿难逃一死，求奶奶发发善心，给个痛快，一刀抹死我。"凤姐冷笑道："我是怎么死的？林姑娘给你害得是怎么死的？偏你高贵、特殊不成？我今儿就把我们的死法教给你！你把你那汗巾子解了，挂在梁头上，算你福气大，我亲自送你上去！"鸳鸯一听，惊恐不已，登时感到一阵冰冷刺骨的阴风从脚底升起，扯下她的汗巾子，将它飞到房梁之上，结成环，打上结，正目瞪口呆没个抓寻处，只听"嗖"的一声，那阵阴风又从她身下涌起，把她的身子托到梁下，她的脖子便直直地套在汗巾子里了。绳结越来越紧，鸳鸯两腿乱蹬，垂死挣扎，痛苦万分，很快就断了气。

凤姐本想立刻去看看巧姐儿，可悲愤郁结于心，怒火中烧，难以自抑，便又立即刻飞回贾家。王仁等正在贾赦屋里快活，被凤姐一脚踢开门，抄起门闩就打。那几个躲闪不及，门闩打在身上似有千斤万斤重似的，这些人都登时毙命。

凤姐四下里寻贾蓉、贾蔷不着，正欲出去找时，忽见天上明光一闪，天兵天将驾云而下，将凤姐团团围住，大喝道："你私自下凡，已触犯天条，我等奉警幻仙姑之命前来捉拿你。还不快快跟我们走！"凤姐哭道："不杀光狗贼，我誓不回去！"天兵天将喝道："你别'敬酒不吃吃罚酒'！如有违抗，罪加一等，到时候有你受的！"遂拿刑具枷杻来把她枷了，拿铁链拴着一路拽回天上去。凤姐一面挣扎，一面嚷道："家仇未报，我死不瞑目！"天兵天将喝道："天命也是你能违的？你瞎逞什么英雄！"凤姐叹口气道："我知天命，但我不服！"然莫奈何仍被天兵天将拖曳着直飞回太虚幻境去了。

且说雨村因北静王相助，升任了京兆府尹兼管税务。一日出都查勘开垦地亩，途经一酒肆，正好乏了，便进去吃酒歇脚。刚坐定了，忽听旁座有人大笑道："雨村兄，别来无恙？"雨村看时，竟是旧日相识冷子兴。

二人叙些别后之事，谈兴正浓。贾雨村知道贾家人丁凋零，所剩无几，早打起了他家宅子的主意，遂跟冷子兴打听起贾家子弟的下落。冷子兴叹道："贾家如今死的死，散的散，唯贾蓉、贾蔷几个还住在府里。今儿我刚逢上他俩。他们跟我打探能否有做官的门路，想谋个一官半职的。"雨村笑道："他们要是做了官，被调到外地去，那贾府怎么办呢？"冷子兴太了解他在想什么，自然顺水推舟地说："贾府地方好，又大，用来做生意再好不过了。他们若去外地做官，自然不方便回家住了。若他们能托雨村兄的福，得个一官半职的，自然把家宅出让给您。他们又不缺钱，我再帮着劝劝他们，到时候胡乱给几个银子敷衍着，就把它赁下来，岂不好？"

贾雨村笑道："既是如此，就拜托冷兄了。可否引我跟他们见上一面，好好谈谈此事？"冷子兴笑道："那是自然。"遂给他们牵线，见了面。贾蓉、贾蔷两人与雨村一拍即合，当下便谈妥了。

尔后贾蓉、贾蔷回到贾府，却见贾赦房间房门大开，几个人横七竖八地躺在那里，都没了呼吸，慌得赶紧报了官。官府见此事蹊跷，查了多时，却毫无头绪，只得放下，当作疑案。欲知后事如何，且听下回分解。

第一百零六回

贾宝玉重逢二丫头　薛宝钗改嫁贾雨村

话说宝钗屡次劝宝玉读书考功名未果，两人从三天一小吵、五日一大吵，逐渐变为日日争吵不休。这日宝钗道："你林妹妹要是看到你这样死皮赖脸、不思进取，'做一天和尚撞一天钟'，她会怎么想？你以为她不会难过吗？"宝玉冷笑道："你还好意思提林妹妹！在她陷入绝境之时，你却躲到这穷山上，把王八脖子一缩，生死由她；你还骗我说她已经跳井死了，害我负了她！做出这样的破事，今日里你却又没脸没皮地提起她，不害臊吗？"宝钗道："当时外头兵荒马乱的，我但凡是个男人，能带兵打仗的，如何会不救她？可我自身难保，又手无缚鸡之力，就是去救她，不但救不回来，自己还得白去送死！我当时要是死了，我妈怎么办？你既然唾弃在这穷山上把王八脖子一缩，如今外头新朝刚立，正是稳定时局，求贤用人之际，你为何在这山上把王八脖子一缩，百姓生死福祸由他们去？"

宝玉说不过她，脸上红一阵白一阵的，只得冷笑道："得，得。真是我的好姐姐，你做什么都是对的！大道理都被你说尽了，那我还有什么好说的？你要是看不过我，大不了我也不和你一道在这缩脖子了，我换处地方缩去，你也眼不见心不烦的。我们既然殊途异志，何必强扭着绑在一块？我也不愿继续跟你日日拌嘴了，这样的日子，何时是个头？如今我们既已至这般田地，便痛快分开罢。你只管睁大眼睛去寻一个志存高远，胸怀天下的盖世英雄，好好辅佐着他，成就你的千秋霸业，造福万万百姓，流芳百世去！"说着，胡乱收拾些东西，做一包捆了，拿起脚就出去了。宝钗正在气头上，不愿去追，料着他身无分文，在外头呆不住，多不过一日总得自己回来，就由着他去了。谁知宝玉这一去，却如同断了线的风筝，从此未归。

转眼至年关，突然一日，来了个衣衫褴褛，蓬头垢面的小乞丐。袭人见了，一惊，心想怎么有乞丐到这里来，定睛一看，方认出是雪雁，忙打水让她梳洗了。宝钗听闻是雪雁来了，忙问她是如何找到这里来的。雪雁一行哭，一行说道："林姑娘和紫鹃姐姐都死了，我好容易逃了出来。先前紫鹃姐姐让我一定寻得宝二爷，告诉他林姑娘的下落。可我寻他多时也没有头绪，只得一边沿街乞讨一边打听他的去处。前些日子，遇上个和尚，非要给我银子。我看他穿得也单薄破落，便不好意思收，结果他说什么都非要给。我听得声音好耳熟，才认真看了两眼，居然是宝二爷！他让我往这儿投奔来，说他自己是断断不能来的，便跟我说了半日如何走，又画了张地图给我，我好容易才找过来。"宝钗叹道："这么个呆子，宁可在外头受苦，也不愿回来。"袭人也叹道："男人都一个德行脾气！我听闻我家那犟牛在外过得也多有不顺，可就是宁可犟着受苦也不愿我管他。明明是为他们好，这些臭男人却一个一个脑袋都做摆设了。"

原来，宝玉出家后，众和尚见他衣裳华贵，值些银子，又年轻老实，都涎皮赖脸地来要东西，占他好处，花言巧语来求他送给他们。宝玉一向大方惯了，怎么会在这种小事上损了面子？于是数日后，所带衣物便都送了人。可和尚们越发不知足了，或没捞到好处，或嫌好处不足，大都心中不平，三天两头来挑唆生事，引他打架斗殴。宝玉开始只不理他们，然越忍让，欺负者越甚。终于再也忍不得了，便三天两头跟人打架。但宝玉偏偏从来就不是打架的这块料，若是精细活他还使得，这种动粗的事情，他素日里几乎不沾边，又手无缚鸡之力，总是被打得鼻青脸肿，就连耐磨的粗布衣服都多次被撕破。

没过多久，连住持也看出他好欺负。住持正愁每日叫不动人来做粗活，见宝玉老实听话，便每日天未明就把他叫醒，要他提水、扫地、砍柴、做饭。宝玉哪里干过这些？笨手笨脚的，开始时不是烧糊了菜就是洒了水，常常挨骂。那些和尚都欺负他，把分给自己的脏活、累活，不论什么，一股脑都加他身上了，若遇着他稍有反抗，小则言语辱骂，大则拳脚相加。宝玉被折腾得脚底全是水泡，双手满是老茧，还有许多裂纹，眼睛也被柴火粗炭熏得整日红肿、泪落不止。

宝玉本以为这已是人生磨难之极限了，谁料更难堪之事还在后头。因刚经历兵荒马乱、家破人亡，人人都没有钱米，满心满意只顾得着自己口里吃的、身上穿的，只求不饿死、冻死，几乎没有人来给香油银子，连化缘都维艰。和尚们过不下去，住持竟逼着众僧去趁夜偷东西来过活。宝玉满心满意要投佛门净地，谁知竟遇上这种勾当，哪里受得了？遂忙趁夜逃走了。

一无所有，身无分文，宝玉只得丢下脸面，沿路乞讨，四处流浪。其间风餐露宿，艰难苦痛，自不消说。心中五味杂陈，百感交集，宝玉即景即事，吟哦组诗四首，皆是他眼下光景之真实写照、胸中真情之自然流露。这组诗名曰《茕然行》，乃是：

其一

月倒繁星碎镜天，风拨荒径转蓬间。

寒鸦惊问将何往，只道家园云水边。

其二

香梦沉酣霜冻醒，烦忧寤寐恼蛩鸣。

鸡声茅草月不照，心事唯倾寂寞星！

其三

柳烟渺渺浸秋伤，芦絮丝丝系故乡。

怅望往昔隔海角，遥瞥前路只苍茫。

其四

血泪殷殷泼晚霞，愁云漠漠轧天涯。

落泥成泞无归处，人世何能比落花？

这日宝玉走到乡间，饿得前胸贴后背，渴得喉咙冒烟，累得双腿灌铅似的沉。实在支撑不住了，他看见有个女子抱着孩子迎面走来，便上去讨口水喝。一走近那女子，宝玉不由得像触电似的呆了，待缓过神来，他怔怔地地问："你不是二丫头吗？"原来面前这女子正是当年他同秦钟在乡下见到的二丫头，曾转纺车给他瞧的，当时才约莫十七八岁，不想如今竟嫁到这儿来了。宝玉时隔多年，在他乡遇见故人，好生喜悦，百般感慨、千言万语，都杂织一处，一起纠缠着堵在喉咙口，像糯米团似的黏着，竟一句也吐不出来，憋得脸又红又紫的。

二丫头莫名其妙，问道："你是谁？"宝玉仍呆着，不知如何介绍自己。二丫头打量着他，只见衣衫褴褛，头发凌乱，像个乞丐。她并不识得他，因而对于他叫出自己"二丫头"的乳名颇为惊讶，见他形貌可怜，吞吞吐吐，似乎想讨些吃的。二丫头琢磨着，这大约是小时候偶然见过的普通庄稼人吧。见他如此狼狈，虽不知他真实身份，也不忍心把他晾着，遂把他让到家里，把剩饭剩菜倒到灶里热了给他吃。宝玉几日不曾沾过热饭热菜，便如饿虎扑食、猫儿捕鼠一般，风卷残云，碗里登时见了底。

二丫头见他八百年不曾见过食物的样子，又是同情，又是好笑，看他噎得满面通红，一面忙打了水给他喝，一面和他聊了起来，问他家在哪、为何至此。宝玉简短地说了身世，嗫嚅地问二丫头是否还记得起两人少时见过的事情。二丫头看他如此潦倒，起先并不相信他曾是大家公子，但见他言语诚恳，不似扯谎，便细问端的，至宝玉说起自己曾纺线给他瞧，可立即就被叫走了的事儿才忆起这茬，想起当时不知哪儿冒出来个笨手笨脚的浑小子来动自家纺车，自己因怕他弄坏了便纺与他瞧，谁知给祖母看见急坏了，当即被叫走狠骂了一顿，自己方知这浑小子就是那大名鼎鼎的贾府中衔玉而生的贵公子。祖母告诉自己，要是被他或是他身边的人看上了，这辈子就再也出不来，见不着爹娘了，凭自己家秕门稗户的，若是被要进了贾府，还能有些什么好日子过？一番话把年纪轻轻的二丫头唬得哭了，方知后怕。待贾家一行上车离去，方敢出来，但到底还是个孩子，至出来时，又是有说有笑的，把先前的害怕忘了大半。

二丫头忆起往事，想到当年疼爱自己的祖母不在了，自己如今远嫁他乡，一样见不着爹娘，好在丈夫为人勤勉，对自己很好，又有个活泼可爱的儿子，生活倒也美满。但忆起故乡和过往，还是感慨、嗟叹不已，想到眼前这个穷困落魄之人也算半个故知，不禁对他增了几分亲切感，而看到这个当年富贵非常的贾家公子竟落到比自己还不如得多的境地，也不免平添几分同情和惋惜。

二丫头正思量着如何能帮助他，恰遇其丈夫自外而归，二丫头便说明原委，二人商议起来。二丫头丈夫也是个善良的庄稼汉子，见妻子有心助他，思量一番，便道："邻家老头染疾而亡后，其房一直空置，可供暂住。家中闲田也多，随便给他一块，至少可让他自食其力，不至于饿死。"夫妻两个商议定了，便如此告知于宝玉。宝玉早已厌倦四处漂泊的生活，正愁无个栖身之所，便在二丫头丈夫的帮助下拾掇了屋子，胡乱把榻上的草堆铺平，盖上旧衣裳，倒头就睡。

宝玉从此自耕自种为生。因从不事稼穑，多笨手笨脚之举，村里的泼皮见他如此，都欺负他。一日那些人又来拔了宝玉的稻秧，宝玉没忍住，和他们争执起来。那些人本是来取乐的，见这小子竟认真起来，便没了好气，嘴上说不过他，就动手，把宝玉打得鼻青脸肿，十天半月下不了地。宝玉气不过，告到县衙里去。谁知那县太爷却正是贾璜的侄儿，名唤金荣的。这金荣平日里刁蛮跋扈，极爱欺压百姓，又素来最为记仇。今日见宝玉被打了，不禁狂喜，哪有不补一刀，以报当日学堂之仇的道理？再加上那几个泼皮暗中给他使了银子，他便胡乱判宝玉打劫财物，害他结结实实挨了一顿板子，直打得宝玉昏死过去；而那些泼皮，却被金荣判为正当防卫，无罪释放。

且不说宝玉过得艰难，只说宝钗那儿，雪雁因常年忍饥挨饿熬坏了身子，到了紫檀堡后一病不起，宝钗等忙请大夫来为她精心救治，可惜也未能留住她。雪雁病逝后，宝钗等埋葬了她，从此日日只相伴着做些针线活打发时间，聊以度日，望眼欲穿盼着宝玉回来。转眼光阴飞逝，几载岁月弹指一挥间，冬去春又来，转眼春又尽，宝玉仍再无音信。是夜，宝钗辗转难眠，望着窗外清月皎皎，不觉心有所感，亦不禁发于章句，想起韦文靖的《思帝乡》来，便也憋不住，自己填了一首，其词曰：

春意休，怨韶华不留。陌上空余寒月，照离愁。
冷夜孤衾相伴，寂悠悠。纵被无情弃，志当酬。

宝钗一挥而就，却更悲从中来，愁荡胸间，愤萦心腑。哪里止得住，紧接着又填了一首，乃是：

风愈柔，抚皱心上秋。浪迹萍踪何胜，觅封侯？
既是殊途异梦，怎强求？彼负终身许，莫淹留。

宝钗写毕，心情总算稍稍舒畅了些，勉强歪在床上，逼着自己睡了。天刚蒙蒙亮，晨光熹微之时，她又起来了，研了墨，泼作一首诗，诗曰：

休言女子不英雄，壮志凌云盼劲风。
西北东南浑莫论，扶摇助我入苍穹。

这时，麝月端茶进来，笑道："我刚听外头说，一个'贾'什么'玉'什么的要到贾府去了，贾蓉、贾蔷正赶着给他收拾呢。莫非是宝二爷回来了？"宝钗笑道："既是如此，难为他浪子肯回头了，我们在这儿也整日无事，不如搬过去等着他。就算他不来，府里本就有我的一份儿，我们去了，也没有被赶走的理儿。"商量定了，几人便去打包了行李。宝钗、莺儿、麝月、宝蟾来辞袭人，袭人苦留不住，只得由她们去了。

谁知这几人到了贾府，却一直没能等来宝玉。他们重新住进大观园，莺儿能干，把花草悉心打理了一番，次年春末，又是芳草滴翠，桃花吐艳。众人便在园里扎了个秋千玩。这日，宝钗正在百花香中由莺儿、麝月轮流推着荡秋千。因春光融融，东风暖暖，玩了不多时，便香汗淋漓，娇喘吁吁，又想着贾蓉、贾蔷已去外地到任了，园里尽是些女孩子，遂脱下披风，只着薄薄的杨妃色春衫，继续荡秋千。

偏这日贾雨村到了，一进园子就听到女孩子的笑声，只见远处几个女子正在玩耍，秋千架上的那个竟美若天仙，远远望去，似笼罩在粉雾缭绕中，她飞到哪里，那团粉雾也飞到哪里。雨村不禁看得呆了。走近一看，只见她脸若银盆，眼似水杏，唇不点而红，眉不画而翠，妩媚风流，不禁看得身子酥了半边。那儿宝钗发觉有男子来，唬了一跳，脸羞得通红，忙披了披风匆忙逃走了。雨村懊恼不已，一路偷偷跟了她，方知她就住在这里，又不禁狂喜。之后，日日变着花样写了各式情书往宝钗房里塞。宝钗本来很是反感，可禁不住他软磨硬泡，又兼素对他有些了解，在他字里行间也能看出他确实是个志存高远、决心立番事业的，心里也不禁松动，便对他有意无意地多看了两眼。见他腰圆背厚、面阔口方、剑眉星眼、直鼻权腮、魁梧挺拔，不是平凡之辈；举手投足，儒雅得体，却难掩野心。宝钗见他如此，也暗暗动了心。

这日，宝钗心里有事，遂早起精心对镜梳妆打扮了一番，仍去园里荡秋千。果然又见贾雨村自远而近行来，宝钗也不躲开，不时拿眼觑他几眼，故意叫他瞧见。贾雨村见她对自己青眼有加，不禁心花怒放，想着如此玉人竟是个巨眼英雄、风尘中之知己，索性壮着胆子来跟她说话。宝钗半言半不语的，雨村问得急了些，她就红了脸低了头，摆弄衣带。雨村见她羞涩，不禁更出了神，竟不知不觉想上去拉她的手。宝钗见状，脸一抬，手一甩，赶紧跑了。雨村见她脸颊飞红，眼波荡漾，不禁站在那里痴了。

宝钗回到房里，麝月看出她对雨村有意，忙劝道："你可知道他是个什么人？忘恩负义、落井下石！且不说他如何害了贾家，你哥哥亦死于他之手，他怎可能是良人？"宝钗道："我哥哥打死了人，我们家又失了势，那边又使了几倍的银子。就算换个人，恐怕也会判我哥哥死。再者，要不是当年他给哥哥摆平了冯渊的事情，哥哥还不知道能不能活到那会子呢。"麝月顿足道："姑娘，我不怕你恼。你此番言语恐怕连你自己都未必信。"宝钗低了头道："我如何不知？此番言语，不过是为他找个托词，替我自己拿定主意罢了。我知道你跟了宝玉多年，自然不愿意我嫁给他。但如今宝玉抛下我一走就是数载，音信全无，我连他是生是死都不知。难道让我等着他，孤守一世？如今我早已不比当日了，家业已败，我又没个亲人，不过是个弃妇罢了。这个贾雨村虽非正直之人，如今亦乃朝廷命官，理想抱负、才能手段一概不缺，未来不可小觑。我若能扶持他，助他继续平步青云，既能遂他之志，也能了我之愿，方不枉我一世之抱负与苦心了。除此之外，我还奢求什么呢？若是过了这村，恐怕再没这店了。”麝月见她心意已决，也无可奈何。

此后之事，不消细说。宝钗既芳心暗许，两人进展飞快。过不了半月，宝钗便被雨村趁夜用轿子接入家中，做了二房。娇杏乃正妻，但忠厚老实，又没什么自己的主意，不过唯唯诺诺而已。从此，雨村家里尽是宝钗做主。过了几年，娇杏病故，雨村便顺理成章地把宝钗扶了正。两人情投意合，每日谈不完讲不尽的仕途经济学问。宝钗为雨村应酬，如鱼得水，同朝的官员之妻，没有不与她交好的，如此一来，顺带着让雨村在官场也更加畅通无阻，平步青云。雨村每每遇到事情，定要找宝钗商量，宝钗也尽心给他出主意，凭他什么难题，在宝钗面前没有不迎刃而解的。雨村常言，得此贤妻，不仅得一知己，也得一军师，宝钗若是为官为宰，也是使得的。

欲知后事如何，且听下回分解。

第一百零七回

兰绽新芳爵禄高登　麒归旧主红尘相伴

话说宝玉明明受了欺负，却被金荣判了一顿好打，又气又怕，伤略好，便说什么也不愿在此地再做停留了。然他早已一头青丝飘飘，不是和尚模样，对出家亦心灰意冷，自然不愿再削发为僧了。宝玉一路到了水乡，从此，“一蓑烟雨任平生”，做起了渔翁。数十载光阴一晃而过，正是：

玉瘗群芳堕，香埋万事迁。
风衾天作顶，地榻雨为帘。
污水思烹雪，粗斋忆撒盐。
韶华犹近日，一世一挥间。

转眼宝玉青丝染满白霜，忆起宝钗，心中也深有愧意，恨自己负了她。忽一日见路边僵卧一托钵人，乃是一暮年老妪，浑身冻僵，昏迷不醒，宝玉见她呼吸微弱，恻隐心起，忙背了她往破庙里来，生了火，一面让她烤火，一面脱下自己的外衣给她焐着，借着火光看她时，却觉得这老妪好生面熟，一时想起来，自己也唬了一跳，又不敢认。

好容易那老妪终于体温回升过来，恢复了意识。宝玉把自己仅剩的半个馒头放在火上炙了递给她，她狼吞虎咽地吃，几乎被噎住了，宝玉忙去门外抓一把雪放在杯中，用火烤热了，才敢给她喝。

那老妪总算缓了过来，道：“多谢恩人救命！才刚有‘爱’个官轿经过，一个我喊破喉咙也不理我，一个妄想趁火打劫。若非遇上你，我恐怕这会子已经冻死了。”宝玉见她咬舌说话，方信自己没认错人，“噗嗤”一声笑了。那老妪见他笑了，觉得莫名其妙，正要说什么。宝玉道：“你吃的东西都没了，穿得又这样单薄，人家想趁火打劫你，你也得有什么东西供他打劫呀！”那老妪笑道：“你原来是笑这个，也忒把人看得扁了。”犹豫了一下，道：“罢了，我告诉你。若是连你都见财起意，我就死了算了。”宝玉笑道：“你先别说，我猜猜。”

那老妪笑道：“你要是能猜着，也太奇了。这是我最珍贵的东西，比我的命还重要，我从不拿出示人的。你若知道，除非你是我相公……”说着没忍住，泪流了出来，道：“但不可能，他走了几十年了。”宝玉忙给她拭泪。老妪道：“奇怪，我怎么觉得你这样熟悉？”宝玉笑道：“你说的，可是一个金麒麟？”那老妪惊得呆了，凝视了他半晌，半信半疑地问：“你……难道是……爱哥哥？”宝玉点点头，掏出通灵宝玉给她瞧，两人相拥而泣。

宝玉哭道：“云妹妹，一别几十年，不想在这里遇见你。如今能遇见你，也是我不幸中之万幸啊！”湘云又是哭，又是笑，道：“爱哥哥，你猜错了，我要罚你！我说的，不是一个金麒麟，是一对。”说着泪珠扑簌簌地不住滚下来，宝玉忙搂紧了她，轻轻拍着她的背劝慰她，见她还是伤心，想让她别哭了，便开玩笑道：“云妹妹，你带着它们千里万里来见我，莫非另一个是为我准备的？”湘云听这话好新奇古怪，不禁“噗嗤”一声笑了，然紧接着又“哇”的一声大哭起来，断断续续地勉强说道：“我形单影只这么多年，好容易遇见你了，你也不宽一宽我的心，反而打趣我欺负我！”宝玉吓得忙赔罪道：“好妹妹，原是我说错了，你打我骂我都好，别哭坏了身子。”

湘云止了哭声，一面抽噎，一面说道：“我走的时候，把一对都带着了，看着它们还在一起，就好像他也没有离开我。”宝玉听了，也不禁暗自落泪。湘云道：“我知道这个麒麟原是你的，之后他戴了几年，后来几十年都在我这儿，我至今握着它，都能感受到他的体温。既然今天遇见了你，也好，物归原主，我便把它还了你。”宝玉道：“它们俩原是一对，你即使把它给我，我也断断不可让它们分离。既是如此，不论今后人生还有多长还有多难，我都陪着你。”

两人自叙些别后之事，宝玉听闻湘云曾又多次拒绝提亲，便道：“妹妹何必一味因死者不续？孤守一世，妨了大节，也不是理，死者反不安了。”湘云冷笑道：“我为何要嫁？是真名士，哪有要委曲求全和他人凑合着一屋吃一床睡的道理？遇不见知己，我倒不如一个人。我有手有脚，自己能照顾好自己。”宝玉听了，无可反驳。从此宝玉、湘云红尘作伴，相靠相依，虽然艰难，但心里自此多了分慰藉。

这日晚上，两人烤着火聊叙旧事时，湘云见他自愧对不起宝钗，叹道：“可恨宝姐姐，姊妹间天天说亲道热的。贾家一出了事，她就早早地弃了贾家，自己逃命去了。到今日人都散了，我们也这样了，我竟然听闻她改嫁给了一个贾什么雨村，那人年龄都能当她爹了。如今她相公作了高官，她日子可过得好着呢。真真是不公平。林姐姐倒是个善良的明白人，她不过面上冷些，心里却是比这火炭儿还热呢。不曾想，她却死于非命了。我只恨从前错认了她两人，宝姐姐真真是个面热心冷的。你何必如此责怪自己？本是她先负了我们。”宝玉叹道：“这是两回事，她纵有错，我也终是负了她。不过，你也别太怪她了，她当年毕竟也是无可奈何。即使她留下，她又能怎样？不过白搭上自己性命罢了。”湘云气道：“你怎么还给她开脱？她不过是一己利益至上，弃他人安危于不顾罢了。她自私、冷酷、逃跑还反倒有理了？那我相公对你们不离不弃，以致丧了命，那岂不是呆子了？”宝玉急得忙赔罪不迭，赌咒发誓道：“我若存了这个意思，天诛地灭！”湘云见他脸都紫了，知道自己说得过了，也不好意思，忙安慰他。

再说雨村在宝钗的相伴相助下，一路飞黄腾达，扶摇直上。宝钗总算是遂了平生之志，日子过得美满充实。这日宝蟾来找她，跟她叙些别后之事。原来宝钗带着莺儿嫁给贾雨村后，麝月回到了紫檀堡，从此和袭人一起度日。蒋玉菡再未回去，她俩也再未嫁人，相伴着大半辈子就这么过来了。宝蟾在薛蟠死后又嫁了人，可丈夫见异思迁，和别的女子私奔了，独留她一人守着些薄产度日，日日以泪洗面，直骂男人喜新厌旧。至这时，她竟有些理解起夏金桂来。宝钗听了，也唏嘘不已，想起过去、宝玉和大观园的一切，也不禁落泪了。自己也不知为何落泪，是为了失去的母亲、宝玉、姐妹兄弟、亲朋好友，是为了逝去的青春年少，或是为了自己和他们多舛的命运，还是为了散落在各地的暮年的大家担心。她也说不清楚，或许都有罢。

且说李纨在山中茅舍守着儿子读书，直到贾兰长到十八岁。贾兰自小知道母亲守寡不易，很是懂事，念书时聚精会神，心无旁骛；不念书时也不肯贪玩，刻苦习练骑射。再加上天资聪颖，贾兰此时，已是一表人才，文武双全。贾兰找到贾菌，两人一同去赶考。贾兰考中了第七名，当即被封了京郊知县，贾菌也考得不错，考了第一百三十名。贾兰要走马上任了，来辞别母亲。李纨含泪笑道：“你可算是出息了，为娘真是欣慰。这么多年了，娘的苦心可算是没有白费。你父亲若是泉下有知，也会为你高兴的。你只管去赴任，不必担心娘的寒暖，娘自己会照顾好自己。你既沐皇恩，定要尽心为圣上排忧解难，方不负圣眷。”贾兰忍泪拜别母亲，回京应官去了。

谁知贾兰虽勤勉为官，数次几欲被提拔，却都因小人嫉妒诬告而作罢。贾兰、贾菌在官场沉浮数年，总不见起色，心里未免郁结。两兄弟遂暗中商议道：“官场昏暗，咱们又没有闲钱去讨好上头，长此以往，必将遭殃，将来落魄回乡，如何交代？如今西北边疆有叛贼造反，要复辟前朝。咱们不如毛遂自荐，向圣上主动请缨，剿灭叛军，杀敌报国，立番事业，到时候自然能加官进爵，岂不比在这儿熬灯油似的强得多？”两个商议定了，皆上书给皇上，请命去亲赴沙场，为国效力。皇上读了奏折，龙颜大悦，分了两路人马叫二人分别率领前去了。贾兰、贾菌连忙跪着谢恩，奉了圣旨，马不停蹄地赶往边疆，指挥兵士，奋力抗击叛贼，屡战屡胜。圣上大喜，将二人官位接连加升，二人前途大好，春风得意。

且不说贾兰、贾菌怎样升迁，只说雨村那儿却犯了难。原来京里新上任一高官，名叫胡禄。因其在边境多年，战功赫赫，为新帝入关登基立下汗马功劳，官位比雨村还高了好几级。雨村不知此人底细，便按着旧日习惯，仍径直派人包了沉甸甸的白花花的银子给他送过去，盘算着让他关照关照自己。

谁知送银子的小子来回报，说胡大人好生气，当即把银子摔在地上骂道，“你家老爷好大的架子，嫌我这儿脏了他的鞋不成？做什么就让你来跑个腿？是等着我亲自去他府上拜访呢，还是等着我下帖子请他来呢？”那小子见新官老爷发了这么大的火，也不敢去拾银子，赶紧就退出来回禀雨村了。贾雨村一听，唬了一跳，暗想糟了，这人莫非与自己结过怨？忙慌慌张张地跑去拜见他，听见那新官老爷阴阳怪气地反复念他名字，声音又好生耳熟，雨村心里不禁凉透了半截，登时没了主意。抬头一看，这一看不要紧，唬得登时魂飞魄散。

欲知这新官是谁，且听下回分解。

第一百零八回

情不情命悟情原幻　幻中幻魂通幻亦情

话说贾雨村一见这新官胡禄，登时唬得魂飞魄散。原来，这胡大人不是别人，正是他断冯渊一案时，给他护官符的那个门子，也是当年葫芦庙里的一个小沙弥。事成后，雨村恐他对人说出当日贫贱时的事来，遂寻了个他的不是，远远地充发了他，谁知他在西北边境遇上了戎羌入侵，随即投奔了戎羌。这胡禄最是个消息灵通的，又素有些头脑，为戎羌屡谏良策，深得赏识，功劳赫赫。后来改朝换代，他追随多年的弟兄做了皇帝，亲自提拔了他，如今他的官位足足压了雨村几头。

雨村一退出来，赶紧来和宝钗商量。宝钗让他立刻带几千两银子去胡禄府上赔不是，道："你就是跪下认错，磕头谢罪，也绝不能让他褫夺了官位。一定要多说些软话，拼命央求他高抬贵手。不管他说什么做什么，千万要一切顺着他。若他生气了，不要等他发话，立即左右开弓，自打嘴巴。"雨村正欲前去，谁知胡禄为报当年之仇，誓要让他尝尝充军发配之滋味，已先一步行动，告他非法贿赂，骗来官职钱财，腹内无才，欺君瞒上。还把雨村给他的银子上交，说是赃银。圣上听了大怒，立即派了许多官兵前来抄他的家，家里所有主人，男丁尽数充军发配风雪蛮荒之地，女性尽数随往；家中用人，尽数被转卖，卖的钱俱充了公。

宝钗无法，眼睁睁地看着莺儿等被卖往别家作下人，自己也一路受尽颠沛流离之苦，日积月累，渐渐添了病。终到了风雪蛮荒之地时，宝钗已一病不起，虽百般埋怨雨村，但回首往昔，遥望家乡山高路远，她回忆着自己一生点点滴滴的执着、坚守、奋斗、无情，并不后悔，认为虽然时运不济，命途多舛，但总算在这飘摇世间，绽放过自己的美丽，有过无限的风光。然望望自己来时路、去时途，一切皆已荒芜，空空落落，迷迷茫茫。人生恍如大梦一场，那些曾追逐过的，牢牢握住过的，都随风飘散了，自己仅剩的只是一身的疾病，和身上几件破衣烂裳，勉强裹着自己这副羸弱的躯壳，行走于冰天雪地中。不久，宝钗因病而逝，被就地葬在白皑皑的大雪中，真真是人生难料，世事无常。雨村则在寒风凛凛、冰雪冻骨的他乡苦撑几载，也一病而亡了，亦为可悲可叹。正是：

有梦人生尤似梦，无情世事更无情。

权财富贵如流水，倏尔凝成万丈冰。

再说贾兰、贾菌在疆场立下赫赫战功，圣上龙颜大悦，接连嘉奖，贾兰、贾菌二人皆爵禄高登。圣上听闻贾兰年幼丧父，母亲李氏辛苦守寡十几载培养儿子，甚为感动，赞赏道：“如此贞节女，实乃万世之表，当立牌坊供后人敬仰。又为国家培养出如此栋梁之才，劳苦功高，特封为一品诰命夫人，朕要昭告天下，让天下女子以李氏为榜样。”

当是时，李纨正在山里备受煎熬，度日如年。因贾兰曾于战前来信告知，李纨整日牵肠挂肚，忧心如焚，唯恐儿子有个闪失。一日忽见无数官兵突至，令李纨接听圣旨，李纨慌忙下跪，听闻自己被封为一品诰命夫人，喜从天降，竟不敢信，一时呆住。众官差见她愣着，不由分说，给她霞帔加身，接她进京谢恩。并让她留京居住。李纨素来一身缟素，哪里受得住这么华贵的衣裳服饰？心里又别扭又喜悦．拖着长长的霞帔和他们去了。

李纨头戴凤冠，身着霞帔，头上簪缨辉煌，胸前金印灿烂，一路上望见轿外行人纷纷回避、礼让，好不威风、荣耀！

李纨进京，见到儿子，本以为好日子自此开始，孰料她常年操心太过，积劳成疾，气数将尽，再加上大悲大喜，急火攻心，一时承受不住，李纨不到一月就一病而亡了。贾兰哭得泪天泪地，将母亲隆重地葬了，将无数的金银珠宝打做不知多少价值连城的首饰衣裳，给母亲做了陪葬。可叹李纨生前如冰似槁，死后却如此辉煌，空伴着珠光宝气，也空留世人嗟叹了。

从此贾兰继续在京城飞黄腾达，自不消说。只说又过去不知几度春秋，宝玉、湘云一路相伴着漂泊流离。展眼又是中秋之夜，两人见街上家家张灯结彩，热闹非凡，倍觉清冷孤寂刺骨，望月嗟叹。宝玉叹道："人家都骨肉团圆，独我们这般凄凉惨淡。我只愿我有造化，趁你在世之时，我得以先你而去。如若这样，千百倍好过万一你也丢下我，留我一个孤苦伶仃的。"湘云道："好好的，少信嘴胡说。你我都一把年纪的人了，你还尽拿这些没要紧的恶誓、散话、歪话来气我！别叫我啐你。生老病死、贫贱富贵也是你能想的、能左右的？自古人生之兴衰浮沉皆是月神掌管，你的一生，不过在月之旨意上。你看，那月宫里有蟾蜍，有桂花，有嫦娥，有捣药的玉兔，有负罪伐桂的吴刚。我们只望着这月宫，也就望着自己的命运了，只是天机不可泄露，我们肉眼凡胎的，看不懂，不明白，不了悟罢了。"

宝玉听了，不禁沉默了，也念道："'不明白，不了悟罢了'。可叹人生，一旦悟了，也不过就是瞬息之间了。从前我以为我是太阳，姐姐妹妹们都是月亮，世界都围着我转，我理应尽我的力量，把光和热不断传给你们。谁知，我何曾有那么重要？天地苍茫，我不过渺小如一粒尘埃，飘悠一世，倏尔不见罢了。世上谁人不如此？虽道是'岁岁年年人不同'，不过重复着相似的命运。'逝者如斯，而未尝往也'，只是往往复复地渡着一代一代的痴人；'盈虚者如彼，而卒莫消长也'，只是淡然望着这凡尘人间的阴晴圆缺。即便如此，我们却不自知，平日里伤风怀月的，谁知天地之永恒的，‘惟江上之清风，与山间之明月’，它们才是属于自然的永远，看我们如此，不知如何感想呢。明明该是它们为我们伤怀，倒是我们自作多情。但话说回来，我们又何须它们伤怀我们呢？我们不过匆匆一世，来也疾去也迅，是否有谁记得我们来过又有何妨？如今我们也都快要去了，便好好赏月罢，让这月光多怜爱些我们。”湘云听了，也黯然神伤，望着月亮出神。两人各对月赋诗一首，以抒心怀。宝玉吟道：

皓月缺来总复圆，人生美满却何年？
偏如蟪蛄生辰促，未见春秋已化烟。

湘云也吟道：

秋寒乱踏碎清香，桂魄无言任断肠。
莫怨无情风月冷，人间正道本沧桑。

宝玉喟然长叹道：“正是呢，‘人间正道本沧桑’，如今我们历尽了坎坷，生命大约也快走到尽头了。”湘云忙啐他道：“你少往自己脸上贴金！你不易，大家都不易，怎么就你历尽坎坷了？你这也不是咒自己。若按你这歪理，是我该走在你前头。”宝玉忙赔罪道：“好妹妹，都是我不对，原是我浑说的，你千万别说这么不吉利的话。”湘云叹道：“虽是气话，我也确实知道自己时日不多了。上个月我只当是寻常感了风寒，谁知一连低烧烧到现在都未退，我如今是日愈身子懒动、头昏脑涨、神思恍惚了。不出多久，我就要和我爹娘团聚了，你也当替我高兴，可惜他们见到我时，自己大约还正当年青，我却已皓首苍苍了。”宝玉气得捶胸顿足道：“都是我的错！说些没要紧的歪话，招得妹妹这么一大串地咒起自己来。”

管不得宝玉并不愿意接受现实，湘云的病仍径直日笃，宝玉拿出仅有的积蓄给她请了大夫，可那大夫却说湘云灯油耗尽了，自己也无能为力。宝玉无法，只得每日吐出一筐一筐的话说给湘云听，生怕她没了精神，一时睡了过去就再也醒不来了。

这日傍晚，两人在江边，宝玉抱着湘云，望着夕阳西沉、韶华骤逝、满江斜晖，忽然感觉湘云的身子软了下去，他忙搂紧了湘云，湘云在他怀里用尽最后的力气微笑着，渐渐咽了气。

暮霭忽沉，昏雾遮空，黑云压江，登时倾盆大雨从天上径直泼下来。宝玉一边抱着湘云、遮护着她，一边忙跑去躲雨，默默坐了一夜。天明之时，雨过天晴，宝玉把湘云葬在江边，挥泪离了此地。往东路又走了几个月，这日到了海边，只见海阔天空、一望无际，宝玉觉得心里旷然空然，登时万念尽失，觉得再往前赶也无益，便在此停驻下来。不久，便觉身子越发沉重，自知将不久于人世，想着死后无人收葬，不如长眠海中。心意既定，遂驾一叶扁舟，任舟随浪漂流，心已了然无物，遂浑然不惧，任惊涛骇浪颠簸，自己安然眠于舟中。晨风吹醒他时，周遭已一片茫茫，一轮红日被远方的海平面吐出，如鸡卵般透亮而纤尘不沾，染化了整个天空与海面。宝玉也觉身子轻盈起来，海风咸咸地拂过他的每一寸肌肤，让他和天地融为一体。宝玉看到舟下蓝盈盈的一汪海水正呼唤着自己，他和海水一对视，浑身都舒爽了起来，便不知不觉地恬然地浸到那方蓝色的梦境中去了。

恍惚中宝玉如婴儿般被人托起，睡眼迷离中隐隐听见有仙乐之声，睁眼一瞧，只见眼前云烟氤氲中有一大石牌坊，上书四个大字，乃是“太虚幻境”。两边又有一副对联，道是：

假作真时真亦假，无为有处有还无。

宝玉一惊，忆起秦氏房里的梦来，方知梦竟是真，自以为真的却是梦。正在恍惚，只闻一阵香风，走来一位女子，蹁跹袅娜，端的与人不同。宝玉见是位仙姑，正要行礼，定睛一看，竟是尤三姐。尤三姐道："我奉警幻仙姑之命，来引神瑛侍者入内，请随我来。"

宝玉随她转过牌坊，见一座宫门，上面横书四个大字，道是"孽海情天"。又有一副对联，大书云：

厚地高天，堪叹古今情不尽；

痴男怨女，可怜风月债难偿。

只见那珠帘绣幕，画栋雕檐后转出百余人来，宝玉听他们道："仙姑今日宣布情榜，不知我们都被封了什么。"宝玉见都是自己的亲朋好友，不觉怔住了。正在发呆，只见王夫人向自己走来。宝玉忙跪下道："孩儿不肖，无颜见母亲，求母亲责罚。"王夫人也不答话，一把搂住他，用手满身满脸摩挲抚弄他，宝玉感到一股暖流从母亲指尖流了自己一身。

宝玉感到另一只手也生硬地搂住了自己，又默默离开了自己的身体，抬头只见贾政站立一边，老泪纵横。

宝玉又见了贾母，贾母搂着他哭得撕心裂肺。接着，晴雯、袭人、小红、紫鹃、麝月、雪雁、秋纹、碧痕都围了上来，仿佛当年在园子里般热闹，众人相视一笑，都哽咽起来，各叙别后之事。正吵闹间，晴雯道："你们别闹腾了，警幻仙姑马上要来宣布情榜，你们再闹腾，小心给封个'弼马温'！"宝玉忙问详细，晴雯道："是有关来这里销号的一百零八人的，正合仙家术数。"

宝玉见过湘云、宝钗，却寻不着黛玉，只看见的是：宝钗、元春、探春、湘云、妙玉、迎春、惜春、巧姐、李纨、秦可卿、香菱、平儿、宝琴、岫烟、宝蟾、娇杏、尤二姐、尤三姐、瑞珠、宝珠、李纹、李绮、晴雯、袭人、小红、紫鹃、麝月、鸳鸯、司棋、金钏儿、玉钏儿、茜雪、莺儿、柳五儿、抱琴、侍书、入画、彩云、翠缕、雪雁、秋纹、碧痕、春燕、绣桔、嫣红、佳蕙、翠墨、坠儿、丰儿、莲花儿、蝉姐儿、善姐、琥珀、绮霰、银蝶、小鹊、秋桐、四儿、贾母、贾赦、贾敬、贾政、邢夫人、王夫人、薛姨妈、贾代儒、贾珍、尤氏、林如海、甄士隐、贾蓉、贾蔷、赵姨娘、贾环、钱槐、马道婆、薛蟠、贾雨村、王仁、孙绍祖、冷子兴、金荣、甄宝玉、柳湘莲、冯渊、贾瑞、贾兰、冯紫英、陈也俊、贾琏、卫若兰、贾琮、贾菌、倪二、二丫头、秦钟、潘又安、夏金桂、张道士、贾芸、王板儿、多姑娘、蒋玉菡、刘姥姥，与一个不认识的人。来回看了几遍，也没见凤姐，甚为纳闷，因问众人。众人都说："二奶奶因那回到人间大闹一场，犯了天规，如今还关在地狱里受罪呢。"宝玉听了，更生感叹。

忽见警幻仙姑领凤姐飞来道："今儿是情榜发布之日，岂能少了她？故把她从地府里带来，和大家一起听榜。"凤姐见了贾母、王夫人等，自是亲热异常，说个没完。宝玉离开人群，独自走入一座宫门，见一个仙女正守着白石花边的一棵红叶青草，那草虽娇柔，却独有一般风骨，让人望之出神。宝玉一时看得呆了，连那仙女在他面前招手都没看见。那仙女道："我是管理绛珠仙草的，神瑛侍者莫非找绛珠仙子来了？既然如此，我这便把她唤出。"于是往那绛珠草上洒了些甘露，那绛珠草霎时变成一个佳人，甘露化为泪水从她的眼里一直流下来。那站在宝玉面前的，不是别人，正是黛玉。宝玉默默地拭去她的泪，握住她的手。

两人含情凝睇。

只听警幻仙姑在外念情榜了，两人忙出来听，警幻念罢，又把情榜粘贴在墙上，只见写的是：

——金陵十二钗正册——

情情——林黛玉，无情——薛宝钗，情尊——贾元春，情敏——贾探春，情憨——史湘云，情隐——妙玉，情懦——贾迎春，情冷——贾惜春，情雄——王熙凤，情缘——贾巧姐，情槁——李纨，孽情——秦可卿。

——金陵十二钗副册——

情呆——香菱，情妥——平儿，情壮——薛宝琴，情贫——邢岫烟，情魅——宝蟾，情侥——娇杏，情悔——尤二姐，情刚——尤三姐，情殃——瑞珠，情累——宝珠，情颖——李纹，情聪——李绮。

——金陵十二钗又副册——

情勇——晴雯，情箴——袭人，情屈——小红，情慧——紫鹃，情守——麝月，情谮——鸳鸯，私情——司棋，情烈——金钏儿，情怨——玉钏，情谅——茜雪，情络——莺儿，情折——柳五儿。

——金陵十二钗三副册——

情忠——抱琴，情斥——侍书，情央——入画，情蹉——彩云，情宽——翠缕，情弱——雪雁，情顺——秋纹，情宁——碧痕，情平——春燕，情善——绣桔，情让——嫣红，情和——佳蕙。

——金陵十二钗四副册——

情豁——翠墨，情赘——坠儿，情随——丰儿，情拒——莲花儿，情施——蝉姐儿，情切——善姐，情静——琥珀，情从——绮霰，情护——银蝶，情逊——小鹊。情悖——秋桐，情顽——四儿。

——金陵十二主子——

情慈——贾母，情贪——贾赦，情疏——贾敬，情严——贾政，情执——邢夫人，情直——王夫人，情劝——薛姨妈，情训——贾代儒，情奢——贾珍，情忍——尤氏，情儒——林如海，情帮——甄士隐。

——金陵十二恶人——

情奸——贾蓉，情虚——贾蔷，情恶——赵姨娘，情逆——贾环，情衅——钱槐，情邪——马道婆，滥情——薛蟠，情婪——贾雨村，情讵——王仁，情狷——孙绍祖，情诡——冷子兴，情欺——金荣。

——金陵十二公子——

情不情——贾宝玉，情乖——甄宝玉，情侠——柳湘莲，情冤——冯渊，情障——贾瑞，情承——贾兰，情豪——冯紫英，情隘——陈也俊，多情——贾琏，情英——卫若兰，情孝——贾琮，情继——贾菌。——金陵十二杂家——

情义——倪二，情遇——二丫头，情种——秦钟，情约——潘又安，情毒——夏金桂，情诳——张道士，情救——贾芸，情俗——王板儿，情纵——多姑娘，情钻——门子胡禄，情贴——蒋玉菡，恩情——刘姥姥。

另有诸人考语，乃一一看去，乃是：

贾宝玉——痴情是他，无情也是他，自择无牵无挂，却是悔尽此生，故曰情不情。

林黛玉——既为情情，则痴情甚而托付此生，故有还泪之说。“木秀于林，风必摧之”，天下英雄豪杰齐来一哭。

薛宝钗——观人静慎从容，雍容典雅，实乃热面冷心，故曰无情。

贾元春——品貌才情有皇家风范，故曰情尊，惜世事无常，空留嗟叹。

贾探春——才志聪敏，生不逢时，远嫁难归。后海寇败退，不肯服从污流，逃至山野，终身与泉石为伴，可叹可敬。

史湘云——才品不让薛林，有“大英雄本色，名士风流”，傲骨不肯将就寻偶，情愿终身流离，真豪杰也。

妙玉——金玉仙质，孤僻傲俗，壁立万仞，“有天子不臣，诸侯不友”之风，故曰情隐。

贾迎春——才德不能兼顾，懦弱一生诟病，故曰情懦。

贾惜春——非为虔诚信佛，实乃孤介绝情，冷心冷面，老死庙宇，可悲可叹。

王熙凤——治世之能臣，贪酷之奸雄也。一生好强，家败又无力回天，自省自怨，适足为后人宝鉴。

贾巧姐——敬老怜贫、媒鬻之报，所谓灿烂终归于平淡，孰欢孰悲？

李纨——幽闲贞静，无为无才，老来富贵，倏忽死去，可笑乎，可悲乎？

秦可卿——风雅绝伦，却出身鄙贱，以色败家，遗恨无穷，实乃孽情。

香菱——满眼无物不可心，无人不可人，心机独缺，命绝悍妇之手，真情呆矣。

平儿——处污秽之中而能自清，位纷乱中而能调和，乃良才也，因何薄命若此？可伤可泣。

薛宝琴——色艳如花，命苦如荼，中年亡故，稚子独承家，唯叹时不我待。

邢岫烟——漠然其遇，淡然其衷，贫女不忮不求，与人世毫无争患。涵养风度超群，然命断流放，惜兮叹兮！

宝蟾——情似烈火，心如蛇蝎，容若桃花，鄙如流水，因何聚于一身，实乃鬼魅之祸。

宝玉尚未尽读，被警幻止住了道："先听我把各人使命说了再看，有的是时日。"于是又把这一百零八人分在各司任职，有的是"痴情司"，有的是"结怨司"，有的是"春感司"，有的是"秋悲司"，一时也说不尽。

宝玉对众人感叹道："我一生无德。生于钟鸣鼎食之家不能继承家业，身为重臣子孙不能治国安邦，空为男子汉不能上阵杀敌、保家卫国。我看不惯曲解孔孟之道、沽名钓誉，看不得妻离子散、生灵涂炭，看不了江山异姓、犬戎当道。可我能做的只有躲避，保留自己的清白，无法做出任何改变。我这一生，于国于家无望。"众人听罢，慨叹不已。

神瑛侍者既归，那通灵宝玉没了去处。神瑛侍者便把他放回大荒山无稽崖青埂峰下。

后来，又不知过了几世几劫，因有个空空道人访道求仙，忽从这大荒山无稽崖青埂峰下经过，忽见一大块石上字迹分明，编述历历。空空道人乃从头一看，原来就是无材补天，幻形入世，蒙茫茫大士、渺渺真人携入红尘，历尽离合悲欢炎凉世态的一段故事。

空空道人将这段陈迹故事取名《石头记》，从头至尾抄录回来，问世传奇。从此空空道人因空见色，由色生情，传情入色，自色悟空，遂易名为情僧，遂改《石头记》为《情僧录》。至吴玉峰题曰《红楼梦》。东鲁孔梅溪则题曰《风月宝鉴》，为棠村题序也。

后因曹雪芹于悼红轩中披阅十载，增删五次，纂成目录，分出章回，则题曰《金陵十二钗》。并题一绝云：

满纸荒唐言，一把辛酸泪！
都云作者痴，谁解其中味？

至脂砚斋甲戌抄阅再评，仍用《石头记》，广泛流传于世。后来，又不知过了几世几劫，这大荒山无稽崖青埂峰下，竟已有了密密麻麻一片石林。块块石上字迹分明，编述历历。虽各历经不同故事，却都似是那第一块蠢物所历的翻版，正是：

红楼一梦梦已完，后世赓痴梦却酣。
枉笑前人行谬诞，荒唐自恣不知惭。